天子門戶

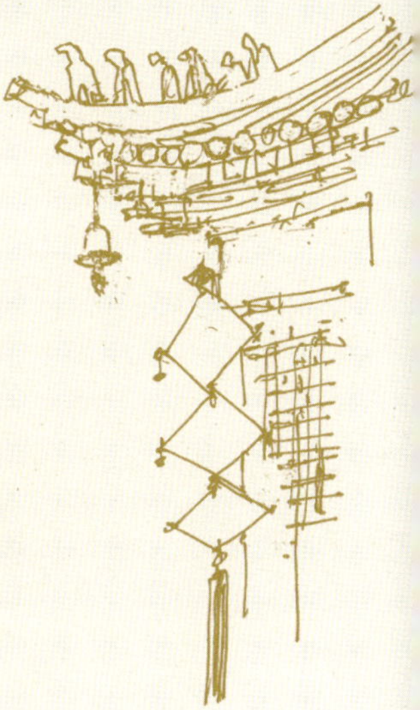

天子門戶

壹卷

少年胆

郁子　立民——著

百花文艺出版社
BAIHUA LITERATURE AND ART PUBLISHING HOUSE

图书在版编目（CIP）数据

天子门户壹卷：少年胆/郁子，立民著. —天津：百花文艺出版社，2012. 5
ISBN 978-7-5306-6082-9

Ⅰ. ①天… Ⅱ. ①郁… ②立… Ⅲ. ①长篇小说—中国—当代 Ⅳ. ①I247. 5

中国版本图书馆 CIP 数据核字（2012）第 030803 号

百花文艺出版社出版发行
地址：天津市和平区西康路 35 号
邮编：300051
e-mail：bhpubl@public.tpt.tj.cn
http://www.bhpubl.com.cn
发行部电话：(022)23332651 邮购部电话：(022)23332478
全国新华书店经销
天津新华二印刷有限公司印刷
*
开本 787×1092 毫米 1/16 印张 18 插页 4 字数 217 千字
2012 年 5 月第 1 版 2012 年 5 月第 1 次印刷
印数：1-5000 册 定价：29. 80 元

目 录

天·子·门·户

前 言

《天子门户》是一部四卷本长篇小说。小说以天津从清末到民国的百年历史为背景，以一个白手起家的盐商盛洪来的家族兴衰和个人成长为主线，将百年中天津作为“天子门户”所承受的屈辱和荣耀展示出来，将津门百年中的政治、军事、工商业、民俗通过细致入微的故事和一个个或大或小的人物的命运，由小及大，由局部到全景地勾勒出来，既显得波澜壮阔，又不空洞枯燥。

小说主要人物有盐商买办、帮会首脑、津门官员，其中涉及近代史上有名的几个人物，如慈禧、李鸿章、盛宣怀、袁世凯、范旭东、张作霖、蒋介石等。这些历史人物让小说与那百年风云变幻的历史局势紧密结合起来，器局更大。小说的主要舞台还是商场，尤其是盐商。中国漫长的历史中，盐在国家财政占据重要地位，可以说是统治地位。故而盐一直都是政府专卖，从事盐业的商人可以说是凭借朝廷或政府赋予的特权，坐收金银。尤其是明清时期，大盐商往往富可敌国。延续到这部小说的时代，虽然盐商几起几伏，那些坐收巨利的商贾大都换了面目，但是盐业暴利未变，并且一直在影响着国家命脉。在清末和民国的几大盐场中，天津长芦盐场一直是盐业的翘楚，地位更是举足轻重。盐业影响的不仅是商业，甚至波及政治、军事、国运，这不能不让当政者重视，让其他人物眼红，于是在这一点上进行叙事，正是扯动百年历史的极为充分且准确的一根绳索。

在这个百年中，天津一直是处在中国的最前沿，东西方列强的枪炮从这里打开门户，进入北京；租界在这里林立，以至遍及全国；最早的现代工业也是从这里萌芽。可以说天津的地位就是京城不可或缺的门户，故而“天子门户”这个名字很是贴切。从另一层意义上讲，盐业作为大清的经济命脉，在经济地位上也是扮演着国之柱梁的“天子门户”角色。

在“天子门户”之上衍生的故事，因着所处地域的特殊性，更叫人注目。这里有作威作福的洋人，有依靠洋人发财的买办，有贪婪狠毒的政客，有无法无天的帮会流氓，但是这里也有善良朴实的人民，有敢赴国难的勇士，有心系国运的商贾，有忧心国事的官员，有无数有勇有谋、不怕牺牲的中华儿女，无论是贩夫走卒，还是高官巨贾，在中国最为黑暗孱弱的时代里，他们奏响了一曲高昂的可歌可泣的充满人性光辉的乐曲。

编者

序　幕

天东边蒙蒙亮时，已在天津城地当央戳了四百年的鼓楼[1]，又从渐淡渐远的雾霭中依次现出了支向八方的骨架。清凉的晨风中，那口高高悬于鼓楼之上的黑铁大钟似乎微微摇晃了一下，紧跟着它便“咣咣咣……”地响了起来。

一〇八下。没错，真真的一百单八响，悠扬而辽远，凡是这一夜没睡好的天津人都支着耳朵听到了。与此同时，从大沽口方向断续传来的枪炮声也歇了下来，但这轰隆隆的一宿，到底闹得人没消停。朝廷的军队和洋人交手了，刀对刀、枪对枪，不定打成什么样。要说不害怕，那是吹牛说瞎话，洋毛子打来了，毕竟不是什么好事，天底下有谁不想过太平日子？除非他是个头号的大烧包[2]，犯山药豆子[3]。

但天津人也不至于心惊肉跳，甚至慌了手脚。这里暗含着个说道，您想呀，往前说，大沽口有僧格林沁王爷的三千铁甲和几十门远程重炮在那儿候着；往后说，咱北京有大清皇上和紫禁城搁那儿镇着，足以“拱卫神京，翼保畿辅”。怕嘛？就不信它洋毛子还能尿出一丈二尺尿来。再者光跟着瞎慌慌就能顶用了？真格的，你就是不吃不睡一天慌出仨屁蹲儿来又能管闭十[4]呢？

---

① 鼓楼：建于明弘治年间，当时被称作“钟鼓楼”，简称“鼓楼”，是天津老城的制高点，据传楼上原本钟、鼓皆有，后来鼓被搬出，仅剩下一口重300斤的大铁钟，但仍被天津人习惯称为“鼓楼”。

② 烧包：有钱或闲着没事不知怎样是好。

③ 山药豆子：形容自找麻烦的人。

④ 管闭十：比喻什么也管不了（“闭十”是骨牌赌博时最小的点数）。

待着鼓楼上那一百单八响着实落了听，估摸着这钟声的古韵余音差不多都悠到三岔河口了，天津卫的老少爷们儿这才落下插了一宿的木闩，信步走出各自的院门，四平八稳不疾不徐，该干嘛还得干嘛去。

第一章

1

“津盐盛家”的黑漆府门，此时也刚刚打开不久，盛元复提着底气弹嗽了一声，也没搭理早就候在一旁的管家徐老顺，倒背着手径直踱了出来。徐老顺跟到大门口，瞅着老爷奔了西街，知道他这是要去贤来轩茶楼，老爷子今儿个的气色可实在不太好，兴致也不高，必是被夜里的动静给讨扰了。徐老顺想到这里，反身朝两个轿夫招了招手，默不作声地跟了出去。

与昨晚所有没睡实诚的天津人还不太一样，盛元复这一宿是压根儿就没睡。这么说吧，就是昨夜外边没这么闹腾，他照旧睡不好。实话说，这大半年来，盛元复就没睡一个安稳觉。不顺心的事是猴打跟头——连上了。先是绸缎生意折了本，估衣街上的那几个当铺也先后关了张，凭老盛家这么有钱的津门盐业总商，何时起竟落赔[1]到天天让人撵着屁股讨债的份儿了？听着外边的枪炮声，往下的局势更吃不准了，难不成又得逼他做出这辈子再次对不起祖宗的事？十年前，他曾被迫卖掉了手头上的全部盐票，弄丢了盛家几乎延续近百年的贩盐生意，现如今家里眼瞅着又要过不去了，思来想去还得打那处园子的主意。

一想到要卖那个园子，盛元复五脏六腑都拧了个儿。风月繁华的

① 落赔：读作“lào pěi”，指落魄，家道败落。

基石是白银,这个坐落在城外北运河边上的盛家花园完全是用钱堆起来的,也可谓盛家基业辉煌的象征。经祖宗先人的规整修缮和倾心维护,几辈下来,春晓园已是天津卫无人不知无人不晓的私家大花园。往那儿扔的银子海了去了,奇石花草景致建筑就不用说了,单论它的岁数,比当今皇上的圆明园还大上两岁呢。可就是这么一个心肝大宝贝,却生生要打自个儿手里卖出去?唉,败家呀!

盛元复这般感慨不是没有缘由。当初盛家鼎盛之时,就连乾隆爷看着都眼红。其实又何止盛家,那时候长芦、两淮、四川乃至全国的大盐商,哪个不是日进斗金富得流油的主儿。谁想,乾隆末年,国库空虚,朝廷实行改票行引,建立专商专岸制度,并开始肆意加征盐课,逼得盐商们只得提高盐价、降低盐质,由此官盐逐渐滞销,私盐日益泛滥,使广大百姓饱受淡食之苦。

道光十二年,朝廷开支无度,处处捉襟见肘,两江总督陶澍奉皇命于两淮推行盐改,实行重新招贩、在局纳课、买盐领票、直运赴岸。新政颁布下来,第一宗便是取消盐引,并将其换成了盐票。也就是说,只要肯上交盐税,大清国无论什么人,也不论资本多寡,都可涉足贩盐。这就表示,今后盐引和引地不再是盐商"永永万年"据为窝本的私有财产,"世袭下的垄断"也就不复存在。

那么何为"盐引"呢?明洪武三十年的开中盐法,是明清两代盐制的基础:"召商输粮纳课而与之盐。"故盐引的本质,就是作为被编入名册的商人,向朝廷缴费纳课后的凭证,然后方可"持引行盐"。实际就是"先纳课,后行盐"。清沿明制,该原则在大清两百年始终未变。

陶澍的"废纲行票"一出台,盐价果然低下来了,但与此同时,各省各地一下便拥出许多大大小小的新盐商,而朝廷死死抓着这块肥肉拼命挤油,成了最大的既得利益者,从此流进国库的盐税眼瞅着比从前多了近二成,只是那些原本靠垄断坐享富贵的持引盐商,彻底让这种新政给挤对垮了。朝廷可不管那个,既然能得实惠,为何不把新政推向全国？这下可要命了，两淮、浙江、四川、山东、长芦等处的老牌盐商们顷刻间便丢了铁秆庄稼，眼瞅着一家家先后落破下来。

天津卫响当当的“津盐盛家”也未能幸免。为振兴家业，盛元复斗胆贩起了私盐。虽然慎之又慎，可走了没两趟，因运盐的船老大酒后失言，还是漏了风声。贩私盐那可是大清严查的重罪，盛元复慌忙上下打点，花了足有三四万银子，才把官司给按下去。这一来更加速了盛家的衰败，最后仅靠开当铺和绸缎庄这些副业，勉强维持到今天。

想到这些，盛元复烙饼似的在床上来回翻个儿，夫人卞氏也没敢吱声。眼瞅着窗户纸发白了，鼓楼的钟声一停，盛元复癔癔症症爬起来横竖打心里往外腻歪[①]。见下人端来了早点，他嘴里发苦丁点儿胃口都没有，漱漱口勉强喝了口豆浆，盛元复还是打算到贤来轩茶楼坐坐，一来散散心，二来顺便瞜瞜外边的消息。

拐上东马路，徐老顺好歹劝老爷上了轿，可轿子刚行至鼓楼，就听大街上有人用京片子的官话扯着脖子嚷道：“行人闪开喽！”盛元复赶紧命轿夫将轿子挪到路边，自己挑起轿帘向外巴望。不一会儿，伴着急促的马蹄和清脆的銮铃声，三匹高头骏马裹挟着满地尘土可大街卷了过去。马上三名盔甲鲜亮的蒙古骑兵口中不时高喊：“僧王爷大捷！僧王爷大捷啦！”

这么说，大沽口这一仗咱们赢了。这下天津卫又太平了。天津卫，这可是天下数一数二的好地界儿。外地人不信，说这是天津人自吹：“天津守着北京，小肚子再鼓，还能高过肚脐眼儿去？”盛元复不愿意跟人抬杠，心说：北京什么地方，乃称王称帝争官夺权的名利场，大人物踢盘子拉场子文武带打大戏唱得美，小老百姓有皇帝娘娘镇着王爷贝勒压着大官小官管着，能有安稳日子过？若论过日子，还得说天津卫。

由此，盛元复心里多少有了一丝欣喜，虽说这样的好消息也不可能保住自己的园子，但朝廷能打胜仗，总比打输了割地赔款强吧。

---

① 腻歪：厌烦、烦躁或寂寞。

2

贤来轩大茶楼就坐落在侯家后最繁华热闹的中街上，风中飘摆着的那个大大的“茶”字幌子，红缎作底金线刺绣，打老远就能瞅见。待盛元复来到时，下边的散座大厅已上了百十来个茶座。伙计一见老主顾来了，忙将他让到楼上。二楼的茶客尽是城里有头有脸的商贾，和盛元复一样，这些人平日就经常到这儿喝茶谈天，都是老熟人了，盛元复朝大家“张爷”“李爷”地一一拱手打了招呼。仔细看了看，往常该到的几位应该全到了，唯独没见着范佑成的影子。

“盛爷，坐我这桌儿吧。”盛元复往右侧一看，说话的是皮货商耿老全，他独占的茶桌上放着个紫竹铜钩的大鸟笼，里边一只黑皮八哥滴溜着小圆眼正寻思什么。二人相互客套了几句，耿老全还是坚持请盛元复坐了上座。

“今儿怎么一个人？这贤来轩没了‘范剩人’可不热闹。”耿老全似乎是在对八哥说话。

盛元复边坐边说道：“我也正犯合计呢，谁知他又窜哪儿去了？算啦，要开书了，咱先听着。”

说书先生吴不知已站台上了，他放下折扇，举起手中的醒木轻轻一拍，拉开架势说起最拿手的《三国演义》。接上回，今天开篇便是赵子龙单骑救幼主，大战长坂坡：“那真是七出七入、大杀大砍呀！”盛元复心中热了起来，不由得暗暗叫了声：痛快！

“没想到，此地竟有埋伏，子龙就觉身子往下一沉，只听挎嚓一声，这位常胜将军是马落陷坑，堪堪废命——”

“说书的，打住！快打住！”楼梯口有人喝了一嗓子，高声截住连说带比划、正拿折扇当大枪使的吴不知。

“谁呀，大清早的没事到这儿溜嗓子？”茶客们纷纷转过了脸。盛元复也不耐烦地寻声望去，“呵，好么，敢情是他！瞧人家来的这时候。”盛元复又气又没辙，因为喊着上来的这主儿，正是自己的世交范佑成。

“呦嚯，范爷，您今儿可是来晚啦。”吴不知一边拱手施礼一边说。他知道这位范爷的祖父曾经是天津卫有名的大粮商，如今虽家境大不如前，但船烂有底，人家还是吃喝不愁的甩手掌柜的。泡茶楼、泡饭馆、泡堂子、聊闲天，嘴茬子一点儿不比自己差。有时，说书人在活儿里难免掺些汤汤水水，但也不能太走样儿，只要有露怯的地方，这位嘴损的范爷从不给人留面子：“嗨嗨嗨，又走畸[1]啦！跟师娘学的吧？”

“范爷，您了快请。还来昨儿的铁观音？”茶楼的小伙计赶快上前献殷勤。“不忙。”范佑成朝小伙计一摆手对吴不知道，“吴先生，您说的那个赵子龙都成老皇历啦，今儿我是现趸现卖凑个热闹，说说刚在大沽口打了胜仗的咱大清国的常胜大将军。”范佑成说着朝大伙儿拱拱手，“列位，有兴致听新鲜的吗？”

“太好了！说说看。”同仁堂的大掌柜白凤鸣大声应和。

“他还卖上关子了。搅和头！”小声嘟囔的是古董行的韩墨瑜。

其实谁爱说嘛谁说嘛，范佑成根本没理会。他噌噌几步来到吴不知的桌前，“吴先生，怎么样，可否把这个位子让一让？”

吴不知面露难色：“范爷，我这才刚说了一半——”

“我明白，怕收不上来钱吧？”范佑成从左边的袖筒里拽出来一串铜钱，然后哐的一声，迅速抛进吴不知小徒弟赛不知双手托着的铜盘里，“够了吧？”

“够了，足够了。谢范爷了。”吴不知师徒俩连声道谢。

“那就烦劳二位暂且退到一旁。”

还没等吴不知离台，范佑成一把抓起桌上的醒木用力一拍，大着嗓门儿眉飞色舞道：“话说这科尔沁亲王僧格林沁，不愧是皇封的巴图鲁。自打他任大沽口主帅，把炮台修得如铜墙铁壁一般。整个炮台内含威、镇、海、门、高五座炮台，互为犄角，装有九十九门五雷开花大炮，专

① 走畸：改样子了，多指变坏或出了毛病。

等洋人前来送死。可这洋毛子还真敢朝咱的炮台开炮。可恼呀！僧王爷不由得怒从心头起，一声令下，大炮是一齐开火。这下可惨喽，洋毛子的船一个个活赛王八掉进尿盆里——沉了底啦。”

茶楼里顿时一片开怀的大笑，几个茶客还叫起好来。范佑成高兴，一时兴起，更加眉飞色舞口若悬河地抡开了。

耿老全始终探头调教着黑皮八哥，此时他收回噘着的嘴，关上笼子门长长地嗐了一声，对身边的盛元复道：“盛爷，咱这就又犯糊涂了，难道范爷至今不明白，这朝廷的大捷还不就是咱生意人的大劫？当年乾隆爷平大小金川，嘉庆爷灭白莲教，还有当今咸丰皇上，今天打长毛，明天打洋毛，哪儿不得找咱们要银子？”

“要银子要银子。”黑皮八哥学话了。

“去，哪儿都有你的事儿。”耿老全呲达[①]着黑皮八哥。

“小心它脏了口，那可就膈应[②]人了。”盛元复眼瞅着黑皮八哥，心事重重地点了点头，“耿爷言之有理。不过仗打赢了总归是好事，也让洋人看看大清国并不真𡱁，省得他们老欺负咱。去年洋人攻下大沽口，一直打到南郊，谁没吓出一身白毛汗哪。”

“也是，也是。”

“也是也是。”

“嗐，这损鸟怎么嘛都跟着瞎掺和。”

二人正低语着，范佑成又啪地一拍醒木，“……僧王爷胯下乌骓马，手提金背开山刀，立在高台之上，手搭凉棚向海边张望，见一队英国鬼子已上了小皮船正打算偷偷登岸。这还了得，反了他们了。僧王爷将金刀往空中一举，高声喝喊：‘爷们儿们，给我杀洋毛子！’就这一嗓子，赛过猛张飞喝断当阳桥，当时就把那队洋毛子吓趴下六七个。”

“好！”下边有人高声喝彩。

“咱八旗兵丁一听号令，那是人人奋勇，个个争先。挥舞手中刀杀

① 呲达：斥责，其中“达”读成“de”。
② 膈应：从心里厌恶。

进敌阵，嘁哩喀喳削瓜切菜一般，眨眼工夫，洋毛子的脑袋就骨碌了一地。”

耿老全终于忍不住了，他向台上的范佑成摆了摆手道：“范爷，差不多了，您别胡诌白咧啦。”

“胡诌白咧——啦。”黑皮八哥也哑声跟着说。

全场一片哄堂大笑。范佑成也给逗笑了，他没辙地朝耿老全摇了摇头，满脸不屑地对他道：“哈，看来耿爷不信？这样吧，咱也别犯嚼情[①]，您了现在立马到塘沽走一遭，便知我范某人是不是在这儿瞎白话了。”

坐在盛元复左首的瓷器店老板张守仁插话道：“这么说，洋毛子真叫咱们给得楞[②]啦。就是么，有炮台护着家大门，就等于神仙特意给洋人设的坎儿，就算下次他们还敢来，也别想跨进咱的天津城。”

“还让他们有下次？”玉川居的老板李本中兴奋地站起身来，“洋人也就是穷诈唬，其实不过小菜一碟。天子门户天津卫，哪能让洋人说进就进？”说着他转向窗边，“我说高爷，您别再拍洋人的马屁了，这往后他们在咱大清可是再也奓不了翅儿[③]啦。”

一直闷头喝茶的高明举此刻缓缓磨过身，朝李本中莞尔一笑：“李爷此言差矣。打沉人家几艘船，打死人家几百人，又能说明什么呢？在下以为，眼下咱大清还是一只羊。羊有时也能顶狼一犄角，那也是趁狼没准备，但早早晚晚还得让狼给哈咪[④]了。”

作为众茶客中唯一和洋毛做过生意的人，高明举特别不招人待见，大伙儿打地根起就瞧他不顺眼，“矬地瓜愣憋出毛豆角，什么玩意儿？”是越瞅越别扭。此刻，高明举又全身犯痒地说出这番不讨人爱的话，马上引来一阵轻蔑嘲弄的嘘声。

---

① 嚼情：口角、吵架或胡搅，其中“情”发阴平声。
② 得楞：①对器物的修理。②整蛊收拾人。此处取②义。
③ 奓翅儿：炫耀强势，挑起事端。
④ 哈咪：吞、吃的意思。

"这话说的,真让人膈应。我说高爷,您了的胳膊肘儿怎么老是朝外拐呢?"范佑成眨巴着肉眼泡,故意抢白他。

"范爷误会了。不是在下故意长洋人志气,列位在座的,有谁真正见识过洋人军舰的威力?又有谁真正领教过洋枪洋炮的厉害?洋人真那么好对付,道光爷凭嘛把香港割给人家?去年洋人打下大沽口,到头来还不是强按着咱的头又签条约又赔款的,皇上乐意当冤大头?朝中的大臣们都是烧包?说到底还不是惹不起人家。就算这回咱们占了点儿小便宜,我估摸着,洋人肯定不会善罢甘休,不定嘛时候就重新杀回来。不好说呀,朝廷的大麻烦兴许还在后头呢。"

"噫!是嘛?"

"好么,真够瘆人的。"

"信他?自当听个乐呗。"

没有人愿意听高明举在这儿替洋人放的怪味屁,更没谁拿这位吃过洋人折摞的高爷当个事儿。天津人要想琢磨谁,一准儿能把他给糟改[①]透了。高明举被大伙这么一挖苦,顿时觉得下不来台,他心中恼羞又有些没趣,"这些没见过天儿的土老鳖,充其量也就是井里的蛤蟆成了精。一群糊涂虫 damn fool 浑蛋王八,难为他们还拿别人开涮打镲?"有道是,道不同不相为谋。于是,他不再开口,默默喝完杯中茶,灰不溜秋地转身下楼了。

3

走了个大堵心丸,大家心中更痛快了。真是人爽茶香,直聊到午饭期间才逐渐散去。范佑成印堂发着亮光,肥厚的大鼻头汪着一层红油彩。他不想就此回府,拉着盛元复非要下饭庄,"盛兄,中午这顿饭我请了。正阳春怎么样?"

"这种时候,我哪儿还有心思吃饭哪?"盛元复口打唉声。

① 糟改:挖苦,讥讽。

"你这人就这样,今天这日子你还不痛快?怎么,那园子卖啦?"范佑成不解地问。

"还没敲死。老谭家太抠了,那也是天津卫数一数二的大家主儿了,才出三万。"

"那就不少啦。"

"我那可是上百亩的大园子啊,稍拾掇拾掇就倍儿像样儿……"盛元复说不下去了。

"得啦,别老拿它当缺宝儿啦。眼下这年月,也就谭家有那份闲钱,还得说人家有那份闲情和闲心。要不,谁舍得买这么个不当吃不当喝的空园子?"范佑成接着说,"你不比那废了的水西庄强多了,好歹还能落三万呢。"

"怎么跟你说呢?唉!"盛元复长长地叹了口气,垂头不语。水西庄的败落,他是亲眼得见的。想当初,水西庄的主人——大盐商查家也曾称雄津门近百年,最终还不是赔了个精光。查家打道返回浙江原籍时,把偌大个庄园就丢在了运河边上,不出几年便破烂得没一点儿样子。可惜死了。

"卖了吧。"范佑成劝道,"有了这三万银子,还上这两年的亏空,还有点儿余头儿,你那绸缎庄也就保住了。"

盛元复又是一声长叹,无奈地点了点头:"卖!"

说起津门的大盐商谭运山,论岁数与盛元复本是同辈,但与盛家相反,当初本来经营票号的谭家利用朝廷的盐政改革,成功地跻身天津盐业,也就是说,当盛元复步入下坡的时候,谭运山正兴旺发达起来。所以到如今落得一个卖园子,一个买园子。而多年以后,他的儿子谭启还被众盐商推举为天津最大的盐商组织"芦纲公所"的首任纲总。

由范佑成做中间人,在字据上签字画了押。当谭运山将地契揣好拱拱手转身离去时,范佑成分明看见盛元复眼中悄然淌下的两行泪水。一时范佑成也泛起酸楚,难免兔死狐悲。若论起造园林、延揽名士、收藏名迹的奢华与挥霍，他们范家就是发达之时，与“津盐盛家”也不可同日而语，但那钱多得也是数不清，说个不行，眨眼间便江河日下一败涂地。到头来受罪的还是他们这些后人。

卖掉了春晓园，堵上身边的窟窿，好长时间盛元复都觉得心里空荡荡的，堪堪毛一年时间，他沮丧的心绪才渐渐平复下来。但这么一大家子人每天总是出多进少，照这样下去，早晚还有撑不住的时候。从眼下的时局看也还算太平，不如趁市面安稳做回像样的大生意，足足地赚它一笔，扫一扫这些年的晦气。盛元复考虑再三，心中拿定了主意，以自家的宅子做抵押，到山西人开的大票号里去贷款。

盛元复又连夜给在江南经商多年的堂弟盛康写信，让他亲自出面，以最低的价格采购大批的上等丝绸，再马不停蹄地运回天津来。事情办得还顺利，当时两下谈妥：款到货到。可银票早已派人送去了，北上的货却迟迟不到。盛元复急得抓耳挠腮又万分无奈，他知道现如今的大运河不比从前，沿途上又是闹太平军，又是闹捻子，两个月的路程走上大半年，不算什么新鲜事。

盛元复天天打发人往二岔河口码头上跑，他自己更是掰着手指头数日子，盼星星盼月亮，总算盼来了运丝绸的大货船。一大早，盛元复便命工人卸货运货，将那些珍贵的丝绸通通拉到估衣街上的盛记绸缎庄，伙计们打扫店面收拾货架，准备明天就将这些丝绸上柜了。可谁承想，就在当天下午，高明举曾经在贤来轩说过的话却真的应验了。你说这个早晚得让人刨了祖坟的丧门神扫帚星，他放的驴屁凭什么也会响？洋毛子的炮舰果真又杀了回来，而且是来者不善，一到大沽口，不由分说，气势汹汹地就朝镇守炮台的清军开了火。

一年前的大沽口大捷，与其说是让大清国的皇帝暂时喘了口气，莫如说它给自恃为天朝上民的国人灌了一剂足以被麻翻的养心汤。最先尝到这口汤的天津人，可以有百万个理由虚骄侥幸，也可以有百万个理由表现得串皮不入内。城外的枪炮声足足响了一天一宿，那架势不仅没有按天津人的意思停下来,而且越打离城边越近。

其实,人们有所不知,这场原本不应如此惨败的战事,从制定战术之初就注定它的结局了。后边的结果,不但天津人没有料到,就连督阵指挥的僧格林沁压根儿也没想到。照上次的经验,大沽口炮台重新加固,又增添了大口径的重火炮,僧亲王调集全部兵力严防死守。但这次来犯的洋人,恰恰就绕开了大沽口,轻而易举从疏于防犯的北塘登了岸……

真正让天津人觉出不对劲儿了的还是第二天。因为转天一起来,人们发现鼓楼的大钟竟然没有响,这可是天津建卫以来的头一遭呀!用句俏皮话来形容当时的情形,那真是天津的土地爷扑天津的蚂蚱——天津人慌了神了。

4

崴了崴了[①],这下崴大泥了!这可怎么办呀?

还能怎么办,赶快挪挪窝儿呗。总不能全拴在大街上转磨磨,等着挨洋人的枪子儿吧?于是有钱的富户骑马乘轿,没钱的穷光蛋俩脚步撵儿,乱七八糟,全城人都朝就要关大门的城外跑。范佑成家的三挂大车已经出城了,耿老全家的大车正要过城门,却看见古董韩急急往回走,“韩爷内急呀?出了城再方便不行?”

“我哪儿来的那么多尿?我这是心急!那两块白羊脂的四不像和玉辟邪还罩在铺子里……”

“嗐,您真是舍命不舍财。我那只白肚黑皮的大宝贝,不也忘了摘了嘛!韩爷,还是顾命吧……”

耿老全还想接着打镲,猛地,从文庙方向传来震耳欲聋的一声巨响,众人脚下都觉出一阵震颤,城垛子上的砖灰也纷纷落下来。听那隆隆的炮声越发真切,估摸洋毛子就快逼到城墙根儿了,城门口又是一

① 崴了:事情不好办或遇上大麻烦,也作“崴泥”。

片惊恐的骚乱。

此刻，盛府上下也陷入一派混乱之中。卞氏夫人和大儿子敬祖正指挥着家人往大车上装东西。盛元复则急嚷道："玉砂瓶呢？"

"大概还在——"盛敬祖慌忙应着。

"都是败家的玩意儿！"盛元复大步流星奔回三进院，到了正堂的供桌前，仓促地拜了拜祖宗，抱起桌正中的玉砂瓶，将它死死地搂在怀里，转身跑回前院。

这时，盛家老小大多已登上马车，偏偏不见老儿子继祖，徐管家告诉老爷已派朱三去找了，但朱三到现在还没回来。盛元复一听不觉身子发木，站下不动了。

"轰轰轰"一连又是三声炮响。院子里一片惊叫。

"爹，快走吧，要不就来不及啦！"盛敬祖急道。

"老爷，咱全家人可不能都交代在这儿啊。"夫人卞氏挑开车轿帘叫道。

当载着全家老小的大车急急驶出盛府时，大街上已乱得一塌糊涂，无论男女老少，连同那些猫狗鸡鸭等活物，凡是带气的和能跳会飞的，一律发着尖叫，漫无目的地乱钻乱窜……公元 1860 年 8 月 24 日的这一天，天子门户天津卫完完全全乱了方寸。

骨骨碌碌逃出了西门，五挂大车在南运河堤的沙土道上带起一溜烟尘。徐老顺不停地催促着车老板，天黑前定要赶到百里外静海双塘的盛家二爷家。

转眼秋收的时节就要到了，田野里等待收割的稻子鼓胀胀地垂着头，树上的蝉鸣此起彼伏，又是个暴晒的响晴天。与二弟盛元兴沿着地垄上的大堤转了一圈，盛元复一直紧揪的心宽展了许多，要搁在以往，这么好的庄稼，必定是个好年景。倒退一万步讲，就算城里的买卖果真萧条不顶呛，顺溜地收回这几百亩地的租子，家里也能扛上一阵子，只可惜呀……

后边的话卡在嗓子里，盛元复没有说出来。对谁说？全家上下除了那个不着调的二儿念祖外，人人都像煎在油锅上的鱼。来到双塘已经一个多月了，发生在盛元复生活中的事也只有三件：

第一件事喜忧参半。出城那天没来得及寻找的老儿继祖，于失散后的第十天头上，终于被朱三抱回来了，孩子受了惊吓，但多少也算全家团圆了。可盛家的绸缎庄却被洋人一把火给烧了。

第二件是气死活人的事。盛元复一脚把那吃凉不管酸的二儿念祖踹出了双塘镇，至于他去哪儿了，活该！爱去哪儿去哪儿，最好让洋毛子的大炮给炸两半了。可气的是，当念祖抱着胡琴出门时，还“顺”走了书房里的一方端砚。这个败家的玩意儿！

第三件事令人绝望。随夫家避到独流镇的三姑奶奶带来了消息，说朝廷和洋人谈崩了，两边在通州八里桥交了手，结果蒙古骑兵全军覆没。皇上带着老佛爷逃往热河，北京空了，洋人愣是把皇上的园子给烧了。

完了，彻底完了。盛元复的心凉到了底，他知道盛家这回真是伤了元气，无论后边的结局如何，全家人都得搬出那幢住了半辈子的府邸，举家迁往铃铛阁附近的老宅了。

5

贤来轩的二楼，耿老全是让儿子能耐耿扶上来的，还没在老地方落座，他先四下里踅摸[①]。盛元复没来，这是意料中的，自打卖宅搬出原府邸，那位仁兄别说上茶楼了，就连大门都很少出。可今儿个高明举又没来。这个损门有日子没来了，我只想问一问，他干嘛去了？

《北京条约》一签下，天津这扇大清国的大门，也就意味着被迫向外人敞开了。国门一旦让强盗撬了，那可比小偷进宅厉害多了。小偷偷东西，还借着风高夜黑、趁人不备方才下手哪，“顺”走的不过是些金银

① 踅摸：拿眼朝四下里快速地看。

细软,而强盗的胃口可就难填满了。凭着胳臂根子粗,他打完你的人,再要你的银子;要完你的银子,再掠夺你的资源;实在搬不动扛不动的,点把火烧了也是个乐呵。说白了,就是可着劲儿地在别人的国土家园上祸害糟践明抢明夺。这次,英法强盗闯进了天津卫,他们在紫竹林一带忙完了圈地,又忙着建租界、修教堂……洋人忙了,高明举就忙,高明举一忙,当然就没闲工夫来喝茶。

“听说,有一英国人在租界开了个怡和洋行,请他当买办去了。”

“现在这老小子可肥得流了油,他还真从洋人的折摞里扒拉出四喜丸子了。”

“嘛买办?嘛四喜丸子?还不是舔洋人的腚眼子。说得好懂点儿,就是认个洋葱头当干爹!”耿老全从前常拎鸟笼的那只手改拎拐棍儿了,他已经不养鸟了,老爷子伤心至极,据说他那只白肚黑皮的宝贝大八哥,在天津失陷的当天晚上,让破城的洋毛子给上锅清蒸了。

耿老全是痛心疾首,但凡沾上个“洋”字儿他就骂,骂洋人,更骂跟洋人有来往的高明举,这不,连洋葱头也跟着倒霉沾了光。这会儿,耿老全正戳着手里的拐棍儿发着狠,贤来轩的木楼板也被震得咚咚响,“你们大伙儿都等着瞧,多会儿见了那损门,看我不大嘴巴抽他!”

自打那次从贤来轩被大伙儿轰出来,高明举的心里就憋了一口气:这帮土老鳖,有你们乐不起来的那一天!洋人会甘吃这个哑巴亏?过不了多久他们准得杀个回马枪。但假若洋人真杀回来,也就意味着得有成千上万的洋兵拥进天津城,那他们的吃喝拉撒衣食住行,必定得有个人出面操持张罗。目前天津卫这地界儿,会说点儿洋文,又常和洋人打交道的只有我一个,看来,我高某人发洋财的好机会来了。退一万步讲,就算洋人再被打败,一场大兵乱过后,市面上的物价尤其是粮价肯定直线上涨,我手里只要有粮食,照样可以赚大把的钱。预测时局后,高明举便着手准备,一面大量囤积粮食,一面派人到南边打探商机。

三个月前,英法联军的军舰打下了烟台,封锁了渤海湾,高明举得到消息后，忙让儿子高恒昌与文锦章加紧联系。这文锦章乃天津盐商之首，只要他肯出启动款，这宗大买卖也就成了。当然，高、文两家一拍即合，他们准备在联军进入天津后，为其供应粮秣军需。就这样，所谓的支应局应运而生。

那位说了，他高明举既不是神通广大长着三头六臂的神仙，又非前知五百年后断五百载的诸葛亮，可着偌大的天津城，满马路都是能说会道的人，就算所有老爷们儿的裤裆全破了，怎么也露不出他来呀！天津人一向好诙谐善联系，挺深的道理挺费解的话，被天津人那么一比喻，就易解易懂，就妙趣横生。“龙生龙凤生凤，跟着耗子会打洞。”用龙凤反衬耗子，再很好地把它引用到此时发了迹的高明举身上，也就转着弯儿地骂他出息得有渊源了。

其实，高明举的渊源并不流长，他爹高老装死时也不过五十出头，但高老装却倾其一生传授给儿子一套“打洞”的本领——学洋文。高老装从一落生就是只穷耗子，由乡下逃到天津前，他的大号叫高老桩，就因为老填不饱肚子，见了吃的是抢了就跑。被人抓了，他往烧饼或馒头上猛吐两口痰，把人恶心得直翻白眼。高老装再用手抹巴抹巴，接茬儿吃。打他的人气乐了，“你他妈的祖上八代饿出窟窿了。”

后来，高老装做了英国传教士罗德的仆役，这期间他跟罗德学了些蹩脚的英语，再为洋人跑腿办事时也就方便了许多。慢慢地，高老装的收入比从前丰厚了，但他对洋毛子的东西也是照“装”不误。罗德早就发现了高老装的毛病，你以为他真讲仁慈博爱呀，只是一时找不到会几句洋文的天津人罢了。

高明举跟着早已成了精的父亲，一上手就学起了带天津口音的二手英文，渐渐掌握了“打洞”的本领。他虽内心自卑，做事处处小心，但嗅觉灵敏、判断力过人，在与洋人打交道的过程中，高明举不但悟出了如何察言观色，更养成了能屈能伸的性格。所以，别管是瞎猫撞上死耗子还是歪打正着，反正这一次又让高明举给料着了。

英法联军轻而易举地打进了天津城，高明举和文锦章提前筹建好的支应局也当即开张来了买卖。高明举不仅大大地发了一笔横财,还由此得到洋人的欢心和信任。

高明举知道,洋人永远也弄不清中国这个古老帝国之中的血统裙带和官场人际到底是怎么回事,“糊涂蛋只能让洋人看不起,赚了他们的钱还得让他们打心眼儿里高兴。要不,为嘛天津人都叫他们外国鸡呢。”这样,天津开埠以后,高明举便顺理成章地成了怡和洋行的买办。打那一刻起,不论是洋行把中国的丝绸、茶叶、瓷器运出去,还是把国外的玻璃、钟表、五金运进来,一出一进,每笔生意高明举都要从中抽一成五的利。

哈哈,不赔光赚,真乃天下最好的买卖!仅仅头一年,高买办就将二十万白花花的银子狂搂进怀。

6

范佑成已经许久没见到盛元复了,听说那老爷子近来身子骨一直不爽。这天喝好了茶,吴不知的评书也刚好散场,范佑成便朝大伙儿拱了拱手,离开贤来轩直奔铃铛阁后身的盛家老宅。他先到稻香村称上二斤槽子糕、二斤绿豆糕,又在临街的水果店里称了四斤新上市的水蜜桃,掂着挺有分量,这才跨进盛家三套连通的四合院。

老世交相见当然格外亲切, 盛元复一面让卞氏夫人准备午饭,一面把范佑成让到客厅用茶。简单寒暄之后,便说起了各自的生意。

“苟活而已。”盛元复叹了一声,顺手拿起条几上一个信封掂了掂,“这不,因家中连遭挫折生意惨淡,我写信给江南的盛康,请他帮着介绍个挣钱的买卖。”

“你这堂弟还有这个势力和能力。他回信了?怎么说?”范佑成关心地问道。

“没直接说买卖生意,拐弯抹角讲了些盐政上的事,说什么朝廷的盐政要变了。”盛元复心不在焉地将手中的信放回到条几上。

范佑成心中打了个愣,接话问道:“盐政要变?怎么个变法?”

“信上都写着呢。我眼花,你看看也好帮我拿下主意。”盛元复又将信递给范佑成。

“您还真拿我当神仙了。若是粮食上的道道,我不跟您客气,盐道上的事,我可就棒槌了。您念叨念叨,我听听。”

盛元复一想也对,范佑成一个贩粮的,盐业中的事哪能说出个字儿闷儿来。好在自己也无力往这一行里趟下去,说一说不过是解解近日来的郁闷。

原来,当初为与英法联军讲和,清政府只好低头向洋人赔款,同时又得剿灭国内的捻军和太平军,财政上可谓捉襟见肘。又经过几年的折腾,朝廷真没钱了,各方面的开销尤其是数目庞大的军费向哪儿要去?而掌管总理衙门的恭亲王奕䜣和两江总督曾国藩又想搞洋务,这就更需要钱了。精明的李鸿章李大人便把目光盯在了国内盐商的钱袋上——增加盐税,还要逼那些人募捐。可自打道光十二年将引盐改成票盐后,谁有钱谁就可以倒腾盐票,盐商世袭的专卖垄断寿终正寝。原先那些银子打着滚儿都花不完的老辈盐商们被一剑封喉。盐利锐减,一年下来,去了开销,所剩无几,加上朝廷四次三番地责令捐献,许多盐商要么倾家荡产,要么个个家底穿了帮。

盐课为大清最稳定最重要的税收来源之一,特别是每日里谁都离不开的盐,更让经营它的人很快暴富。人人明白的事情,皇帝自然更明白,所以,“官盐”始终由朝廷把控着,“贩私盐”者一旦被抓,最轻的也要抄没财物、脊杖一百、流放三年,重的便是斩监候,甚至斩立决。李鸿章清楚:现如今国库空虚,不先让盐商们富起来,又怎能刮他们身上的油?恰在此时曾国藩奉旨北上剿捻,李鸿章得以署理两江总督,他立即让两淮盐运使丁日昌放出口风:今后不再对两淮发新票,也不准再扩招增添新盐商。盐改的第一步就是先给盐商们一点儿甜头。

盛康给盛元复的回信中,虽对盐改内幕闪烁其词,但隐晦之中也暗暗向他传递了一个信息:将所有的本钱拢到一起,贩盐,吃进盐票!只可惜,盛元复是“几度遭蛇咬,一辈子怕井绳”,对朝廷的所谓新政早已畏之如虎，生怕这是朝廷给盐商设下的又一圈套，因而对盛康的提示满怀犹豫。可是，当他终于明白自己与一次发横财的机会失之交臂，并顿足捶胸连肠子都悔青了的时候，那已是后话了。

俗话说：有心种花花不活，无心插柳柳成行。一心想中兴“津盐盛家”的盛元复，在疑虑间放走了这个“咸鱼翻身”的天赐良机；而看似整日惹惹[①]的范佑成，也许一生就干了两件正经事：一是让落败了的范家从自己手中起死回生；二是把被人们叫了半辈子的“范剩人”改写为后半生的“范圣人”。所以，从盛家老宅出来的那一刻，他毫不迟疑地伸出双手，牢牢地接住了天上掉下的大馅饼。

范佑成哪里还顾得上吃下夫人备下的午饭，多一分钟他都坐不住了，他顺口撒了个谎，急急与盛元复告辞。

出了盛家老宅，他命轿夫直接回家。轿子路经县衙，刚巧师爷郜洳林从衙门口出来。和此人打过几次交道，范佑成知道这位郜师爷平素为人吝啬成性、嘴馋爱小，赶上中午这饭口，若不被宰一顿，你就是立马变成只瞎蛾子，也甭想打他跟前飞过去。有心回避，已经来不及了，郜师爷的绿豆小眼已朝他的轿子扫了过来。“活鱼还是别摔死了卖，这种人最好少得罪。”想到这儿，范佑成忙命轿夫落轿，撩轿帘下轿，心中虽暗暗骂着“真是好狗不挡道！”脸上却堆满了笑纹，连连向郜师爷拱手道：“早上喜鹊树上叫，原来贵人当街罩。郜师爷，幸会幸会！”

郜师爷装作刚刚看到范佑成的样子，小眼睛眯成一条线：“呦嗬，我当是谁哪，范爷一向哪儿发财呢？”

“劈柴还是棺材？九河下梢天津卫，有多少水，就有多少财，可你也得有那个运呀。赶明儿我若真发了，也是借您了的吉言。”范佑成着急回家，不想被郜洳林黏住，只好与他瞎打镲。

“大中午的，下馆子去？”郜师爷问。

---

① 惹惹：A.积极从事或参与某项活动。B.无聊者玩耍哄闹。此处取B义。

“哪是，刚从盛元复那儿来。那位老兄病得不轻。”见部师爷要往吃上引，范佑成赶快调转话题。

“盛爷家趁钱，没给你上顿河螃蟹？”部洳林不上当，倍儿拧。

“就这季节，河螃蟹嘛价？现如今盛兄府上能熬顿像样儿的小鲫头就不错了。”

“看把人家扒呲[①]的。可我也听说，当初范爷家落赔时，端的只‘剩下人’了。那会儿，府上恐怕连吃顿馊虾酱都得跟人赊吧……”

范佑成心想坏啦，本不愿得罪他，可还是让这只狗咬上了，如再不出点儿血，不定从他嘴里再说出多难听的话呢。赶忙掏出一两银子塞过去：“部师爷真会拿人开涮。哪天我登瀛楼单摆一桌，专程向您讨教。”

部洳林接了银子揣进袖口，又道：“范爷过谦了，要不咱到衙门后堂坐坐？”

“今儿真不凑巧，贱内偶染微恙。改天改天，一定一定！”

范佑成边向部师爷拱手边退回到轿中，使劲跺了一下脚，命轿夫赶快起轿。

回到二道街的大套院，范佑成没来得及宽衣，就命管家把米行的薛掌柜连同当铺的祁掌柜一起叫来。那二位掌柜的仨俩月都难得见一回甩手东家，一听范佑成召唤，知道准有要事，二人不敢怠慢，颠儿颠儿小跑着赶过来。

见薛、祁二位掌柜的到了，范佑成是米面行情、当铺账目一概不问，把他俩引到里间屋，管家关严了门，三人在里边唧咕了许久。

二位掌柜的迈出院门后，便脚踩风火轮似的一溜烟跑没了影。

老婆费氏见了很纳闷儿，推门进去直冲冲地问道：“老爷，说事儿就说事儿，大白天的关哪家子门呢？”

① 扒呲：奚落，贬低，甚至诋毁。

“你那大喇叭嗓子能不能小点儿调门儿？快快快，把门关上。”范佑成挥着肉手，嘴巴凑近了费氏，“我打算把咱家所有的本钱都拢到一块儿。”

“你想干嘛？”费氏的调门儿又高了。

“干嘛？拿去蘸糖堆儿那叫抬杠。这回，我也要做贩盐的大买卖喽。”

“我说你又没溜儿了，不瞎折腾心里不熨帖是吧？”费氏数叨着。

“屁话！你懂什么？米行、当铺，顶天了只能算个铜锅铁碗，只有干上贩盐的买卖，那才是端上了压手的金饭碗。”

“金饭碗？真是金饭碗，他老盛家怎么连宅子都卖啦。”

“这就叫命运不济，手潮点儿背。人走时气马走膘，好运来了门板都挡不了。这回可是‘下雨没带伞——该我轮(淋)着了’。朝廷很快就允许两淮盐商恢复世袭专卖了，咱长芦的盐政也肯定得跟着改，到时候，这贩盐的生意就又成铁杆庄稼了。”

费氏听了将信将疑：“有这好事儿？别回头人家牵驴，你去那个拔橛的。”

范佑成挂脸了：“去去去，跟你说了也是白费唾沫。那什么，让小梅子这就去南市，专拣个个活的圆脐河螃蟹，大大方方地称上几斤。还有，别忘了买独流醋和大黄姜，晚上再把那坛花雕给我烫上。”费氏还要再说什么，话到嘴头又咽回去了，她没好气地白了范佑成一眼，转身出去了。

“馊虾酱？咱今儿就河螃蟹啦！吃得跑肚拉稀我也乐意！”范佑成来回走了两步，坚定而豪迈。他已经意识到，现在的犹豫不决，就是将来的悔断肠。机不可失呀！“都给我瞧好吧，范某人就要东山再起啦。我范家的后辈儿孙，还非吃上这盐票不可了。”

第二章

1

转天,范佑成揣上二百两银票,又找到了部洳林,借助部师爷这个万能交,联络上了长芦盐运使司(老百姓俗称“盐运衙门”)的一位运判。打通了这一关节,范佑成着手将自己所有的店铺、房产通通变卖成银子,再赶到盐运衙门上上下下好一番打点,又交足了朝廷规定的盐课,拿到了京西北延庆全县的盐票(相当于现在的经营许可证),从此走上了盐商之路。

一听说粮食贩子“范大剩人”已经率先倒腾起盐票了,天津卫所有在盐和不在盐的,无不个个舌头吐出多老长,是人人惊得目瞪口呆。但很快大家就回过神来,商人的反应特快,他们马上意识到朝廷的盐政真要变。那些原本就以贩盐为主业的盐商们,无论老一辈的还是新一茬的,也不论买卖大的还是买卖小的,谁也不想瞪眼放过这个难得的机会,以至于尽展各自手段不惜重金买卖行贿,千方百计要从盐运衙门里多倒弄出几张盐票来。许多一直做粮油、丝绸、皮货、古玩、票号生意的人,也挖空心思地往盐堆里边扎。

高恒昌一早便得到了信儿,他又向文锦章的次子文骏打探,再次被证实后,高恒昌二话没说,急忙赶回家向父亲报告喜讯。

高恒昌兴奋地对高明举说:“爹,咱也搞点儿盐票吧!”

高明举淡然一笑:“你就是年轻,毛还嫩。这事我早些天就知道了,咱们高家绝不跟着起那个哄。”

高恒昌问道:“怎么,您不想贩盐?那可是一本万利的买卖啊。”

高明举道:“谁不知道盐是个好东西,人只要活着就离不开盐,做这种生意比收人头税还保险。可它到底能不能赚钱,能不能发财,并不由咱说了算。按大清法,所有盐务上的产运销都在朝廷的严密控制之下,朝廷想让你发财,范佑成这样的人也能发;朝廷一旦变卦,就是再会经营的人也白搭。否则像查家、盛家这样顶尖的大盐商,怎就一赔到底了呢?”

高明举说这话不无道理,盐道上的沟沟壑壑、盐商们的沉沉浮浮,就是那些旁观者局外人都感叹万千,他不想让自己的后辈子孙挣这种担惊累心的钱。尤其是现在的高家靠洋人发了家,财大气粗了的人并不把贩盐的生意放在眼里:“儿子,你记住了,咱家只要跟定了洋人,为他们把买卖做大,挣的钱比贩盐只多不少。”

盛元复这些日子要做的事情,就是关起门来掴自己的脸了。一年前堂弟盛康来信,极隐晦地向自己传递了盐改的信息,应该说关键时刻盛康没有忘记帮一把就要破败下去的“津盐盛家”,如果不是自己的优柔寡断和愚钝怯懦,天津城里捷足先登抓盐票的怎么也轮不到他范佑成呀。

转年,两淮盐运使丁日昌果然施行了新政,紧跟着两广、四川包括天津长芦在内的盐运使衙门也纷纷效法实行。大清国所有的盐商重又得到了垄断经营盐业的特权。由于盐票可以年年循环使用,且不再发放新票,盐票也就等同于康乾时期的盐引了。由此,原本一年一更换,人人认为已不值几个钱的盐票,转眼间又变得价值万金。朝廷还郑重规定:今后不再增加票商数目。

范佑成赶上趟儿了,光靠吃盐票这一项他足可过上高枕无忧的日子。

“天下什么都有卖的,就是没卖后悔药的。”对此,盛元复只有苦笑。

也是天津盐政革新的同一年，屡考不第的大少爷盛敬祖中得乡试第五名，当上了举人老爷。但没想到接连两轮的会试都名落孙山，还落了一身痨病。躺在床上的敬祖想到自己已过而立之年仍一事无成：结婚十余载，膝下并无一儿半女，如今又得了这难缠的顽症，不知往后该怎么办。

盛元复瞅着大儿子那张灰绿色的苦瓜脸，心里真是难受。牙一咬，拿出部分老底打点官面运动关系，准备为盛敬祖在天津县衙里弄个差事。

本来府台的关节已经打通，眼看这正九品的主簿就要到手了，偏赶上天津新县令刘杰要“严肃吏治”，银票递到这位县太爷面前，人家愣是不收。盛敬祖当官的事就这么生生地给卡住了。盛元复暗自道：这人真是没法跟命争，这年头连笊篱都难捞到的清官大老爷，偏偏就让我儿赶上了。话又说回来，官场之中太刚正了也未必就好，没听人说嘛，水至清则无鱼呀！

说来也巧，刘县令上任不到半年，天津就出了火烧望海楼的大案子。刘县令在处置此案时，因多替百姓说话而惹恼了洋人，结果被朝廷充军发配到黑龙江。受教案牵连的当然不止刘杰一人，天津府、县的各级官吏是一律革职，永不录用。

这件事让盛元复倒吸了一口凉气，他没料到朝廷会这么窝囊，更没想到洋人会这么霸道，“不当这受夹板气的官也罢，在朝廷和洋人之间团子媳妇似的走仕途，又能奔出什么前程来？”

没有官运的盛敬祖，痨病也好好坏坏。心急如焚的卞氏老夫人听了帮佣朱妈的主意，让敬祖娶丫鬟翠莲为妾来冲喜。儿子娶小不算什么事，盛元复愁的还是家业如何维持。他决定找范佑成借几百两银子，把家里的一间布铺改成杂货店。

见盛元复开口借钱，范佑成心里很不是滋味，银票掏得十分痛快：“盛兄，这钱你先拿去用，什么借不借的，后边还不够的话，你派徐老顺过来就行。”

盛元复按规矩问:“那息钱呢?”

“骂我哪?”范佑成也实心实意地回。

盛元复羡慕地叹道:“老弟,你出手依旧,只不过现在是真有大钱了,说话的底气就是足啊!”

盛元复话里话外在念山音[①],范佑成听出来了,却没带半点儿不高兴。想当初要不是靠着人家提供的消息,他范佑成能有今天吗?“借钱不借道儿”,这是生意场的规矩,虽说盛元复是于无意间透露出的商机,自己由此而发迹却是板上钉钉的事实。一直以来,他总觉着亏欠盛元复的,这正好,借出的钱就算白送,也好还了他的这份人情债。

2

城里的进项老是紧紧巴巴,这让盛元复不得不关注起乡下那十几顷田产了。正巧,二爷盛元兴赶在芒种前抓空儿进城来看大哥。盛元复便拉住兄弟的手,千叮咛万嘱咐要他一定把田里的庄稼料理好。

二爷叹了口气道:“大哥,你不是不知道,庄稼人完全靠天吃饭。可咱这九河下梢的天津卫是三年一小涝,五年一大涝。坡上那六十亩地还不用太操心,要命的是坡下那二百多亩,蛤蟆撒泡尿都能给淹喽。”

盛元复忙问道:“那你瞅今年这收成会怎样?”

盛元兴语气沉重地回道:“说不准。但听那些老把式们嘀咕,今年的雨水比往常都勤,保不齐庄稼要受淹哪。”

兄弟的话让盛元复又多了一层忧虑。

怕什么来什么,才过了夏至,多少年不遇的大暴雨扯天连地下起来没完没了。海河水冒了盖儿,它上游的大清河、永定河、子牙河、潮白河更是条条涨满,堪堪决堤。连阴雨又溜溜下了一个月,海河沿岸的堤坝当真吃不住劲了,接二连三崩开了口子。转瞬间,天津城西方圆数百

---

① 念山音:说闲话,不直接说人,拐弯抹角地调弄或嘲讽。

里的庄稼地成了一片白汪汪的泽国。远近上百个大小村镇都被淹泡了,混浊不清的水面上托浮着被连根拔起的大树,更有鸡鸭猪羊骡马耕牛的尸体漂来,眨眼便被卷得没了踪影。

老百姓是连防带堵都快累吐了血，那破堤而出的洪水还是进了城。水火无情,这会儿也不论是深宅大院还是茅屋土房,个个被灌了篓儿,锅碗瓢盆漂出来了,散了架的桌椅门窗漂出来了,甚至连茅坑的大粪也浮在水面上到处漂。人们出入大街小巷就得撑船,就是地势最高的地方,也有齐腰深的水。

天津城就这样被臭臭地泡了半个月。一天又一天,折腾累了的大水才终于一寸寸退去。大水过后,老城墙上留下了四尺多高被大水啃咬出的红泥线,任凭日后无数风雨的冲刷,斑斑驳驳之中迟迟洗不去痕迹。

洪水暴发的头天,盛元复就派朱三到双塘看看那儿的灾情,可直到大水涌进城,也没有盛二爷那边的消息。又等了几天,大水并没有退去的意思,盛元复更放心不下了,便派徐老顺与老儿继祖同去乡下打探。直到大水都退干净了,他俩才从双塘赶回来。徐老顺左肩搭着褡裢,右肩扛着半扇猪肉,而跟在后边的盛继祖怀里竟抱着个半岁大小的孩子。

1871 年天津的那场洪水,真是令人触目惊心。据英国驻津记者的粗略统计,被大水淹死的人就有两万多,无家可归、露宿街头的灾民超过了十万人。这么多受灾的人需要赈济,光靠朝廷的赈粮肯定是杯水车薪,天津卫那些腰缠万贯的富户自然要有所表示,于是大大小小的粥厂便相继开设了起来。

在清朝，对官家开设的赈灾粥厂章程规定极严格:“筷子浮起,人头落地。”就是说,如果熬出的粥不够浓不够稠,那主责赈济灾民的官员就得掉脑袋。但私家的粥厂也就那么回事了,凭的全是舍粥人的良心,如赶上个应景的粥厂,别说浮起筷子,就是舀粥用的葫芦瓢给漂起来，那也得说人家这是在积德行善。所以私人开的粥厂只需跟官府打个招呼，找块空场，搭个席棚，砌上炉灶，支起几口大铁锅，这粥厂就可以开业。

范佑成也开了个粥厂。因为他明白“有钱人”这三个字只有通过施舍才能被特别地彰显和放大。他在南门外选了一片大空场，让大儿子范金宝派人去准备上千斤糙米、几百斤杂和面和几十筐咸疙瘩头，又命管家从海河边上喊来几个找活儿干的壮劳力运竹席搭棚子。待都吩咐完了，范佑成则亲自去东门里大街，找到家木器作坊，做了块题着“广善所”三个金字的木匾，挂在了粥厂门口。

天底下有这么一种人，是大道洒香油，小道捡芝麻。范佑成顶看不上这种中着不着的人，他范佑成没钱时是瘪过，现在有钱了再不摇一摇，知道的人指定说我装孙子。范佑成反复嘱咐大儿子对底下人说不要太吝惜，把粥熬浓乎了，窝头个儿蒸大点儿，千万别让人家饶是吃了喝了咱的，还在背后骂老范家抠门。

3

一个月下来，范家开在南门外的粥厂惹惹得名声很大，一提起“广善所”大半个天津卫的穷人都竖大拇哥。范佑成心里美滋滋的，后脖颈儿上的肉褶子赘在湘绸马褂的团花领子上，鼻子上浮出的光比头上汉白玉的帽正还亮。范佑成真想把那些有钱有地位的人物叫上二三十位，就到天津卫最大的饭庄聚庆成摆上两三桌，让他们好好领略一下今日“范圣人”的风采。正不知怎么拿捏好，管家拿着一张大红请帖走了进来。打开帖子一看，竟是盛元复的请柬，邀他明晚于北门外大胡同的天一坊赴宴。

“盛家有好事了？难得！”范佑成一琢磨，想起前些天似有人说过，盛家的大少爷抱养了个小子。“应该是这事了。这一比，盛兄的这点儿破费反倒显着更值实。”

“值实！当然值实！”盛元复满脸带笑，眼里放着少有的光彩，在饭桌上跟客人们一遍遍举杯，并讲述了孩子的来历。

原来闹大水的第五天，继祖和徐管家乘船顺着南运河正往二爷家赶，河道上漂过来一个小木盆正撞在他们的船头上，木盆里竟躺着个孩子。对于盛家凭空闯进来的孩子，盛元复犹豫了好久，大户人家对添人进口的事情马虎不得。转过天，盛元复吩咐徐老顺到轿班行雇了顶二人抬的小轿，他抱上孩子，直奔大悲院去求签。

晚上，盛元复精神焕发地回到家中，把好结果告诉了老夫人：“我连抽了三个上上签，实在是大吉大利啊。”老爷高兴，卞氏自然欢喜，但又对盛元复软语道：“收养一个没来历的孩子，在咱老盛家可头一宗。这种大事，老爷最好还是先跟三姑奶奶和老四他们商量商量。否则就是千好万好，这孩子怕是也立不了根。”

盛元复觉得夫人说得很在理，便将家里老一辈的人都接过来，可商议了快一个时辰，谁也不敢做主。最后还是三姑奶奶元英拍板让留下。四爷元礼小心地问：“那孩子到底给谁呢？”三姑奶奶道：“这还问，当然给敬祖啦，能让咱盛家长房无后吗？大哥，孩子起名了吗？”盛元复道：“按家谱，敬祖的后人应该是洪字辈的。大悲院的度空禅师又说：这孩子是大水冲来的，水不就是财吗？干脆就叫他‘洪来’吧。”

在天津卫，姑奶奶虽然在娘家不当家，但却可以主事，往往处于举足轻重的地位，连当家的大爷都怵她三分让她四分。赶上家里办红白事，千头万绪中最担心姑奶奶挑眼生事，在筵席上，谁的哪句话说得稍不遂意，姑奶奶就可借机大闹，甚至掀翻酒席桌子。元英虽早已出嫁，但她在盛家依旧面子大，说话也最好使。孩子的事经三姑奶奶这一说，就算定了。盛元复命徐老顺赶紧去翻皇历，择个黄道吉日好让盛敬祖认养子。

盛元复又对客人们道：“有个事大伙儿说奇不奇，这一阵子，我家所有生意好得出奇。尤其那个杂货铺，连根本不看利的手纸麻绳也成包地往外走,那几个布铺也开始赢利了。开头我也没太往深里想,心话说,人还能倒霉一辈子?老天怜惜我盛家也该起运了。还是继祖的一句话点醒了我,他说:'爹,您想想,咱家的生意是不是自打大哥认下那孩子后开始好起来的?'我仔细那么一想,可不怎么着,这孩子来了才一个多月,家里真是操持什么什么顺!"

客人无不连连称奇,耿老全插话道:"盛爷,就是挖了狗头金,不还得下矿吗?您多好,躺在热被窝里,金蛋子自己砸府门。恭喜呀!"

酒宴直吃到亥时,大家才兴致盎然地走出天一坊,拱手与盛元复告别。

范佑成钻进轿子里,想了想还是忍不住扑哧笑了,暗里道:我这位老哥哥也怪可怜见的,他也不琢磨琢磨,经了这场大水,冲的冲泡的泡,天津卫就没几家囫囵个儿的,他那日杂百货的买卖能不好做吗?连烙饼用的炙炉一天都能卖出上百个,这跟那个孩子挨得上嘛?

盛元复醺醺带醉地下了轿,徐老顺正要扶他上台阶,五侄子盛承祖满面春风地从院里迎上来道:"大爷①,我六哥盛宣怀要来啦。"听到"盛宣怀"这仨字,盛元复赶忙问:"你说是那个小六子呀,他不是李鸿章身边的门客吗?怎么突然想到天津来了?"

"没错。我在漕运衙门得的信儿,这回六哥是奉盛康叔的差遣,带着自家的粮食和衣物,到咱这儿赈济灾民来的。"盛承祖道。

"都说倒运的时候门板挡不住,好事来了怎么也猴打跟头?小六子来得好呀!"盛元复这话像是对承祖说,更像是自言自语。这会儿,他的酒全醒了,却又心跳气喘得厉害。怎么呢,还不是让这一连串的激动给搓呲②的。

4

盛宣怀要来天津,对于目前的盛家来说,绝对是件大好事。

---

① 大爷:这里"爷"读轻声。天津人称伯父辈为"大爷",称叔父辈为"伯伯",读作"bāi bāi"。

② 搓呲:折腾,蹂躏。其中"呲"读轻声。

说起盛元复这门没出五服的远房亲戚乃江苏常州的百年豪富,且世代有人在朝为官,到了盛康这一辈,他更希望官商相衬,依势而托。凭着与两江总督李鸿章的莫逆交情,儿子盛宣怀刚二十出头就已进了李的幕府,并深得李大人的抬爱和信任。这次盛康派儿子以私家名义进津赈灾,只这一点,便显出老盛康活络的心路和巧妙精明的手段。想想看,几十只装满粮食衣物的赈灾船排出多老远,沿大运河一路下来,"江南盛家"的名声远播南北不说,盛康也为盛宣怀仕途上的亮相登场做了再好不过的安排和铺垫。更重要的一点,盛宣怀此番北上还兼有另一项使命,那就是替李鸿章观测考察天津的局势人心,在当地的商贾中大大传播兴洋务、办实业。这就等于为李大人就任直隶总督打了个平稳的前站,这件事干好了,在李大人那里还能没好前程吗?这一石三鸟的巧活儿,盛康父子是绝不会让其旁落的。

盛元复十几岁时,曾先后两次去过"江南盛家",那时候盛康刚出生不久。"江南盛家"和"津盐盛家"虽相隔千里分处大运河的两端,反因各守南北、富甲一方而关系亲密。自从盛元复主持"津盐盛家"以来,一路的败落,盛元复觉得矮了三分,自己先就萎缩退避下来,两下的交往日渐减少。如今盛宣怀虽为官身,但作为"江南盛家"长房,首次来津,礼数上第一个要拜访的必然还是盛元复这个老伯父。

召集来府内各房主事的,盛元复把准备盛情款待盛宣怀的想法对大伙儿讲了。众人一致表示同意。可招待盛宣怀这样的特殊人物,钱又打哪儿来呢?指日常进的那点儿怕是连零头都不够。盛元复实在没法了,在卧室内踅摸了好几圈,最后他揣上一只宣德炉和一对成窑的五彩茶盅,奔了北门外大街的博古斋。

博古斋现在的老板名叫潘显达,盛元复与他的岳父韩墨瑜也算有过交情,所以对潘显达还是比较知根底的。这个非常有心计的后生也确是个做买卖的材料。可惜的是他少敏命舛,三十岁刚出头已亲身经历了两次家族的变故与败落。

原来,潘显达祖上也曾是长芦的引商,虽说家资比不上查、盛这样屈指可数的大户,却也过着锦衣玉食的日子。可道光年间的盐改,让与潘家类似的中小盐商几年下来便负债累累,最后举家迁回山东原籍去务农。潘显达的父亲潘子奇不堪乡下生活之苦,族人的白眼和歧视更让他备感世态炎凉。

一个晚上,潘子奇用根绳子将自己吊在了房梁上。父亲死后,所剩无几的潘家迅速被分了家,那时的潘显达只有五岁。潘显达十二岁那年山东大旱,村里不少人都去闯关东,母亲佟氏连饿带病,躺在床上瘦得皮包着骨头。临终前,佟氏拉着儿子的手,让他无论如何也要回天津找到未来的岳父韩墨瑜,这样他或许还能找条生路。当初潘家尚在天津时,与经营古董的韩家是通家之好,潘子奇和韩墨瑜自幼便结为金兰兄弟。后来佟氏与韩墨瑜的妻子先后怀孕,潘、韩二人便指腹为婚,约为儿女亲家,还相互换了信物。

潘显达埋葬了母亲,揣着定亲的信物,沿路讨了半年的饭才千辛万苦地来到天津,并找到了韩墨瑜。韩墨瑜见到叫花子似的潘显达,别提多堵心了,他有心悔约,又觉得对不住故友,暂且把潘显达留在店里当了名伙计。而潘显达凭着自己的勤快聪慧和过人的悟性,历经八年多的努力,逐渐成为天津古董行里的后起之秀。韩墨瑜看潘显达既能干又可靠,最终还是把独生女儿韩婷如嫁给了潘显达。

当了韩家的倒插门女婿,潘显达做事依旧兢兢业业、谨小慎微,颇得岳父大人的赏识和信赖。此后,韩墨瑜便将日常生意都交给了女婿,自己没事就泡到茶园里喝茶聊天,乐不得的清闲自在。

这种舒心日子没过几年,洋人打进了天津卫。一把大火将老博古斋烧了个精光,韩墨瑜不堪打击,一命呜呼。老韩家的族人见状,便吵闹着要分家。潘显达没有办法,与妻子商量后,把残余的家产平摊给各家。韩家的叔叔和堂兄弟们得到钱物后,马上各奔东西。一夜之间,天津卫有名有号的古董韩就这样被作了“古”了。

分家时,潘显达多了个心眼儿,悄悄眯起几件值钱的古董。等韩家族人四散后,潘显达才将宋人临摹的展子虔《朱买臣覆水图》和一对永乐青花的玉壶春瓶出了手,用这笔钱在北门外大街重新开了间博古斋。他深知这博古斋来之不易,经营之中更是精心加小心,进出的每件东西都要亲自把关,生怕打了眼。

这天,潘显达正命店伙计关门打烊,盛元复在管家徐老顺陪同下,一步跨了进来。盛元复是何许人,这个时候他到博古斋来十有八九手上揣有真东西,看来好买卖上门了。潘显达满脸堆着笑,忙将盛元复请进里间,分宾主落座后,又命伙计敬上好茶。

盛元复没心思和潘显达闲聊,更不想在这种地方逗留过长,万一让老熟人给碰上,面子实在不好看,忙让徐老顺打开灰蓝色的双层线织包裹,里边的宣德炉和五彩茶盅一下便展露出来。潘显达拿眼一溜,便知是上乘的好货色,心里不免馋得慌,但也明白,老盛家玩古董的先辈可不少,盛元复耳濡目染也称得上大半个行家,凭自己的能说会道三言两语把人打发了那是妄想,瞒天过海更是自毁买卖,与其被其视为乘人之危,不如落个精明懂行又不失规矩厚道。

果然,盛元复一张嘴,口气冲得就没商量。

“潘掌柜,东西你也看见了,不会错吧?我跟你老泰山交情不浅,之所以把东西拿到这儿来,就是不想便宜了外人。咱爷儿俩也别讨价还价再费那个事,就一千五百两吧。”

潘显达为难地笑道:“老爷子,您的这东西还用说?肯定是好呀!可这价码嘛,搁以往也要得不高。只是如今这世道,您老经多见广,应该知道这‘盛世古董,乱世黄金’的道理。”

“那你的意思是?”盛元复脸色半阴着问。

“我还能让您老吃亏,一千两,怎么样?”潘显达满脸堆笑地跟着还价道。

盛元复心想:这小子真会出价,我不能软了,于是道:“就一千五,一两也不能减。”

潘显达依旧殷勤地笑道："老爷子，别生气。我怎敢得罪您这样的大主顾？可实打实地讲，当下这行情，就是转遍了天津卫，您也卖不到一千一。"他咬了咬牙又道，"这样吧，我出一千二，绝不能再多一个子儿了。您要还不乐意，我也没辙，只能请您老慢走啦。"

话说到这一步，盛元复只得认了，他也清楚潘显达出的价还算可以，真没有死杀狠宰。双方又往来了几个回合，最终盛元复还是收起一千二百两的银票，速速出了博古斋。

5

有了钱，办事就痛快。为迎接盛宣怀的到来，盛家上下就忙活开了。

盛宣怀的船还没到三岔河口，盛元复这边已将他赈灾期间的一切照着伺候朝廷钦差的样子全安排妥了，还特别吩咐继祖在聚庆成订了二十桌的大席。这动静，天津卫的士绅巨贾谁能不赏脸，都纷纷丢下手上所有的应酬准备着这次赴宴，就连漕运、盐运及府县各衙门的官员收到邀请的也有二十几位。

盛宣怀到达的那天，盛元复派承祖、继祖和徐老顺一同前去迎接。盛宣怀众星捧月般被簇拥着到了盛家老宅，天津地方上的官员连同盛宣怀的随从以及担着礼盒的仆人，哩哩啦啦排满了整条胡同。

盛宣怀行大礼见过盛元复及卞氏夫人，盛元复下腰扶起盛宣怀，拉着看了又看。只见眼前的青年公子面玉眉阔，二目烁烁，言语沉着，颇具家风，不由得心中喜欢。洗漱完毕，饮过了茶，叙了些家常，盛元复问了问他父亲的近况，盛宣怀回答说一切安好，之后提出要见一见天津地方有头面的人物，以便将船上的赈灾粮物分派下去。

盛元复知道这是正事，不敢耽误，各自更换了衣裳后，盛元复拉着盛宣怀的手门外上轿。盛元复特意吩咐徐老顺多拐几条马路走，特别是到了估衣街那一带人多热闹的所在时，轿子要慢行。就这样，直到正午时分，盛元复引着盛宣怀一行才来到位于宝宴楼胡同的聚庆成。

聚庆成绝对算得上天津卫最有名气的大饭庄了。当年,为祝贺康熙皇上登基大典,津城的大小士绅们共同集资兴建了这个大饭庄。后来的乾隆皇上由大运河水路三下江南,下车辇必打天津改乘龙舟,万岁爷的一日三餐也全由聚庆成包办。盛元复在这里订席,还一口气包下二十桌,这就叫摆大谱。谁都知道,在聚庆成要想开二十桌像样的酒席,没四五百两银子是绝对下不来的。

走在前边的盛元复一进饭庄,见赴宴的贵宾都已早早等待,便主动向客人做了介绍。盛宣怀一入席,两百多人全都起身,连连拱手施礼。众人一打量盛宣怀,禁不住暗自称赞。瞧人家一个不足而立之年的年轻小伙儿,身处这么大个场面,从容大度气宇非凡,尤其那双眼睛,含笑之中敛藏着锋芒和机警,还真就有那么股子气势。

席间,众人接连给盛宣怀和盛元复敬酒。而盛宣怀也确实海量,可谓来者不拒应对自如。这一来,众人便更是你一句我一句,称道盛康的仁行善举,夸赞盛宣怀年少有为前途无量,就连盛元复也大大地得到了追捧。

盛元复虽喝得有些头重,但心里却明镜似的,想着这些年来身处的窘境,真可谓"门前冷落车马稀"。他不禁深深地叹息:这些表面阿谀奉承、逢迎拍马的人,其实看重的莫不是盛宣怀身后的背景。罢了,人情冷暖,这就叫趋炎附势呀!

酒过三巡,菜过五味,盛宣怀在客人们的一再盛邀之下,慢慢说了些上层的内幕和当今朝廷的大势格局。他始终含着微笑,见大家的情绪都被调动起来了,这才把自己最终要说的话端出来:"诸位都晓得,前些年国势艰危,民生凋敝,内寇作乱,外夷侵扰。尤其洋人,依仗船坚炮利,肆意欺侮我天朝。天津控天子之门,扼大沽口咽喉,蛮夷来犯,却常败居被动挨打之地。关于这点,我想,在座的天津乡绅父老应是体味最深的吧?"

席上众人闻听此言,莫不颔首无语。

盛宣怀接着道："幸而当今两宫太后垂帘，恭亲王摄政，这些都是英明睿智宏图远略的主子，他们每日殚精竭虑宵衣旰食，就是要内安黎庶，外拒强敌，振国兴邦。怎奈国库空虚，税收又逐年锐减，有道是：巧妇难为无米之炊啊。可缺钱怎么办？总不能老向在座的要报效、要捐献吧？那也不为长法，仅仅是不得已而为之的权宜之计下下之策呀，无异于剜肉补疮、饮鸩止渴。"

"是啊，是啊……"众人纷纷应道。

"因而李大人深思远虑地力倡推行洋务，先学洋人经营之道，创立先进的工商实业，使我大清迅速富足起来，再购进他们的洋枪洋炮，直至用自造的枪炮和战舰，组建咱自己强大的海陆新军，让西方列强再不敢小觑我天朝。这就叫'比而齐之'，而后'驾而上之'。办洋务，难处在国人不明事势，洋人又不太讲理。我国臣民当恨洋夷，这自不消说，但须徐图自强，乃能有济，断非毁一教堂，杀一洋人，便算报仇雪恨了。"

众人听了满耳朵，明白此理的并不多，但听到要富国强兵，却是不住地称好。

盛宣怀看大家听得兴致昂扬，又提高声调道："诸位，太后已决定将李大人上奏提议办洋务的折本列为国策。说到这'办洋务'，五口通商之后，广州、上海这两个地方更应进入朝廷的视线，但李大人首选的却是天津这块绝佳的风水宝地。他在两江任上就常对在下言说，天津背靠皇城，面朝大海，既得天子庇佑，又便于同西洋交往，还是盐运漕运的枢纽，完全可以预料，天津港潜在的巨大贸易赢利之诱，定会使外商趋之若鹜。所以，应该乐观地说，在此地推行洋务可谓再合适不过了。真是天遂人愿，不日朝廷便要调李大人来任直隶总督。我想届时天津必将成为北方洋务之中心，商机乃藏、机遇无限，各位士绅名流、商界才俊们必将乘势而上，宏图大展啊。"

6

"洋务""实业"这两个词，大家听着新鲜却不明深意，盛宣怀又做了详解，不少人还是只听懂了个大概其，但李大人要来直隶办实业这是千真万确的了。至于建工厂、修铁路、造轮船、开发矿山、羊毛、纺织什么的咱从来没干过，反正都是照着洋毛子的样子瞎鼓捣呗。

便有人问道："我用我法治天下，自有圣人之道在。咱堂堂大清，可谓天朝上国，现在反要跟在洋夷屁股后边学走路，谁心里受得了，又能行得通吗？"

此一问也确实问到了点儿上，这里边不单有人们深深的疑虑，更有他们的因循和不屑；这不单是天津人的心态，更是现今大多国人的心态。想到这儿，盛宣怀笑了。他推了推面前的杯筷，向大家讲起了当年李鸿章在上海时的一件事：

为剿太平军，时任江苏巡抚的李鸿章率领五千五百名衣衫褴褛的淮军刚刚抵达上海，就遭到了洋人的耻笑。开始李大人还不以为然，他认为军队的职责就是打仗，而非徒有华丽的外表。但仅仅数日，在看到由美国人华尔率领的军容整齐、火炮精良的洋枪队的表演后，李巡抚大为震惊。于是他聘请华尔来训练淮军，一时间，这些张口"直娘贼"、闭口"奶奶个熊"，在上海人眼中"宛如乞丐"的淮军们，也开始一板一眼地在军营中操着洋泾浜，从此变得让人肃然起敬了。

见席宴上所有的人都直着眼睛在听，盛宣怀接着说道："在上海是这样。在北京，掌管总理衙门的恭亲王奕䜣每天要面对国家无数重大的繁杂事务，却一心牵挂着一件'小事'，那就是要掌管广东、上海和直隶的督抚从'专习英、法、美三国文字语言'的商人中间，选出几名外语老师到北京执教。在座的想一想，为什么掌握大清命脉的大人物们会发生这样的思维变化？自祖龙崛起，兼并守内，而知天下事，岂有久不变者也，上古之天下，一变而为中古；中古之天下，一变而为三代。穷则变，变则通。不变不通就要受穷，就要挨打呀！"

盛宣怀不想太急于求成，他的头一个目的已经实现了，他要做的就是把一股创业的热风吹到天津城，再让其在这个多河靠海并屡遭列强践踏蹂躏之地慢慢鼓荡开。这一点他已经做到了。

此后,盛宣怀便按部就班地散发赈济物资,拜望津门士绅名流。这之余,便常到铃铛阁盛家来做客。每次盛家都是大排筵宴盛情款待。如此一来,亲戚关系更近了,可盛元复的心里却越来越发虚,卞氏夫人瞅着家里那些还值几个钱的老玩意儿就揪心,总怕老头子再把它们拿出去换了钱,私下里巴望着那位阔少爷早点儿走人。

盛宣怀早已看出这位伯父家的心思,暗自觉得好笑,他见盛元复老是碍着面子不好意思直说,便借一次午宴后饮茶的机会,主动对盛元复道:“听说伯父近来的生意遇到了难处,有什么需要小侄帮忙的,尽管开口。”

“不,不,还凑合,还凑合。”盛元复强笑着应道,“老夫只是还想做点儿盐斤生意,可这盐票……”

盛宣怀无奈地一笑,摆摆手道:“伯父啊,别的都好说,就是这盐票——五年前,小侄还能帮上忙,现在朝廷肯定不会再发新票了,我真是爱莫能助啊。当初您过于小心了,要是听我爹的……”

一提那件事,盛元复就恼羞得不行,但又不好对盛宣怀解释,只有垂头叹息。

“算啦,过去的咱就不说了,如今李大人要试着在天津搞洋务,以后还愁没有发财的机会?到时候,小侄一定帮您多想想办法。”

“多谢你费心啦。”盛元复没再多说什么,只是对盛宣怀大大地失望了,心道:这搞不搞洋务跟我眼下的生意有何干系?你就要跟着李鸿章来天津做事了,我花钱为你装点门面也没什么,可你也得正经帮我一把呀。噢,净拿这没踪影的话来甜可儿人,这不是光给我抱个热火罐吗?

与盛宣怀这种毫无意义的谈话又进行了两次,盛元复已经花了上千两银子,只得了一堆不知能否兑现的空头许诺。盛元复认定,他的这位阔亲戚就是个光会要嘴皮子的主儿,而且还动不动就大谈洋务,怎么听怎么像那个扫帚星高明举的腔调。因而,他也变得和家里其他人一样，只要盛宣怀来，依旧好吃好喝侍候着，表面哼哼哈哈一团和气，心里也巴不得盛宣怀快一点儿走人。

在盛家，只有四爷家的承祖与小继祖和盛宣怀还谈得热乎。这里面自有缘由，承祖是希望盛宣怀能帮他在漕运使那里美言几句；而继祖是因为盛宣怀偶然提到李鸿章有意创建水师的事，一连几天都追着盛宣怀的屁股，反复表示自己想加入水师。盛宣怀笑着安慰继祖道："这八字还没一撇呢。"

盛继祖却执著地对他道："等真有了那一撇，六哥您可想着我。"

从八月底到九月初，盛宣怀用了近半个月的时间才发放完全部用于赈灾的粮食和衣物，也和天津官商两界的头面人物都搭上了关系，最后，他抱着天津父老所赠"恩泽黎众"的大红金匾，风风光光地回江南去了。

第三章

1

阳春三月，海河水长，风和日暖。就在津城处处扬花飞絮之际，李鸿章正式被朝廷任命为直隶总督，上任时还兼了一个新鲜头衔——北洋通商事务大臣。

李鸿章到了天津，盛宣怀自然也紧随而来。这回他还是提前给盛家来了信函，可盛家却没有像上次那样大张旗鼓地搞迎接。盛宣怀本人似乎并不在意这些，协助李鸿章将到任之初诸多急需处理的事务一一安排妥当后，提上礼物，主动登门拜望大爷大娘。这倒弄得盛元复十分尴尬，忙吩咐徐老顺到天一坊叫桌好菜。盛宣怀婉言谢绝，简单寒暄了两句，言说公务在身，告辞而去。盛元复的心当时就冷了半截。

可这次盛元复又估计差了，盛康父子并未把他这门远房亲戚丢在一边。刚过五月，也就是盛宣怀抵津的第二个月，他向漕运衙门打了个招呼，盛承祖便由一个未入流的吏目擢为从八品的知事。

一听五哥承祖提职升官了，盛继祖可就坐不住了。为到朝廷水师当兵的事，继祖三天两头缠着盛宣怀，求他尽快帮自己疏通。盛宣怀有意逗他，心中也是不解地问道："你个读书人干嘛非去当兵啊？"

继祖激动起来，他大声冲盛宣怀喊道："我恨洋毛子，我要当兵，我要杀洋人！你到底帮不帮这个忙？"

继祖这一反常的举动把盛宣怀吓了一跳，他赶忙收了笑脸安慰他道:“老兄弟你别急呀,想当兵这不难,可你也得容我找机会办不是?”

继祖就像没听懂他说的话,人僵僵的,脸上没一点儿血色,只是双拳紧握,两眼瞪得大大的怒视前方,牙齿咬得咯咯地响,一副随时冲将出去和谁玩命的样子。这下,盛宣怀蒙了。

当天盛宣怀没有走,晚饭后他同盛元复提到了盛继祖,带着歉意道:“老兄弟要去水师,我没忘他的事。只是一直以来公务繁忙,还没顾得上替他办。怕是他多想了,白天突然就生我的气了。”

见盛宣怀误会了,盛元复重重地一拍大腿:“贤侄,你千万别那么想。嗐,继祖这个样子绝不是冲着你,他那是又要犯老病。”于是,盛元复便对盛宣怀说起发生在继祖小时候的那桩灾难:

盛继祖是盛元复四十岁时由小妾巧兰给他生下的老疙瘩,一来太娇贵,二来身体极为羸弱怕养不活,照许多天津有钱人家的法子,盛元复便将小继祖寄养在北门外替人缝穷的王二家。直到继祖过完六岁生日的七七四十九天后,才算把孩子接回盛家。但继祖在闲暇时还总爱往王二那儿跑,尤其喜欢跟王家的闺女、比他大着五岁的小怜一块儿玩。

英法联军攻破天津的那天,继祖偏巧在王二家,便随他们一起往城外逃,不想正撞到几个洋兵。那帮家伙要调戏小怜,王二和王二媳妇上去拼命, 都被洋兵们用枪托活活给砸死了。眼瞅着爹妈都被打死,小怜一下子就疯了,而洋兵已撕下她的衣服,她奋力挣脱后,光着身子一路狂奔, 到了子牙河边一头就攮了下去……这可怕的情形被躲在草堆里的小继祖看了满眼,从此他就落下个毛病:情绪一激动便攥紧双拳瞪圆眼睛,直愣愣地望着前边。每次看到继祖发狠的样子,盛元复心里都忍不住咯噔一下。此事成了老爷子心中永远的痛。

听着盛元复的讲述,盛宣怀也下意识地紧了紧自己的拳头。

“打那儿开始,继祖就老是闹着要去当兵,我也不太敢逼他念书。贤侄,果真能有机会,你还是成全了他吧。”

此时盛元复的眼里已升起了点点水雾。盛宣怀很受感染,他对盛元复道:“您老放心,这个忙我是帮定了。”

盛宣怀放下手头所有的事情,第二天一大早,便提笔给船政大臣沈葆桢写了封信,直接推荐盛继祖到福州马尾船政学堂就学。很快,盛家就得到了继祖要到福建船政水师当兵的消息。继祖闻讯,欣喜若狂。全家上上下下都为继祖准备着。三天后,继祖辞别了亲人,从三岔河口登船南下。

侄子承祖升迁了,老儿子又去做自己乐意做的事了,这一切都是盛宣怀帮着实现的,盛元复猛然意识到:这位远房亲戚的心里还装着我,盛宣怀可谓言而有信。这样的后生也算是个有情有义之人呀。

盛宣怀确实说话算话。没过俩月,李鸿章筹办的轮船招商局在天津建立分局,需要订购大批的布料制作员工制服。盛宣怀便将这笔生意揽给了盛记布铺,让盛元复不大不小地赚了一笔。

2

高明举父子要请盛宣怀吃个便饭,饭店就订在聚庆成二楼的特等雅间。

说是“便饭”,其实是一桌当年专门孝敬乾隆爷的海参燕窝鱼翅宴。此外,还特别加了一道由乾隆金口赐封、现已成为聚庆成名菜的“官烧目鱼”。仅这一道菜就要十两银子。之所以如此昂贵,因它既在原料更在手艺上都是非常精致讲究的。这道菜必须选肉质细嫩、刺少味鲜的上等半滑舌鳎目鱼,精心切成大小均匀的鱼条,一一裹上鸡蛋汁,而后下锅,用五六成热的油炸成金黄色,口感要外酥里嫩,再以红烧之法烹调,并放鸡肉、羊肉与猪软骨熬制的高汤少许,拌以鲜笋、冬菇、银耳等十余种辅料,待挂芡出锅,少说要花上一个半时辰。

菜肴讲究,酒也马虎不得,两坛浙江绍兴“周云集酒坊”的极品花雕,四川宜宾“陈氏私坊”后改名为五粮液的姚子雪曲也备了两坛。高恒昌想了想,觉着还是有些老套,请盛宣怀这样的新派人物不能让他认为自己土气，于是又拿出从洋人那边高价弄来的两瓶顶级白兰地，一瓶是桶贮二十五年的马爹利XO，一瓶是桶贮超过半个世纪的人头马路易十三。这下没得说了吧，无论是土是洋，一律为顶呱呱的瓷实货。

高明举此次下这么大力气，费这么大工夫，当然是为了谈大生意。自李鸿章任直隶总督以来，立即着手洋务和实业。在朱其昂、唐廷枢、盛宣怀等心腹人的辅佐下，创办起一系列西式的工商企业。近日他又任命盛宣怀为天津机械局的督办，准备将该局下属的两个分局都扩大为占地数百亩、员工上千号的大型兵工厂。如此一来，肯定需要从西洋买进大批的设备与原料。

对商机天生敏感的高明举，没等他的主子罗根·泰勒吩咐，就主动蹿向了盛宣怀的督办府，想方设法要将这笔大生意拉过来。几番讨价还价后，盛宣怀口头上答应把进口机床、配件及钢材的业务先交与怡和洋行代理。

泰勒对此非常满意，他叮嘱高明举趁热打铁，尽快将合同签订下来。泰勒到中国没几年，像他这样的英国人，最憷头与当地的官商打交道，除了语言上的障碍，中国人无论是做事规矩还是行为标准都与大英帝国有着天壤之别，而且真若斗起心眼儿来，他这样的英国佬十有八九要被中国人给耍了。因此，凡遇到业务联系和买卖交易，泰勒就不得不依靠高明举这样的买办。

其实无须泰勒催促，高明举自己比他还急，他迫不及待要与盛宣怀坐坐，便命儿子在聚庆成精心布置了这顿“便饭”。高明举算得很清楚，一旦生意成功，自己至少能得两成利，赚的是大钱。更何况比起平时倒腾洋布、钟表、玻璃这些零碎生意来，机械局的买卖稳当可靠，人还不用受累。这样一比，就是摆再豪华的宴席，他高明举也觉着划算。

只可惜，人算不如天算，世间的事就是这样。令高明举万万想不到的是，就在昨天，人家盛督办已在侯家后江叉胡同的福聚成吃过请了。做东的竟是文锦章的二公子文骏。

望着已安排妥当的酒菜，高明举越想把嘴角往上翘，不听使的嘴角越拉得像张“八万”。现如今提起文家，高明举就恨得直咬牙，后悔当初拽着文家一起办那个支应局。虽说一开始的“创局”是他高明举先跟洋人搭上的线，但这几万英法联军的军需用度，凭他当时的财力断断支应不起。他所能做的是跑腿联络关系，支应一切花销、出大钱的却是老文家。仅仅这一不同，褪了毛比猴还精的洋人，却迅速洞悉出二人间的谁重谁轻。结果折腾了半天，力气他高家没少使，风头却都让文家抢去了。更让人受不了的是，英国女王也跟着凑热闹，就此事委托驻华大使特别赠送文锦章一顶女王自己戴过的六角帽和一柄银制手杖。又打悠又走运，多美，真是锦上添花。凭嘛呢？

洋人还从中发现：无论是经济实力还是在商界的影响以及同官面上上下下的关系，文家都远远胜过高家。除了平日里高抬老文家一头，遇到有利可图的事，文家分到的那杯羹也明显着比高家多出几大口。

实际上，在洋人眼里，文、高两家不过都是他们豢养的宠物狗而已。只是文锦章接近于会讨巧的纯京巴，而高明举则更像只不爱挑食的细菜狗。但高明举就不平衡了，您想，人家是被抱着的，他自己却是被牵着的，那区别那滋味能一样吗？别管心里怨愤多么深，可有一则，高明举表面上还不敢撕破脸，他心里很清楚，倘若一旦得罪了老文家，在天津这地界他高明举还真就不太好混。没承想，文家真就蹬鼻子上脸，自己就要谈成的生意也横插了一杠子。

“爹，您老也别太犯愁。兴许还是咱们多心了呢。我想盛宣怀那种人物，还不至于言而无信吧。”儿子高恒昌劝道。

高明举点了点头，拿定主意似的说道：“但愿如此，不过也难说。这样，等会儿姓盛的来了，咱们先别把话挑明，只探他的口风，他要是对咱遮遮掩掩，其中肯定有事。”

3

盛宣怀有意比约定的时间晚到了一会儿。当他稳步下轿时,高恒昌和两名仆人正在聚庆成门前焦急地转磨磨。

盛宣怀今天穿的是朱青色长袍,外罩黑绸团花马褂,显得庄重大方,旁边一位身着深绛色长袍、高大威猛的年轻绅士,乃是他的表妹夫兼副手周子坤。高恒昌见盛宣怀下了轿,忙向前紧走两步,拱手施礼道:“督办大人,百忙之中能大驾光临,恒昌真是荣幸之至啊。”盛宣怀忙还礼道:“高兄客气,盛某琐事缠身,让高兄久候了。”高恒昌忙连连拱手道:“哪里哪里。”而后与周子坤也相互见礼,引领着盛、周二人来到二楼。此时,高明举已在雅间外恭候着。

宾主略加寒暄之后,进入雅间。盛宣怀虽一再推让,仍被请至上座。高恒昌一声招呼,精美丰盛的菜肴便一道道地摆上餐桌。

对于这类精美丰盛的吃喝,盛宣怀早已司空见惯,倒是那瓶人头马路易十三确实难得一见,入口之后,半个时辰唇上仍有余香,暗叹主人用心之良苦。

为了给酒席助兴,高恒昌主动向盛宣怀讲起“官烧目鱼”菜名的由来。高恒昌眉飞色舞道:“这道菜原名叫‘烧目鱼条’,乾隆爷六下江南,每到聚庆成必点此菜,以为色、形、味、香均属上乘,乃百馔之魁首,钦赐厨师黄马褂和五品顶戴花翎,并御封此菜为‘官烧目鱼’。”

“妙哉!遥想当年祖龙崛起,曾留下多少人间佳话。如今李中堂推行洋务,就是要中兴我大清,再创一代盛世。高老先生父子都是商界的有识之士,更应为此多出一份力呀。”盛宣怀语气激昂地道。

“一定,一定。”高恒昌连忙应道。高明举借机向盛宣怀道:“由此,老朽就更盼望与盛督办的交易能尽快定妥,机械局所需的机床配件方能早日到货。这也算是老朽为李中堂的洋务大业略尽绵薄吧。”

“高先生说得好,盛某其实也早等着这一天了,可近来中堂那里正着力于开滦矿务,此举耗费庞大,总觉得资金周转有些不灵……”说到这儿,盛宣怀故意顿了顿,抬筷子夹了一块鱼条,放在口里细细咀嚼起来。

高明举没敢拾这个茬儿。他心道:还没让我挣着一个子儿,就想从我兜里掏银票,这帮官商想得倒美,谁知道您那煤矿猴年马月才能挖出煤来。

高恒昌却急着问道:“那咱们的生意呢?”

盛宣怀将鱼条咽下,用餐巾轻轻擦擦嘴:“中堂只是想这价格……”

“价格嘛,督办放心。我可以跟泰勒先生谈,应该能——再降半成。”高明举咬着后槽牙说。

盛宣怀莞尔一笑,“我昨天在福聚成,人家文骏做买办的茂丰洋行开口价就比你们低了两成。”

听盛宣怀说得异常轻松坦然,高恒昌心里不觉懊恼起来,他压住怒火强笑着冲盛宣怀道:“督办大人,咱可是合作在先哪,您怎么能——”

高明举在桌底下暗暗踢了儿子一脚。

“高兄莫急。”盛宣怀仍然不紧不慢,“盛某身在公门,可仍是一介商人。商人自当以诚信为本,在下怎会背着你们去和别家交易呢?但昨日是府台孟孝广孟大人下的帖子,你们说我能不赏这个脸吗?”

这下高恒昌没词了,他晓得,天津知府孟孝广是文锦章的侄女婿,文骏动用孟知府出面邀请,盛宣怀当然无法拒绝。这事要怪,只能怪自家势力不济。

盛宣怀接着道:“尽管如此,盛某也并没有答应文家什么。”

“当真?”高明举惊喜地急问。

“盛某岂能戏言。”盛宣怀一脸郑重。

高明举将信将疑,而高恒昌却很激动,他起身举杯道:“盛督办真乃一诺千金的君子,令人钦佩万分。来,小可敬您一杯。”盛宣怀也忙起身,“盛某多谢。”

二人饮罢杯中酒,重新落座。盛宣怀又道:“不过盛某早就有言在先,我虽名为机械局的督办,实际上只是替中堂当个管家,大主意还是中堂拿。文家出的价,盛某实不敢隐瞒中堂。这一点还望二位体谅。”

高氏父子一听,心又凉了大半截。高明举忙道:“盛督办不要客套,老朽素闻李中堂对您信任有加,可谓言听计从。此事还请督办多多费心。”

“老先生,高抬盛某了。但能尽力的,我一定尽力。盛某对二位至少能保证一点,这笔生意绝不会将高家抛在一边。”

“真能如此,老朽不胜感激。价格的事,我明日便去跟泰勒谈。”高明举说着冲儿子使了个眼色。高恒昌转身一招手,贴身仆从便捧过来一幅卷轴。高明举笑道:“听说盛督办酷爱古玩字画,老朽为您备了份薄礼,还请不吝笑纳。”

此刻,高恒昌已与仆从将卷轴展开,盛宣怀一看,竟是前明书画大家董其昌的《遥峰泼翠图》,心中不免大喜,而口里则一力婉拒。高氏父子又费了许多口舌,才让盛宣怀将古画收下。

第二天一大早,高明举便到了怡和洋行,他要同泰勒商议价格的事。

本想大捞一笔的泰勒这下毛了。他深知茂丰在天津落户的时间虽比怡和晚,但借助文家在天津的影响,茂丰这些年的发展势头已超过了自己,连租界当局遇事都更偏袒着茂丰。而且像军火、机械这样的大生意,怡和的实力也远不及茂丰,真搞起价格战来,怡和肯定要甘拜下风。

见泰勒如此为难,高明举狠下心,主动提议让出高家的一分红利,以确保怡和在价格上的优势。此举使得泰勒甚为感动。其实,他哪里明白高明举的心思,这位高买办也想豁上一把,决心就是少赚银子也要压一压文家的气焰。再者,此番如果真和盛宣怀搭上关系,今后洋务发财的机会还不多的是。

听说高明举这边主动让价了，文骏那里赶紧再次宴请盛宣怀……

由此，文、高两家便开始了一场价格上的较劲大战。盛宣怀从容地周旋于两家之间，是左右逢源、游刃有余。最终，盛宣怀奏请李鸿章把机床与钢材的两项生意交与出价较低的茂丰，将枪械配件的买卖留给了怡和。文家赚了个大头，自然称心，高家好歹没落空，也没失望。盛宣怀则谁也没得罪，同时还从文、高两家手里捞了不少的外快。

其实，高明举也明白盛宣怀于暗中要了手腕，但最让他恼恨的还是文家。本来整只肥鸡都是自己的，文家人过来就是一把，可着劲儿地把有肉的地方全捌走了，只给他剩下俩有味没肉的鸡爪子。

4

盛宣怀分别签好了两份合同书，忙向李鸿章汇报。李鸿章审视了一遍合同，不住点头称赞，便留盛宣怀共进午宴。

与李中堂畅饮之后，盛宣怀自感神清气爽，出了侯家后前街的总督衙门，乘马车沿海河朝东南的老龙头而去。同车的周子坤却对盛宣怀近来的做法表示不解。他是行伍出身，父亲乃李鸿章手下淮军骁将周盛传，他自己从十六岁起便驰骋沙场，二十岁即任正六品绿营千总。可惜此后天下无事，在李鸿章帐下过了两年悠闲日子的他，看出当兵无甚前途，偶一机遇结识了盛宣怀，他决心弃武从商。盛宣怀看他少壮干练，不仅同意聘他做副手，还做了回大媒，使之与自己的表妹结为连理。从那时算起，周子坤已跟随盛宣怀三年，除了上次天津赈灾因其母生病未能同来，几乎就与盛宣怀形影不离。

这几年耳濡目染，周子坤已粗通了些为官为商之道，可并未见盛宣怀如此行事，如今生意已经做成，他才忍不住道："表哥，您怎么不把生意交给一家来做？那样会省去不少周折，价钱还能更便宜些。"

盛宣怀淡然一笑，"这你就不懂啦。在天津，以高明举与洋人联系最为密切，而文锦章财雄势大，更受洋人倚重。双方各有优势，所以这两条狗咱还都得拽着,看哪条能逮着兔子就用哪条。”

周子坤直言道:“可我看你好像更照顾文家。”

盛宣怀摇摇头:“不是照顾,而是文家更值得信任,更容易为咱们所控制。高明举完全靠洋人发的家,是纯粹的买办,洋人的狗腿子,自然更多为洋人和他自己的利益着想。文锦章就不同了,他家的主业还是贩盐。盐商能否发财,要靠朝廷的政策。因而他跟咱们官家做生意时,总会考虑到朝廷的。”

说到此处,周子坤便探问道:“有一点我总琢磨不透,朝廷干嘛老盯着盐啊?”

“自汉唐以来,这盐税就一直是各朝最主要的财源,咱大清每年的税收除了田赋和极少部分的关税,将近一半都来自盐课。”

“是吗?”周子坤惊疑了,“我还真不明白,不就是平常吃的盐嘛,能值几个钱,这里面怎会有那么大的利?”

盛宣怀笑道:“你有所不知啊,‘盐为百味之祖’,但它又不像粮食、蔬菜,可以自己种。百姓受不了淡食之苦,都得掏钱买盐,你想想这每天的销量是不是大得惊人呢?”

周子坤不禁点点头。

盛宣怀又道:“再者这海水晒出来的盐,要是在海边交易,一斤顶多就二十文钱,而运到内地零售,最稳定的起价也得二三百文。如此算来,这贩盐的生意可不就是日进斗金、一本万利吗?谁贩盐谁不得发横财呀!”

“是啊。他娘的,我说那帮盐商都那么有钱呢。”

“‘煮海之利,历代皆官领之。’这说明,各朝各代都明白,控制好了盐税,国课才有着落。但盐货从生产到收回资金,对朝廷来讲存在两大弊疾:一是资金投入大又流转缓慢;二是经营起来过于消耗精力。为了从盐业经营的烦琐事务中得以解脱,朝廷干脆改专制性经营为专制性收税,于是便圈定专商来做朝廷的代理。不管你使用什么手段,只要能得到户部的特许做了盐商,就是闭着眼也能赚大钱。但他们也得明白,钱挣得再多也是替朝廷办事，咱大清起初的引盐制，后来的票盐制，直至如今的循环票盐制，还不都是为了约束调理这些专商才制定的。”

“如此多的名目让人搞不懂，正好闲着没事，表哥你就给我说说吧。”周子坤一下子对盐政动了好奇心。

盛宣怀笑着摆摆头：“一时半会儿也说不详细，咱又不贩盐，你了解那么清楚干嘛？”

盛宣怀不想讲，不仅是盐法、盐政太过复杂，更因为有些话不便多说。大清立国之初沿袭了前明的引盐制，按规定，一引就是四百斤。专商只有完税后方可在朝廷指定的某地区持盐运销，这个区域被称为“引岸”。盐商只在自己的引岸里售盐，每年所得再扣除预先交纳的盐课，便是他们的收入。这种专卖特权为世袭制，子子孙孙都可享受。由于专商凭“引”垄断了盐市，只要官盐销路畅通，那成堆的银子就算到手了。至康乾年间，国势昌盛，大清人口已近四亿，盐的年销量也随之猛增，本已腰缠万贯的盐商们这下更是富可敌国了。

可树大了招风，上至皇帝，下至小吏，全对盐商犯了红眼病，都想方设法地盘剥勒索他们。你临幸驻跸，他无本取息，最要命的还是花样繁多的“捐献报效”，什么对外作战、镇压内乱、皇室营建、兴修水利、旱涝灾患，都要盐商大把地捐银子，加上盐商自己又极尽挥霍，再满的钱匣也有见底的时候。而此时大清的国力也日趋衰颓，朝廷急了，便一个劲儿地加征盐课。

盐商们为维持自己的好日子，尽量压低购价、提高售价，斗米斤盐，有些盐商还在盐里掺杂沙泥，弄得老百姓苦不堪言。绝大多数人买不起价高质劣的官盐，干脆买私盐，致使私盐生意异常兴隆，最终泛滥成灾难以收拾。到了道光年间，八成以上的百姓都吃私盐，而在官盐场区又历年欠运，滞销严重。光天津长芦一地，每年停盐就高达五十余万引，天津盐商的总资本由鼎盛时的两万万两缩至不足七千万两，中小盐商纷纷破产，大盐商也是苦苦支撑，盐商数量从三百有余锐减至不过百户。另一些拥有引权的专商,并不经营盐运,而将其牌号租给行商,行商任意短运经营,形成了专商垄断,行商取巧,朝廷却因此每年少收税银二百多万两。正是:“商无责成,场有积引,国课虚悬,人民淡食。”

道光皇上急了眼,下令陶澍搞盐政改革,由引盐变票盐,规定商家不论资本多寡,只要纳引交课,就能领票卖盐,且不受地域限制,可以破岸自由交易,还减少了往昔的诸多盘剥。这一改,大批新盐商拥进盐市,靠优质低价与私盐竞争,重新夺回了市场。官盐销量迅速回升,朝廷的收入自然又逐年增加了。但也应了那句话:几家欢乐几家愁,票盐制虽好,只是弄惨了那些本已不堪重负的老盐商,祖辈留下来的自己又花了无数钱粮才保住的盐引、盐窝,瞬间变成一堆无用的废纸,而做票盐又干不过新人,只有无可奈何地纷纷败落下去。

到了同治年间,像文锦章、谭运山这样的天津票盐商人,业已成为新一代豪富巨贾,朝廷为了笼络他们,将其牢牢控制在自己掌控之中,并让盐商们不断地“慷慨”下去,于是,又把盐政改了回来。

“既然盐政那么重要,就多用些心思,想个大伙儿都满意的办法。干嘛老变来变去的?”周子坤又提了个问题。

“你就是制定出再万能的盐法, 也永远有人踩得上点儿有人踩不上点儿。文锦章就是因为道光年间的盐政改革发的家,而我那个本家大爷也正是从那时起开始衰败的。这盐政变也好,不变也好,就看怎么对朝廷有利了。”……

5

二人闲聊着,马车已到了老龙头。过了码头,改乘小轿,再往东走十八里,便到了河东的贾家沽。这里是天津机械局第一分局所在,也就是天津人俗称的“东局子”。二人下轿,抬眼一望,机械局的围墙外挖了一圈深沟,高筑堤坝,左右对开的巨大黑铁栅栏门额悬着块铜制大匾,上书“军火机器局”,门两侧墙上刷着四个朱漆大字“海疆藩卫”,门前摆着两尊英制阜物士后膛炮，并有八名持火枪的警卫轮番把守，真是气派非凡。

盛宣怀看着这番布置，满意地点点头。这时，一名警卫快步近前，向他立正敬礼道："禀告督办大人，门房有个人等您半天了。"盛宣怀心下疑惑，忙让警卫带路。

刚进机械局大门，盛承祖的弟弟崇祖满眼冒火地从门房里奔了出来，未及向盛宣怀施礼，便急不可耐地道："六哥，不好了，我哥承祖出事啦。"

"他怎么了？"

"犯了官司，已被关进府衙啦！"

令盛宣怀搞不明白的是，盛承祖刚升官没多少日子，美乎劲儿应该还没过去，怎么就会被捕入狱了呢？

原来，盛承祖上任不过一个月，新结交的漕运守备严振便找上门来，几杯酒下肚，把承祖引到衙门后院的一个僻静所在，低声问他：是否想发一笔邪财？

承祖心道：自咸丰五年黄河改道大清河入海，京杭运河航线经常受阻，朝廷用粮主要靠海运，河漕自那时便风光不再了，其间可供漕官们投机发财的机会也寥寥无几，即便有，个人私吞还会嫌油水少，谁又乐意与他人联手呢？待承祖往细里一问，才知道严振竟是要用官船来贩私盐。

据严振讲，南运河沿岸有座武城县，地处直隶与山东交界，该县的盐业长年为天津盐商祁家把持，但祁家如今的两个当家人祁逍和祁遥都是挥霍无度的败家子，除了吃喝玩乐，经营之道一窍不通，弄得入不敷出了，就变着方地提高盐价。可盐价是受朝廷监控的，由不得你乱涨。那哥儿俩一看价钱到了头，又让手下往盐里多掺沙土，有时一斤盐里就能含四两沙土。老百姓忍无可忍前去告官，官员们大多得过祁家的好处，不肯为民做主。百姓们就只得像嘉庆年那样，都偷偷去买私盐。

这期间，行事强硬的长芦盐巡张彪来此地严查私盐，结果被一个姓孙的私盐贩子打死，盐运衙门闻讯震怒，又遣大批缉私人马追拿盐贩，折腾了仨月，总算压住了当地私盐泛滥的势头。而买不到私盐的百姓宁愿跑到临近的州县去买盐，也不买祁家的盐。由此，武城实际上已没有了盐市。

严振还了解到，近来盐运衙门对武城私盐的稽查有所松懈，但尚无人敢到此地来铤而走险。运河边的悦宾酒楼是用盐大户，严振便通过那里的掌柜赵福友，联络了该县一些有心买卖私盐的商贩，并与新任的盐巡暗中达成了交易，只要天津的盐一运到当地，销售起来将畅通无阻。

严振介绍完情况，又追问盛承祖道："我是没这个门路，可你老弟是'津盐盛家'的后人，弄他上千担盐应当不成问题吧？"

承祖寻思了许久，觉得这"马不吃夜草不肥，人不得横财不富"是有道理的。再者，如今的漕运衙门已是苟延残喘，不趁现在捞上一把，靠在衙门里挣的那点儿俸禄，过起日子来真是捉襟见肘。还有一则，如果不同严振干，万一惹恼了他，将来漕运衙门这碗饭同样不好吃。反复这么一想，承祖便动了贩私盐的心。他回到家，把事情对大爷盛元复和父亲讲了。

四爷元礼一时还没个准主意，盛元复则皱皱眉头，正色道："承祖，这贩私盐与私铸钱币一样，都是大清律法中的头等重罪，被视为朝廷钦犯，最起码也得罚金挨板子，弄不好脑袋都要搬家。尤其官家贩私，还要罪加一等。当年我为振兴家业，也斗胆干过。那是慎而又慎，可走了没两趟，便走漏了消息，结果我是上下打点，花了足有三四万银子，才把官司给按下去。要不是那回贩私盐出了事，咱盛家也不至于败得这么快。这事，老盛家的人有谁不知道。"

"您这是不同意？"盛承祖问。

"当然。你祖父曾对我反复讲，咱生意人'不怕一时困，就怕入公门’。但凡犯上官司,就要倾家荡产呀。”

盛承祖心想:真是“江湖越老,胆子越小”。我这位大爷让朝廷折腾了大半辈子,一点儿锐气和胆色也没了。于是他近前一步道:“这事是有些危险,可要想发大财,哪有不冒风险的?这年头,撑死胆大的,饿死胆小的。严振把路可全铺好了,货物出手相当快,又跟当地盐巡打了招呼,不会有人来查的。那个祁家现在半死不活,即便他们有所察觉,也没力量去管。退一万步讲,真惹出什么麻烦,不是还有我六哥了吗?”

盛元礼以为儿子说得在理,也开始在一旁帮腔。

可任凭他爷儿两个说出大天来,盛元复就是不答应。

盛承祖不死心,回到自家的套院里,又跟父亲商议了大半宿。第二天,他重又向严振详细询问了武城那边的情况,晚上到家后,与父亲一道再次去游说大爷。

其实,昨晚盛元复也没睡好觉,他一直在反复权衡利弊,感觉这笔生意确实有利可图,而盛家要想重振雄风,也必须得干几票能获暴利的俏买卖才行。

由于心思有了变化,加上四弟和侄子的一再鼓动,盛元复便略显无奈地道:“那就闯一把吧。不过,咱说好了,只此一次,下不为例。”

“行啊,一次就一次。”盛元礼道。

“做这种买卖,除了有胆子,重要的是心细如发,每个环节都不能有丝毫马虎,考虑得越周全越好。咱这边如何运作的,绝不能让严振那小子知道半点儿。”盛元复不放心地提醒着。

“我记住了。”盛承祖道。

“事成之后,怎么分账?”盛元复进入到实质性问题。

“严振打算五五开。”

“四六。他四,咱六。”盛元复斩钉截铁地道。

“这个嘛……”没与别人谈过生意的盛承祖感到有些为难。

盛元复冷冷地道:“你就告诉严振,咱没三七开就够便宜他的了。这是脑袋掖在裤腰带上的买卖,他愿意就干,不愿意就算。”

第四章

1

盛承祖将大爷的意思转达给严振。严振起先还很不痛快，但转念一想，凭自己的能量，他是断断弄不到盐的，对这个四六开，也只得答应了。承祖忙回禀盛元复。盛元复便立即派四弟元礼赶往塘沽，找到盛家的故交、当地的场商管沛雨。

大清的盐商有场商与运商之分。场商手里没有盐票，只能负责在指定的盐场向灶户收购食盐，然后将收到的盐转卖给运商，运商再把盐贩往引岸销售。管沛雨在长芦经营多年，从他手缝里渗出几百担盐一点儿也不成问题。他与盛元礼一番讨价还价，最终以每担(约二百斤)四两银子的高价，一下卖给盛四爷五百担。四爷用盛记布铺拉布匹用的大车，将盐分成三批，又连夜运到了严振的漕船上。

盛元复再三叮嘱盛承祖，让他一定警告严振：为了出手迅速，务必把卖价定在二十五两一担。从没贩过盐的严振对盛元复的话是言听计从，运盐船一到武城，事先得到消息的十几个商贩早已在岸边等候，一听售价不足当地盐价的一半，眨眼工夫便把这五百担、总共十万斤的私盐抢购一空。

不到半日时间便得到一万两千多两银子，严振简直美疯了，赏了该赏的，打点了该打点的，忙带着余下的银票和散碎银子打道回了天津。

按约定，他自留了三千五百两，其余的七千三百多两都交与承祖。刨去预先购盐花去的两千两，盛家净赚五千二百两，盛元复与盛元礼两家又来了个六四分成。盛承祖真没想到，前后运作还不到两个月，自己就能得两千多两白花花的银子，相当于他全年俸禄的五十倍还拐个弯儿。

盛元复这里是想见好就收手，可如何拦阻得住盛承祖。四爷盛元礼也是见钱眼开，与儿子一盘算，背着大哥又到管沛雨那儿试探着弄了三百担盐。此番严振是轻车熟路，不到一个月就揣着大把的银票回来了。两下一分，元礼父子独落了近三千八百两。爷儿俩这下胆子大了起来，第三次，干脆一气搞了上千担。

严振兴冲冲地押着这一大批私盐，浩浩荡荡开赴了武城。漕船开到了约定好的销货地点，却见岸边空荡荡的，根本没有赵福友等人的影子，严振感觉不妙，可没等他做出反应，运河两岸已伏兵四起，盐运衙门上百号手端火枪的兵卒将他的船队围住，而为首的正是前后收了严振五百多两银子的盐巡胡翼。胡翼带人跳上船，不容分说先给严振两个嘴巴，随后扣留了全部装有私盐的漕船，一路押着严振来到济南府的盐运衙门。

上了大堂便是严刑拷打，严振虽为武将，骨头却很软，一通板子过后，就将知道的全招了。转天早上，完全不知情的盛承祖，一只脚刚迈上西门内大街漕运衙门的台阶，就被在门房等候的四名衙役拿住，然后径直解到西城右卫的天津府衙内。

听完盛承祖被捕的大致经过，盛宣怀马上示意崇祖不要往下再讲了，他阴沉着脸，重重地哼了一声："真是糊涂蛋呀，什么年头了还去贩私盐，以为自己是程咬金？如今发财机会多得很，过不了几天，唐山那边就要开矿了，食品、布匹、日用杂货得需要多少，还愁没你们的生意做？偏偏以身试法，捅下这种大娄子，如何收拾？"

盛崇祖是大气不敢喘，待盛宣怀端起茶盅喝茶时，他才上前央求道:“事已至此,六哥,您可不能不管啊! 否则,我哥的脑袋就保不住啦。”

“官员贩私盐足可以判个斩监候。何况你们一弄就几十万斤,这种天大的案子,肯定要上报刑部和都察院的,你让我怎么管?”

盛崇祖也不知再说什么好,只是反复地哀恳,希望盛宣怀能想想办法。

盛宣怀不耐烦地一扬手:“好了,论理我本不该管,但念在亲戚情分上,我又岂能见死不救。可咱们有话在先,我是尽力而为,成不成的还要看情形的发展。”他又严肃地道,“回去告诉家里的人,什么也别说,什么也别做,都给我老老实实地待着,千万别再节外生枝。”

“好好好!”盛崇祖满口应诺着退了出去。

2

打发走了盛崇祖,盛宣怀坐回到紫檀圈椅,一口便饮尽茶盅里的龙井,而后将茶盅蹾在桌面上。

周子坤在一旁道:“表哥,这事咱一定要管吗?会不会惹火上身?”

盛宣怀微闭双目道:“自家人哪能作壁上观?外人会说我不讲亲情,还要笑我连这点儿手段都没有,以后如何让人信服?”

周子坤跷起拇指道:“盛大人就是盛大人。”

盛宣怀淡然一笑,其实他心里还有许多没法对周子坤讲的话。没来天津之前,他就想到要好好利用一下这位远房亲戚,特别是借助盛元复老盐商的身份,让自己也能在长芦盐业之中占有一席之地。不想“津盐盛家”竟败落到如此惨状,令他多少有些灰心。但盛家毕竟是自己的本家,能帮一把就帮一把,他们兴旺了,对他当然是有益无害的事。如今盛家犯了这等大案,倘若闹得满城风雨,官商两面的对手都可借机来攻讦自己,到时候自己就难以在津门立足了。

此案非管不可!想到这儿盛宣怀对周子坤道:“子坤,你马上去找府里的通判廖佶,他是自己人,你就直接问他,承祖这小子招了没招？"没等周子坤转身往外走，盛宣怀又不放心地叮嘱他道，"记住，一定要暗里打听，先不要让旁人知道咱们在插手此事。"

周子坤回到机械局时，天色已晚。盛宣怀这一天照常与机械局里的会办、襄理及各级管事一起用饭，接着再聊修建新厂房的事宜。这些人大多是随李鸿章从安徽和江浙来天津的，暂时都住在局里。见周子坤来了，盛宣怀便命厨师为其预备吃喝，之后随口问："怎么样？"

"还行。"周子坤平静地点点头。

一句"还行"令盛宣怀略感欣慰，这说明承祖还没有招供。如此，事情尚有一线生机。等旁人都散去了，盛宣怀带周子坤回到督办所自己的房内详细询问，得知盛承祖在大堂上死活不认账，知府孟孝广威逼利诱不见成效，竟要动用大刑，幸亏通判廖佶和另外几个经历、知事的劝阻，盛承祖才少受许多皮肉之苦。

"承祖好歹也是朝廷命官，怎能轻易用刑？姓孟的想干什么？"盛宣怀疑道。

"据廖佶讲，孟知府对此案特别重视，似乎承祖不招认，他就誓不罢休。"

"这里面一定有事。"盛宣怀飞快地转着脑筋道。

"廖佶说了，有他在，承祖在里面不会再受罪。可咱这边也得赶紧想办法。"

盛宣怀沉吟片刻拍板道："扬汤止沸，不如釜底抽薪。子坤，你连夜就动身去济南。"

"去济南？"

"严振是漕运守备、朝廷武官，盐运衙门别想一直押着他。你去找山东按察使何铭章，他也是中堂的旧部，和我很有些交情。"盛宣怀说着转过身，从花梨木多宝格的下层抽屉里取出一枚鸡血石，交与周子坤，"四年前他用这块巴林鸡血换了我的昌化鸡血，你拿着这东西，到那儿给他一看，他就知道你的身份了。唉，要是咱们也有洋人的电报，何需如此麻烦。”

接着,盛宣怀便将自己考虑成熟的计划向周子坤合盘端出。周子坤听罢,心下一惊,不无忧虑地问:“何铭章会那么痛快地照办吗?”

“放心。当初任江苏布政使时,有人弹劾他辖属的库府钱粮亏空,是我借了他十万两,才算帮他渡过了难关,直到现在他还欠着我一半银子呢。”

周子坤又道:“如果何铭章问李中堂知不知道这件事,我怎么回答?”

“他是聪明人,绝不会问的。你也用不着提,只跟他说你该说的话。”

周子坤秘密赶到济南的第二天,山东按察司便去盐运衙门要人。严振被押进臬司衙门的当晚,臬台何铭章亲赴牢房夜审。再转过天来,何臬台正式升堂讯问,严振却当场翻供,并指出盐运衙门滥用大刑,自己挺刑不过,才胡乱指认盛承祖是同犯。

“那么,你为何非要诬告盛承祖呢?”何铭章又问。

严振答道:“当时受刑太重,急着招供,于是想到盛家原为盐商,说他帮我购买私盐,才容易被司马大人(即山东盐运使司马平)相信。”

“那究竟是何人为你提供的私盐?”何铭章接着问。

“蔡四保。”

不用多问了,蔡四保是直隶与山东一带赫赫有名的大盐枭,官府通缉他已有二十多年,但一直未能将其捉拿归案。

何铭章本想就此结案,孰料山东巡抚丁宝桢闻讯偏要过问此案。何铭章知道这位丁抚台为人刚正,遇事就爱较真,连慈禧太后的亲信太监安德海都让他给斩了,自己怎敢得罪他呀,便把案卷交与了丁宝桢。丁宝桢看完卷宗,当即便指出口供中的多处疑点,打算亲自审问严振,何铭章满口应承。可等衙役到监牢提人时,却发现严振业已悬梁自缢,身旁还放着一封悔过书:自知死罪难逃,不愿身首异处,以此求得全尸。

严振一死，他的供词无法对证，案件便成了无头案。丁宝桢虽感觉这背后可能藏有阴谋，但一时也不知如何下手调查。

3

周子坤顺利办完盛宣怀交给的差事，回津复命，却得知盛承祖仍被关在府衙。

“这官司怎么还没完啊？”周子坤问。

“文家那边咬住不放。我都查清楚了，这事坏就坏在他家身上。”

“您是说文锦章？这关他们家屁事？”周子坤诧异地问。

见周子坤被弄糊涂了，盛宣怀便向他说起了其中的缘由：原来，与武城县相邻的德州、清河、故城都是文家专属的引岸。由于祁家在武城境内以次充好胡乱经营，当地百姓只得到临近州县去购盐。文家这三块地盘也因此成了最大的受益者，每年额外销出三千多引盐。另外，文家对武城盐市觊觎已久，就等着祁家哥儿俩支撑不住时，将武城的生意一口吞下去。

不料，五个多月前，许多武城人突然就不买外地盐了。文家起初并未在意，但这种怪现象持续了数月，连武城经常到邻县买盐的几个大户都不见了踪影。消息传到天津，文锦章马上意识到，一定是有人在武城贩私。他立即派大儿子文骥前去调查。文骥撒开耳目四处探询，并重金贿赂了当地盐巡胡翼，查清是天津漕运守备严振在贩私。文骥即刻联络山东盐运使司马平，与之谋划好，在私盐交货地，给严振布下了天罗地网。

严振被擒后，又从他口里供出了盛承祖。这下文骥恼了，心想：你个苟延残喘的老盛家，竟敢坏我的好事？他星夜返回天津，找到堂姐夫孟孝广，让其派人第二天就拿下了盛承祖……

“噢，是这样。”周子坤恍然大悟，又道，“可如今严振已死，盛家也不会再威胁到他们，就该把承祖放了才是。”

“所以，我就说这老文家过于霸道了。都是在生意场上混的，干嘛非置人于死地呢？当撒手时则撒手，得饶人处且饶人嘛。”盛宣怀顿了顿，“子坤，明天洋人的工部局在紫竹林要开个鸡尾酒会，你替我走一趟，到时候多跟泰勒和高恒昌喝几杯，告诉他们，机械局已经准备进第二批钢材和配件了。记住，你不要给他们任何的许诺。我想，只这一条就足够了。”

第二天的酒会上，周子坤只与文家老二文骏打了个招呼，却跟泰勒、高恒昌两个聊得热热闹闹。转过天，文骏便急急忙忙登门拜访盛宣怀来了。这之后的第三天，天津府与山东盐运衙门也认可了山东按察司关于严振贩私盐案的结案裁定。

可万万没想到的是，中间又出了岔头。就在三方官衙刚刚达成了一致，文家也同意罢手之时，山东巡抚丁宝桢又“叮”上来了，他非认定此案大有蹊跷。这下可难住了盛宣怀，他也了解丁宝桢的性子，若想让这位认死理的主儿转风向真是很难。还得说盛承祖的运气好，偏巧此时日本人在山东沿海挑衅，丁宝桢忙着到烟台、威海、登州等处去构筑炮台，加强海防，没工夫再理会此事。就这样，严振贩私一案才算无人追问了。

何铭章将结案的卷宗上报给都察院和刑部。京城的那些大老爷才不关心这种鸡毛蒜皮的小事呢，朱笔一挥就算审阅过了。

一周后，盛承祖被天津府无罪开释，又大摇大摆地返回了漕运衙门。这下可好，上自巡漕御史下至低级的吏目反倒对盛承祖刮目相看起来。您想想，犯了如此重案，依然能安然无事，就等于把已经掉了一半的脑袋又粘回到腔子上，这得有多大的背景和本事呀。从此盛承祖反而成了漕运衙门里最被抬举最被巴结的人。一年之后，还被擢拔为六品通判。

盛家逃过了这场灾祸，此后，便没人再敢动这贩私盐的念头了。

转年的七月中旬，一桩难得的喜事降临到盛家，老大敬祖的小妾翠莲生了个胖小子。盛元复给孙子起了个名字叫“洪业”。但好景不长,天刚凉,盛敬祖三年没犯的痨病突然再次复发,来势特别猛烈。盛元复不惜重金请来京城的名医毕回春,也是束手无策。

盛元复知道儿子这回真是大限将至了,连连摇头叹气,吩咐儿媳冯爱珍命人给敬祖准备装裹衣裳。冯爱珍听了难过之极,自己没有亲生的骨肉,如果再失去丈夫,这对于一个女人来说,无疑是件天塌地陷般的灾事。又将就了近一个月,盛敬祖到底没挺过去,撒手人寰而去。

4

听说盛家大少爷人没了,在西北角羊肉胡同开杠房的季大了是不请自到,一大早儿,他就带着手下的伙计们赶到了盛家老宅。

在天津卫,有一种很古老的职业,就是专门替别人料理白事,而从事这种上门服务的人,一律被市民们称为“大了”。您不要小看了大了,二巴巴的[①]可干不了,不懂规矩的假行家不行,慌手慌脚的毛包更不行,因为身为大了,必须在白事现场指挥若定、举重若轻。主家千头万绪的麻烦,他得料理停当,里外上下迎来送往,他要接待周全,一个丧礼上事无巨细皆得由他说了算。

季大了直接去见四爷盛元礼,一副统领事务总主持的架势:“四老爷,您了嘛心气吧?咱是风风光光的大办,还是您听我的,我给您了编排编排?有一节,这回盛家过去的可是长房,照说道,就连您府上的盛大老爷都得披麻。关着这一层,这丧事要不办得体面点儿,老盛家在天津卫可就太寒碜啦!四老爷,您说我这话在不在理儿?”

“吃红白口儿”的大了如不撺掇着主家把事往大里办,他又怎么挣吃喝?可季大了说的这些也不是没有道理。四爷让季大了先到院内喝茶,自己来见盛元复,把季大了的意思说了一遍。末了,四爷叹道:“大哥,敬祖人没了,我们花俩钱,就算最后再疼他一回吧。”可没料到的

① 二巴巴的:能力才智一般。

是,盛元复压根儿就不想大操大办,一是家里的财力不允许,二是老来丧子让他身心交瘁,哪还有心思瞎折腾。他用低低的声音对四爷说:“老四,还是算啦,一切从简吧。”

说是从简,开销也小不了。盛元复早就算过了,从入殓、出殃、发引、破土,直到下葬,只这几笔开销就不小。即使不用楠木棺材,至少得是上等的杉木,还有请僧道番尼搭棚唪经,这些也是不能免的,盛敬祖是有功名的举人老爷,总得捐个八品九品的虚衔吧?再者,那么多亲朋故旧要来吊唁,自家的场面也不能让人笑话。人这辈子不就“一婚一丧”两件最大的事吗,该花的钱总要花。这么算下来,光出大殡那一天的花销也不下三千两银子。说了归齐,还是落个“耗财买脸”。

天津卫就是大,有办白事的,就有办红事的。盛家的大殡刚过去七天,潘显达的大女儿就要出门子,嫁的还是津门首富文家二爷文骏的三公子文彦召。在此之前,街面上便流传着一种说法:说博古斋里没嘛太拿人的东西,潘掌柜家中倒有三宗宝。这三宗宝指的便是潘显达的三个女儿。

潘显达和韩婷如成婚快二十年了,他这位能干的夫人先后给他生了仨孩子,可惜全都是清一色的千金。好在这三个闺女模样一个赛一个的标致,都出落得像天仙下凡一般。潘显达一琢磨:既然有这样如花似玉的女儿,如能招到门第显赫、富甲王侯的乘龙快婿,说不定也是三宗难得的好买卖啊。

不过,潘显达的“攀高枝儿”也有个重大而现实的阻碍,那就是女儿们的大脚。这还得怪他的夫人,韩婷如的外号就叫“韩大脚”。因为是独生女儿,当初韩墨瑜夫妇俩没舍得让婷如受缠足之苦。身为人母后,韩大脚也不愿意给自己的女儿缠足,谁不知“小脚一双,眼泪一缸”,对此潘显达拿她毫无办法。可“蛮婆皆大脚”,明摆着,大凡豪门大户谁不想娶个“三寸金莲”的媳妇?眼见大女儿玉惠都已经十八了,还找不到一个称心如意的人家。潘显达一时急得火上房,满嘴满舌起燎泡。

一天，嗜好收藏的盐商曹世襄溜达着来到博古斋，他先选中了一套雍正年间的青花红彩蝠寿纹盘，然后关心地问起玉惠的婚事来，最终又挑明这是文家的三公子托他前来打听的。起初，潘显达不敢相信，那老文家可是津门首富，怎么会看上自己的女儿呢？

曹世襄忙解释道："这文三公子性格与众不同，满脑子都是古怪的想法，每周必到紫竹林教堂跟洋教士们学洋文。后来又进了朝廷新设的同文馆，因学业出众，已官至鸿胪寺主簿。文三公子早闻令爱既有倾国倾城之貌，又有辨琴咏絮之才，更难得的还是令爱的这双天足。他受的是西洋教育，最讨厌女人裹脚了。但相貌好、家教好又不曾裹脚的大家小姐，可着京津两地能有几个？这就叫歪打正着。说到底，还是令爱有福气呀。"

潘显达听清了原委，高兴得差点儿从红木圈椅上蹿起来。他努力克制着自己，又问了问文彦召的一些详情，便千恩万谢地将曹世襄送出门，那套青花红彩盘也只对曹世襄收了个本钱。

曹世襄登门保大媒，文家对这门婚事非常满意，可三公子文彦召也许真是洋墨水灌多了，竟提出要到教堂去举办婚礼。对此潘显达没敢多说什么，但文家内部则一致反对：大喜的日子，红红火火多吉利。怎么着，让新媳妇学西洋娘们儿穿个大白袍子头上再顶个白箍儿，你是想妨死谁呀？不行，门都没有！弄了个大没趣，文彦召犯了小脾气：那好，咱就婚事一律从简。

韩大脚得知此事怏怏不乐，闺女一辈子的大事怎可以简单草率，一旦过得门去，还不得受气？潘显达生怕因这个变故再把这门亲事搅和黄了，苦口婆心地劝夫人道："说是从简，只是婚礼不像我们预想的那么排场罢了，但无论怎么着，文家还得拿出十足的气派来，咱闺女不会受委屈的。"

最终，潘玉惠和文彦召的婚礼还是如约举行了，潘显达美得腾云驾雾一般。但他很快便发觉，这门亲事并没直接给他带来多少实惠的东西。更让人难以接受的是，玉惠出嫁不到一年，女婿就要跟着曾纪泽出使英国，而且还要把女儿也带到那个遍地都是洋毛子的鬼地方。

潘显达心里是一百个不乐意，可嫁出去的女，泼出去的水，又能怎么着？他和夫人只能忙着去北京，赶赶罗罗的，还是没来得及见女儿一面。因公务紧急，小夫妻俩已提前去了上海，然后乘坐远洋客轮奔了欧洲。

5

铃铛阁与鼓楼、炮台并称“天津卫的三宗宝”，它原是明朝万历年间敕建稽古寺里的一座藏经阁。阁分上下两层，房脊突凸飞檐四翘，为防鸟雀入阁损坏玷污，便于脊边檐角悬置了四十八只铜制风铃，每只风铃都长有一尺，但有清风拂动，悦耳的铃声可传三五里外。后来稽古寺的住持私自典当了庙产，携款逃匿，其他僧众也一哄而散，官府便将寺庙改成书院，铃铛阁也就成了书院的藏书楼。

虽成了书院，但铃铛阁仍保留着旧时的一个风俗：每年农历的六月初六，也就是佛门所谓的“晒经节”，要把存在里边的全部藏书都搬出来，经一经风洗，晒一晒阳光，以防蛀防腐。因而每到这天，津门内外那些书虫子都纷至沓来。

逐渐从丧子之痛中缓过来的盛元复，从家中闲逛至铃铛阁，正赶上这一年一度的晒经节。望着阁前空场上人头攒动熙熙攘攘的景象，他不由得想起：自家的孙子侄孙们，除了洪来、洪业两个尚小，其余的早已到了读书的年纪。

盛元复记得还住在城里的盛府时，家里一直专设一个套院的三间正房为家塾。自从搬到这老宅，院落比以往小了一半，各房住得都不很宽余，加之前几年盛家的孙辈还没长起来，盛元复一度没想起办家塾的事。如今家道虽是没落了，可供孙辈们读书的钱还是掏得起的。况且仕农工商，在中国人眼里，商人做得再大再成功也属末流，而读书取仕、扬名显亲才是正道。

从铃铛阁回来后，盛元复命仆人买了桌椅和文房四宝，又四下寻找善于管教孩子的先生。四爷盛元礼打听到，北大营那边有个石板胡同，有位叫关劲松的教书先生，学问好，对孩子也真用心，就是管得严了些，爱打手板，人们都称他"关戒尺"。

关劲松是个落第秀才，已过不惑之年，为生计所迫始以教书为业。从本心讲，他实不愿教商人家的子弟，但耐不住盛元复老哥儿俩几次三番诚心聘请，只好答应。但他要的学资可不低：每月五十斤白面，外加三两银子，还要管路费。盛元复不假思索一律同意。

开课的头一天，盛家的子弟早早到了西跨院。关劲松一清点，总共是八个学生，最大的是盛家老二念祖的长子洪祥已经十岁，最小的是盛承祖的次子洪基也快七岁了。关劲松先严明念书的规矩，而后照例开讲《三字经》。

哥哥们都去读书了，小洪来既羡慕又好奇，他有意哄弟弟洪业到家塾旁的小套间去玩耍，盛洪业玩累了靠着墙角睡着了，盛洪来则竖起耳朵，听着旁边屋里的动静。就这样过了两天，盛洪来发觉里面翻来覆去老是念那些三字一句的东西，心道："这读书有什么大不了的，还嫌我小，不让我来。"对那位先生，盛洪来倒是蛮喜欢的，一来他读书的声音洪亮悦耳，有股子说不出的味道；二来他特别能教训那几个平日里老欺负自己的哥哥。戒尺打到手板上的啪啪声和洪祥他们的哎哟声，都让盛洪来听得特别解气。

到了第十天头上，关先生要求学生们务必背下《三字经》，可盛洪祥他们磕磕巴巴没一个能背过六十句的。关劲松真急了，除了罚站、打手板，还不住地大声斥责："看来，你们盛家子弟没一个有出息的，真是不可教也！"

在套间里的盛洪来听到这里颇不服气，他想也没想，一把推开屋门，直对关劲松道："先生，您这话可不对，谁说我们盛家人都没出息。不就那几句书吗，我就能背。"

盛洪来的这一嗓子，把屋里的几位盛家子弟全吓了一跳。大哥洪祥暗骂道："你小子跑这儿瞎搅和嘛？看一会儿我怎么收拾你。"

关劲松一时也愣住了，手中的戒尺停在半空，他上下打量着这个闯进来的孩子，见盛洪来至多也就五六岁的样子，个头不高，小脸瘦瘦的，但一双小圆眼睛黑中带亮，透着少有的灵气。

"你是谁？"关劲松阴沉着脸问道。

盛洪来昂着头，毫无惧色地道："我便是这家的九少爷盛洪来。"

关劲松以为又是有钱人家公子哥儿瞎胡闹，但这孩子的那份胆量和那股气势让他觉得挺有意思，于是转身坐进圈椅道："好个九少爷，你就把《三字经》背给我听听。背不出来，我可要打手板呀。"

"没问题。"盛洪来上前一步，冲着关劲松挺胸脯朗声道："人之初，性本善。性相近，习相远。苟不教，性乃迁。教之道，贵以专……"

听着小洪来那几乎不间断的背诵，关劲松愕然了，他缓缓将手中的戒尺放在桌上，身子慢慢站起。

"经子通，读诸史。考世系，知终始……"盛洪来还在背着。

"够了。我问你，你是怎么会的？"

"很简单。您天天念的不就是这些吗，我听着听着就会了。"

关劲松看这孩子绝非撒谎，心中不免又惊又喜……

放学后，关劲松主动来找盛元复，将今天发生的事原原本本对他讲了，而后便请求让盛洪来也进家塾学习，并讲明自己不另加费用。盛元复没想到洪来这孩子竟聪颖异常，记忆力超人，真是大喜过望。不久，盛宣怀听说了此事，也觉得不可思议。等他得空再来时，盛洪来已经把《百家姓》和《千字文》也背下来了。盛宣怀听小洪来当着他的面把"三、百、千"通通背下，欣然地击掌称赞，又连声向盛元复道贺。

6

两年后，关劲松开始讲"四书"，并在盛洪来做完应修的功课后，给他些唐宋诗词或《世说新语》、《西游》、《三国》之类的闲书读。盛洪祥那小哥儿几个都不知挨过先生多少戒尺，看着盛洪来学得乐滋滋的，还总得先生关照，心里越发不服气，想法找茬儿欺负他。对此，盛洪来能想法对付就对付，没辙时就往爷爷那儿跑。但他从不告状，因为以往的经验告诉他，爷爷顶多就是大声申斥申斥，而妈妈冯爱珍却从不真替他做主，到头来自己只能招致更大的麻烦。

这年夏天天热得出奇，暗红色的墙皮大多被烈日烤得爆了皮，黄土路也给晒得又烫又呛，走在路上，总有被蒸起来的尘埃浮在空气之中。盛元复老夫妻到乡下二爷那儿去避暑了，直到立秋也没回来。

立秋那天，盛家人都聚在天井当院吃瓜咬秋，由二婶负责分发西瓜。这时的盛洪来已快九岁了，却依旧瘦瘦的个子也没长开。等了许久，盛洪来尚未等到属于他的那一份，而别人都开始吃第三块了。盛洪来看条桌上还有不少切好的零块，便伸手去拿，结果被盛洪祥一把捏住手腕："懂不懂规矩，还没轮到你呢！"

大哥洪祥生得是又高又胖，那坯子足顶小洪来两个。盛洪来被捏得直咧嘴。冯爱珍、盛念祖几个长辈看着却装没看见，小洪业想替九哥拔创[1]，却被老八洪基死死拽住。盛洪来只好假意讨饶，却偷偷用脚将块西瓜皮移到盛洪祥背后。发完飙的盛洪祥刚转身就来了个屁股蹲儿，爬起身招呼另几个兄弟去追早已没了影的盛洪来。

盛洪来情知不妙，慌不择路中跑到了后院，见南侧把角的一间小屋上着铜锁，便从残损的窗户钻了进去。在盛家人没搬过来之前，这间小屋用来存放盛府的陈年旧物，而用不上的旧物越积越多，有的已搁了几十年。在这酷热的季节，里边的霉臭潮气能把猛不丁进来的人撞个跟头。盛洪来捂着鼻子猫在这里，心想：那帮家伙就是知道我在这儿，也绝不会进来。

借着天窗投进来的光亮，盛洪来看到这黑屋里除了废旧家具，就

① 拔创：替别人出气。

是破盆烂罐。他真弄不明白,家里还留着这些东西有什么用。转来转去,在一断了腿的衣柜后面,露出个匾额的一角。盛洪来好奇地伸手一拽,见匾的边沿雕刻着一条条盘着的金龙,中间能看清的部分是斗大的金字“衍庆”;“庆”字的右侧还有两个小金字——“御笔”。

盛洪来心想:不管怎么讲,这也应该是块御赐的金匾,怎么能跟这些破烂丢在一起呢?他来了兴趣,淘宝似的在屋里来回翻腾,果然又找见了类似的两块金匾。其中破衣箱下面的那块瞧得最清楚,乃是乾隆皇帝御笔所题“惠及桑梓”四个大字。之后,再没什么新发现的盛洪来又累又困,倚在一个破书柜边睡着了。直到小妈翠莲领着盛洪业到处唤他去吃晚饭时,他才从黑屋子里小心地钻出来。

待盛元复老两口回家时,已经快白露了。

一天,盛元复午睡过后正靠着太师椅喝酽茶,小洪来来到爷爷屋中,将闷在心里的许多想法一股脑儿地对爷爷讲了。盛元复听罢,先是一怔,而后便长时间低头不语,盛洪来见状很是惶恐,不知道自己的哪句话惹得爷爷不高兴了。

过了好一会儿,盛元复站起身,领着孙子来到正堂的供桌前,指着桌上的玉砂瓶说:“洪来, 你不是老早就问爷爷, 这瓶里放的是什么吗?”

盛洪来凝视着那透明的玻璃瓶子,瓶中放满了沙砾大小、白玉般莹润的方块晶体。

“我怎么老看着像大盐粒啊。”

“没错,这里面放的就是盐,咱天津长芦的盐。因为它色白光润、品质无双,被誉为‘芦台玉砂’。咱们盛家发家靠的就是这个盐,所以才叫‘津盐盛家’。你太祖公当年选用西洋上等的玻璃瓶装满这长芦盐,密封上口,摆在供桌上,就是让后辈儿孙不忘这发家的根本。那时候咱盛家真是富可敌国啊,光在城里置下的宅子就占了大半条街。白河边上的那个园子,占地方圆百亩,太湖石堆的假山,汉白玉造的石桥,奇花异卉四季都不败，五步一楼，十步一阁，那景致能赛过皇上的御花园哪。”盛元复尽情地说着，完全沉湎于盛家昔日辉煌的追忆之中。

“后来，万岁爷看咱家这么有钱，他就眼红了，今天来驻跸，明天要捐献，光支援朝廷打白莲教这一笔，咱家就捐了一百多万两，换来的是一面面御赐的金匾。可谁曾想，这皇上是吃咱们花咱们用咱们，到头来还要坑咱们。一个新盐政就把咱家给毁了。”盛元复的声调加高，充满了激愤，“你曾祖气得吐了血，临终前，叫我把那些金匾通通扔到黑屋里，让它们永世不见阳光。”

盛洪来止不住地对爷爷点着头，却似懂非懂。

之后一段日子，盛元复常带着盛洪来到当年的盛府和春晓园外边溜达，有时爷孙俩边看边谈，有时见爷爷皱着眉头沉默不语，盛洪来便鼓着气说：“爷爷，您放心，等我将来赚了钱，一定把咱家的宅子、园子给买回来。”

盛元复闻此，欣慰地把小洪来搂在怀里：“好孩子，有志气，爷爷等着……”

那天，爷孙俩从外边刚转回到家门口，徐老顺笑嘻嘻地迎上前道：“老爷，好消息，继祖少爷这两天就要回家啦。”

第五章

1

如果有记载的话，光绪五年农历的九月，天津卫曾有过这么两件事：这头一件是由直隶总督李鸿章上奏光绪帝“创建北洋水师”的奏折得以恩准，后来被人们习惯叫做“大沽口船坞”的北洋水师船坞，不日便于海神庙动工修建。这第二件便是天津卫首屈一指的人物、盐商大亨文锦章寿终正寝了。

按理说，对于两次被洋人打上门来的天津人，头件大事更应该多予关注才是，可天津人并不这么以为，想想看，朝廷上的事自有那些大人物们去把握，身为老百姓，就是想操心也得够得着啊！得，还不如落个开眼长见识，磨回头看看天津最有钱的人家如何办白事吧，这种多少年一遇的豪华治丧，才是最有嚼头最出热闹的事，否则四城七十二沽也不会都嚷嚷遍喽。

“这老文家要出大殡，不定多大气派哪？”

“敢情。咱就等着开眼吧，动静小不了。”

大伙儿说的有理，天津卫有钱的人不在少数，可真正富得没了边的，还得说是文家这样的大盐商。在天津卫，趁钱的大家主光平常舍得花钱还不行，“节骨眼儿”上肯糟践、能祸祸①才叫本事。这可不单是钱

① 祸祸：肆意地挥霍糟蹋。

多了烧的,因为最能炫耀自己花钱如水、挥金如土、最能让天津人摆阔斗富抖机灵的,莫过于相互攀比着大办白事了。文锦章享年八十有三,人活七十古来稀,文家这回办的是老喜丧。

先说文老爷子的寿材,用的是极品的金丝楠木,连帮底都有八寸厚,寿材上面已经走过十六遍的大漆。灵棚是“起脊大棚”,上为戏楼,中为祖楼,下为正庭,远望有如宫殿般堂皇气派。上面绘制奇花异木、百种鸟兽,作为点缀,瓦栊、柁头、稳兽也都是精工细做。棚中挂满了不计其数的各界送来的挽联、祭幛。棚门口则有纸马纸牛、纸车纸轿,乃至纸糊的童男童女等祭物,呈雁翅形密集地排列两翼。

再说停灵,若是穷家死了人,一般只三天就要下葬;普通富户常停七天,即所谓一期,至多也不过三期。而文家不然,灵柩停在正堂必满七期,也就是足足的四十九天。

文家的不同凡响还表现在搭经棚上。在天津卫有钱的人家办白事一般也就搭个四棚经,可文家竟搭了五棚经。除去和尚、老道、喇嘛、尼姑不停地唪经外,还特别请来紫竹林教堂里的查理神父和一些教士。

文家要求这五棚经要同时念。这里也有个讲究,叫“对台经”。对台经念了起来,笙箫唢呐小锣大鼓是吹的吹敲的敲,再加上文家妇道们声嘶力竭、干打雷不下雨的哭嚎,这灵堂内外可热闹大了。

那些西洋天主教徒从没见过这种阵势,葬礼上讲的不是庄重严肃沉静吗?怎么中国人竟如此喧哗、如此开心?特别是鼓乐班子里那个打铜镲的,其连蹦带跳的丑态简直就像马戏团里的活猴。一个年轻的教士觉着实在滑稽可笑,竟哈地乐出了声。

立时,文家人不干了。“你妈个洋驴子,爷家的丧事你敢当喜事办?”几个半大小子上去揪住年轻教士就要打。大爷文骥、二爷文骏一看可吓坏了,倘若这几个愣头青真揍了洋人,引起天津卫第二桩教案来,文家财势再大,也得吃不了兜着走。哥儿俩忙上去阻拦,这才没闹出大乱子来。而神父查理也很给文家面子,走过去大声训斥手下那名教士。

查理晓得:当初英法联军打进天津时,文家、高家这些中国商人是出过力的。若没有这些人的帮助,英法两国商人、教士也很难在天津乃至整个华北立足生根。故而此番文锦章过世,连维多利亚女王都发来了唁电。自己现在更没必要为了这点儿小事,得罪悲伤中不甚理智的文家人。

似乎还在几天前,已经听说文锦章快不行了的高明举,便一遍又一遍地暗暗祷告苍天,但他并非是给文锦章祈祷,而是害怕这老东西来个回光返照再缓过气来。

有文锦章这个大影壁,他高明举很难在洋人面前显山露水。这些年一直受文家的压制,高明举不能彻底地在洋场上一展拳脚,他也曾想找机会扳倒文锦章,可人家树大根深,不是轻易就能撼摇得动的。现在好啦,文老头死了,自己扬眉吐气的日子也该到了。文骥、文骏那哥儿俩虽不是善茬儿,但毕竟比自己矮一辈,少了老爹文锦章做大靠山,那俩小子再想跟自己斗,还真差着点儿。看着吧,用不了几年,这天津卫的头号买办就得让给我高明举了。心里喜欢,表面上却还得装出格外悲痛的样子。尽管文家并未差人前来报丧,他和儿子高恒昌还是赶忙备好香蜡、纸钱、挽幛等一应祭品,奔赴北门外庆荣大街上的文家吊唁。

2

由于庆荣大街上的八套三进四合院全是文家的宅邸,故而整条大街全都用素白色装点起来。高明举父子到达时,正赶上直隶总督衙门的代表和天津府县的各级官员依次在灵前吊唁,而商人买办身份的人只能先在院外搭起的过街棚下候着。

今天,天津卫商界的大小人物凡是能到的几乎都到了,盐商中既有谭运山、陆闻照这样的老前辈,又有曹世襄、梁钟贤这样的后起之秀,就连混迹盐商行列不久的范佑成之流也到了。唯独盛元复推说身体不适,派刚从福建水师回来的小儿子继祖来代表自己。

这种场合下,不论平日关系远近,也不论私下交情厚薄,即便像曹世襄和梁钟贤这种在盐市竞争多年的老对手,见面后也都彼此打声招呼。高明举特别想借这个机会与大伙儿套套近乎,可惜,除了几个与洋行有业务往来的商人外,真正买他账的并不多,如谭运山这等清高又各色[①]之人,根本不屑和高明举多说一句话。

好不容易等到官面上的人全撤了,以英国领事詹宁斯·库珀为首的各国驻津官员坐着一辆辆洋式四轮马车赶来了。这帮黄毛蓝眼大鼻子的家伙们下了马车,踩着大皮鞋,直眉瞪眼地就往里走。在街口负责照应的文家八爷文骢一见洋人这阵势,心下可犯了难,他生怕放洋人先进去,得罪了天津商界的那群爷们儿,可又不敢也不知如何阻拦这些洋人,便慌忙跑去跟两位哥哥商议对策。

谭运山平素就厌烦洋人,今儿一见他们如此目中无人,立时气就上来了,心说:凡事总有个先来后到吧,蛮夷就是不懂规矩。于是他抬高声调对大家道:"列位,咱都是天津卫有头有脸的人,刚才给官家人点儿面子也就罢了,绝不能再给洋毛子让道啦。"

"没错!谭老爷子说得对!"商人们马上随声应和。

便有十来个略年轻的商人,上前拦住了洋人的去路。

洋人们一时不清楚这些中国人怒气冲冲地想干什么,是又惊又恼,凑在一堆呜哩哇啦地怪叫起来。库珀等几位领事快步迎上去,要质问个明白。

高明举本心乐得看文家出事,可转念一想,这正是在洋人面前显示他高家的时候,便忙冲儿子使了个眼色。高恒昌心领神会,"嗖"的一下便横蹿到了两拨人的中间。

高恒昌懂几句英文,跟库珀等人也熟识,将前后因由简明扼要地跟他们一讲。库珀犹豫了片刻,就点点头,用还算流利的中文道:"好

① 各色:不一般,超出常规。

吧，那就让他们先去吊唁，我们可以等。在这种地方，大家还是都和气些，不要惊扰了死者的亡灵。不过他们可要尽量快一些。”

“好的，好的。领事大人有如此的心胸气度，在下真是由衷地钦佩。”高恒昌用英文赞道，转身又改用中国话大声道，“诸位都听见了，英国领事先生已经让步了，大伙儿受累麻利点儿，这些洋先生都公务繁忙，别叫人家等太久了，相互都体谅体谅吧。”

虽然高恒昌是来调解危局的，但看他对洋毛子那点头哈腰的奴才相，众人仍是嗤之以鼻。

“凭什么我们就得快点儿？他们洋人有公务，我们大家伙儿就都闲得难受了怎么着？”谭运山冷冷地道。

陆闻照也没好气地道：“姓高的，这儿没你小子嘛事，哪儿凉快哪儿待着去。”

高恒昌感到十分窝火，涨红着脸道：“陆老爷子，我这可是好心好意。”

“你个小兔崽子，除了专拍洋毛子的马屁，能有嘛好心？”谭运山用力哼了一声。

高明举没想到儿子会弄巧成拙，正要开口辩白，但听背后有人高声道：“各位爷，各位爷，全看在我爹的面子上，大伙儿都消消气。”

话音未落，却见文家大爷文骥、二爷文骏疾步赶上来，冲着在场众人是连连拱手。

文骥特意走到谭运山近前，倒头就拜，带着哭音道：“谭伯伯，都是我们哥儿几个照顾不周，让您老在外面久候，有气您就跟我们使。”

得知过街棚那儿要出乱子，文氏兄弟慌忙就往外奔，从底下人那儿得知事情是由谭运山挑的头，心里也有些犯憷。哥儿俩知道，这谭老爷子脾气大，又向来蔑视洋人，至今对父亲组织支应局的事耿耿于怀，今天能亲自前来已经给足文家面子了，如不快把这位爷请走，估计局面就没法收拾。

谭运山是讲礼讲面的人，一见大孝子出了面，也就不好意思再闹下去，俯身将文骥扶起。文氏兄弟借机是好言相劝，跟文家平素交好的曹世襄等人也过来帮腔，总算把谭运山、陆闻照等几个最德高望重的老人都请进灵堂。这边，文骏赶紧过去和库珀反复解释，而文骢会同曹世襄则设法将其他的商人稳住。

梁钟贤原本也不想将事情闹大，从人群中站了出来道："列位同仁，咱们今儿是来拜祭文老爷子的，可别给人家添堵。在下提议，凡是没什么急事的，就受累再多等一会儿。"

"谢谢梁爷。"文骢谢完又冲大家道，"各位，有对不住的地方，还请您们多包涵，我们文家人在这儿谢过老少爷们儿啦。"说罢，一揖到地。

"行啊，大伙儿就让着点儿那帮活牲口吧。人有人言，兽有兽语，谁叫他们不懂人事呢。"一直站在人群边上的范佑成此时阴阳怪气地道。

这样，一场风波总算平息了下去。

尽管出了不少乱子，文家的丧事还是渐渐进入了高潮，光受礼待客的酒席就摆了一百零九桌。等到出殡那天，更把全天津城都惊动了。人们早早守在路边，唯恐错过这难得一见的井眼热闹。

文家人从寅时一直忙活到卯时，合府上下连同随行送殡的"亲友团"上千口子总算准备妥当了。先由文锦章的侄女婿、天津府台孟孝广宣布出殡大典开始，接着是二爷文骏的好友、津门总兵贺正威来到大门外立着的丈八条案前，向案上的香炉致祭，再将院门上的门神画揭下来，在案下的铜盆里烧了。这就叫"文官点主、武将祭门"。

待一切都完了，文家人一起放声开哭，同时花炮也被点了起来。季大了一声令下："起——杠！"抬棺的八个人开始发引灵柩，出了街口便转为六十四人抬。大爷文骥、二爷文骏头顶麻冠，身披重孝，腰系草绳，一个执着引魂幡，一个拄着哭丧棒，双双站在最前边。出大殡要走的路线是这样的：自文家府邸出来走河北大街，经北大关进北门，沿北门里大街过鼓楼，直行出南门，穿紫竹林租界，至海河岸边，最后才到达文锦章生前已选定的风水宝地。

出殡的队伍绵延十余里，前头六十四抬的棺椁已上了南门里大街，后面女眷乘坐的车轿还没进北门呢。长队中有司职奏乐诵经的，有专管撒纸钱的，单单舍钱的那几位这一路上就没停过手。无论是大街上，还是桥洞旁，真钱假钱遍地滚。这么多可以随便白捡的铜钱，引得沿途看热闹的百姓争相拼抢。据说其中一位最能抢的车轴汉子，用兜回去的钱见天买大饼，就着王致和的臭豆腐，一家八口足足吃了半个月。

3

说话已到了深冬，盛继祖检验完大沽船坞的进口机械后，又要赶去威海，参与北洋水师基地的筹建工作。

听说盛继祖要走，对老伯讲述过的铁甲战舰着了迷的小洪来，拽着盛继祖的衣角一个劲儿地问："老伯，您什么时候带我去看大军舰哪？"

"等咱们买的军舰从德国开回来，老伯一定带你去看。到那时候，有这些大家伙守着天津卫的大门口，洋人就不敢再来欺负咱们啦。"

嘛事就怕比，越看着小儿子有出息，盛元复越觉着老二念祖不成器。这些日子，他有事没事的就数落老二是败家子，数落得念祖也来了脾气。

其实盛老爷子多少有些冤枉人，说老二念祖不爱读书、不会经营生意，一点儿都不冤，但你非说他是标准的败家子，二爷哪能服呢。因为这"吃、喝、嫖、赌、抽"五毒俱全的坏毛病，二爷还真是一毒也不沾，所好的也就是票戏这一口。至于他往后抽上了大烟，那也是多少年来总在戏园子里边混才慢慢染上的。

在盛念祖小的时候，盛家经常办堂会，也就从那时起他爱上京戏的，慢慢地就觉着听戏不过瘾，老想着有朝一日自己也能粉墨登场亮亮相。可惜他禀赋太差，唱念做打是一门不门，这样他到哪个班子去票戏，哪个班子都咧嘴。好在那时家里还算有钱，盛念祖就掏银子自组戏班来唱。后来盛家越发败落了,他只好去求那些戏园老板或戏班班主。盛念祖的要求不高,只要能登台,多小的角色他都演。他演过《大登殿》里统共没两句词的江海,《白马坡》里上来就让关公劈了的颜良,《空城计》里司马懿身后打旗的兵卒,《玉堂春》里王金龙手下的衙役……为此梨园行送他一个大大的雅号——"盛龙套"。

当年英法联军打进天津,盛家逃到了乡下。那时全家人都愁眉不展、吃睡不香,只有这位盛龙套满不在乎,整天哼着戏文,在院子里走台步,老爹盛元复实在看不下去了,一顿臭骂还不出气,又搭上一脚,将他踹出门去。盛念祖靠顺手带走的那方端砚换了些钱,跑到霸州、大兴混了一段。等洋毛子撤出北京,他又进了京,四处找戏班子票戏。直到热河传来咸丰驾崩的消息,京城百日禁止娱乐,他才返回天津。

在此期间,念祖跟不少名角儿名票搭过戏。有一回,为了能挤进大名鼎鼎的和春班,他竟甘心在天桥三庆园演了回《铡美案》里秦香莲的闺女春妹,而就因为扮演春妹,念祖才有幸结识了内务府的荣祺贝勒。

荣贝勒也是个铁杆票友,且擅长扮老旦,那次正好出演戏里边的皇太后。他从没见过比秦香莲还高出一头的春妹,见盛念祖与扮演冬哥的那个十来岁的戏童放声齐哭,荣贝勒当时就笑场了,引得台上台下乱了套,起哄的、叫倒好的不断。可荣贝勒票戏本来就是为哄自己个儿玩,这种乱场反倒让他觉得挺开心。因此还与念祖处成了知音朋友。

因前些日子忙活西太后的寿诞,已有小半年没票戏了,荣贝勒像大烟鬼断了鸦片,那个难受劲儿就甭提了。宫里的差事总算应付过去了,荣贝勒一把揪住刚从太后寿典戏台上下来的名角儿余久峰,得知和春班已接了天津卫协胜园的邀请,准备赴津连演三场。大轴的戏码就是荣贝勒喜欢的全本《四郎探母》,余久峰扮杨延辉,名旦卢菊仙的铁镜公主,其他配戏的也多是叫得上号的角儿。荣贝勒一听,技痒得厉害,即刻找到班主薛长奎,主动请缨来票佘太君,薛班主哪敢得罪贝勒爷呀,奔儿都没打就同意了。荣贝勒一到天津,知府孟孝广赶紧腾出自己在城东锦衣卫桥边上那幢名为"浣花草堂"的别墅,请贝勒爷暂时下榻。

一直闲得五脊六兽的盛念祖，听说和春班已来津，撒丫子就去见薛班主，询问可有什么适合自己的角色，结果碰了个软钉子。但他不死心，仍在戏班里瞎打听，最后从扮二国舅的名丑方宝迁那儿得知荣贝勒来了，盛二爷这下可算找到了救命稻草。在浣花草堂外，盛念祖苦等了近两个时辰，终于把荣贝勒给盼了回来。

荣贝勒见盛念祖为票一出戏如此下本，也是天下难找的活宝，觉得他太可爱了，便极痛快地答应帮忙。于是在开戏的头一场，盛念祖欢天喜地地穿上行头，风风光光演了一回辽国把镶门的小番。

演出成功，大受观众欢迎，协胜园的老板和薛班主一商量，打算再加演一场。水牌挂出去才半天，票就卖光了，大伙儿都挺高兴。没想到，开演前俩时辰，"二国舅"方宝迁突然犯起了时令病，是上吐下泻。救场如救火，必须马上找人临时顶替。盛念祖趁机凑上去，来了个毛遂自荐，荣贝勒在旁边也紧着煽惑。薛班主只好让盛念祖简单试了试戏。念祖票戏二十多年了，肚子里多少也有些玩意儿，演起二国舅来还真像那么回事，令薛班主刮目相看。

当晚，盛念祖是神气活现，别看二国舅就是个插科打诨的配角，可他特别卖力气，那风头简直要盖过演大国舅的名丑金不换了。台下有几位老戏迷不时地给盛念祖叫好，并发出赞叹："罢了，这盛龙套是马槽改棺材——成人啦。"

年近不惑的盛念祖终于有了一次成功的体验，眩晕之中他有些找不着北了。东拼西凑了百十两银子，在聚庆成大排筵宴，把协胜园、和春班的人，当然也包括荣贝勒全请到了。宴席上，大伙儿更把他捧得蒙登转向。兴奋之余，盛念祖和荣贝勒、薛班主等人当场拍板，仨月后和春班再赴天津，唱出全本的《龙凤呈祥》。余久峰的刘备，卢菊仙的孙尚香，荣贝勒的吴国太，再多叫上几位京城的名角儿来配戏。而盛念祖呢，他开始想演乔国老，但戏份太重，自己都觉着心虚，最后还是择了个孙权过过瘾。此外,演出的相关事宜也都由盛念祖负责筹划。

酒宴散了,见荣贝勒一班人马都回京了,盛念祖这边可就忙活开了。最关键的是淘换到银子,安排一出大戏的演出,这得多大挑费啊,光是给自己绣一身像样的团龙紫蟒就得一百多两。念祖手头没那么多的存项,为了聚庆成的酒席,就已经偷着卖了老婆的一对翡翠镯子。而这事又不能和家里人实话实说,否则老爹不把自己揍扁了,老婆子也得跟自己没个完。

盛念祖思来想去,决定硬着头皮找父亲的世交范佑成去借。也算他找对了人,一来范家现在是真有钱了,二来范佑成心中老觉着亏欠盛家的,见盛念祖向他张口,没说什么,一千两的银票就递过去了。至于能不能还得上,到时候再说吧。

俗话说,纸里包不住火。盛念祖在外面这么瞎折腾,盛元复能不知道吗?老爷子真给气疯了,对盛念祖没头没屁股的就是顿臭骂。可开弓没有回头箭,事已至此再拉抽屉,盛家人脸上也不好看,还可能得罪荣贝勒,再说要是戏真能够卖座,也赔不了几个钱,盛元复只得任着二儿子继续胡作了。

可就让这事闹的,一家人连大年都没过好。

4

盛洪来第一次遇到小贝子端明,是在盛家二道院东边的厨房里。那天是二月初三,刚刚过了龙抬头,不光盛家的厨房里蒜泥芝麻酱的香气没有散尽,整个天津卫大街小巷也都溢着股油煎焖子的独特味道。

端明昨个儿在京城里吃的是春饼。中国人吃东西讲究个说法,在龙抬头的这天,吃食一般都带个“龙”字,大概由于那张张手掌般大、又圆又薄的春饼形似鳞片,所以这吃春饼也叫“吃龙鳞”。新烙得的春饼卷上猪头肉、酱肘子以及肉丝炒韭菜、菠菜、豆芽菜等应时蔬菜,确实是难得的美味。可说到底,还是不如天津卫的大饼加焖子,它能叫人吃出一股烫嘴烫心的热乎劲儿来。

端明早就听他阿玛说,天津的焖子别有风味。但贝勒府里的厨子却没一个长于此道的,要么煎过了,要么煎烂了,就是煎不出那两面金黄的焖子来。

"别急!"荣贝勒对儿子说,"不就二百来里地吗?阿玛明儿就领你去天津。"荣贝勒心想,离开戏虽说还有半个来月,但领着全家在天津卫逛逛也挺不错。第二天一早,荣祺便命下人备好马车,带上自己的大福晋、侧福晋和世子端明,经廊坊、过武清,赶往天津。到丁字沽时,天已经擦黑儿了。荣祺决定今晚不进城,就住铃铛阁老盛家。

这么多年没接待过皇族贵戚了,盛家上下不知所措,自家房屋再紧张,也得给贝勒爷这几口人安排出宽绰整洁的住处啊。于是手忙脚乱地把二道院的三间北房收拾了出来。荣贝勒见盛家这么忙乎,心里高兴,他笑着对盛元复道:"不用怎么麻烦,我们此番来津,就是冲你们这儿正宗的煎焖子来的。"

想吃焖子,那太简单了。盛元复马上吩咐厨房去做,并叮嘱厨子老马:焖子火候务必恰到好处,大饼至少要六层,炒鸡蛋用的韭黄和葱花一定得新鲜。

端明好奇,非要亲眼见识一下天津焖子怎么个煎法。他见马师傅熟练地将豆绿色的焖子切成两寸长、一寸宽、三分厚的扁块,而后小心翼翼地放入平底的铁锅里,淋上温油再用文火细细煎制,煎出来的焖子果然上下各一层金黄的油嘎。

端明看得很兴奋,夸奖道:"行,有两下子,回头到我们贝勒府去,怎么样?"

"那我谢您啦。"马师傅知道小孩子的话多是随口而出,当不得真,只是假意应承着。

"欸,你们天津人为什么要吃这玩意儿?"

马师傅原本是直隶青县丁家屯人,年轻时逃荒到的天津城,后又学了做饭的手艺,大字不识一个,对老天津卫的风土掌故也不甚了解,一下子就被问住了，憋愣了一会儿，只好说："其实我也不是天津人。"

端明有些失望："嗐，这事闹的。那你们府上有谁明白啊？"

"我就明白。"厨房外传来了一声脆亮的应答。

端明转身一看，门口站着一个比自己略矮的男孩，这男孩挺老瘦，却昂着头，一双圆眼珠滴溜乱转。他身后还跟着个更小的胖孩子。

"呦，是九少爷。"马师傅忙道，"小贝勒爷，我们九少爷人小鬼大，想打听嘛您问他就行了。"

从下午起，盛洪来就一直带盛洪业在外边玩耍。天黑了，小洪业也饿了，却因家中来了贵客，晚饭迟迟不能开。盛洪来就领着弟弟来到厨房，想先踅摸点儿吃的。正听见端明问马师傅的话，心说："就这事，四年前徐管家就给我讲过。"

端明见盛洪来衣着不甚讲究，人却透着一股机灵，便上前与他互问了名姓。盛洪来不知这小贝勒是多大的官，只觉得端明胖乎乎圆墩墩的，长得像杨柳青年画上的娃娃大哥，看年纪比自己大不了多少，因而也就没感到有何拘谨。

"你说这怎么回事？"端明指着煎好的焖子，又回到了刚才的问题。

盛洪来一笑："告诉你吧。这每年的二月二呀，玉皇大帝都要派大大小小的龙来人间降雨，可这龙也有懒的也有勤快的，到了北京的就勤快，所以你们那儿就用猪头肉给它上供，可到我们天津卫来的是条懒龙，所以我们就先用热油煎煎它，让它别犯懒，打起精神来好好下雨，保证咱这儿庄稼丰收。"

"哈哈，有意思。看来你这肚子里还真有实在货。"端明开心地用拳头捅捅盛洪来的肚子，"这回我倒要尝尝天津卫的懒龙到底是啥滋味？"

自打协胜园演了回二国舅后，"盛龙套"的雅号一夜之间就没人再叫了，而盛念祖本人也真觉得自己是个角儿了，再练戏时盛老二就可劲儿地摆谱，唱不了两句，便让仆人给他上茶。这叫"饮场"，是头牌角儿应该有的做派。人就是这样，得意便忘形，他却不知，一忘形可就离倒霉不远了。

日常总被盛念祖、盛洪祥父子欺负的小洪来,早就心存报复,只是没得机会下手罢了。近来他见得意扬扬的二伯老是用一把南瓜形的紫砂壶来饮场,眼珠转了转,心中猛然生出了一个坏主意。他从厨房弄了一捧特号大盐粒子,又用擀面杖碾成碎细末,用宣纸包了揣在衣袋里。

盛洪来原本是想自己动手的,但转念一想,这样太扎眼,万一露了馅,受的罚肯定轻不了。何不让端明来干,果真穿了帮,谁又能拿小贝勒爷如何?

端明到大街转了一圈,没发现有什么好玩的,就又转回了盛家老宅。盛洪来从厨房出来时,见他正在院门口逗狗呢,不由得心中大喜,心说:"真是想谁谁来。"他热情地走上前去,拍了拍端明的肩膀。

端明回头见是盛洪来,丢下那只狗,对他道:"我一个人正没意思哪,有什么解闷的?"

"天津卫这么多好玩的,你都转过来了?"盛洪来故意问道。

"刚又转了几个地方,没劲。"端明一屁股坐在门墩上伸了个懒腰。

"这两天不就开戏了吗,《龙凤呈祥》多好看呢!"盛洪来引端明的话。

"可那也没多大乐子。"端明一脸的没劲。

"这样呀。想找个哏儿的玩吗?"盛洪来借机坏坏地问。

"哏儿的?当然想了。"端明立时兴奋地站起来。

盛洪来近前两步,对端明一阵耳语。端明乐得直拍巴掌:"好玩,真他妈逗。"

"那你可要听我的,而且别说是我让你干的。"盛洪来将宣纸包递了过去。

"没问题,你就瞧好吧。"

协胜园坐落在侯家后中街的东街口,光占地就有八亩半,内部构造也是北方大戏园中最为讲究的。长方形坐北朝南的双层棚式楼,北端留出两成做后台，与后台相连的舞台足足十丈见方，东西南三面设矮围栏，四角为朱漆明柱，顶沿有五色彩绘，画的皆是历代典故，颇为古雅。

戏园上层的楼座是两侧连通后部的空中回廊，设有百余散座，临近戏台处则是屏风相隔的包厢。楼下是广亮大厅，中间为二百个座位，唤为“池座”，两翼和后排还有比池座略高的几十个座位，叫做“廊座”。

除包厢外，所有座位皆是侧对戏台，座位间有长桌，包厢则专设方桌，每张桌案上都摆放着茶水、点心、瓜果梨桃，人们花钱进了园子，是边喝边吃边看戏，好不惬意。

当晚偌大的园子竟坐得满池满廊。往台下望去，盛念祖心里这份激动啊。他也知道台下不少戏迷，是冲着余久峰和卢菊仙这些名角儿来的，但谁又能说天津卫的老少爷们儿不想捧我呢？

终于等到开戏了，这盛二爷还真有点儿吴国大帝孙权的派头，整出戏分二十一场，有孙权戏的不过才三场，他却饮了四回场。这一切，都被台下的盛洪来和端明看在眼里，两个人心想，等着吧，好戏明天才上演呢。

第二天，大戏再次开锣之前，端明大摇大摆溜达进了后台。从管事的到演员，谁敢拦着世子爷呀。端明表面上是闲逛，暗中一直盯着盛念祖和那把紫砂壶。

盛念祖要去扮戏了，吩咐水锅子烧好水后，把他自带的碧螺春沏上。

等盛念祖对着铜镜勾水白脸时，端明悄悄溜到他身后的八仙桌边，将满满一包碾碎的大盐倒进了刚沏好茶的紫砂壶中。而后又若无其事地到别处闲转悠，直等到盛念祖登了台，端明才转回戏园楼上的包厢里。

或许是盛二爷今儿个演得太投入，前两场戏都过去了，他竟然没饮一次场。坐在廊座的盛洪来心里有些慌，担心二伯回后台时再饮茶，那可就没意思了。

说来也怪，盛念祖这回还真就忘了渴了，直演到甘露寺相亲一场，孙权和乔国老在吴国太面前斗嘴，斗得口干舌燥时，他才想起喝茶来。

饮场的穿着灰布大褂，捧着二爷的那把紫砂壶上了台。盛念祖接过壶，一摸，壶里的茶水都有点儿偏冷了，他也不管这么多，摘下紫红的髯口，一仰脖，小半壶茶就进了嘴。而那包大盐早已全部溶在了水里，那水的味道有多难喝就可想而知了。

被前两口已下肚的咸茶水猛齁了一家伙，盛念祖瞬间眼珠就凝住了。无奈，嘴里还含了一大口，咽是咽不下去了，他憋了片刻，可实在忍不住了，“噗”的一声，那口咸得发涩的黄汤横着就出去了，正喷了对面扮吴国太的荣贝勒一脸一身。这下热闹大了，再看吴国太脸上的油彩也掉了，身上的蟒袍也透了，能咸死一头牛的茶水，把人脸上的肉皮子杀得生痛奇痒，又没抓没挠。

猝不及防挨了个“咸水喷头”的荣贝勒这下可翻呲[①]了，抬手就一个大耳刮子，外带一个二踢脚，打得盛念祖先原地转了半拉圈，而后来个腚蹲。戏台上的其他人看得真真的，大家先是一愣，跟着全都笑场了。台下就更甭提了，喊倒好的、吹口哨的、跳着脚叫的、出怪音起哄的、往台上扔东西的……好么，台上台下全乱成了一锅粥。

盛洪来闪到了角落里，舒心地咯咯窃笑。而楼上的端明这会儿则捂着肚子，已经乐得直不起腰来了。

戏演砸了，人们自然要追查“元凶”。端明倒是挺讲义气，一看实在掩盖不住了，就把事全揽到自己的身上。荣贝勒一听，反倒扑哧笑了，骂了句：“个不着调的东西。快给我滚外面去。”赶跑了儿子，贝勒爷又转身对大家道，“哥儿几个，对不住了，小孩子淘气。有多少损失，我赔。”大伙儿明白，他也就这么一说，谁敢让贝勒爷赔钱哪。

两天后，和春班撤了，荣贝勒一家也要走了。与盛洪来玩得情投意合的端明，此刻还真有些依依不舍，他拉着盛洪来的手说：“盛来子，你

① 翻呲：因不满而恼怒。

够哥们儿。有空进京到贝勒府,我带你找乐子去。”

养活孩子摔死他,有钱难买我乐意。嘛叫一闲百难受,搭着工夫找亏吃;嘛叫天津爷们儿惹惹惹,赔上银子落身臊。已经过去小半年了,茶余饭后,天津卫的老少爷们儿依然陶醉于协胜园的那出《龙凤呈祥》之中,说到盛念祖那晚精彩绝伦的一笔,大家还都乐得咯咯的。之后,前仰后合的人们一边抹着笑出来的眼泪,一边纷纷竖起了大拇哥,由衷地啧啧赞叹道:“耍儿!盛二爷才是咱天津卫真正的大耍儿!”

5

话又说回来了,谁家没本难念的经?大闺女玉惠去了西洋,过大年也不能回娘家,一晃就是四个春秋,寄回家的信还不到十封,这能不让潘显达夫妇俩牵挂吗?再说二闺女玉倩吧,眼见就奔二十了,可还是因两只大脚的缘故,可着天津卫就是找不到婆家。三闺女玉芸倒是还小,尚无须为其终身大事操心,但这孩子却是三姊妹里最不让人省心的:书读得还行,可就是不学女红。一个女孩子,书读得再好,不如嫁得好。潘显达以她的俩姐姐为前车之鉴,命令她裹脚,潘玉芸又哭又闹,甚至要离家出走。为这事韩大脚把丈夫骂了个狗血喷头,吓得潘显达再不敢提裹脚的事了。

转眼又是一年,潘显达对二闺女的婚事都几乎快绝望了。恰在此时,亲家文骏给他捎来两个好消息:一是文彦召夫妻俩可能在近期就要回国了;一是有人托文骏的好友、天津总兵贺正威,打算向潘家提亲。

原来,自李鸿章手下盛字军统领周盛传驻军津南,这十余年里不断招兵买马,还培养出了一批军界的后起之秀。其中有一个年轻军官叫彭万亭,家就住在津东大直沽高台子彭家胡同,其曾祖辈是酿高粱酒的,人称“烧刀子彭家”。到他这代,大哥仍随父亲造酒,他则自幼习文练武,立志从军报国。加入盛字军后,因表现优异被多次破格擢升,二十四岁就当上了正八品的外委千总。彭家早想为他寻门好亲事,可彭万亭过去一直没那份心思，直到升为千总，才有了成家的念头。彭万亭倒不在乎女方大脚小脚，“性情好，心眼儿好，就行。”

这就叫有女不愁嫁，潘氏夫妻起初喜出望外，之后却又担心女婿是个武夫，将来会让女儿受气，而万一打起仗来，这当兵的还会有危险。

“放心吧，人家是文武双全，绝非那等粗鲁之人。再有，现如今长毛、捻子都给灭了，朝廷又在搞洋务，不会跟洋人开战的。”文骏劝道。

经过撮合，潘、彭双方两相情愿，婚事很快就定了。

就在二闺女出嫁前两天，文彦召夫妇带着一双儿女从英国赶回来了。如今洋人租界修建了紫竹林码头，远洋客轮可以由大沽口溯着海河一直开到天津城边。

潘玉惠全家四口一下船，差点儿没把潘显达吓了个倒翻毛。也难怪潘老板这等吃惊，大女儿的穿着打扮实在太不堪入目了：插着羽毛的宽边大檐帽，裙摆夸张的束腰蓬蓬裙，还蹬着双白色的高跟皮鞋。尤其那暴露在光天化日之下的白肉酥胸，直晃得潘显达不敢睁眼。天呀，这还是我闺女吗？怎么嘬鼓[①]成洋妖精了？

再看那个黑燕尾服、黑皮鞋的女婿文彦召，除了后脑勺上还留着根辫子，跟洋毛子没嘛区别。至于头回见面的外孙子和外孙女，简直就是两个洋小鬼，哪还像咱中国人的种。一问孩子名字，潘显达更是差点儿没背过气去，一个叫文约翰，一个叫文丽莎。好么，一对卷毛狮子兽！我的活祖宗，这都嘛跟嘛呀？

文骏夫妻俩一时也难以接受，久别重逢的喜悦变成犯偏瘫前的血管扩张，愣了老半天也不知跟儿子儿媳说些什么。

还是文彦召主动打破这一僵局，他一手抱起文丽莎，一手拉着文约翰，走到父母跟前，让他们喊祖父祖母，这两个孩子吱吱哇哇地一开口，愣把双手做拥抱状的文夫人吓了一激灵。这场面，把旁边一脸严肃

① 嘬鼓：胡乱鼓捣使之改变。这里“嘬”读为“zuǒ”。

的文骏膈应坏了，他合上眼睛，腻歪得背过身去。

潘显达真有心不让大女儿一家进自己的门，但转念一想，近朱者赤，近墨者黑，到了洋毛子那地方，什么模样的人也得变成怪物，不认命也没法。再说，马上就是二闺女的大喜日子，还是一切求顺吧。

在对待大姐一家的态度上，老三玉芸与爸妈截然不同。姐姐、姐夫带来的那些花里胡哨的服饰和各种小玩意儿令她好奇着迷；而大姐讲述的欧洲魔幻般的世界更令她充满向往。看着姐夫拍下的西洋各大城市的风景照片，潘玉芸的心活动了，她希望自己能亲自到这些令人眼花缭乱的地方走一遭。

潘玉芸把自己的想法偷偷对大姐讲了，潘玉惠完全表示支持："三妹，说实话，与人家相比，我们这里的日子真是土得掉了渣儿。你如有心想出去开开眼界，这真是大好事，但你是家里的老小，父母最疼爱的也是你，他们绝不会放你走的。不过，我会说服彦召，想办法帮你这个忙。"

几天里，姐俩背着全家所有的人，终于想出了一条金蝉脱壳的妙计。于是，当潘、文两家再次到紫竹林码头送文彦召一家登上返回欧洲的客轮时，潘家小女儿玉芸突然一闪不见了。

客轮缓缓地驶离了码头，对于离别，中国人心中的忧伤总是很强烈，更何况身为父母，怎舍得子女们这一走千万里地去异乡。女人们开始眼含热泪，男人们就要别过脸去了。正这时，老半天没了踪影的潘玉芸突然从那艘已经渐行渐远的船上钻了出来，还一个劲儿拼命向大家挥着手。

这下，大家都愣住了，而潘显达更是直着眼睛傻在了码头上。直到那艘客轮完全在天海一线之中消失，潘显达方才明白了过来，他揪着码头的栏杆，冲着前方大叫着："冤孽呀，冤孽！"

韩大脚擦着满脸的泪水扶住潘显达："算啦，孩子没事儿就好啊。"

见潘显达顿足捶胸的样子，文骏劝也不是走也不是。许久，他紧绷的脸上露出了无奈的一笑："没办法，拦是拦不住喽。看来，这个世道真要变了。"

第六章

1

都说商人的嗅觉比一般人灵敏，几十年沉沉浮浮、商海中拼杀大半生，文骏可谓战果辉煌，但比起政治家和那些有头脑的上层人士，他所发出的慨叹还是来得晚了些。在历经了两次鸦片战争之后，国内就已有人意识到，今后的时局不一样了。早在1862年，李鸿章在给好友沈葆桢的信中就曾这样写道：中西杂处之势方兴未艾，而这种局面看上去似乎是不可变更的了。这种局面黄恩彤称为“变动”，黎庶昌称为“变端”，王韬称为“创事”，丁日昌、瑞麒、曾纪泽和李宗羲称为“创局”。总之，在大清国，一种中西交融的局面是实实在在地开启了。

自开埠二十年来，天津工商业的飞速发展，加上旧日漕运、盐运生意依旧兴旺，到天津挣钱的机会是越来越多，有的人是为着找饭辙，更多的人则是做着发财梦，因而大批外省人连同国外形形色色的冒险家们，都一股脑儿地拥进天津城。

人多了，房子自然也就建得多了，一时间小洋楼四合院片片平房排排窝棚，交错搭盖蜂涌而起。随着居民聚集的地方越来越稠密，周边很快就兴起了饭馆、戏园、茶楼、澡堂以及赌场、妓院等休闲娱乐场所。就这样，在朝廷、洋人和平民百姓的不断开拓下，“五洋混杂”的天津城，其面积比从前扩出了三四倍。

仗着北临三岔河口，南近估衣街，西接北大关，东靠大胡同这样得天独厚的地利优势，侯家后过去是天津卫最繁荣的地段，现在又增添了不少新意，卖洋货的多了，装电灯的多了，换玻璃窗的多了，有的铺户甚至还用洋油漆刷新了门面。

坐落在中街的贤来轩茶楼也变样了，新换了幌子，新刷了门楼，大红色的门帘窗帘火暴喜兴，最为时髦抢眼的还是那两块比利时产的大镜子，迎面直冲正门，凡是到此的客人都特意停下来照量自己一番。

茶楼里的茶客已是另一茬中年人，黄老掌柜的儿子接了他的班，说书的也由吴不知变为了他的徒弟赛不知，可他今天说的却还是《三国》里的名段“大战长坂坡”：“……这位常胜将军是马落陷坑，堪堪废命——”

“欸，我说赛不知，这赵子龙从我爹那会儿就马落陷坑，都二十多年了，他怎么还没爬出来呢？”众人扭脸一看，说话的不是别人，正是耿老全的儿子、绰号“能耐耿”的耿福海。他去关东倒腾皮货一走就是两年多，今儿怎么突然冒上来了。

范佑成的儿子范金宝一见乐了，高声打着哈哈道：“呦，我当谁呢，这么久没见，你小子能耐的，保不齐让女胡子掳到长白山当压寨爷们儿了吧？”

能耐耿凑到范金宝桌前：“你个范哈哈，嘴也太损了，今儿我吃定你了。”

“那没问题。”范金宝哈哈笑着冲黄掌柜的一摆手，“嗨，添把椅子。”

黄掌柜忙转身叫道：“小来子，搬椅子。”

“来啦！”话音刚落，一个十四五岁、精瘦飒利的小伙计疾步赶到楼口，从一张空桌下抬过一把比他还高的紫黑漆榉木靠背椅。

能耐耿一屁股坐下后，范金宝亲近地问：“怎么样？这两年生意还行吧。”

“凑合。现在闯关东的人多了，做皮货的也多了，我在奉天、锦州那俩分号能保住还多亏我爹活着时拉下的一批老主顾。欸,你们老爷子还好吧?”

范金宝叹了口气:“嗐,发福啦。胖得俩手都摸不着肚脐眼儿了,多爱惹惹的人哪,现在是哪儿也去不了了。”

“那各位爷,我就接着说啦。”赛不知抓住这机会,又一拍醒木道,“却说赵云在此危难之时,幸有徐庶暗中保护。这徐庶自进得曹营,是一语未发——”

能耐耿用茶水润完嗓子,又充起能耐来:“我说赛不知,你有点儿新鲜的没有。就《三国》那点儿事,大伙儿早就烂肚里了,还用你这儿白话。要是不会别的,趁早改卖耗子药去。”

茶客中有的发笑,有的跟着起哄。赛不知的脸腾地一红,他还是稍年轻了些,不像师傅吴不知那样好脾气,刚才受奚落时本就暗憋了口气,听能耐耿还没完没了地扒哧他,一股无名火霎时升腾起来:“耿爷,您这话有点儿过,《三国》里那么多的事,您当真全门清?”

“你嘛意思吧,瞧不起爷?”

“不敢。但能否恕我斗胆跟您打把赌?”

能耐耿服过谁,一听这话就来劲儿了:“行啊,你想赌嘛,耿爷我随你点。”

“你我各问一个《三国》里的事,我要答不上来,立马卷铺盖走人,再不在天津卫说书了;可您要答不上来,今儿可就得磕头拜我为师。”

“好!”范金宝带头叫好,茶客们也跟着乱煽惑。

话说到这份儿上,双方都没了退路。能耐耿想先声夺人,不假思索地问道:“你说诸葛亮他爹叫嘛?”他以为这个问题绝对偏门,谁料赛不知脱口便答:“诸葛珪,字君贡。”

能耐耿有些含糊了,不知对方如何刁难自己,赶紧道:“行,有两下子。该你问啦,咱说好喽,只准问《三国》的事。”

赛不知微微一笑:“那我就顺着您的话接着问,诸葛亮他爷爷是谁?”

周围的茶客全都一愣,而后暗道:这回能耐耿可要栽了。能耐耿确实傻眼了,嘎巴了半天嘴,没崩出一个字来。

正在尴尬之时,忽听站在能耐耿身旁的小来子高声说:"我知道。"

人们不约而同地把惊疑的目光投向了这个眼珠滴溜乱转的茶楼小伙计,屏气凝神地期待着答案。

赛不知一看是小来子,马上气道:"有你个小毛孩子嘛事,别在这儿瞎起哄。"

"我真知道。"小来子自信满满地说。

赛不知气不打一处来:"好,那你说,诸葛亮的爷爷叫嘛?"

"猪八戒呀!"

这下,贤来轩楼上楼下的茶客被逗得前仰后合,连坐在楼角里的潘显达也扑哧笑了。潘显达这些日子心思不整,老闺女玉芸一走就是三年,虽有老大两口子照顾,但毕竟孩子年纪太小,远在迢迢万里之外,当爹的心里能不惦记?两天前这小祖宗寄回了一封信,表示近期仍不想回国,信里还夹着她在十五岁生日那天在巴黎凯旋门前照的相片,打扮得比她大姐还像洋妖精。范金宝他们的几次斗嘴,也没引起他多大兴趣,而小来子横插进的这句话,却让他乐出了声,心想:这贤来轩怎么添了这么个小活宝。

2

就在众人乐不可支的当口,小来子悄悄贴近能耐耿,低声道:"诸葛丰。"能耐耿反应挺快,只打了个愣,心下就明白了。

待大家平静下来,赛不知也收了笑容冲着小来子数落道:"我就说你小王八蛋起哄吧,还不滚一边去。"转而又对能耐耿,"耿爷,您了还没说哪。"

能耐耿假装镇定, 轻蔑地一笑:"不就是诸葛丰吗, 这还想难住我。"

"哟,耿爷,没看出来,您还真不简单。不过——"没等赛不知说完,黄掌柜忙上前一步打着圆场,“耿爷这些年走南闯北,是见多识广,嘛事不知道?行啦,二位谁都没输没赢,就当找个乐吧。赛不知,还不快接茬儿说你的书。”

赛不知此时的火气已消了大半,又不想得罪黄掌柜砸了饭碗,赶忙又操起了醒木。而能耐耿自觉心虚,也就借坡下驴,没再往下生事。看风波平息了,黄掌柜退到一边,斜身在小来子的屁股上拍了一把,悄声说:“好样的。”

这不为人注意的一幕,只被一个茶客察觉到了,这个人就是梁钟贤。

梁钟贤的父亲梁益友,本是直隶高阳县小梁庄人,早年逃荒要饭到的天津,后经同乡介绍,到宫南大街的宝成首饰楼当学徒。因为心灵手巧,学得出众的好手艺,出师后,梁益友就自立门户,在北门外锅店街口租了个小门脸,取名益友首饰店。

梁益友干事既用心又大胆,他的首饰做工精巧,样式新颖,从不弄虚作假,价钱又极为公道,生意日渐红火。年近不惑时,首饰店变成了首饰楼,这位从小秃头的梁老板终于娶上了个漂亮媳妇平氏。平氏也是穷人家出来的,很会操持家务,是那种老实规矩的过日子人。转过年,还给梁益友生了个胖小子,也就是后来的梁钟贤。

自打有了儿子,梁益友更加勤奋经营,积蓄越来越厚实。而此时,他的一个老主顾、盐商葛凤岐因朝廷改盐政,家业难以维系,准备卖掉手中的盐票。梁益友抓住机会,将这些盐票低价买下。干了几年盐商后,梁益友逐渐摸清了其中的门道,开始明售官盐,暗贩私盐,家业迅速发达起来。

梁钟贤二十三岁时,父亲突然中风瘫在了床上,他只得沿继父亲的发家之道,明暗两条盐道齐头并进,刚过而立之年,便控制了直隶下属的献县、冀州、衡水三个县的盐业生意,年销盐达到了上万引。而梁钟贤并不满足,踌躇满志地想成为津门头号的大盐商,这就少不了要和文骥、曹世襄这样的大盐商们钩心斗角。为了不授人以柄,梁钟贤果断地放弃了所有的私盐买卖,专心于官盐。

两年后,朝廷的盐政变了,贩盐又成为坐享其成的大爷买卖,你垄断了某块地盘的生意,那其他的官盐就不许进来,当然你也不能去随意侵占别人的地盘。这样竞争少了,钱也更容易赚了,如此十多年下来,梁钟贤觉得实在没什么意思,他好强争上的进取心也渐渐被消磨光了。

闲暇无事时,梁钟贤最大的爱好便是泡澡堂子,那是自小由父亲带出的习惯。近来,他又添了个好去处,就是上茶楼喝茶。但他喝茶一向没准地方,一个月前,他跟一位衡水的郭老板在侯家后中街上溜达,顺便进了贤来轩。

郭老板做老白干生意刚赚了一笔,非要请客:“梁兄弟,今天是喝茶、吃饭带泡澡,哥哥我全包啦。你要是掏钱,就是瞧不起我。”这位爷是纸糊的驴大嗓门,他对梁钟贤说的话,二楼的人也全都听见了。

等到结账时,小伙计自然向郭老板要了。郭老板伸手往兜里一摸,脸就红了,汗也下来了,半路上不知哪位高买神偷把自己身上带的钱“顺”了个干净。他倒不在乎这点儿钱,可当着那么多茶客实在栽不起这个面。

正不知所措时,忽听那小伙计问道:“对啦郭老板,上次我们掌柜的托您的那件事,办得怎么样了?”

“啥事啊?”郭老板一时没弄懂其中奥妙。

“您可真是贵人多忘事。”小伙计说着把嘴贴近郭老板耳边,“您老是不是被人偷了?”

郭老板下意识地点点头。

“那您就听我安排……”小伙计又低声对他嘱咐了几句。

这种情形下,郭老板也不遑多想,只得照办,配合着小伙计大声道:“就这事,我都关照完了,就让你们掌柜的放心吧。”

小伙计同样大声道:“我看还是您受累到柜上,亲自跟他说说。”

郭老板站起身不耐烦道:"嗐,不就几坛子酒嘛,真麻烦。梁老弟,你稍候。"

起初,梁钟贤从郭老板的神色里感觉出他可能失窃了,但经这小伙计一折腾,他也不清楚这里面究竟在搞什么鬼。

等了不多时,见小伙计先返回来,梁钟贤问他:"什么事,这么神神秘秘的?"

小伙计近前耳语道:"您朋友遇上高买了, 我让他先去柜上赊账。一会儿吃饭、泡澡,我看就得您结账啦。"

"嗯,嗯。"梁钟贤微笑着不住地点头。

这时,郭老板笑盈盈地走来,高声叫着:"走,梁兄弟,咱哥儿俩下馆子去。"

小伙计迎上前道:"爷,您还没付账哪。"

"瞧我这狗记性。"郭老板说着,从衣兜里掏出刚从柜上借来的一大串钱,哗啦一声丢在小伙计的托盘里,又道,"拿去吧,不用找了。"

"谢谢爷啦!"小伙计朝他鞠了一躬。

3

那次事情后,梁钟贤没事就上贤来轩坐坐,且专让这个叫小来子的伙计伺候。慢慢地,他发现这个小来子不光人聪明伶俐,肚子里杂学还不少。有一回,竟和自己白话起陆羽的《茶经》来。

梁钟贤逮了个清静时候,单独向黄掌柜打听这孩子的来历。

黄掌柜道:"我要一提,梁爷您八成还知道。他就是当年'津盐盛家'老当家的盛元复收养的孙伙计。"

"那个大水漂来的孩子?他怎么到这儿了?"梁钟贤问。

"没错。盛老爷子过去后,盛家就由大奶奶掌权了,那女人是脸酸心硬,愣把这孩子给赶出来了。徐管家把他送到我这儿,您说我能看他在大街上要饭吗?"

"那他在这儿干多久了?"

“也就仨多月。不过毕竟是大家出来的，念过书，心眼儿多，又比有钱人的少爷们能吃苦，用着倒是挺顺手的。”

“他叫什么名字？”

“盛洪来。我们这儿都叫他小来子。”

因为清楚了底细，梁钟贤对小来子总是特别关注，包括此次小来子帮能耐耿解围，全看在了他眼里。梁钟贤对小来子越发感兴趣起来。

一次，梁钟贤把小来子的事对吉源票号的老板钱宝丰说了，对方听了将信将疑。这位很少去茶楼的山西老客，立马叫上东北角同升鞋帽店的老板万鹤龄，与梁钟贤仨人一块儿去了贤来轩，想在喝茶聊天的同时，顺便见识一下那个小来子。

仨人在临窗处的一个茶桌坐定。梁钟贤唤过小来子，钱宝丰一看，这孩子脸瘦瘦的，身子也单薄，但上下却收拾得整齐利索，小眼珠挺亮，带着股精神气。

钱宝丰心下挺喜爱，但仍存心要考验考验他，于是说：“伙计，听好了，梁老板只喝信阳毛尖，万老板只喝六安瓜片，我只喝狮峰龙井。”他指着桌上那把圆肚的提梁白瓷茶壶接着道，“只许你球的用这一把壶，把三样茶给我一块儿上来。”

“这不是难为孩子吗？”万鹤龄道。

“你多甚嘴，我就问他中不中？”钱宝丰两眼瞅着小来子。

小来子迟疑了片刻，恭敬地一笑道：“您就瞧好吧。”

梁钟贤靠在座位上微微颔首。钱宝丰颇为诧异，心里盘算着这个小家伙会怎么应对自己的难题。

不多一会儿，小来子托着茶盘上楼来了。盘里除了那把茶壶，还有三只颜色不同外观各异的盖碗。他把茶盘放在桌上，不紧不慢对钱宝丰道：“这壶里是您要的龙井，我给您倒在这青花盖碗里，这斗彩福寿盖碗里是万老板的瓜片，这粉彩八宝盖碗里是梁老板的毛尖。”

钱宝丰先是愕然，而后道：“个球的，你这算甚？我只让你用一个茶壶沏。”

“是啊,您是吩咐我只能用一个茶壶,可没说三种茶都得放这一个壶里呀。”小来子辩白道。

钱宝丰一时无语,转而爽声大笑起来。万鹤龄也是忍俊不禁。梁钟贤则在旁边不住地击掌,连连称妙。

盛洪来离开盛家一晃已经半年多了。当初,即使妈妈冯爱珍不往外轰,他也不想再待下去了。爷爷在世时,还能有个庇护,可自从奶奶过世,爷爷身体也迅速地垮了。从去年下半年,爷爷就开始卧床不起了,直等到弥留之际,怀里抱着玉砂瓶,口中断续地念叨着:“我真后悔啊。你们都记住了:盐,盐,才是咱盛家发家之本啊。”

爷爷走了以后,家中对他有感情的也只有小妈翠莲和弟弟洪业了,可这俩人自身都受气,不可能再有余力来帮他。对这个家,盛洪来已经没有丝毫的留恋,被冯爱珍扫地出门时,他没流一滴眼泪。眼下棘手的是吃饭问题,盛洪来可不愿意沿街乞讨,可自个儿还小,哪能找到饭辙呢?他思虑了半天,就奔了北大关鸟市东侧马尾胡同的徐老顺家。经徐管家介绍,才到了贤来轩……

这天,盛洪来又是没到五更就起床了,开始了早上必做的几件差事。先刷洗干净掌柜的卧室里的尿盆,又拿了水牌,提着木桶,到街对面小井胡同的孙家水铺取水,而后将取回的水烧开,给掌柜的沏上茶,再去买早点。黄掌柜是老天津人,用早饭前习惯喝新沏的热茶。开茶楼的主儿,最讲究沏茶的水,一定得用当天现从深井里汲上来的新鲜水。外埠人都说,天津人过日子太大手,还美其名曰:“当当买海货,不算不会过。”就没见过守着九条河还要买水吃的,穷摆谱!其实那是他们还不了解老天津卫的习俗,这叫肆酣[1]。就是日子过得再紧巴再拮据的人家,每天早上的这壶热茶也不想凑合将就。

① 肆酣:舒服享受。

盛洪来到水铺时天已见亮了,水铺的小水夫唐黑子双手翻动着拦柜上端的水牌,正准备着挨家挨户去送水。天津卫水铺通常经营的生意有三种:一是由水夫推着水车、带着水筲,凭水牌往各家送水,一筲水大约三四个铜子儿;二是用户先交月钱,自己拿水牌来取水,价钱自然要便宜些;再有一种就是卖开水,多为附近的住户提着大铁壶来买,一壶开水也就一两个铜子儿。

打了半年多的交道,盛洪来与唐黑子早就成了朋友,说起话来也很随便。唐黑子见是他便打趣道:“洗手了吗,兄弟?别又一手尿盆味。”

盛洪来一听笑了,装得认真的样子道:“哟,还真忘了,要不就在你这水筲里涮涮?”

唐黑子本来还要接着逗两句,却见盛洪来左颊又有了一小片青紫,立时怒道:“你这怎么了,那王八蛋又欺负你啦?”见盛洪来只苦涩地笑笑没有回答,唐黑子的额上青筋直蹦,看架势这就要去打人,“妈的,欺负人还没够了。他再敢打你,看我搋不死他。”

“不用,我有招对付他。欸,夜壶呢?是不是又尿炕啦?”盛洪来故意岔开了话题。

4

盛洪来所说的“夜壶”,是水铺里的站柜小伙计叶满缸,长得虎头虎脑,人也踏实厚道,就是打小落下一毛病,不论白天黑晌儿,有事没事总爱跑茅房,尤其一有紧张的事,尿来得更是刻不容缓,因而得了“夜壶”这一外号。所以,水铺里吃累要紧的差事就都指不上他。有这毛病的孩子,哪家店铺乐意让他当伙计?仗着他爹叶老寿和水铺掌柜孙瘸子有些交情,叶满缸才有了这份活儿干。

一提“夜壶”叶满缸,唐黑子禁不住又笑了:“你小子瞧不起人,人家还老尿炕,现在也知道找茅房了。”

“昨儿听他讲,认识一捡煤核的。把他出息的,两句话没说完就撒了三回尿。”

“你说的是秋红吧，据说这丫头姓林，也是从直隶乡下来的，我倒见过一面，模样还真挺不错，跟咱们边边大，了不起的是，竟还带着五六个和她一样没爹妈的野孩子……”唐黑子突地收住了话头，他看到盛洪来的脸色明显黯淡下来了。

“行啦，黑子！别唠嗑啦。把活儿都给耽误了。”随着一声底气浑厚的叫喊，孙瘸子撩起连通内院的竹帘，晃晃悠悠一瘸一点地转了出来。

“快把桶拿来，我得送水去。”唐黑子慌忙抓过盛洪来手中的木桶，对满了水，撂在地上，回身拉起水车道，“掌柜的，我可走啦。”

“都啥时候了，快点儿去吧！”孙瘸子吼道。等唐黑子出了水铺，孙瘸子又对盛洪来道：“你也快回去吧，别误了给你们掌柜的沏茶。”

盛洪来冲孙瘸子挤挤眼回道：“误不了，他那还睡着回笼觉呢。”

此时孙瘸子也注意到盛洪来脸上那块青紫：“这个狗玩意儿，出手还挺重。要不，我去找你们掌柜的。”

“都怪我那次跟黑哥说秃噜嘴了，让您也跟着操心。这事您就甭惦记了，那小子欺负不了我几天啦。”盛洪来充满感激地说。

孙瘸子想不出这个瘦弱的小来子能有什么好主意，见他口气大大的，还挺会吹牛，觉得可乐，也冲他笑了。

可到了第三天，孙瘸子却发现，贤来轩过来取水的伙计却换了人。

替代小来子的伙计名叫赵猛，孙瘸子早就认识他。

赵猛人如其名，身体壮，脾气急，凡事还爱拔尖抢上。刚到茶楼时，赵猛凭自己的勤快肯干，理所当然地得到黄掌柜的认可。但三个月后，小来子的出现，很快改变了一切。开始，赵猛并没把这个麻秆似的家伙放在眼里，可这小来子靠能说会道、善于应变，哄得掌柜和茶客们愈来愈多的偏爱，赵猛发现自己经常受大累不说，还很不落好。赵猛起了嫉恨心，找机会就修理小来子。起初，赵猛的拳脚只往不显眼的地方落，后来干脆就直接朝脸上招呼。

这天，赵猛趁黄掌柜在天井午睡，开始为其打扫客厅。正干得带劲儿，盛洪来走了进来，赵猛一努嘴道："你来晚啦，外边待着去吧。"

盛洪来口里应着，脚却没动窝，贼亮的小眼四处乱踅，一下盯住了黄掌柜的那把鹅蛋形的紫砂壶，伸手便去拿："猛哥，我去洗洗这把壶。"

"放下！"赵猛命道。

"你看这壶里面都脏成嘛样了，可得好好洗洗。"盛洪来坚持着。

赵猛急了："洗也轮不到你，再不滚，小心我揍你。"

一听这话，盛洪来忙收回手，转身溜了出去。

黄掌柜一觉醒来，觉得口干舌燥，便到屋中去取自己用了多年的那把壶。挑门帘往八仙桌上一瞅，就直眼了，那把出自咸丰年间紫砂名家周永福之手的宝贝壶，怎么一下子变样了？他疼得心都颤悠了，跃身蹿进屋里，抓起壶掀开盖一看，天爷，内壁上积聚了多年的茶锈被刷得一干二净。黄掌柜"哦"的一声怪叫，反身奔出屋子，站在门口高声嚷道："谁刷的壶？"

就等掌柜褒奖的赵猛，闻声颠儿颠儿地从后院跑来，笑道："我刷的，您看——"

话未说完，黄掌柜已飞起一脚，破口骂道："你这混账王八蛋，把绿毛龟的绿毛都拔了，那还叫绿毛龟吗？这把壶里的茶锈，是我攒了多少年才积下的宝啊？你却三下五除二就给刷了，这不是成心毁我吗？"

当年在盛家时，爷爷、四爷爷、二伯每人手里都有几把上品的紫砂壶，也都当成宝贝一样带在身边。盛洪来曾听爷爷闲聊时说过关于保养紫砂壶的方法。这宜兴的紫砂壶用得久了，壶中便会积淀下一层陈年茶锈，这样的壶就算不放茶叶只注入清水，也会带有淡淡的茶香味，爱壶的人还给它一个雅称叫"茶山"。如今他借黄掌柜的那把壶给赵猛布下了圈套。自作聪明又抢功心切的赵猛果然上当了。

黄掌柜暴跳如雷，不容赵猛分辩，就扣了赵猛当月的工钱，不用说，每天早上去水铺担水的活儿也落到了赵猛的身上。

盛洪来已提防赵猛的报复，绝不会再让他得手了。转天夜里，一见赵猛要下手动凶，他撒丫子就朝黄掌柜住的上房跑，后边急追的赵猛一脚趟翻了地下的尿盆，流得满地都是黄尿汤。老板娘不干了，没顾上穿鞋，拎起炕笤帚，光着脚满房子转圈追打赵猛。

黄掌柜这个气呀，拉住老婆冲赵猛喊道："小子你行呀，真是出息了。你滚吧，现在立马给我走人！"

5

梁钟贤这些日子一直忙着伺候肖驼子，好长时间都没到贤来轩喝茶。

肖驼子当初跟梁钟贤合伙一起贩私盐，如今梁钟贤早已洗手不干，肖驼子也声称自己收了山，但他却时常从邢台赶到天津来"看望"梁钟贤。每次到来，梁钟贤都要好吃好喝地招待他，临走还得给这家伙捎上不少银子。

这回肖驼子一来，便开始哭穷，接着是狮子大开口。梁钟贤没办法，咬牙拿出了一万两的银票，才把这位不速之客请走。

打发走肖驼子，梁钟贤长出一口气，清早起来，也没乘轿，信步踱到了贤来轩。他刚选个座坐稳，却见范金宝颤着满脸笑纹走了过来。两人虽同为盐商，但往日交情不深，很少同桌喝茶。而这回范金宝主动来搭讪，梁钟贤有些狐疑，生怕对方风闻到什么对自己不利的消息。

无聊地闲谈了两句后，范金宝便转入正题："听说您在李中堂的铁路公司里投钱啦？"

梁钟贤一听他问的是这件事，心就踏实了下来，莞尔一笑道："嗐，我这点儿小钱也就是跟着瞎起哄呗。人家文家、陆家出手可就是十好几万哪。"

"是啊，咱天津的富户，除了老谭家，其余的全都投钱了。我看哪，大伙儿这也是没辙。李中堂要干的买卖，谁不得捧场啊。"能耐耿凑过来道。

范金宝道:“梁爷,我也不懂铁路是个嘛玩意儿,投这么多钱能不能赚得回来呀?”

“其实,我也不大明白。可据说在洋人的国家里,到处都是铁路,干铁路生意的那叫一个富。要不高恒昌怎么敢一口气投三十万呢?”梁钟贤道。

“看起来干买办还是真有钱啊。”永昌瓷庄的张立发不无羡慕地道。

这时,茶园的伙计王四上前问:“梁老板,您今儿还是毛尖吧?”

“是啊。”梁钟贤随口应道,跟着又问,“老王,小来子呢?”

“今个儿他收煤核去了,要晚点儿回来。”

梁钟贤颇为诧异:“收煤核?怎么回事?”

站在不远处的黄掌柜笑嘻嘻地近前道:“那小家伙不知在哪儿认识了一帮捡煤核的,他给我出了个主意,把各位爷每次吃剩下的点心、烧饼、花生、瓜子什么的都收拾起来,拿这些东西去换煤核。”

“这主意好啊。你这回可是省煤钱啦。”玉川居的老板李本中道。

“这个小来子,还真是有点儿鬼心眼儿。”梁钟贤点头道。

“黄掌柜,怪不得又见着你的笑模样了。前些日子,瞅你那不笑装笑的德行,足够十五个人瞅半拉月的。”范金宝道。

“嗐,别提了。那两天真是犯小人,我那把养了快二十年的壶,让赵猛那混玩意儿给糟践了。正别扭着呢,又遇上一臭要饭的赖在大门口,我叫伙计们把他给打出去,没想到,那兔崽子把我后院的烟囱给堵了。”

众人听了,又都哈哈笑起来。

“逮着那小子了吗?”范金宝问。

“那狗东西还真有两下子,四五个伙计前面截后面堵,愣让他给跑啦。还是小来子把他找着领到我眼前。他自报家门叫什么常敢子,先是认了一通错,又给我劈了三天的劈柴。小来子还求我收他当学徒,可我看他人太野没敢要他。”

梁钟贤没再与众人往下闲聊，他思忖了一会儿，抬起头，语气郑重地对黄掌柜道："小来子这孩子，我是真喜欢。黄掌柜，把他让给我怎么样？"

黄掌柜先是一愣，而后尴尬地笑道："梁爷喜欢他，自然是他的福分。不是我成心驳您面子，我收小来子当学徒时，双方是签字画了押的。他在我这儿必须满三年，现在还不到一年就放他走，不是坏了行里的规矩嘛。"

梁钟贤听出对方是在找托词，但人家说的也没错，只得道："没关系，黄掌柜不想割爱，在下也不会勉强。"

盛洪来从外边回来时，头一拨的茶客都已经散去。黄掌柜按下梁钟贤与他刚才的谈话，只字也没对他讲。

但此事却被赛不知的徒弟张罗看在眼里，记在心里。张罗跟他的师傅一样，也有一张天生的好嘴，只是他一向存不住事儿，话到嘴边想说什么就说什么。当天下午，张罗便把茶楼早上的情形一点儿没剩地全对盛洪来说了，"知道吗，那个梁老板还想要你给他当伙计呢。结果让黄掌柜给驳了。其实干嘛不是吃饭，像我师傅、师爷靠耍嘴皮子也能混一辈子。再说……"

盛洪来默然地低下头，半天不再应声，他觉得自己可能错过了一次改变命运的机会。而张罗并未注意盛洪来表情的变化，依旧随心所欲地讲个不停。但他自己刚说完的话，扭脸就扔脖子后头去了。

没心没肺也有好处，张罗总是活得挺快活。他是直隶满城大柳村的穷孩子，他爹妈总共生了十一个孩子，活下来的有七个，张罗排行倒数第二。长到十岁时，张罗仍骨瘦如柴，没力气做庄稼活儿，成天嘴里还嘚啵起来没完，烦得他爹妈都有心把他卖了。正巧同乡的赛不知回老家串亲戚，看到正在村边给一群小孩胡白话的张罗，感觉是个说书的材料，跟张罗的爹妈一讲，那夫妻俩乐不得地就把张罗送给赛不知做了徒弟。

跟师傅到了天津卫，张罗不仅见了大世面，每天的窝头、咸菜还管饱吃，就像一脚踏进了天堂一样。师傅在贤来轩说书，张罗自然跟这里的人很熟悉，自打结识了盛洪来，就爱跟这个机灵的小哥哥一起玩，赵猛被赶走后，他更是得空就往盛洪来的屋里跑，他可不管盛洪来的心情是好是坏，见面就海聊起来。张罗觉得小来子识文断字，沉稳老成，行事多有心机，但又不藏奸使坏，有骨气有正气，套用师傅评书中的话，那叫一个“侠肝义胆、古道热肠”。

中秋过后的一天，张罗又一溜烟跑到盛洪来的住处，进门便兴高采烈地对他大声道：“来子来子，听说天津卫要建火车站了。这下，咱又有好看的事啦！”

第七章

1

张罗说的没错。近来，天津城里街谈巷议最热闹的非"旺道庄建火车站"这件事莫属了。

李鸿章初任直隶总督时，总督衙署本来设在保定，可他一直坐镇天津办公，几年下来，洋务派们创办的实业也的的确确大有收获。天津街头先后挂出了许多新牌子，什么机械局、招商局、纺织局、电报局、北洋水师筹办局啦，尽是些让人眼花缭乱的机构衙门，但对它到底是管嘛用的，老百姓又丈二和尚摸不着头脑。

站在天津新城与老城之间，人们心头上的落差是巨大的，惊异之中常常伴有被时代慢慢剥离的惶恐。与新区明快的面貌和雨后春笋般出现的教堂、洋行、码头、诊所，会馆、票号、货栈、商铺相比，老城内灰土脱落低矮破败的平房、狭窄脏乱坑洼不平的街道、缓慢悠闲拖沓重复的节奏……一切的一切，都在无言地印证着它的老去。

然而，这种差别仅仅是外在的，亦可说是被迫的、政治的、官场的。如果说天津真有什么变化的话，它一定不单是建筑上的，而是这里的人们已经变得可以用一种开放的心态主动接受洋务了；如果说变革中的天津人更关注的是个人命运的话，那么，此时的大人物们关心的则是在这滚滚西化热浪来临之时，如何努力改变这个国家的命运了。

六年前，李鸿章便已有了大手笔，他下令在唐山成立了开平煤矿公司，为把挖出来的煤尽快运出去，他又四处筹集资金修了大清国自己的第一条铁路。这条铁路以唐山为起点，一步步地向南延展，现在终于修到了天津，于海河东岸的旺道庄、唐家口一带建设起中国第一座现代意义上的火车站。车站开工的奠基礼就定在九月初二这个黄道吉日。

天津人历来好热闹，人们早在八月底就都坐不住了，你传我我告你，争着一睹这不吃草光干活儿的“火车”究竟是个什么洋怪物。

张罗这回算是张罗上了，告诉完盛洪来，又去招呼唐黑子和叶满缸，在满缸的提议下，又找那个捡煤核的姑娘林秋红。

盛洪来本还想叫上他新结交的朋友常敢子，可到三岔河口边的破窝棚里一看，常敢子的妹妹小娟发起了高烧。别看常敢子有本事上房堵烟囱，但对妹妹的病却束手无策。盛洪来忙赶回茶楼，弄来些生姜、桂枝、红糖，熬了碗热姜汤，给小娟灌了下去。当夜小娟出了一身透汗，转天的烧开始明显减退了，不过身子还是虚弱得很。

“俺这两天得照顾俺妹，就不跟你们去看热闹了。”常敢子道。

盛洪来颇为理解地点点头。

贤来轩的黄掌柜也想去瞜瞜“旺道庄”这场热闹，而且那几位最有钱的茶客还都主动地在李鸿章的“天津铁路公司”里入了股，肯定都得参加那个典礼。黄掌柜决定顺应“民意”，前一天便在大门外挂上了“明日歇业”的提示牌。

转过天，黄掌柜早早起床，带着老婆孩子够奔城东南。他费了老大工夫才过了老龙头渡口，随着人流赶往旺道庄。可刚到季家楼火神庙，人流就拥挤不动了。黄掌柜一看，前后左右全是脑袋，也不分穿绸裹缎还是破衣烂衫的，五行八作、三教九流各色人等都叉在了一块儿！耗上老半天还是挪不了半步。幸亏已经到了秋后的九月，要赶个三伏天，这成千上万的人非糗成人酱不可。

黄掌柜被挤得难受之极，朝前边没好气地嚷道：“头里的，就算是个王八,也得动动窝吧。”

旁边一个满脸是汗的胖子应道:“你嚷嘛,没听前面说了吗?李中堂要来剪彩,全戒严了。”

任凭人们怎么吵闹也无济于事,拥挤的人群只能在两里地以外,听着东边的鼓乐喧阗、鞭炮雷鸣。又活受罪干着急地挨上近一个时辰,忽地就见前边的人转身往回挤,同时乱哄哄地骂道:“这不是拿人开涮吗?几位老爷在那儿铲几锹土就完事了,这叫嘛事?”“别说什么火车,连他妈驴车都没看见。”

待盛洪来召集了唐黑子、叶满缸、林秋红、张罗几个赶到时,人群已经开始四散开,失望的人们潮水般往西退。盛洪来只得与大家一起垂头丧气地往回走。猛地,他看见一大队官兵护送着十几个当官的正要离开典礼现场,其中一位分外眼熟,略加辨认,那不是曾听自己背诵“三百千”的远房六叔盛宣怀吗?

盛洪来停下来仔细观望,看到比以前显得更气派了的六叔,俨然已是众官员的领袖,所有人对他都毕恭毕敬的。霎时间,他觉得自己与六叔之间的距离是那么遥不可及,心中不由得生出一股仰慕和向往之情……

盛洪来边走边想心事,不觉间已绕过大胡同,眼看就要转入侯家后了。拐弯时,黑子有些大意,肩膀正撞上一个人的后肩。

“哪个王八蛋?不长眼的,敢撞你三——”那人骂了一半,磨头一见是唐黑子他们,拔腿就走。

“谁呀?”张罗离鸡[1]着两眼问。

叶满缸惊叫道:“是郑三货!”

唐黑子急道:“不好,快回水铺!”

盛洪来蓦地抬起头来,他马上意识到要有大麻烦了。

---

① 离鸡:形容失魂落魄或摸不着头脑的样子。

四个多月前，混混儿郑三货在侯家后街上碰瓷儿，一眼搭上收水钱回来的唐黑子和叶满缸，便故意往叶满缸身上撞，还顺手把一只破碗摔在地上，说这是他家祖传的宝贝，又使出天津混混儿讹人的伎俩，揪住叶满缸非让赔钱不可。叶满缸吓得尿了裤子，唐黑子有心动手，又怕这块滚刀肉会借此死缠住自己。

双方正僵持时，盛洪来从此路过，当着众多围观者，引诱郑三货咬定那只碗是“明朝大德年间的哥窑瓷器”，然后指出哥窑是宋代名窑，到明代已经没了，大德则是元代成宗的年号，弄得郑三货张口结舌，在人们的哄笑中狼狈溜走。

黄掌柜得知此事，责怪盛洪来太爱管闲事，不该得罪郑三货这种无赖，说郑三货的哥哥郑二疯是青帮头子金九门下的打手，肯定不会善罢甘休。听了掌柜的话，盛洪来也有些畏惧，但后来听说郑二疯替金九跟人争脚行，被打得好长时间起不来炕，这件事似乎也就过去了。谁想到唐黑子今天又无意间招惹了郑三货，看样子那家伙定是回去找帮手的，不想挨揍就得赶快跑。

2

五个人径直向水铺跑。离小井胡同还差一个路口时，却见郑三货与俩彪形大汉横在路当央。

“往回走！”盛洪来喊着转身时，后路却被两个剽悍的家伙截住了。

叶满缸抖颤着对盛洪来低语道：“脸上有疤的，就是郑二疯。”

郑二疯跨前一步骂道：“小王八羔子，我们哥儿几个刚才白跑了一趟旺道庄，正想拿谁出出气呢。”郑三货也嚷道：“他妈的，今儿老子摦死你们。”

盛洪来明白跟这帮人是没理可讲的，后悔没带上常敢子，眼下自己身边除了唐黑子，再没一个能打的，果真动起手来，必然吃亏。唯一的办法就是尽量拖延时间，等围观的人一多，看有没有站出来打抱不平的。

眼见郑二疯就要蹿过来，盛洪来忙对他道："二爷慢着，容我解释。"

郑三货在背后道："哥，别理那小王八蛋，就属他鬼主意多，要揍先揍他。"

郑二疯一听"嗷嗷"怪叫着，奔盛洪来扑去。

不等盛洪来躲闪，但听耳边"嗖"的一声，原来是林秋红跃到了路边，拾起一块砖头朝郑二疯就砍，可惜欠些准头，只从那家伙额旁扫过。

这下郑二疯更疯了，骂道："臭丫头片子，二爷我先踢死你。"说着，飞脚直取秋红。一向胆小的叶满缸不知哪儿来的勇气，跨步上前将秋红推开。

但没等郑二疯这脚踢上，唐黑子捡起地上一棵竹竿就横抡了过来，迫使郑二疯只得抽身避开。郑二疯带来的那个混混儿近身一把抓住了竿头。郑二疯乘机反手攥住了竿身。唐黑子往回拽，怎奈较不过两条壮汉，眼见竹竿便要被对方夺去。郑三货又向身后吆喝道："别干看着，快上啊！"另外俩混混儿挽起袖子一齐袭来。

见两面受敌，慌乱间盛洪来也没了主意。张罗则是腿肚子直转筋，跑都跑不动了。

街两头已围满了人，但大家全都站在十丈之外，谁也不敢近前。突然，一个人影从小井胡同闪了出来："几位慢动手！"来人天津话里夹杂着山东口音，声音不大，但出其不意，两个刚要冲上去的混混儿惊得忙收住了脚步。郑三货定睛一看，竟是水铺的老板孙瘸子，鼻子差点儿气歪了。只见孙瘸子身穿褐色麻布的裤褂，足蹬青布靸鞋，一摇三晃地遮在盛洪来他们前面。

郑三货知道，这孙瘸子不光左腿残疾，还是个一脚踹不出屁的窝囊包，平日里本分怯懦，遇事缩着个王八头能躲便躲，今儿怎么也敢来挡横？于是他挖苦道："瘸驴，你那条还有用的腿要是也痒痒了，三大爷再帮你撅折了它。”

孙瘸子朝郑三货和郑二疯分别作了一揖：“二位爷，这几个孩子是俺铺里的伙计，俺能看着不管吗？您二位都是江湖上的好汉，千万别跟小孩子一般见识。看在俺的面上，饶了他们吧。”

“瘸挨刀的，你他妈的算老几？看你的面子，你那面子还不如我这个哪。”郑三货边说边拍自己的屁股。几个混混儿一起发出怪笑声。

孙瘸子依旧满脸和气地道：“这又是何必呢，大庭广众的，您就是扒了几个孩子的皮，也不光彩啊。咱都是讲礼讲面的——”

郑二疯吼道:“谁他妈跟你讲礼讲面？快，立马给我滚一边去！”

孙瘸子稍稍舒了口气：“这样，几位要是还有气的话，就冲俺来吧。”

“嘿，你个瘸玩意儿还来劲啦。我他妈连你一勺烩。”郑二疯恼道。

郑三货这会儿憋出个坏主意：“二哥，我听老人说，三条腿的蛤蟆不好找，今儿就让他来个蛤蟆蹦，怎么样？”

“好，这个准好玩。”另外仨混混儿应和道。

“那三爷，俺要是蹦完了，您能把这帮孩子放了吗？”

“掌柜的，您可别价！”唐黑子叫道。

“没你们的事。黑子，把竿子松开，闪一边去。”孙瘸子缓缓地道。唐黑子犹豫了一下，才松开手。盛洪来他们五个退到了右侧的墙脚。

“快点儿趴下，给我蹦！”郑三货命道。

孙瘸子驯服地俯下身，双臂与右腿着地，那条僵直的左腿向斜上方倒跷着，接着双臂用力一撑，整个身子朝前蹿出二尺多远。混混儿们看那样子甚为滑稽，都嘻嘻坏笑起来。蹦完了，孙瘸子爬起身，对郑三货一拱手，“三爷，这回行了吧？”

“不错，还真哏儿。”郑三货说着冲他哥哥一使眼色。

郑二疯忙在背后嚷道：“慢着，我兄弟那关过了，二爷这关还没过呢。”

孙瘸子转过身再次拱手道：“二爷，您了还想干嘛？”

“刚才你是蛤蟆蹦,现在来个王八爬,从我这裆底下钻过去!”郑二疯摇头晃脑地道。

“二爷,杀人不过头点地,您也太欺负人啦。”孙瘸子声调提高了。

郑二疯哼哼冷笑道:“欺负你怎么啦?二爷天生就是欺负人的!”说罢,抬手照孙瘸子面颊扇去。

谁都没想到孙瘸子竟敏捷地抽身躲过了这一掌,而后浓眉往上一竖,但仍不紧不慢地道:“好,二爷,这么着,您们几位谁能碰着俺的衣服,俺就从谁的裆底下钻过去。”

郑二疯一巴掌打空,甚为懊恼,骂道:“瘸挨刀的,二爷薅住你,非把你的右腿砸折不可。”话音未落,手便伸向了孙瘸子。谁料,这一下又抓了个空。孙瘸子不知怎地竟转到了他的身后。郑二疯反身去扑,孙瘸子瘸腿划了个圈,好腿就势一点,又闪到对方的背后。

就这样,郑二疯连续扑了十四五下,而孙瘸子虽瘸瘸歪歪,却是腰赛转轴,脚如趟泥,忽前忽后,忽左忽右,旋风般盘桓无定,绕得郑二疯头晕眼花,面前好像有三四个孙瘸子在来回漂移。郑二疯脸上热汗直流,高声叫道:“你们几个挺尸哪?还不一块儿上。”郑三货与他左右几个混混儿慌忙一拥而上。

3

孙瘸子看这帮家伙围上来,并不慌乱,脚下继续一圈一点,身形好似蛟龙出没于层云之间,穿梭游动轻松自如。那五个混混儿连扑带抓,足足一炷香的工夫,个个累得晕头转向气喘吁吁,却连孙瘸子的衣服边都没蹭着。

郑三货急道:“死瘸驴,有能耐你就别动!”孙瘸子横下里跃出一丈开外,右腿着地,一个金鸡独立式,笑道:“好,俺就在这里不动,放胆子过来。”

郑三货纵身跟上去,一招双风贯耳奔孙瘸子打来。孙瘸子果然没再躲闪,轻舒臂膀,双手铁钳般将郑三货的双腕擒住,微微一叫力,但听“嘎嘎”的骨节声响，郑三货的左右腕子全脱了臼。孙瘸子顺势一抖，又是“咔咔”两声，郑三货双肩的骨环也都被卸掉了。随着杀猪似的叫唤声，孙瘸子顺手一丢，郑三货倒在地上，动弹不得。

郑二疯等人红了眼，一窝蜂地扑过去，有的抱腿，有的搂腰，有的拽胳膊，有的勒脖子，拼力要将孙瘸子掀翻。可孙瘸子照样金鸡独立地定在那里，纹丝未动。他突地一颤全身，手脚同时发力，大叫一声“开”，缠住他的几个人便同时飞了出去。

郑二疯起了疯劲，一跃而起，从腰间抽出一柄匕首朝孙瘸子的心窝直戳过来。这下，孙瘸子真火了，侧身让过刀锋，右手钳住郑二疯的前臂，左手将其腕子向上一扳，郑二疯惨叫着撒手丢了匕首。孙瘸子骂道：“龟孙子，敢动家伙！”说着，抡起左拳狠砸在郑二疯的脸上。郑二疯的上下门牙带着血沫子，登时就从他的口中迸了出去。

郑二疯被打得脑袋嗡嗡作响，但他仍不肯罢休，扬腿来踢孙瘸子阴部。孙瘸子的瘸腿一划，转到郑二疯的右侧，抬右掌猛拍郑二疯的前胸。这一掌用足了八成掌力，挂着风声把郑二疯击得双脚离地，倒飞至左侧的墙根下。郑二疯喷了一地的血，犹如一摊烂泥趴在那里，嘴里只剩了少半口气。孙瘸子一晃身形赶到郑二疯跟前，左手将他拎小鸡似的提起来，挥动右拳还要再打。

郑二疯此刻把往日的凶狂都抛到了咸水沽，只想保住小命，气息奄奄地哀求：“孙爷爷，孙祖宗，我们哥儿俩都是王八蛋，您就把我们当俩屁给放了吧！”郑三货当啷着两条胳膊，也鼻涕眼泪地大声央告。另三个混混儿同样作揖讨饶。孙瘸子的怒火稍有消退，放手将郑二疯丢在地上，长出了一口气道：“饶了你们也行，但从今往后，不许再欺负这几个孩子，也不许再到侯家后捣乱。”郑氏兄弟连声应诺。

见四周围观的已有二三百人，孙瘸子这才命他们速速滚开。两个混混儿架起郑二疯，另一个扶起郑三货，跌跌撞撞地向街口逃去。

围观的人群一片喧腾，唐黑子他们木桩子似的立在墙边脚，全都看得傻了眼。还是盛洪来先清醒过来，高声吆喝道：“哥儿几个别愣着，赶快拜师傅啊。”

孙瘸子拗不过唐黑子、盛洪来几人，只得答应做他们的师傅。盛洪来又想起了常敢子，回到茶楼，在自己的柜里找出几个半拉的麻酱烧饼、一包花生米和一小袋干炸素丸子，直奔了三岔河口。

发高烧的小娟才睡下，常敢子正坐在窝棚门口，盘算着怎么给妹妹弄些吃的。

九年前，七岁的常敢子跟随父母从老家直隶沧县的常家庙到文安县的大围村，来投他本家的大伯，谁料大伯一家早已迁往了外省，幸得大伯旧日的邻居黎二嫂让出自家的一间空房，他们才在大围村安下身。黎二嫂的丈夫刚下世不久，只剩下她和六岁的女儿小娟，恰巧常敢子他们到来，两个不幸的人家就互相帮衬着勉强度日。

但老天有时偏不体恤可怜人，几年后，大围村竟闹起了瘟疫，村里人死了多半。常敢子的父亲也染病故去，母亲拖着病体带常敢子逃出村，没走过二十里也倒下了，临终前将儿子托付给一同出逃的黎二嫂。

没了爹娘的常敢子便认黎二嫂为干娘，随同她们母女沿路乞讨着到了天津。黎二嫂本想在这里靠给人洗衣、缝穷将两个孩子拉扯大，不巧开春后的一天，她撞上了人贩子崔五。崔五外号“碎崔”，专在三岔河口一带物色生意，他见黎二嫂虽已三十出头，仍颇有姿色，上前便要非礼。黎二嫂拼死相争，惹恼了碎崔，一顿暴打，将黎二嫂打得口吐鲜血，遍体是伤。入秋时黎二嫂人就不行了，常敢子伏在干娘床前，含着眼泪发誓一定要养活妹妹成人。

常敢子一到天津便开始找活儿干，但举目无亲，想去店铺里当个学徒都找不到保人。找不到零活儿，就只好挨家要饭，无论如何他绝不能让妹妹饿肚子。那天该他倒霉，转了大半天，活儿没找着，饭也没要着，在贤来轩还被黄掌柜唤人给打了出来。一怒之下，常敢子就把黄掌柜后院的烟囱给堵了。虽然逃过了茶楼伙计的围追，却是空着两只手回了窝棚。幸好尾随而至的盛洪来掖给他一包茶客剩下的点心和烧饼。常敢子感念不已，由此俩人成了朋友。

见盛洪来又雪中送炭地提着吃的来了，常敢子忙疾步迎上去，心中万分感激。问了小娟的病情后，盛洪来对常敢子提起刚才发生的事，鼓动他也去拜孙瘸子为师。常敢子一琢磨，这年月只有武功在身才不会被人欺负，有朝一日遇上碎崔也好为干妈报仇，立时就答应了。

孙瘸子打量了一下常敢子，见他生得是虎背、猿臂、蜂腰、螳螂腿，可谓难得的练武好坯子，便欣然收了这个徒弟，并让常敢子暂时在水铺里做伙计。

4

六个少年成了师兄弟，相互的情感自然更加深厚。

盛洪来心道：自己如今已经没了家，将来在市面上生存少不得这些朋友，便提议大家效法“刘关张”义结金兰。大家一致叫好称赞。张罗以为林秋红是女孩子，不大愿意让她掺和进来，为此还跟满缸吵了一架。大家开始互报年纪，唐黑子十七，是大哥；常敢子十六，是二哥；张罗只有十四，当然做老兄弟。可盛洪来、叶满缸和林秋红都是十五，便要排月份。叶满缸是五月初七生人，林秋红则生在八月十九。唯独盛洪来本不知自己生于何时，长这么大也没过过生日，刚才报的岁数也只是个估算。他听完那二人的生辰，眼珠一转道：“那你们俩可得叫我声三哥了，我是二月初二龙抬头的生日。”

从拜师到结义的这一个多月里，常敢子感觉这是自己来到天津后最快乐的时光。他白天在水铺里卖力气干活儿，晚上跟师傅刻苦练功，闲暇时还能同兄弟们谈天说地。常敢子也确有些习武的禀赋，学起来又用心去悟，一套七十二式小擒拿他用了不到十天就将其中的招式娴熟于胸，整组拳练下来是有章有法、一气呵成，让其他的师兄弟羡慕不已，师傅也夸赞他是个好苗子。有了师傅和这些异姓兄弟，常敢子的生活添了许多温暖的滋味，未来似乎也有了新的希望。

哥儿几个结拜没有几天，就出了件怪事，通常只在白天开张的水铺,夜里却突然来了好生意,也不知从哪里冒出来一帮神神秘秘的人,大筲小桶地买开水,忙得孙瘸子师徒团团转,一连几宿没合眼。前来买水的几个汉子个个掩饰不住兴奋,并低声地骂道:“狗日的洋鬼子,拿中国人不当人,明火执杖打不过你,那咱就私下里琢磨你,往死里给你添损添堵。”“这就叫癞蛤蟆上脚面,咬不死人膈应人。”最终孙瘸子弄明白了,敢情这事还和当初天津卫的教案有关。

那回望海楼教堂被烧了,洋人立逼天津府限期交出纵火主犯,并当众正法。府台大人傻了眼,明摆着,参与烧教堂的天津百姓多了去了,法不责众,怎么查呀?无奈之下,他只得动用银子,二百两一个,收买了十几个无辜的苦力以死顶罪。此事令老百姓骂天骂地,恨官府更恨洋鬼子,总想着用什么办法报复一下。

不久,洋人开始重修望海楼,并在教堂周围种了不少梧桐树苗。但很奇怪,这些树苗很快就通通死光了,教堂派人细查原因,发现这些树苗是被人用大量开水浇死的。不用说,这肯定又是天津人故意使的“坏”。神父们气坏了,暴跳如雷地责令天津府衙务必将肇事者尽快捉拿归案。

知府孟孝广了解情况后,心里那个气呀,不禁暗暗骂着:这帮没脑子的二百五,有这工夫得楞几个洋鬼子也叫本事,竟扯这种不疼不痒的咸淡管他娘的屁用,还害得老子被洋人指着鼻子训斥。等多会儿我逮着这群刁民蠢货,非好好修理修理他们不可。

“前人种树,后人乘凉。”中国人从几千年前就明白这个道理,天津卫的百姓怎会不知种树是件好事呢?大伙儿恨的绝不是那几棵树苗,为的就是要和洋人斗斗这口气。孙瘸子自幼习武,闯荡江湖多年,也是个揭云见日的汉子,得知真相后,他心中大快,当即一拍胸脯:“今后老几位再用开水的话,无论多少,我这分文不收。”

帮着收拾了一回洋人,也让刚结义的小哥儿几个兴奋不已。可惜这样的好日子实在太短暂,刚过立冬,师傅竟突然对大家说,他要把水铺关了。

那天常敢子送完了水，刚回铺里，四弟叶满缸就迎上来，把师傅的决定告诉了他。常敢子有些丈二和尚摸不着头脑，急忙撂下水车，直奔后院。情急下，常敢子也未敲门，大跨步进到师傅的房里，见师傅坐在八仙桌边的圈椅上，大哥唐黑子、三弟盛洪来立在两旁，三人正在悄声说话。他顾不得行礼，扯开嗓子便道："师傅，您这是咋回事？"

孙瘸子倒没嗔怪，轻声道："敢子，你来得正好。我正想跟你们哥儿仨唠唠呢。明儿个，师傅就得走了。"

"是不是郑二疯那几个王八蛋想害您？"常敢子又问。

"是他们的老大金九，我要是还留在这儿，肯定会连累你们。"

常敢子虽只是个小要饭的，但也知道金九是什么人，可他仍干脆地说："俺不怕。"

"那你妹妹也不怕？"孙瘸子问道。

这一问把常敢子给问住了，他傻愣了一会儿才道："都过去这么久了，那姓金的又想起啥来了？"

金九心中的奥妙，常敢子怎会知晓。作为天津地界的青帮大佬，金九如想树立个人虎威，自然要维护手下的人，可那时他刚从别人手里抢了东门脚行，已经在帮中犯了众怒，不想再生事端。而且那次郑二疯也是太栽面，弄得从北门外到三岔河口无人不拿他们当笑话说。金九想，自己如果再强出头只能授人以柄，说不定其他堂口的老大还会借机群起攻之。金九将郑二疯臭骂一顿，让他们不要轻举妄动。事过多日后，金九才派人暗地里打探孙瘸子的来路。

孙瘸子见金九不动声色，估摸要跟自己玩阴的，故而一直加着提防。自从痛打了郑氏兄弟，孙瘸子已经显露了非同寻常的武艺，这肯定会引起旁人对他身世的好奇。前几天，先后又有几个老主顾告诉他，有青帮的人在偷偷打听他的底细。仅此，天津卫就已经是个是非之地。另外，官府又要对望海楼附近的水铺逐个进行调查，风声日紧，这让孙瘸子更加坐立不安。他本想马上起程离津，可又顾虑徒弟们的安全。正犹豫之际，他二弟托人从山东捎信说：老母年事已高，朝不保夕，想再见他一面。孙瘸子见信后，便不想再多做停留了。

“那您就带上俺，俺有力气，能干活儿，俺不会白吃饭的。”常敢子又道。

“不行！我想好了，谁也不带！”孙瘸子决绝地道。

常敢子眼中含泪，扑通就跪在地上：“可俺想跟您学功夫啊。”

孙瘸子鼻子发酸，泪水也在眼窝里打转，起身伸手将常敢子拽起来：“好孩子，师傅也舍不得你，但师傅实在是不能带你走。”

盛洪来近前一步道：“二哥，师傅有难言之隐，你就别难为他老人家了。”

孙瘸子重新落座，长吁一声，便把自己的来历讲给仨徒弟听。

原来，孙瘸子本名叫孙通，山东临清人，父亲孙啸天是名彻鲁西地区的武术大家，精通太极、形意、八卦等内家拳法，尤以一套“八卦游龙掌”独步江湖。孙啸天在临清府开设的武馆也曾办得红红火火。但十八年前，临清知府的小舅子姚衡强夺了孙啸天好友程太白的酒坊，并将程太白打成重伤。孙啸天一时愤慨，失手将姚衡打死，自首后被判为斩立决，武馆给封了，家产也全部抄没。孙通和弟弟孙达眼见日子实在过不下去，与世叔程太白一商议，联手干起了私盐买卖。

当时武城一带私盐泛滥，可谓生意兴隆，他们便将从海边灶户手里趸来的私盐运往武城。头三趟都还顺利，可第四次正赶上武城新任的盐巡张彪严剿，查获了他们的私盐。哥儿几个原想弃货逃生，那张彪竟命手下开枪，孙达的肩头受伤，程太白则是背部中弹当场身亡。孙通见状怒不可遏，回身和张彪拼命，最终掌毙了张彪。

5

孙家兄弟逃回临清，带上母亲就到乡下亲戚家躲藏起来。官府四处张贴缉捕公文，捉拿凶犯。乡下的亲戚看风声太紧，害怕自家受牵连，便将他们兄弟告发了。为保全家人，孙通主动承担了全部罪责。在押往济南府的途中，他凭借自幼练就的缩骨功，趁夜脱铐而走。追捕的官兵在后面一通攒射，枪弹打中了他的左腿，他忍痛跳进徒骇河里，性命保住了，但自此左腿成了残疾。

孙通不敢回临清老家，可又往哪儿去呢？那年头的山东人，一旦走投无路，靠海近的就坐海船去闯关东，守着运河边的就沿河北上奔了天津卫。孙通混上运河的客船来到天津，尽管左腿瘸了，可毕竟有上乘的武功根底，他做起活儿来依旧一个顶俩，靠着踏实肯干，慢慢有了些积蓄，就开始做卖杂货的小商贩，又干了四五年，这才在侯家后开起了水铺。

在天津躲藏了七年后，孙通才敢与家人联系。打死盐巡的事虽已成了积年旧案，但为安全起见，他依然不敢回山东老家。孙通的秘密除了好友叶老寿，也就是叶满缸的爹隐约了解些外，别人都无从知晓。这也难怪，天津卫乃各类人物云集之地，每天几乎都有成百上千的外地人从四面八方拥进来，这些人什么事没有？谁管得着谁啊。如今孙通已是奔四十岁的人了，可仍未成家，跟唐黑子、叶满缸几个处久了，就把他们当自己的孩子。那天见郑二疯等人要对几个孩子下黑手，孙通实在忍不住挺身相援，这才引来了后边的麻烦……

听完师傅的讲述，三个小弟兄都落下泪来。孙瘸子道："不管过多少年，这杀盐巡的事都是死罪，俺这次回山东也只能偷着走，到那儿能不能落住脚还不好说，所以谁也不带。我走后，你们要夹起尾巴做人，千万不可轻易招惹是非。"

金九派出去的人还没查出个眉目，孙家水铺就忽然关了张，孙瘸子也没了踪影。人都跑了，再追查也没啥意思，金九便命令手下人别再费劲了。受了内伤的郑二疯好久才缓过来，等到海河开冻大雁北归时，他又有了打人的力气，孙瘸子走了，他自然想找唐黑子算账。可唐黑子也早有防备，一看苗头不对，就辞别了父母，跑得不知去向。

师傅、师哥都走了，盛洪来与张罗也很少出茶楼，叶满缸更是躲在家里不敢轻易露面，常敢子又像过去一样四处打零工，心情却一直很不好。一次在码头扛货时，他稍一走神，让地上的一根草绳绊倒，被肩上那二百斤的麻包砸伤了左臂。为治伤，师傅临走时留给他的钱一下就花出了大半。看二哥过得实在困窘，盛洪来几次求黄掌柜收二哥做伙计，可都被拒绝。常敢子虽不会因此责怪三弟，但盛洪来越发觉得在贤来轩没什么意思，做事也不及以往用心了。

说话间天气变暖了，常敢子的臂伤已好了许多，他又早出晚归地找活儿做。妹妹小娟也想出去干点儿什么，哪怕跟着林秋红她们捡煤核、要饭也行，但常敢子坚决反对，他认为自己已是个大男人，凭力气足能养活妹妹。小娟知道哥哥对自己好，就更为哥哥的身体担心，每天除了洗衣做饭，便在破窝棚外守候。有时天近黄昏，常敢子仍未回来，小娟就忍不住走到运河岸边，翘首张望。

“碎崔”崔五前两年去了京城，想混出点儿名堂，结果胡折腾了两年多，也没捞着什么，觉得还不如在天津好混。立夏刚过，他便乘船顺运河溜了回来。出于职业习惯，碎崔从白河码头一上岸，就在三岔河口附近踅摸起生意来。正是夕阳西下，他蓦然瞅见一位身着花衫的少女独自立在运河边，面带焦灼地在等什么人，那身段与容貌与当年的黎二嫂怎么那么相似？

“这等货色要是卖到窑子里，少说也得值个十吊二十吊的。”碎崔心里盘算着，眼睛直勾勾地盯住了女孩子，就像饿狼瞪住一只羔羊。此刻那女孩也发觉了碎崔，立时吓得花容失色，磨身便往不远处的破窝棚里跑。碎崔嘻嘻地笑着，快步跟了过去。

今年的五月初三是赛不知父亲的六十大寿，赛不知提前与黄掌柜打过招呼，带上徒弟张罗回了老家。盛洪来有时挺烦张罗那张絮叨嘴，可一旦张罗走了，自己还真觉得冷清。茶楼上板关门后，盛洪来准备回屋洗洗就睡，当他跨进后院时，却听到侯家后后街传来了嘈杂的喧嚣声。

这侯家后的后街与北京的八大胡同一样，都是娼馆妓院汇集之所,平日到了这时辰也总是吵吵闹闹的,但今儿动静大得有点儿邪乎,除了狗不停息的狂吠还有人岔了音的喊叫，并且喧嚣之声越演越烈,已从后街蔓延到了中街。黄掌柜从正房跑出严令伙计们,除去看夜的都赶快回屋,千万别多事。

这突如其来的骚乱,过了许久才逐渐停下来,盛洪来总有种莫名的不安,直到下半宿,才昏昏入睡。

天刚发亮,盛洪来就爬了起,孙家水铺关了张,他每天都要多跑出二里地,到北门外的赵家水铺去买水。刷完掌柜的屋里的尿盆,盛洪来拿好水牌出了后院门,临近街口时,左边狭窄的胡同里突然有人低声朝他唤道:“老三！”

盛洪来斜脸一瞥,惊得险些丢了手中的木桶。藏在胡同里的人,正是二哥常敢子。只见他脑门和颊上多处青紫,被撕烂的衣服上面沾着不少血污。不遑多问,盛洪来朝二哥摆摆手,示意他别再出声,而后拉起他一口气返回茶楼后院,打开张罗师徒俩的空房间,把二哥暂且安置进去并将屋门锁好,这才提了木桶,急匆匆地向赵家水铺奔去。

盛洪来打水归来只比往常晚了半刻钟,黄掌柜根本没在意。盛洪来暗自庆幸,以为自己做的事情神不知鬼不觉。他哪里知道,有个人一直在侯家后中街悄悄窥探着,盛洪来带常敢子回茶楼的情形,被那人看了个满眼。待盛洪来再次走出茶楼后院时,那人已撒腿赶往了后街的“醉春宵”。

第八章

1

清道光中期，直隶、山东、河南等地，连年的灾荒和兵乱致使无数的老百姓流离失所。为了生存生计，大批无家可归的人都向大城市辗转迁徙。北京是皇城，没根没叶的外地人很难在此落下脚，但二百里外的天津就是另一重天地了。这里不仅户籍管理松懈，且忙碌的水旱码头、纷纷开张的大小商铺都需要人手，新兴起的工厂更是大量招募工人，所以流民们便将最终落脚的地方定在了天津卫。

一批又一批的外来人拥进天津，没房没地没本钱，但只要肯吃苦知道卖力气，一样能养家糊口。可人上一百，行行色色。就有不少游手好闲的只想靠坑蒙拐骗邪门歪道混饭吃，他们欺行霸市，放债聚赌，好勇斗狠，打架斗殴，处处祸害地方，对这些地痞无赖亡命之徒，天津百姓统称其为“杂霸地”。随着天津城的不断扩大，混迹于此的大小混混儿和杂霸地也越来越多，帮派势力日益壮大，这些杂八凑儿纠集成伙儿整日扰百姓，敲商贾，抢码头，蛮横不讲理。如今赵猛也成了这群人中的一个。

那年因盛洪来设套，赵猛涮掉了黄掌柜的紫砂壶里的“茶山”受到惩罚，后又被赶出贤来轩，赵猛心里窝着一口气，更麻烦的是，学徒不满三年、因错被掌柜的辞了的人，其他店铺也不愿意收留。赵猛找不着正当的事由做，一连几天没饭吃，饿得眼前是金灯银灯乱转，一咬牙跑到金九的门下做了名小混混儿。

金九当时正在招兵买马扩充势力，凡自愿投奔的是来者不拒。对赵猛这个愣头青，金九并没太在意，但看其生得壮实，打架敢下黑手，还做过茶楼的伙计，便让他到醉春宵当个沏茶倒水的小跑儿，还外兼护院，行话称之为“窑伙”。总算有了饭碗，赵猛很想好好大干一场，将来混出个模样，定找小来子和黄掌柜算总账。

头天晚上，醉春宵闯进一个不要命的主儿，把这里闹了个地动天翻不说，还将老鸨汪酸梅和人贩子碎崔给捅伤了，赵猛忙跟着其他窑伙一起上去围堵，可一旦交手，来者真有几下武功，接连把赵猛在内的仨窑伙都打翻了。直到金面虎宗飞赶来，才将那人揍趴下。当护院们上去捆绑时，一个没留神又让他脱身逃走了。赵猛几个窑伙便四处追拿，可把侯家后一带都搜遍了，愣是没见那小子的踪影。

“那兔崽子不定眯哪儿了。先别瞎找，各街口都留人盯住喽，不信他能上天。”金面虎宗飞道。赵猛就自告奋勇，宗飞便安排赵猛把守中街口。蹲了大半宿，赵猛已经困得坚持不住了，猛地，他看到小来子拎着一只木桶走过来，本想上去揍小来子一顿出出气，却见斜刺的胡同里钻出来闹事的那家伙，并且小来子还将那人带进茶楼。赵猛真是大喜过望，心想报仇的机会到了。

正当贤来轩的伙计们摞门板时，七八个敞胸露怀、胸脯刺青的壮汉一齐闯了进来。为首的一身黑衣，扎着腿带，足蹬千层底靸鞋，面色赤黄，眼睛大如铜铃，四方大嘴里暴出一对虎牙，伙计中不少都认得他，此人便是醉春宵的护院首领、金九爷手下“四大金刚”之一的金面虎宗飞。

老伙计王四仗着胆子上前问道：“虎爷，这大清早的，您了有何贵干啊？”

宗飞厉声道：“你们这儿有个叫小来子的吗？”

伙计们本能地往左右一闪，把盛洪来晾在了中间。

宗飞上去就是一嘴巴,"小兔崽子,活腻啦!"

盛洪来稍偏了下头,没敢竭力躲闪,怕宗飞一掌打空,第二下出手会更狠。就这一嘴巴,也打得他口角淌血。

黄掌柜从后面奔出来劝道:"虎爷,有话好说,别动手就打呀!"

宗飞立着眼冲他道:"黄掌柜,你大概也听说了,昨夜儿有个人跑到醉春宵闹事,伤了我们好几个人。现在那小子让你手下这伙计给藏起来了。你说该不该揍他?"

黄掌柜脑袋"嗡"的一下,他明白得罪了这群混混儿,自己的茶楼将永无宁日,便急急地问:"来子,怎么回事?"

盛洪来此时已镇定了下来,头摇得拨浪鼓一般:"掌柜的,哪有这事去?"

"我就说嘛,虎爷,您这是听谁胡唚[①]的?"黄掌柜道。

"小爷我亲眼看见的。"一直站在众混混儿背后的赵猛蹿了过来。

"原来是他妈你小子!虎爷,这赵猛是让我赶走的,他跟贤来轩有过节儿,这种人的话能信吗?"黄掌柜恨恨地道。

宗飞可没工夫在这儿斗嘴:"都少废话,搜搜就是了。"

黄掌柜也在街面上混了多年,此时把脸往下一拉,"虎爷,我这贤来轩不大,可来这儿喝茶的净是有头有脸的,您要是弄个盆朝天碗朝地,我可不好向那些茶客交代,金九爷面上恐怕也不好看。"

侯家后中街与后街,向来是井水河水两不犯,宗飞还不想为此事撕破面皮,于是道:"黄掌柜,我们只到你伙计的住处搜一搜,我叫弟兄们手下干净些就是了。"

黄掌柜不好再阻拦,言请宗飞切莫打坏物件。

"甭废话!"宗飞一摆手,带着手下,拽上盛洪来,进了后院。

在盛洪来的住处找了一遍,根本不见常敢子的影。混混儿们由盛洪来引着又查了其他房间,最后到了张罗师徒租住的那间小屋,有人

---

① 胡唚:胡说八道。

向黄掌柜要来钥匙。盛洪来心里怦怦直跳，脸上还尽量显得若无其事。待房门打开，里边竟然空空如也。宗飞急了，又搜了遍地窖，连黄掌柜的屋子也亲自转了一圈，仍一无所获。

2

这时王四跑来告诉黄掌柜：头批的茶客已陆续进了贤来轩，请掌柜的最好到前面去照应一下。

黄掌柜借机骂道："赵猛，你个狗食玩意儿，缺德吧。当初我就该打折你小子的腿。"

赵猛慌忙上前对宗飞道："虎爷，要不搜搜房顶。"

黄掌柜真有些恼火了："宗飞，这也太过分了吧？"

宗飞毕竟是老江湖，担心万一没搜到不好下台，于是反正给赵猛两记耳光，朝黄掌柜一拱手，道声"打扰"，召唤手下从后门撤了。

等这帮人走远，黄掌柜叫过盛洪来再次逼问，盛洪来坚决否认。黄掌柜没办法，狠狠警告盛洪来：如果再在外面惹事，影响了茶楼的生意，就对他不客气。见黄掌柜说这话时丝毫没有情义可言，盛洪来心里不禁生出一片凄凉。

上午，盛洪来一边添茶续水，一边支着耳朵听茶客们七嘴八舌扯闲篇。很快，茶客们又将话题转回到昨晚醉春宵的乱子上。盛洪来听得心里发毛，一时间不知如何来安置二哥。他打算和一个信得过且有主意的人商量一下，但哪儿去找这样的人呢？无奈间他竟想到了梁钟贤。可惜直到快中午，也没见着梁老板。

用过午饭，盛洪来看黄掌柜睡熟了，他带上吃的，悄悄溜进张罗的房中，见常敢子正呆愣地坐在阴暗的屋角里。正如盛洪来所猜，二哥刚才是从后窗上了屋顶。难得的是常敢子这回做得精细，未留下明显的痕迹。他听到盛洪来大嚷大叫地领着宗飞到后院搜查，就将脱下的鞋子掖在腰间，由窗口钻出后，双腿挂在屋檐上，再反手将窗子合好。

见二哥就着咸菜吃下些烧饼，盛洪来这才问起昨晚的事情。常敢子还未开口,眼泪先涌了出来。

昨天,一个山西烟商让常敢子到河东粮店街的山西会馆送包裹,领完赏钱赶回三岔河口时天已经黑了。窝棚内外竟都不见妹妹,常敢子便到周围打听。听人讲,大约半个时辰前,看见碎崔背着个大麻包,匆匆朝侯家后方向去了。一听碎崔回来了,常敢子即感到情形不妙。因为一般买卖人口的都是兔子不吃窝边草,可碎崔却专爱在家门口干这路缺德的事,妹妹八成被他给掳去了。常敢子转身回窝棚,带上干娘当年缝穷时用过的剪子,直奔侯家后。

到了后街口,见里面是灯红酒绿,常敢子的眼看花了,一时不知如何行事。他心里难受,便买了一瓶烧酒,嘴对嘴地猛喝下大半瓶。这是他第一次喝酒,辣得张嘴直喘大气,同时一股热浪也袭遍全身,他的头在涨。恰在这时,碎崔也醉醺醺地从街那边逛悠过来。常敢子二话没说,猛扑上去,用剪刀逼住对方,将其拖入一旁的窄巷。

见刀尖抵在颈嗓,碎崔只好说出实情:他追着小娟进了窝棚,小娟刚想反抗,便让他用迷药封住了嘴。他将小娟装入随身带的麻包,背到了侯家后大妓院醉春宵中。老鸨汪酸梅见小娟的确是一流货色,当即决定收下。一番讨价还价,碎崔得了二十两银子,还混了顿吃喝,才美滋滋地离开。

情急中敢子不遑多想,押着碎崔就去醉春宵要人。汪酸梅哪里答应,大声呼唤众窑伙,碎崔也趁机要跑。敢子一怒之下,捅伤了那二人,却寡不敌众,只得奋力逃了出来。

“俺真没用,瞪眼救不出俺妹,还像臭贼似的躲着,倒不如跟他们拼了。”常敢子越说越懊恼。

盛洪来好说歹说才将二哥劝住,并求他先忍一白天,晚上定帮他想出办法来。

下午梁钟贤依旧没来,倒是看见了吉源票号的钱宝丰,盛洪来向钱老板询问,得知梁钟贤这两天受朋友邀请去了长芦盐场。梁老板不在也没关系,反正盛洪来已打定主意,今晚就送二哥离开天津。

等黄掌柜和其他伙计都各自回屋睡了,盛洪来闪进张罗房里。常敢子早就待得不耐烦了,问他该怎么办?

“你留在这儿也救不了小娟,还会白送了性命,干脆走吧。”盛洪来轻声道。

“什么?”常敢子险些嚷出来。

盛洪来忙一摆手,“不要命啦。没听人说,留得青山在,不怕没柴烧。只有先躲过这一难,将来才能有救小娟的机会。”

常敢子许久才道:“能去哪儿呢?”

盛洪来道:“上德州。师傅当初走的时候只想带上你,可你身边有小娟。如今你已经没了牵挂,去找师傅,他定会收留你。在师傅那儿学好了功夫再回来救小娟,那也不迟啊。大丈夫报仇,十年不晚。”

子夜时分,哥儿俩悄悄出了茶楼后院,快步朝右边的街口便走。谁料刚到街口,常敢子便觉耳畔“呼”的一声响,他忙拽住盛洪来向旁边一闪,一块方砖从他俩眼前扫过,跟着又一块砖迎面砍来。常敢子定睛瞧时,已有两个壮汉横在路口,其中一个正是赵猛。赵猛拔出腰间的匕首,骂道:“俩王八蛋,哪儿跑?”

原来,回到醉春宵,赵猛还是一口咬定人就藏在贤来轩。宗飞见他不像在说谎,心里更觉蹊跷。整个一白天,宗飞和金九派出的几路人马都没发现常敢子。傍晚时分,宗飞便将赵猛唤来,让他与一名叫乔五的窑伙再到贤来轩附近监视。

赵猛领命,挨过了二更天,乔五直闹着要回去睡觉,恰在此刻,赵猛看到从贤来轩溜出两条黑影。他稍加分辨,就认出了小来子。乔五想回去报信,可赵猛却想露把脸,他抓起两块砖头砸过去,而后又举刀冲了上来。

常敢子施展擒拿手,“顺手牵羊”捉住赵猛的手腕,脚下一个扫堂腿,将其摔在地上。乔五挺匕首刺来,敢子一招“风卷残叶”,将乔五手腕扭住,跟着“翻花盖顶”,压住乔五的右肘,乔五痛得丢了匕首。常敢子又一招“顺风扯旗”,把乔五摔了出去。乔五知道不是对手,爬起身,叫嚷着朝后街奔去。

常敢子捡起地上的匕首,就向赵猛冲去。盛洪来急忙拦阻道:“二哥,别闹出人命来,快走吧!”常敢子听得后街方向的奔跑声和叫喊声业已逼近,狠狠踢了赵猛一脚,便与三弟一道朝运河边飞奔而去。

3

送走了二哥,盛洪来明白自己不能再回贤来轩了,索性转了个大圈,绕过老城顺海河向东,一直奔了塘沽。

天津城距塘沽海边有近百里路,盛洪来跑一会儿走一会儿,除去沿途问路脚下不敢耽搁。第二天的午后,阵阵咸腥的潮气钻进他的鼻孔,盛洪来登上一个沙土坡,浩瀚的渤海湾终于呈现在他的面前。

长这么大,盛洪来从未到过海边,从未见过大海,也从未想象过世间竟会有如此辽阔的天地。宝蓝色的天空、碧绿色的海水、金黄色的沙滩……一切的一切全都看不到尽头,站在此地驰目四望,人的心一下子变得宽展了。此刻的盛洪来,被大自然的壮美深深震撼了。他还发现,绵延无边的海岸线上宏大的晒盐场同样让人惊叹。

那天正是一个响晴的夏日,天上不见一丝云彩,骄阳炽烈而肆虐,数以千计的巨型蒸发池像整齐密集的麦田,蓄入池内的海水则蒸出厚厚的白霜。盐工们将可以“落盐”(含盐浓度高)的海水装上水车,运到用青砖砌成的结晶池, 每个结晶池边都站着个手持长竿的小伙子,这些浑身黝黑的人全身只穿条短裤,正用竿头绑着的粗绳沿一个方向不停地在池里旋转,以使结晶的盐花细小均匀,这就是所谓的“旋盐”。旋盐后,再经过曝晒,结晶池中便可见到雪白的盐花了。成堆的座座盐山,在赤日的照耀下反射着灼目的光芒。

走在一格格的盐田边,盛洪来看着成百上千的盐工们在烈日下干得热火朝天,心头涌起一股强劲的力量。他蓦然想起爷爷的玉砂瓶,想起爷爷反复说过的那句话——“盐是咱盛家发家的根本啊”。

盛洪来谎称自己是梁钟贤店里报信的伙计，见人便上前打听，终于从一位监工口里得知，梁老板可能和盐场的龙翰辰在一起。他问清龙老板的住处，又赶了五里路来到新城镇。寻至龙宅时天色已晚，门房却对他讲，龙、梁二人到海天楼吃饭去了。

整个新城镇就一条大街，海天楼又是其中最高的建筑，自然很好找。可据馆子里的伙计说，二位老板用过饭后就走了。

盛洪来心想：听人讲，大盐商们是“白天皮包水，晚上水包皮”。梁老板最好泡澡，不妨到镇里的浴池去找找。想到这儿，他转身回到了镇中心，沿街一问，找到了街北头的东安浴池。浴池的看箱是个年近五旬的唐山人，说话口气很冲，见盛洪来是个精瘦的半大小子，还跑了一身的泥土，便拦着不让进去。

盛洪来从他的言语中听出梁老板应该在里面，便顾不得这一天的累和饿，学着看箱们通常的样子，叉起腰扯开嗓门朝浴池里面高声喊道：“池子里梁钟贤梁老板有没有？”

“个混小子，瞎嚷啥玩意儿？给我滚出去！”那个看箱恼道。

盛洪来缓了口气，毫不在乎地道：“让我滚，你知道小爷是谁？告诉你，要是误了梁老板的大事，你可吃不了兜着走。”

看箱被他的口气给唬住了，干张嘴没再说话。

正此时，梁钟贤用条宽大的毛巾被裹着身子，头脸还蒸腾着热气，从里面阔步走出来：“有啥大不了的事，这么大呼小叫的？”

盛洪来好像流浪儿寻到亲人一般，激动地上前道：“梁老板，是我呀！”

“敢情是你小子。”梁钟贤一看盛洪来那副“惨状”，忍不住开怀大笑。

贤来轩少了小来子，许多茶客都觉得有几分缺憾，但还是茶照喝，天照聊。只是闲聊的议题却集中在“中法在津谈判的进程”上。

前些日子，大家已经得知法国的海军在浙江大败。又听说，法国陆军在广西与越南的交界地也被击溃，但战后谈判结果却出乎所有人的意料。这次朝廷虽没有赔款割地，却承认了法国人在越南的特权，并大大降低了法国货入境的关税，还在广西、云南开辟了几处通商口岸，使大清西南的门户洞开，法国方面则趁机将两广、云贵诸省变为了自己在华的势力范围。

这叫打胜仗吗？《中法新约》签订后，受到举国上下一致声讨，左宗棠公开叫嚷：“此条约丧权辱国，李鸿章误尽苍生，必落个千古骂名。”

但李鸿章明白，只有这样做，他才能让太后满意。太后要过五十大寿，不想跟洋人再打下去。虽然照现在的战势，或许能把法国人彻底打败，但大清的实力仍远无法同人家抗衡，而那些洋夷从来都是沆瀣一气，法国若输得一败涂地，英美等国必担忧自身的在华利益，说不定会出兵援助，到那时，大清岂不是四面受敌？

事后，李鸿章向盛宣怀感慨道：“太后若恼了，大清的洋务就别想再办下去，咱们十几年的心血也就付之东流啦。左宗棠这头湖南倔驴，只知道打仗，根本不懂政治。老夫有一片苦心，不惧他人的弹劾。令人焦虑的还是海防，马尾一役，南洋水师折损殆尽，将来要巡护海疆、拱卫京畿，就全靠咱的北洋水师啦。”

搞洋务的宗旨就是富国强兵，创建北洋水师自然是洋务运动的重头戏。但这出戏实在不好唱，因为办海军要靠银子来堆，而朝廷拨的军费又少得可怜，还连年不断大幅缩减。有时李鸿章只能用办工商企业赚的钱来贴补，可贴补多了，弄得船厂、铁路、机械局、电报局等处的资金运转都紧张起来，连盛宣怀这位替李鸿章管账的财神爷也捉襟见肘了。

于慈禧情绪好的时候，李鸿章也曾硬着头皮向她要银子，慈禧当时很痛快，开口就应了五十万。可户部又从中作梗，找各种借口一拖再拖。李鸿章忧心忡忡，这五十万要是再不兑现，下半年自己在津创办的那些实业,日子可就没法过了。

盛宣怀献策,让李鸿章效法洋人开设银行。“如此一来,资金的问题便迎刃而解。如天津的银行办得好,还可以推广到全国,那今后咱就不会再为银子发愁了。”

“办法是好,可这么大的事,太后不点头,怕也做不成啊。”李鸿章不无忧虑地说。

盛宣怀接道:“这可是利国利民的好事呀。”

李鸿章摇摇头:“利国利民的好事多了,咱们能做成几件?大清的房子还不是一个人盖,八个人拆嘛。”

4

李鸿章将在天津开办银行的想法拟了份奏折,带着盛宣怀再次上京,去户部讨银子。这回,户部的官员不但哭穷还向他们大诉其苦,说太后修建陵寝的银子还没拆兑齐呢。李鸿章差人到李连英那儿去打听,证实户部说的确实不假。

原来,慈禧借慈安薨逝之机,四年前就下令重修自己的“万年吉壤”,要求规制一定得胜过东太后。这下花费可就没边了,前期拨付的二百万两如今已经用光,还得再追加二百万,可上哪儿弄去?朝廷管钱的各部门都在为此事犯愁。闻知此讯,李鸿章心里叫苦,看来原该划拨天津的那五十万两是彻底没指望了。又沉了些时日,听说修陵寝的钱已经凑得差不多了,他才进宫觐见太后。银子自然是要不到了,最终连办银行的事也没被批准。要钱没有,要政策也不给,这今后的洋务还怎么干?

盛宣怀郁闷至极,正打算回津时下人递上一封拜帖。打开一看,来访的是前不久刚从巴黎回京述职的大清驻法副公使文彦召。这些年在天津盛宣怀没少跟文家人打交道,但因文骏的这位三公子是驻外的使官,只在京里与他见过两次面。不过盛宣怀对文彦召的印象很好,认为这是个头脑灵活、意识进步的年轻人。

一见盛宣怀，文彦召连忙请安，开口便称“杏翁”。盛宣怀，字杏荪，“杏翁”是同僚和下属对他的尊称。文彦召这样称呼，则体现出晚辈对长辈的敬重。盛宣怀忙唤下人给文彦召上茶。两人寒暄了一阵，文彦召说明来意，他此次回国，带来一位当年拿破仑三世的御厨，能做全套的法式宫廷大餐。听说盛宣怀也在京城，便专程邀请他到家中吃饭。盛宣怀心中正烦，去开开洋荤也好，他简单地推让了两句后便欣然应允。

因偶尔回京，像文彦召这样的外派官员通常都临时租房住。文彦召租的是东四朝阳门南小街的一座西式洋楼。

来到一楼东侧敞亮的餐厅里，盛宣怀见长方形餐桌铺着雪白的桌布，上面摆放银制刀叉和水晶酒杯，碟碗则是里莫日的瓷器。这种洋瓷器细润光洁，边沿点缀着精致淡雅的花纹，看着就赏心悦目。按照西方的规矩，家宴时女主人不到场是不能开席的，文彦召便命人去召唤夫人潘玉惠。

经过多年的历练，潘家大小姐业已成了一位雍容华贵且洋派十足的贵妇人。今天她的打扮没有过于西化，烫过的长发高高绾起，身穿圆领直袖对襟的绿缎长袍，足蹬金丝软底绣花鞋。见到盛宣怀后，潘玉惠落落大方地一笑，微微躬身道了个万福。盛宣怀早听说文彦召的妻子姣美非凡，今日一见果然名不虚传。

双方分宾主落座后，正宗的法式宫廷大餐也一道道端了上来。文彦召事先吩咐法国大厨，菜肴一定要做得精致，每道菜都要让盛大人回味无穷。法国大厨使出浑身解数，从开胃的鹅肝酱伊始，什么香草蜗牛、马赛鱼羹、巴黎龙虾、芝士生蚝、红酒山鸡以及烤羊腿、煎牛排……大大小小一共上了三十六道菜，并且还依次搭配着地道的法国产干白、干红、白兰地、香槟等葡萄酒。整套大餐吃下来，足要花费两个时辰。

席间，文彦召一力称赞盛宣怀多年来对洋务及天津发展的功劳，并衷心感谢他对文家生意的关照。接着文彦召又拿出两件礼物，一是送给盛夫人的波斯坦珍珠项链，一是送给盛宣怀本人的一套镶有红宝石的金酒樽，据说这曾是法国波旁王朝时期一位公爵使用过的，盛宣怀客气一番后便笑纳了。文彦召说他不日就要起程去英国赴任，恐怕没时间回天津看望家人，烦劳杏翁将他从法国带回的一些特产转交文家。盛宣怀清楚，文彦召是想借此进一步拉近文家与自己的关系。不过这种人情世故上的事，也没必要推脱。

5

盛、文二人吃得舒畅聊得投机，慢慢也就喝高了，不免都对时局发起牢骚来。

“德征(文彦召的字)啊，你是眼不见心不烦，不知道在国内办事儿有多难。大清之所以能有‘同光中兴’，还不全仗办洋务？就说你们天津，这些年给朝廷赚了多少银子，如今资金周转不灵，想找朝廷借点儿钱救救急，却连一个大子儿都要不出来。堂堂的天子门户，怎就这么不受待见？”

“我是土生土长的天津人，您这话，我太理解了。别看守着皇城，朝廷的好处从来就轮不到天津，但什么挨打受气冒风险的事又都得天津扛着。光大沽口就让洋人揍了多少回了？所以，我才跑到外面去闯天下。”

“德征不愧是个有远见的聪明人哪。”

“我聪明？没人比我再傻了。干什么不好，非去干外交。朝廷心不甘情不愿地设立外交机构，却又将它视为自己身上的‘盲肠’，反而斥责我们办事不利。洋人又瞧不起我们就别说了，老百姓还骂我们是卖国贼。真是猪八戒照镜子——里外不是人。您说现在还有比搞外交的更挨骂、更窝囊的差事吗？”

“有啊，我和李中堂比你挨的骂多多了。老百姓恨不得用唾沫把我们淹死哩。”

文彦召借着酒劲儿道：“杏翁，我不明白，当时我给中堂发了十多份电报，告诉他，法国自从和普鲁士干了一仗几乎亡了国，把阿尔萨斯和洛林都割让了，这回又连战连败，他们政府的内阁都倒台了。跟他们谈判，怎么也不能谈成这个样子吧？”

潘玉惠在桌下连踢了丈夫两脚，而后起身冲盛宣怀歉意地一笑：“您们谈的都是国家大事，我在这儿多有不便，恕我少陪了。杏翁，一会儿上的是法国天然的绿咖啡，味道很独特的，您可要多喝两杯。”

看着潘玉惠的后影，盛宣怀忍不住感叹道：“德征，你真是好福气啊。”

文彦召得意起来：“在下不是自夸，拙荆的品貌即便在京城也堪称一流。不过比起她的小妹还是相形见绌，我那位小姨子才真叫个国色天香嘞。”

“噢，会有如此绝代佳人？那何不——”盛宣怀感觉有些失态，忙把后一半的话咽了回去。

文彦召并没在意：“本来是想让她拜见杏翁的，只这丫头顽皮泼辣得很，整天在外面胡闹，谁也管束不住，今天一大早就又没影了。”

两人正说话时，男仆张宝没打招呼就直闯了进来。文彦召刚要发火，却见张宝身上的西装尽是污秽，有的地方还被撕破，明显是刚与人厮打过，便急问道：“怎么回事？三小姐呢？”

张宝神色张皇地小声道：“三小姐，她出事啦！”

这个又闹出事来的三小姐，便是随姐姐偷跑到法国的潘玉芸。自从抵京后，为了不让外人看出自己的女儿身，她弄了套洋人的黑色燕尾服，顶着高高的礼帽，拄着根油黑发亮的绅士手杖，嘴唇上还贴了两撇八字胡，让男仆中最矮的张宝陪着，可着四九城满处溜达。听说今天春和戏园有个新近走红的武旦苑筱丹，“打出手”的功夫了得，很是叫座，潘玉芸便想去看个新鲜。张宝知道女人是不许进戏园的，但哪里管得了那位小姑奶奶，只好反复叮嘱，到了里面千万别出声，还特意花高价买了楼上的包厢票。

三小姐玉芸坐在包厢里,顺手掏出带伸缩手柄的歌剧望远镜往戏园四下扫描。如今的北京人世面见得多了,外国人或者假洋鬼子看京戏也不算什么稀奇事,所以没人太注意这对古怪的主仆。大轴戏一开场,大伙儿的目光就更被吸引到了戏台上。

潘玉芸原只想安安稳稳地把戏看完,但她没料到中国的戏园会这么乱。在法国看歌剧,上千的观众却鸦雀无声,而这才二百来人的园子却吵得人两耳嗡嗡直响,根本听不清唱词。她觉得闹心,本想起身离开。这时,苑筱丹上场了,唱的是武旦名戏《泗州城》,打得也热闹,尤其水母娘娘大战观音菩萨派遣的天兵天将时,七八条枪在台上不停地飞舞。苑筱丹的双脚对着飞过来的长枪是正踢、反踢、侧踢、倒踢,招式潇洒漂亮,让人看得眼花缭乱,台下喝彩声一浪高过一浪。潘玉芸被这种气氛感染了,情绪一激动,也随着大声叫起好来。

她这一亮嗓子,可就露馅了。前排的包厢里立时转过一个圆圆的大脑袋:"呦嚯,这还有只雌鸟哪?"

中国的戏园里是从不熄灯的,那家伙一回头,便将潘玉芸看了个满眼,恰巧三小姐觉得假胡子太别扭,早已将其掳去,由此更露出了庐山真面目。那家伙眼睛登时就直了:"呦,这不是天上的仙女吗?怎么,下凡啦?"

潘玉芸立时把脸往下一沉:"臭无赖,老实看你的戏!否则别怪我不客气!"潘玉芸哪里晓得,面前的这个"臭无赖"竟是内务府的端明贝子。

端明听到姑娘银铃般清脆的骂声,心中更痒得厉害:"骂得好,哥儿真爱听。"说着,探过手就去摸潘玉芸的脸蛋。

潘玉芸见对方如此无礼,抄起手杖,朝端明的圆脑袋就是一下。端明没有防备,被打了个正着,眼前一片金星,头顶上当即就起了个大青包。这位贝子爷嘛时候吃过这个亏呀,立马火冒三丈,命令身边的两名侍卫速将潘玉芸拿下。一名侍卫上来就抓,张宝刚想阻拦,被一脚踢到了墙根。那侍卫转身再抓,不料对方并不是想象中的那样拼命叫喊或束手就擒,反而一下子挺身站起。

在法国潘玉芸也曾学过几天剑术,如今情急之下以杖代剑,抬手杖就是一个弓步直刺,正戳中侍卫的命根子,疼得那小子双手捂裆宰鸡般怪叫。另一个侍卫不敢怠慢,跃步上前一把攥住手杖杆,用力夺下手杖。潘玉芸抓起桌上的望远镜就砍,也被侍卫避开。情知不妙,潘玉芸扑上去要揪侍卫的辫子,反让那侍卫叼住了右腕。侍卫怕她再用左手抓挠自己,便一掌劈在她的脖颈儿上,潘玉芸当时便昏在地上。张宝再要冲上来,那个被刺中阴部的侍卫可找到了出气筒,薅住张宝就是一顿暴揍。

张宝被打得倒在地上,半天爬不起来,等他再站起身时,戏园子乱成了一锅粥,而端明与两名侍卫则掳着三小姐潘玉芸早已不知去向。

第九章

1

文彦召听罢张宝的讲述,又是气恼又是焦急,后悔平日对玉芸太过娇纵,现在惹出了这等祸事,如何是好?

盛宣怀问张宝道:“什么人干的?”

张宝回道:“我都打听清楚了,抢人的是内务府的主事端明。”

盛宣怀轻蔑地一笑,“原来是那家伙。”

文彦召急问:“杏翁知晓此人。”

盛宣怀点点头:“他是奉宸院总领大臣荣祺贝勒的长子,凭着老爹跟先皇沾点儿亲,十七岁时就被册封为固山贝子。据我了解,此人虽是个喜好玩乐的纨绔子弟,但还没坏到为非作歹的地步。想来潘姑娘暂时不会有事。”

“都光天化日强抢民女了,还要如何?”文彦召气道,“这些宗室后裔也不顾及一下皇家的体面。这事要是在英国,准会成为一桩大丑闻,女王都得出来向公众致歉。”

盛宣怀无奈地摊开双手:“这不是在咱大清嘛。”

文彦召显得怒不可遏,“大清也是有王法的。我这就去贝勒府,荣祺要不想儿子被宗人府圈禁,就得乖乖放人。”

这时,盛宣怀听到一阵急促的脚步声,斜眼一瞥,潘玉惠正心急如焚地快步走进餐厅。可当着客人的面只能克制住自己的情绪,反过来劝丈夫道："瞧你，三十多岁的人了，遇事还那么不沉稳。"她又推了一下丈夫，"光急有什么用，你那混不吝的办法能好使吗？放着真佛不拜，还不快求求杏翁。"

文彦召一拍脑袋转向盛宣怀："是啊，杏翁，麻烦您给拿个主意吧。"

盛宣怀被这两口子架起来，便不好再置身事外了，于是道："这个忙盛某自然要帮。不过那些皇亲贵戚向来骄横跋扈目中无人，犯起性来连李中堂的面子都未必会给，可说到底，他们还是怕得罪一种人。"

"洋人？"文彦召脱口而出。

"没错。德征在外交界行走多年，东交民巷里不会没有朋友吧？"盛宣怀提示说。

文彦召恍然大悟，双掌一拍，"杏翁真乃高人。我这就去找布里叶。"

盛宣怀补充道："这事还不能光靠强压，按洋人的话讲，要胡萝卜加大棒——软硬兼施。"

法国驻华参赞皮埃尔·布里叶的哥哥维克多是巴黎的一名职业赌徒，三年前为逃避赌债躲进唐人街时与文彦召邂逅。文彦召得知他兄弟的身份，便出钱替维克多还清债务，还帮他收回了因欠债而抵押出去的布里叶家族的田园别墅。布里叶听说此事，一直心存感激。这次文彦召为潘玉芸的事找他帮忙，正好给他一个回报的机会，当即便以潘玉芸干爹的身份，命人以法国公使馆之名前去贝勒府，要求对方必须把布里叶参赞的义女毫发无损地交还到东交民巷。

见洋人前来兴师问罪，荣祺登时慌作一团。待他刚把洋老爷伺候走，李鸿章那边又派人来过问此事，并提醒他千万别因此引发国际争端。这下荣贝勒心里更毛了，搞不清这位潘小姐有多深的背景，赶紧把儿子唤来讯问。端明看父亲真急了，不敢隐瞒，来了个竹筒倒豆子，气得荣祺上去就是一嘴巴。值得庆幸的是，端明还不是没有脑子的小胡臭儿，看到潘玉芸的那身洋人装束，心里多少有些顾忌，把人抢回后，直接藏在后花园的花窖里，想探明了姑娘的底细再行事。

荣祺听到潘玉芸还是清白之身，方松了口气，立即让端明把人从花窖领出，请到前厅。荣祺亲自向潘小姐致歉，又差专人用自己的官轿将其送回使馆。第二天，醒过闷儿来的荣祺正要让手下去打探潘玉芸的来路，文彦召带着一堆西洋的新鲜玩意儿前来拜望，见面就为小姨子打伤端明之事向荣祺赔礼，并对布里叶一意孤行的暴举深表歉意。

荣祺看出文彦召绝非等闲之辈，便收下厚礼，并哈哈笑道："一场误会而已。不打不相交嘛，以后咱们就是朋友了。"

"晚辈岂敢。"文彦召浅笑一下，向这位贝勒爷行了个标准的洋礼。

潘玉芸虽未遭任何凌辱，但毕竟只是个十七八的姑娘，经了这番惊吓，病卧在床五六天。这一来，文氏夫妇反倒省了心，待她的身体康复后，文彦召也该回去赴任了。夫妻俩片刻都未耽搁，带上这位小姑奶奶拔腿起程。

回津的路上，盛宣怀与李鸿章同车而行。他清楚这位上司此刻的心情是喜忧参半。喜的是听说自己多年的政敌左宗棠病死在福建任上；而忧的则是此番进京筹款的事没任何进展，又落得个两手空空而归。

"老夫盘算了一下，下半年即便再节省，也还有四十万的缺口。日子难过啊。"李鸿章叹道。

盛宣怀观察着李鸿章的表情道："中堂，宣怀倒是又想了个办法。我如今兼任天津海关的督理，税务司的德璀琳刚刚上任，还什么都不摸门，如果从那儿弄出几十万银子，应该不成问题。"

李鸿章沉吟良久才缓缓地道："这种犯王法的事行不得，一旦走漏了风声，丢官罢职都是轻的。"

盛宣怀忙补充道："我一定倍加小心，再说这只是暂借，等到年底咱的资金回笼后，立即照数还上，不会有人发觉的。"

李鸿章仍不放心地道："那也太冒险。"

盛宣怀语气坚定地道："如果出了事，全由宣怀一人承担。"

"这怎么行？"李鸿章加重了语气，但似乎有些松动。

"我不能看着中堂做无米之炊呀。为了中堂，为了咱们的洋务大业，宣怀无可无不可。"盛宣怀说着，用力地拱了拱手。

李鸿章没再说话，只是轻轻拍了下盛宣怀的肩头。

得到了主子的默许，盛宣怀一回天津，便巧妙地将海关各部门的账目搞乱，而后从中挪用了四十五万两银子来救济李鸿章的钱荒。对盛宣怀的耿耿忠心，李鸿章颇为感动，他并不知晓，盛宣怀此番大胆的"壮举"，实则是另藏着一层用意。

原来，盛宣怀也在天津创办了多家产业，但因一时资金周转困难，他已暗地从海关的税收里先后提取了近二十万两，至今尚未补还。盛宣怀一直担心事情败露后会受到严惩，便借此机会将私账与公账混淆在一块儿。这样，万一海关真查出了什么问题，李鸿章也会出面竭力保全自己。

2

自二次鸦片战争以来，西方列强便以"中国没有精悉外语之人员"、"中国官吏缺乏管理海关经验"等名义，逐渐把清朝的海关大权抢了过去。到了咸丰年间，清朝的海关已统归洋人把持，不仅各地海关的税务司都换成了洋人，就连国家的总税务司也由英国人罗伯特·赫德担任。

天津海关现任的税务司是冯·布劳恩·德璀琳，这个德国人不仅懂得经济长于外交，且英语、法语、中文都说得跟自己的母语一样流利。他在中国南方混迹多年，后来与总税务司赫德搭上了关系，被赫德请到天津管理海关。德璀琳上任后信心满满，可他很快便发现，天津毕竟守着皇城，清政府对此地的控制远远胜过广州、上海。此外，这里的中国官员也太爱插手海关上的事，令他做起事来举步维艰。德璀琳清楚自己新来乍到俩眼一摸黑，就主动和久居津门的洋行大亨们广泛交往，向其讨教对付中国人的经验，一来二去，他渐渐与怡和洋行的英国人泰勒成了朋友。

农历八月十五的这一天，泰勒邀请德璀琳到家中做客，想依照中国人的习俗赏菊赏月并吃月饼、品螃蟹。他们并不清楚天津卫其实还有一种神秘的祭月(圆月)仪式完全是由女人主祭的，而男人不得与祭，所以民间才有"男不圆月，女不祭灶"的俗谚。对中国众多的民俗文化，他们仅悟出"品螃蟹"不同于"吃螃蟹"，比如二人使用的是中国文人雅士专用的吃蟹工具，包括腰圆锤、长柄斧、圆头剪、长勺、钎子、镊子、剔凳和四角盆，统称为"蟹八件"，全是纯银打造，甚为精美。圆脐活河蟹也是早上派人到宁河七里海现捞的，个个顶盖肥。作料为独流老醋和莱芜生姜末外加大名府的小磨香油。泰勒还特意弄来壶绍兴老花雕。

当晚八九点钟，皓月悬空，清光满地，美景美食俱备，只是二位洋人既不会吟诗也不会作赋，至于中国人为何要赏菊，他们就更闹不懂了，因为西方人视菊花为妖花，葬礼上是专门送给那些要见上帝的亡灵的。

吃到兴致盎然时，德璀琳不禁感叹道："中国人真是太会享受了，可就是不愿意干正事。"

泰勒呷了一小口花雕，莞尔笑道："难道你还没发现，中国人没有事业，只有家业？"

"精辟。"德璀琳用手中的腰圆锤敲了下小方桌，"他们只会中饱私囊。就说天津，它是北京的东大门，大清北方最重要的海港，经济又发展得这么快，这里海关每年的税收总该不少于二百万吧？可这里连一百万也收不到，我都不晓得该怎么向赫德先生交代。你知道我干海关也不是个外行，但我瞪大两只眼，就是看不出我手下那些官吏和雇员是怎么把海关的银子搂进自己腰包的。他们贪财的本事真是盖世无双，如果把这股劲头拿出一半来，大清国恐怕就不会是现在这个样子了。"

泰勒一耸肩膀:“哈,否则咱们又怎能从中国获得这么多的利益?”

德璀琳会心地笑着,敬了泰勒一杯。

泰勒眼珠一转,故意问道:“近来你那里好些了吧?李鸿章派盛宣怀来做督理,你有事可以找这个人来帮忙嘛,他可不是笨蛋。”

一提盛宣怀,德璀琳的火气就撞了上来,大声道:“他确实不是笨蛋,他是最最狡猾的中国人。他不来还好,他一来,我的账目就一塌糊涂,收的银子也不知哪儿去了,可账面上却没发现任何问题。”

泰勒听得此言,暗自欢喜。他在天津经商多年,辛苦没少下,可怡和洋行的生意总是干不过茂丰洋行,原因之一,就是这个盛宣怀明显偏袒茂丰的买办文骏。对此泰勒早就怀恨在心,总想伺机报复,但盛宣怀的把柄哪能轻易抓到。而此刻应该是时机了,于是他道:“为什么不将账目彻底清查一遍呢?”

德璀琳颇为无奈地道:“那样做影响太大,盛又是李鸿章的心腹,投鼠忌器,我不能不有所顾忌呀。”

泰勒道:“为什么非要自己出头呢,这事可以让赫德联合清廷的户部来做,而且也不必仅仅针对天津海关这一处。”

德璀琳蓝眼珠一闪:“对,来个全范围的大清查。到那时,盛宣怀就怪不得我了。不过,他们的户部愿意做这种事吗?”

泰勒诡秘一笑:“如今的户部尚书是李鸿藻。他是同治皇帝的老师,朝廷里的清流领袖。别看他的名字与李鸿章只差一个字,两人却是水火不容的死对头。李鸿藻是个保守派,一向反对洋务,曾多次上书弹劾李鸿章。你让赫德派人向户部里暗暗吹点儿风,李鸿藻肯定会闻风而动。不用赫德开口,这事就成了。”

德璀琳将信将疑:“真的?”

“放心,中国人搞内斗向来很在行。李鸿章不是主张‘以夷制夷’吗,我们就用‘以华治华’来回敬他。”

德璀琳哈哈笑道:“亲爱的泰勒,你现在真成了中国通,这招太高明了。”

泰勒得意地又拿起一只螃蟹，对着掰下的两个大爪道："在这个国家，不学着精明起来，你是没办法生存的。"

身为海关总税务司的赫德，其实早对这个领域贪污腐败的沉苛弊薮深恶痛绝，德璀琳密报中的提议令他十分赞赏，并当即付诸实施。一场户部与海关联合发起的肃贪运动，很快由南到北席卷全国。风暴来临之前，盛宣怀已从内部得到了消息，心知这回自己必定在劫难逃，要赶快将账上的漏洞能补齐的尽量补齐，以减轻罪责。

3

正当盛宣怀布置对策时，高恒昌突然前来拜访，态度十分诚挚地对他讲，泰勒先生从天津税务司德璀琳那里得到讯息，近来户部要以清查账目为名，打击李鸿章在海关中的势力，话里话外提醒盛宣怀早做准备。原来泰勒眼见自己的计策将成，忽又觉得不能把李鸿章那一派得罪得太苦，不如来个两头买好，将来两头都可来往走动。于是派遣高恒昌向盛宣怀通风报信。

泰勒毕竟是洋人，虽在中国熏陶了多年，但到底肚子里的弯弯绕还是少了几圈。盛宣怀听完高恒昌的话，马上就猜出其中的玄机。他表面上连声感激，而心里则暗道：此地无银三百两。这事跟泰勒等人肯定有关，说不好就是这个洋鬼子施的计。好，等我盛某人缓过手来，绝轻饶不了你们这些王八蛋。

肃贪风暴来得太急，尽管盛宣怀全力补救，但清查结果显示，海关账目上因他动手脚而损失的银两仍达十八万之巨。盛宣怀电令自己在江南的几家商号，把手里的粮食、丝绸、茶叶等货物都低价出售，换成银子补足账上的亏空。当然对于家资千万的盛宣怀来讲，这点儿损失不算什么，关键是国法难容。朝廷中的保守派揪住此事不放，定要治他以重罪。李鸿章不可能眼瞅着自己的干将被捕下狱，他施展手段上下一番活动，同时洋务派的其他要臣也纷纷替盛宣怀出面说情。

事情闹到了慈禧那里。西太后不想由此引起洋务派与保守派的角斗,下懿旨:鉴于盛宣怀已将私借的钱款如数退还并诚心悔过,免除罪罚,命其暂停职务,回乡反省。保守派一致以为处分过轻,连续向慈禧上表请求严办。李鸿章明白这是他们在向自己要条件,便派人去跟李鸿藻讨价还价,最终将长芦盐运使这一肥缺让给了李鸿藻的亲信吴廉,保守派那边方才罢了手。

谢过中堂的搭救之恩,盛宣怀准备近日离津。走之前,有个问题他必须考虑清楚:在天津铺下的这个大摊子,他要交与何人打理?

当年初到天津时,盛宣怀本想将盛元复一家扶植起来,可惜这个本家太不争气,竟连一个顶用的合适人选都没有。老大敬祖早早死了,老五承祖在漕运衙门里凑合着当个差,老九继祖在水师供职积年不归,此外就是老二念祖那样游手好闲混饭吃的。昔日显赫津门的盐商世家,全靠着他一再帮忙才勉强维持住日子。前年盛老爷子过世后,盛府由大奶奶冯爱珍掌权,内部更是离心离德,只是还没彻底分家而已。这样的人家当然是指望不上,好在如今任机械局会办的周子坤已经可以独当一面了,盛宣怀思前想后,决定把自己在津的全部事务和生意都托付给他这位表妹夫。

盛宣怀离津不到十天,长芦盐运使也"易主"了。曾被左宗棠誉为"陕甘第一清官"的吴廉风尘仆仆地走马上任。新官上任三把火,吴廉这第一把火就烧向了李鸿章在盐运衙门里的残存势力,将那些亲信死党调的调、降的降、撤的撤;第二把火则是整肃衙门中的贪贿之风,加强对下属行径的约束;第三把火直指近来渐渐猖獗起来的私盐贩卖。吴廉当众表态,力争在一年内将长芦盐运所辖各省的私盐基本清除干净。

看得出,这位新来的吴大人雄心勃勃,干起公事来雷厉风行。同时,人们也发现了他特别各色的脾气。这是个清心寡欲、不善交往且极为自律的人,私生活平淡如水,没有一点儿色彩可言。像文家、陆家、谭家这些津门的大盐商轮番下帖邀请,他就是不给面子通通一概回绝。

抵津的一个多月里，吴廉私下会见的盐商只有曹世襄一个。

这曹世襄原为官宦子弟，他父亲曹阁选与吴廉的父亲是同榜进士，交情甚笃。道光二十年，曹阁选随同直隶总督琦善与入侵的英军议和，后来琦善因“畏敌卖国”被革职锁拿发配军台，曹阁选也由此连降五级，索性辞官经商，在天津做起了贩盐生意。尽管如此，曹、吴两家仍一直保持着世交关系。

听说吴廉来长芦任盐运使，曹世襄真是喜出望外。他知道吴廉生活中唯一的嗜好就是收藏名人字画，所以旁的礼物一概没拿，只带上一幅八大山人的《幽溪泛舟图》来见吴廉。中国画中的写意山水是吴廉的最爱，而八大的东西讲究的就是墨中的虚灵老拙、空静化生，这更是他的爱中之爱。吴廉对着这幅画是左看右瞧，感觉实在爱不释手，才破例同意收下，之后留曹世襄在府里一同用饭。

饭桌上二人推杯换盏。曹世襄推心置腹地提醒吴廉，要想惩治私盐必须黑白两道双管齐下，并借机向他推荐了一位自己新近结交的黑道人物——金九。吴廉以为曹世襄所言不无道理，第二天即在曹世襄的安排下，秘密会见了金九。

或许曹世襄的策略确实高明，吴廉查办私盐的工作进行得异常顺利，不到半年，直隶、河南及山东西部的大小盐枭纷纷落网，到了转年秋后，已有二十七人被斩首示众，其余的私盐贩子或是偃旗息鼓，或是落荒而逃。按理说，猛药下过之后，其成效起码要保持相当一段时间的，令大家没想到的是，仅仅过去半年，各省盐市不仅没有得到震慑，反而日趋混乱起来。也不知从哪里冒出来那么多的私盐，冲得官盐严重滞销，市面上的盐价更是一跌再跌。吴廉天天叫嚷着要严查，仍于事无补。

4

此后的四年里，这种局势愈演愈烈，以致盐商们又开始面临生存危机。受到冲击的先是那些小盐商，因为清朝的盐商要先缴纳高额的盐课才能领票贩盐,小散户们资本少,经不起连年亏损,没钱向朝廷交税无法继续贩盐,只得将手中盐票纷纷抛出去。紧接着,像范金宝这类中等盐商也扛不住劲儿了,被迫将销量不好地区的盐票低价出手,以维持资金运转。最终,这可怕的危机波及到了梁钟贤这样的大盐商身边。

起初,梁钟贤还认为这是一次扩大自己势力的良机,购进了许多小散户出手的盐票。他总觉得这种局面不会持续多久,但事实证明,他想错了。

由于各地的官盐越来越销售不动,购进的盐票便成了沉重的负担,被迫上交朝廷数以万计的盐课后,他便一个铜板的利润也见不到了。去年年末,由于自己原有的引岸也出现大量滞销,梁老板第一次尝到了入不敷出的滋味。今年直隶、山东又闹了洪水,大批百姓成了难民,官盐的销量就更差了。

照这个趋势,亏空恐怕还会成倍地增长,而此时,若想再将那些没用的盐票抛出去也不划算,因为原本动辄万两一张的盐票,如今的价码已一落千丈,最惨的时候连一千两银子都卖不到。梁钟贤的头上冒汗了,心想:莫非道光年间的“盐灾”又要重演吗?

梁钟贤召集手下的掌柜经理共商对策,大家都感到无可奈何。是啊,除非遏制住泛滥成灾的私盐,否则就是神仙老子来了也别想扭转这个局面。梁钟贤垂头丧气地回到宅中,屁股还没落座,管家程来富便禀报道:“老爷,小来子回来了。”

梁钟贤先是一愣,而后道:“那就叫他进来吧。”

程管家凑到主人跟前又低声耳语了两句,梁钟贤听后不由得大惊失色。

当年盛洪来一路逃至塘沽,见到了梁钟贤,将自己和常敢子的事如实相告。梁钟贤担心金九得知盛洪来的下落还要再找麻烦,暂时安排他在自己好友塘沽盐场的场商龙翰辰手下做了伙计。过了一年多,梁钟贤看金九那边没什么动静,估计他们早把醉春宵闹乱子的事给忘了，便想将盛洪来招至身边做事。可龙翰辰觉得盛洪来用着得力顺手，流露出舍不得给的意思，梁钟贤费了好些口舌，才将他要回来。

跟着梁老板又干了两年，盛洪来对盐业里制、运、销各环节的事务都已了如指掌。由于与盐场方面的关系很融洽，梁钟贤交给他的差事是定期随程管家到场商那里收购成盐。

每次来盐场，盛洪来都看到那些粗壮健硕的运盐工，挑着重达百斤的麻袋包呼哧呼哧地喘着气，肩上的扁担被压得吱呀乱响。也有个别的运盐工干脆将三四个麻袋直接放在肩头，凭着自身那股蛮力硬将这几百斤重的盐包由海边一气扛到道口或码头。到了收盐的日子，一个盐工一天至少要运上这么二十来趟。能干这路活儿的大都是年轻体壮的苦力，可如果麻袋不结实，半路上麻袋出现裂口开线，定会漏盐撒盐。但也不能光责怪麻袋质量，用蒸晒法制成的盐，再经过旋盐打花，结晶后的颗粒粗粝多棱，加上重量，扛运中麻袋经常会磨出窟窿来。

望着盐场上到处被丢弃的破烂麻袋，盛洪来心头一动，暗想：长芦有八百里盐场，一年里少说也得产七八百万担盐，一担要用俩麻袋，这麻袋的耗费量是何等惊人。如果做麻袋生意，必定有利可图。

回来后，盛洪来便把在塘沽盐场生发的想法对梁钟贤讲了。

梁钟贤笑道："你小子倒是真爱走心路。是啊，天津盐场所用的麻袋全由外府购进，可你知道咱本地人为嘛没一个愿意制作麻袋吗？"

盛洪来摇摇头道："我真不明白，这肥水干嘛偏让它流到外人田里呢？"

梁钟贤抿了口茶："因为在我们眼里，那根本就不是什么肥水。你想想，卖一千条麻袋也挣不到一两银子。可贩盐的利润一年下来最低也是用千两来计算的，还有谁会在乎那几个小钱哪。做盐业生意的卖麻袋，那不是丢人吗？"

之后，盛洪来又对梁钟贤提及制贩麻袋的事，梁钟贤依旧不为所动。盛洪来明白，人家已经是大盐商了，对这种小生意自然不屑一顾。

回到自己的房中，躺在床上他默默寻思道：想我盛洪来，这些年一直为他人忙碌,虽很受老板赏识,可终归是寄人篱下,难有出头之日。看来还得自起炉灶,才能有日后的发展。盛洪来心中的最大理想,就是做梁钟贤甚至文氏兄弟那样的大盐商。但他深知要当盐商那得有足够的本钱,依他现在的情形,别奢望能一步登天,还得从小生意上一点点地做起,脚踏实地白手起家。想当年,梁老板的父亲不就是从租间小门脸开始干起,最终才创出偌大个家业吗?

自从萌生了单干的想法后,盛洪来便时刻谋划着。接近隆冬时节,盛洪来的差事也随之闲了下来,这天他换了身干净的灰布棉袍,带着攒下的五吊钱,穿过老城中心,直奔北门外走去。

因为时常担心与郑三货、赵猛等人碰上面,自逃离贤来轩后,盛洪来就没再到过老城。这次他出了北门一看,感觉这一带变化并不大,远不及租界那边日新月异。但改变少也有改变少的好处,到了土地庙附近的窝棚区, 盛洪来没费太多周折就找到了仍在此居住的义妹林秋红。

一晃三年多没见,林秋红已经出落成亭亭玉立的大姑娘,模样也越发的标致,只是衣衫依然破旧,皮肤也被风吹日晒得有些发黑。林秋红看到盛洪来,痴愣了许久,跟着眼泪就簌簌地淌下来,她辛酸地道:“三哥,俺还以为再见不着你了。”

在盛洪来的记忆中,林秋红一向是既泼辣又刚强,没想到她竟会在自己面前流泪。

林秋红拉着盛洪来进了窝棚。兄妹俩坐在土炕上,互叙分别以来各自的情况。林秋红告诉盛洪来,如今叶满缸跟着父亲叶老寿学起了木匠,张罗依旧在贤来轩做赛不知的徒弟,她自己则仍带着那几个异姓姐妹捡煤核、收破烂。但她并没有大哥黑子与二哥敢子两人的消息。

5

1890 年,海河再次爆发了全流域的大洪水,虽不及二十年前那场水灾凶猛,但也把天津卫的老城、新城浸泡了七八天。等洪水退去后,成千上万的外地灾民比洪水还猛地拥了进来,津门有钱的富户又忙着开起了大大小小的粥厂。

这一切,被盛洪来看在眼里。他又对梁钟贤说了自己的想法:此番大水致使直隶、山东等地多处交通阻断,外地的麻袋肯定不能按时到货,正是咱们做麻袋生意的大好时机,希望东家不要错失。

梁钟贤听完笑道:“你呀,想卖麻袋都快中邪了。还是老老实实地歇两天,等雨季过了,跟程管家一块儿去收盐吧。”

盛洪来恳切地道:“东家,我全安排好了,连材料都备齐了,这回准能赚一笔。您要还不肯做,我就斗胆向您借五十两银子,到秋后,我保证还您一百两。”

看着盛洪来郑重其事又胸有成竹的样子,梁钟贤故意试探道:“好大的口气,张嘴就是五十两,赔了你拿什么还?”

盛洪来自信地说:“我绝不会赔。退一万步说,这次赔了钱,那我就一个大子儿都不要,给您白打十年工。”

梁钟贤撇了撇嘴:“看来你小子是王八吃秤砣——铁了心啦。好,我就借给你一百两,也不要你那翻倍的利息,明年这时候,你能如数还给我就行。万一赔光了,我可要扣你三年的工钱。但口说无凭,立约为证。”

“那我就先谢过您了。”盛洪来说罢一揖到地,“东家,我还打算开一个粥厂。”

“一百两的银子都借给你了,要干什么,还不是你自己做主?”

盛洪来大步流星地赶到北门外,见到了林秋红、叶满缸和张罗,他从怀里掏出张一百两的银票。那仨人看着银票眼睛都直了,张罗还认识几个字,结结巴巴地反复念叨着:“真……真是一百两啊。”

一百两银子,足够一个中等农户三到五年的花销。小哥儿几个从一落生也没见过这么多的钱,不知这笔巨款该如何开销,便一律听从盛洪来调遣。将银票兑换成现银后,先拿出三两,盛洪来让大家买身新衣裳换上。又派林秋红、叶满缸购买了一百斤的棒子面、一百斤小米、二百斤咸菜和二百斤白面。他自己则特地到津西天穆村弄来五十斤肥牛肉。

盛洪来的“盛记粥厂”就选在津东南的海河边上，请搭棚师傅支起了席棚。叶满缸叫上父亲和两个哥哥，搬来柴火和租来的大铁锅，又雇车运来四台简易织布机。林秋红则带着她的“破烂营”将成堆成捆的破麻袋、碎麻绳一批批地往粥厂运。她还从北门外请来替人纺制粗布衣服的李寡妇。李寡妇是个巧手，搓麻绳、织麻布、缝麻袋全都在行。她一到便带着所有女人开始编织麻布。

盛洪来指派叶满缸到各灾民聚集区张贴自己写好的布告，让张罗对灾民直接说明盛记粥厂的特色：来粥厂可以有白面馒头、牛肉汤，甚至还能吃上土豆炖牛肉，但必须为粥厂加工麻袋。搓绳、缝袋可以领到一碗牛肉汤，会手工编织或干活儿保质保量的便能得到一碗土豆炖牛肉。如果想学着做，粥厂有人授艺。实在什么也不会的，只要能为粥厂提供制作麻袋的材料，也可以按量换取馒头。

粥厂开张头一天的凌晨时分，盛洪来就下令炖起了牛肉。他照着当年盛府厨房的炖肉手法，把盐、糖、葱、姜、大料、桂皮、面酱、白醋、酱油等足量的调料，一股脑儿都倒进铁锅里，汤水刚一沸，牛肉特有的扑鼻香味便从锅盖边缘钻了出来，让锅旁的几个人馋得要流口水。等到一掀锅，那摄人心魂的肉香便随风飘散开去，足足传出四五里远。

闻听有这样的粥厂，灾民们黑压压地铺满了河岸，两千个粥号转眼间就发光了，没领着号的连叫带闹。盛洪来早有准备，花了二十两银子提前从盐场雇了二十名身强力壮的运盐工来维持秩序，这才没闹出大乱子。

林秋红站在高高的堤堰上，悄声对盛洪来道：“张罗老嫌你乱花钱，现在看来还是三哥有先见之明，这二十两银子可真值。”

盛洪来淡淡一笑：“我就知道开头会乱几天，那帮灾民能有多大出息？闻着牛肉味，还不都得像蝗虫似的扑过来。”

林秋红没有笑,脸色却暗了下来。意识到自己失言,盛洪来忙抱歉地道:“瞧我真是忘本了,咱俩不都是洪水漂来的灾民吗?”

“俺哪能跟你比,你是要做大老板的,而俺只是个捡破烂的。”林秋红说完,跳下堤堰奔粥厂走去。

李寡妇事先已向以林秋红为首的姐妹们传授了编织技能,而今林秋红负责验收绳、袋的质量,另外几个女孩织麻布,个个都忙得手脚不停。其他人也没闲着,叶满缸看管炉灶,张罗按粥号舍粥、发放牛肉汤和牛肉,盛洪来则往来监督各方面的进展,总控全局。

一天下来,大伙儿累得腰酸腿疼,盛洪来叫上大伙儿碰了个头。令人失望的是,总共才编出三千多条麻袋,其中还有一大部分根本没法用。

张罗道:“咱们这叫瞎受累白忙活。也不错,我这儿的牛肉倒是够省的。”

叶满缸泄气道:“一天忙得连撒尿的空儿都没有,可这点儿麻袋全卖了还得倒赔。”

盛洪来却鼓励大家道:“做买卖向来是先赔后赚。只要这样大张旗鼓地干下去,咱们的生意就能成。”

6

半个月后,每天固定到盛记粥厂领粥号的已不到一千人,但其间按时来参与制作麻袋的就有六百多,剩下的也大多是带着不知从哪儿捡到的麻袋或做麻袋的原料来换白面馒头。盛记粥厂成了露天麻袋作坊,日产麻袋在两万条以上,质量也在不断提高。待为期一个月的粥厂关门时,大家一统计,手里的麻袋已达四十五万余条。

盛洪来吩咐林秋红将这些麻袋按每二十四条打成一包,其余的次品全部拆掉重做。他又从灾民中选出三十个手艺好的留下来继续做麻袋,让叶满缸、张罗安置粥厂的善后,自己则赶往塘沽去联系销路。

正如盛洪来所料,雨季一过,盐场重新开工晒盐,场商们积存的麻袋很快就要用光，而外埠的麻袋则多因洪水阻路无法按时运抵。

“上个月你一跟我念叨要卖麻袋，我就猜到你小子肯定会钻这个空子。”龙翰辰对盛洪来道，“我这儿少说也得要五千包，周围几个场商我也替你通过气了，估计不会低于一万。你打算开个什么价？”

“我摸过行市，这一段麻袋价涨得厉害，原本一包也就三十文，现在就是四十也能出手。可我不喜欢做一锤子买卖，我卖二十八。跟您说句实话，这回的货有不少是拿旧麻袋凑合缝补的，您若也想要，我只卖二十五。”

龙翰辰笑了：“哎呀，你的胃口真大。照这样卖，以后长芦的麻袋还不都得姓了盛。”

盛洪来真诚地道：“我可不是有意压价。本地的东西自然省成本。今后我的麻袋一定比外地的质高价低。”

不到三天，盛洪来就把手头的麻袋全部预订出去。他赶回天津，叫上叶满缸和张罗，雇了六辆大车将麻袋迅速运到盐场。等他们再回到城里，腰包里已装得满满当当。兄弟几个坐下来归总账目，将这回得的钱折合成银子竟达四百一十七两。而投入的本钱并没多少，借梁钟贤的钱还剩十几两呢，这么一算，干赚的少说也有三百多。叶满缸几个给美傻了，半天都不知道怎么张嘴。

盛洪来轻轻舒了口气，开始“论功行赏”。林秋红出力最多，得了二十五两，叶满缸、张罗和李寡妇各得二十两，秋红手下那些姐妹各是十五两，留下的灾民每人加赏五百文。大伙儿无不欢天喜地。

张罗见卖麻袋确实能挣钱，就和师傅赛不知彻底地“告了假”，同林秋红、叶满缸一起一门心思地来帮盛洪来。

将各项事宜安排停当后，盛洪来带着一百五十两银票，又买了二斤顶级的信阳毛尖和祥德斋的点心去拜谢梁老板。梁钟贤早就得知了信息，对盛洪来靠开粥厂以小成本赚大钱的手段大加赞许，并坚决不收那多出的五十两。

二人推让了半天，最后梁钟贤又将银票硬塞了过来："你刚干,正是用钱的时候,这就算是我入的股,等明年你赚了大钱,再给我二百两,我也收。"

爷儿俩那天聊得高兴,梁钟贤留盛洪来吃饭,问他下一步的打算。盛洪来对老东家直言不讳,说如今向他订麻袋的场商络绎不绝,自己已在西南土城租了个四丈见方的木板房,隔成两间,分别做作坊和仓库,再添置十台织布机,准备要大干一番。梁钟贤频频点头。

生意越是红火,盛洪来反倒越担忧起来。外埠的麻袋商已纷纷抵津,他们绝不会眼见着生意都被自己抢了去。尽管自己有价格和地域优势,但毕竟底子太薄,必须尽快扩充实力。盛洪来忙着去购买机器和原料,将送货的活儿交给了叶满缸和张罗。

这天,盛洪来押着两大车黄麻刚到土城,却见张罗神情焦虑地跑来:"我在塘沽看见郑三货哥儿俩了,都留了胡子,可我还是一眼就认出来了。"

"都这么多年了,应该不会再记仇了吧?"盛洪来自我安慰着,转而又道,"还是要多加小心,尤其是这里。"

一眨眼三天平平安安地过去了,盛洪来心里却没敢懈怠,再次叮嘱弟兄们要多留点儿神。

气候明显转冷,地面上泛起白霜,西北咧子也呼呼地听得见响了。

这晚正轮到叶满缸守夜,他连撒尿都没敢远离木板房。熬到子夜时分,由于作坊内还不能生火,冻得瑟瑟直抖的他,尿也变得更勤了。过了一会儿,满缸又憋了,他出了作坊,反手将门带紧。天上没有月亮,他就摸着黑走到十几步外一棵大槐树后,刚解开裤带,忽觉着身后有人,还未及回身,脑袋上便重重地挨了一棒。

等叶满缸头昏脑涨地醒来时,直感到四周暖和了许多,耳畔则是噼噼啪啪的爆裂声,他翻身睁大眼睛一看,立时吓得魂不附体。他们的麻袋作坊和仓库已经起火了，熊熊的火苗借着呼啸的西北风直冲而上,把土城一带的夜空映得通红通红的。

第十章

1

所谓土城其实并没有什么城,它的原名叫“土塍围村”,“塍”是指田间土埂,“土塍围村”就是被田间土埂包围的村落,因为“塍”与“城”音相同,以讹传讹,后来的天津人便称这一带为“土城”。

土城最东边临近海河,早年曾是临时码头,故而沿河建了些简易的板房,作为存放货物的仓库。随着租界各大码头的兴起,土城码头逐渐荒废,那些板房也大都闲置下来。一时贪图便宜,盛洪来低价租下了其中的一间。天气一冷,他便尝到了犯财迷的后果。

寒风肆意地钻进来,白天还好,晚上就待不住人了。因里边堆放的全是易燃之物,若生炉取暖难免会引起火灾。所以一过戌时,抗不住寒冷的人们就都纷纷离去,只留下一人守夜。“真是大头不算小头算。”盛洪来暗暗责备自己。他正打算再去租新房,谁料想,一把突如其来的大火将他的作坊和仓库烧了个干干净净, 其中近三十万条编好的麻袋、十几台织布机还有数万斤的黄麻都在大火中付之一炬。

盛洪来呆在海河岸边,愣愣地凝望前方,昨天还装着他无限希望的那间宽大木板房,如今却已化作了一片焦炭。

随同一起前来的林秋红,见盛洪来不错眼珠地呆立着半晌也不出一声,急忙上去轻推了他一下,哽咽着道:“三哥,你倒说句话呀。”

“哈哈哈……”盛洪来突然一阵可怖的狞笑,恶狠狠地自语道:“狗东西们,和我盛洪来玩黑的,看到底谁能整死谁!”

回到土城后街那套租来的四合院,盛洪来对雇工们讲:作坊烧了,一时半会儿开不了工,愿意自谋生路的每人领二百文月规(即月钱);想留下的先发一两银子,一个月后还不能重新开张,再走也行。之后,盛洪来与秋红、张罗一道去看望叶满缸。叶满缸受了伤更受了惊,回到家就病倒了,不肯再出来。盛洪来把十五两银子退给他,让他好生休养。

当天下午,兄弟三人坐下来商议对策。秋红、张罗认定:火是郑三货他们放的。盛洪来思忖许久才道:“也不排除外地同行雇人干的。当然,真就是姓郑的干的,以咱现在的力量跟那帮人斗,也无异于以卵击石。”

张罗叫道:“那也不能就这么算啦。”

“算了?那王八蛋就是给我磕头叫祖宗,也算不了。但这事不能急,你们先别急着露头,我这就去找梁老板。”盛洪来极力安慰二人。

听着盛洪来的讲述,特别是张罗在盐场遇见郑三货这件事,梁钟贤又惊又疑,凭着在盐业多年的经验,他认为黑道上的人到盐场十有八九是倒腾私盐去的。那家盐场原本是专门供应散户的,如今许多小盐商大都破了产,那他们手中的盐票会落到哪里了呢……对,曹世襄的可能性最大。没错,就是他!想到这儿,梁钟贤蓦地回想起月前管家程来富对他讲起的一件事:

程来富家住西北角的回民区,早晚回家时必途经一家清真羊汤馆。馆子不大,但羊脑做得却十分地道,附近的苦大力若能吃上一碗这家的羊脑,再来上二两烧酒,那也算开斋了。在梁府做管家后,程来富就轻易不来这种小馆子了,但有时也会到这儿解解馋。上个月,他又去了羊汤馆,不经意间看到曹世襄的管家夏矩和一个细高挑的中年人从馆子里前后脚走出来,然后二人相互一拱手就各奔东西了。

程来富觉着那细高挑有点儿眼熟,仔细思量,猛地想起来了,这不是金九手下四大金刚之一的“铁算子”宫寄生吗？程来富曾在金九的三河脚行见过此人。按说这金、曹两府的管家出行怎么也该穿长衫，今日却都各身着粗布短衫，这就太不对头了。程来富起先狐疑，后又以为自己多虑了。因为他程某人每次来这里，不也总要换身短衣裳吗？但转天回梁府时，程来富还是将此事对老爷讲了。梁钟贤当时也感觉有些诧异，只是一时未参透其中的玄机。

现在，把程来富和盛洪来说的两桩事串在一起，梁钟贤心里不禁生出个可怕的猜想：莫非曹、金二人要联手贩私盐？莫非眼下盐市的混乱局面是他们于背后捣的鬼？如若属实，这正是清除自己商场宿敌的大好良机。然而在没有真凭实据前还不能乱讲，凭盐运使吴大人与曹世襄的莫逆之交，扳不倒曹世襄，落入陷阱的反倒是自己。

思前想后，梁钟贤许久才对盛洪来道：“这事确有蹊跷，但干系重大，不可操之过急。”他又有意岔开话题，“你现在还想不想卖麻袋？”

盛洪来道：“想啊。可我的麻袋全给烧了，不能按时交货，刚拉到手的主顾恐怕又让别人给抢走了。”

梁钟贤拍拍他的肩膀：“没关系。年轻人才创业，哪有不遇挫折的。你的那些雇工还在吧，我再给你三百两银子，你去租房子、买机器、买原料，好好地干。”

盛洪来心里高兴，却又觉着不妥：“这怎么行，那一百两我还没还上呢。”

梁钟贤截语道：“你听好喽，这回的钱可不是借你的，是我要办个麻袋作坊，委托你替我管理，过几年要是你挣多了，想把作坊买走也行。”

盛洪来激动得不行，忙撩衣给梁钟贤跪下，拱手道：“洪来这辈子也不忘东家的大恩。”

2

有了钱，重建麻袋作坊并非什么难事，而且这回买卖是梁钟贤的，盛洪来也不用担心谁再来捣乱。他租的仓库、作坊和住宿的院子都在东门外,距海河不过二三里远,又买进了十五台织布机。雇工除原有的又新招了十几个,由张罗做工头,林秋红管理日常杂务,自己则负责账目和货物运销。但他时刻记着追查纵火元凶的事,可从何入手呢?外埠的麻袋商多了,怎么查?查谁去?而郑三货兄弟又居无定所,连个人影都摸不着。

盛洪来让大家将思路转移一下,看郑三货的狐朋狗友里有没有最容易找到的。

"对啊,你这一提,我倒想起一个人来。"张罗一拍大腿,"还记得当年咱师傅痛打郑家哥儿俩时,他们身边不还有另外仨吗?其中有个叫苟强的,外号'狗烂儿',这两年在南口脚行里当上了小把,有俩糟钱除了赌就是嫖,经常在侯家后横着走,好多人都认得他。"

盛洪来道:"这么说,他发财了?"

"屁。也就泡泡后街的那些碎胡同,要是输干了,也只能上趟芦庄子。"

盛洪来点点头道:"这就好办了。老六,去把你五姐叫来。"张罗小跑着奔作坊而去,一会儿工夫带着林秋红急匆匆地赶回来。

"三哥,有啥事?"林秋红劈面就问。

盛洪来对她道:"妹子,眼下有件棘手的事,得烦你辛苦一下。"

林秋红不假思索地道:"让俺做啥,你就直说吧,俺听你的。"

盛洪来略显为难地一笑:"我想让你装一回半掩门。"

"啥?"林秋红浓长的眉毛登时立了起来,一双杏眼瞪得又大又圆。她自幼混在天津的底层,当然懂得所谓"半掩门"和"暗门子"一样,说白了就是暗娼。

盛洪来赶紧起身劝道:"你先别急呀,听三哥把话说完。"他将自己的计策细细讲了一遍。

林秋红犹豫了一下,便道:"可以去,但俺是黄花大闺女,不能跟他上床。"

盛洪来道:“不等上床,就得把他撂倒了。”

林秋红瞪着眼说:“那俺就在酒里给他下耗子药。”

盛洪来急忙道:“那可不行,要出人命的。”

张罗一旁笑道:“五姐,下什么药的事就交给我了。我说了那么多年的《水浒》,这回也过一过当把梁山好汉的瘾。”

南门外原是片地势低洼的沼泽开洼,早年被称作“城南洼”。因四周都是丛生的芦苇,仅有的一块高地上只零散地住着几户人家,慢慢地人们也就把这里叫做“芦庄子”。天津开埠后,芦庄子一带眼瞅着外来人口越聚越多,不过在此落脚的大都是些无业流民,无本钱无事由衣食不保,可人也得活着,所以这一带多出混混儿,暗门子也比别处多。

狗烂儿这两天在宝局里输了个一塌糊涂,连侯家后四等下处也去不起了,明知钱兜瘪得贴裤裆,怎奈裤裆里的玩意儿却鼓着,他只好窜到芦庄子打“野食”。

带着三分醉意,摇晃着走过沼泽间被垫起的土路,眼前是歪斜的土坯矮屋,钻过矮屋排成的胡同,才算真正进入芦庄子的地面。他刚晃荡到巷口,却见右首第二道院门半开半掩着,一个姑娘的脸和一条手臂也半露着, 她手里捏着块浅粉色绢帕正冲他懒洋洋挥着,只是没有喊“乖乖,来呀!”这样麻肉的行话。

在狗烂儿的印象里,住这条窄巷的女人多是缝穷或拾毛篮(即捡破烂)的,应该没谁做暗娼,再看这个小娘们儿不太会卖浪的样子,“这野鸡说不定还是个雏。”狗烂儿这么想着,美悠悠晃荡着两腿就迈进了院子。

进了院,狗烂儿不管三七二十一探手就抓人,对方一缩身,只让他衔住了手中帕子:“大哥,急啥,到屋里再说嘛。”

呦,小娘们儿的声音还怪好听!狗烂儿心头猛地就泛起一层腻,像条拉拉胯的赖狗跟着人家就进了东屋。

屋子是里外两间，低矮隘窄。外屋地上有个铁皮炉子，墙把角立着个破碗橱，里屋一半是土炕，另一半则空荡荡的什么摆什也没有。好在炕下烧着火，把四下烘得挺暖和。

狗烂儿再往土炕上瞧，见炕头仅放着条满是补丁的旧花被，有张小方桌横在炕中间，上面点着快燃尽的蜡烛头。借着烛光，狗烂儿打量了一下对方，心下更是一阵喜欢。这小娘们儿虽穿着破旧却收拾得挺干净，梳着油黑的大辫子，扎着红头绳，年岁二十不到，除去面皮不够细粉，五官、身段都没得挑，即便拉到侯家后的茶室里，捯饬捯饬[①]，也能挂上头牌。狗烂儿暗道："奶奶的，这条又鲜又嫩的小黄花鱼算是让苟爷我抄上了。"

相互一报名姓，对方说自己叫小桃，狗烂儿便称其为桃妹，而小桃仍称狗烂儿为大哥。一谈价，狗烂儿更确定小桃是个新手了，陪酒才三十个铜钱，度夜不过一百五。狗烂儿更加开心，就急着要上床。

小桃却笑吟吟地推他道："还没到二更天，先让我陪大哥喝几杯。"

狗烂儿一听更高兴了："啃，你还能喝两口？那就喝两口！"

可小桃家也的确太穷了，能摆上桌的只有煮乌豆、干炒果仁、卤水泡萝卜和拌豆腐丝四碟小菜。酒还不错，正经的直沽高粱，还给温热了。小桃看来不会喝酒，才饮了半盅脸便红了，而这下就显得更有味了。

狗烂儿不觉春心荡漾，连着三杯下肚，醉意增到了五成，大着舌头说起体己话来："桃妹子，你这屋里咋连件像样儿的家什都没有？"

"俺爹是个酒鬼，开春时喝醉了酒，滑进西边的烂泥塘淹死了。后来我娘也改了嫁，走前把家里能卖的全卖啦。"小桃说着眼圈潮湿了。

"这没什么，以后有哥哥我罩着你。"狗烂儿嘻着脸皮道。

小桃用手帕擦擦眼，转笑道："还没问大哥在哪儿发财呢？"

---

① 捯饬：修饰，打扮。

“嗐,嘛发财？马勺上的苍蝇——混饭吃呗。离这儿不远的南口脚行,哥在那儿管点儿事。”

小桃惊道:“哎呀,这么说大哥您是金九爷的人啦！”

“没错。妹子也知道金九爷？”

“天津卫人哪有不知道他老人家的。我爹当年在码头扛过活,亲眼见到九爷跟人家抢东门脚行,上百号人拿着家伙打得血肉横飞的。”

狗烂儿一听来了精神:“那次就有你苟哥。”

“是呀！那您可真是条好汉了。”小桃又敬了狗烂儿一杯,接着道,“听我爹说,那天有个叫郑二疯的杀得最凶,差点儿把小命都丢了。”

“那是我哥们儿。那小子就凭那一仗,在九爷面前成了红人。”

“他现在肯定在脚行里当上大把头了。”

狗烂儿觉得小桃的话对郑二疯大有羡慕之意，忙扒呲道:“大把头？还不是紧跟着就在侯家后栽一大跟头。为这,九爷毛一年都没用他。最后才让他们哥儿俩跑外倒腾货去了。”

“九爷在外地还有买卖？”

“人家九爷是嘛人物,嘛买卖没有？”

小桃还想往深里问,但很快发现狗烂儿对此事并不清楚,就又劝他喝酒,并把话题转回到了郑氏兄弟身上。

“郑家那哥儿俩就不回天津啦？”

“回呀。上月我还碰见他们了。一人一身长袍马褂,个臭德行的。”

“呵,人家可真出息了。”

“出息？狗屁！那俩货就是再穿人衣服,也不干人事。郑三货跟我喝酒时,吹自己回来的头天晚上就泡了仨娘们儿,第二天又把和他结过梁子的一个主儿的仓库给点了。就这到处惹祸的玩意儿,九爷还挺器重他,也太他妈瞎眼了。再看哥哥我……”狗烂儿借着酒劲儿,发了一通牢骚。

小桃一看从他嘴里也掏不出有用的东西了,便笑道:“大哥,别光顾了说,喝呀！瞧这酒都凉了,俺再给你焐焐去。”

“没,没事。”

“那可不行，大冷天的喝凉酒会伤身子的，俺爹就为这个生的病呢。”小桃说着就拎起酒壶去了外屋。

狗烂儿揉着眼角的眵目糊,望着小桃出去的背影,内里生出一股暖意。他泡过那么多女人,没一个这样温存体贴的。如今他也是奔三十的人了尚未成家,在此温和的屋子里,狗烂儿竟想到了自己的将来。

狗烂儿还在飘飘忽忽时,小桃已捧着酒壶返回里屋,朝狗烂儿嗲声道:“天不早了,大哥,咱快把壶里的酒喝了,俺好伺候您在床上睡会儿。”

狗烂儿暗笑:这小娘们儿还是个傻实在。别忙,等苟爷喝完酒一定好好消遣你。“那哥就来个先干为敬。”狗烂儿一仰脖把满杯酒倒进肚里。

可小桃并未喝,而是又给狗烂儿满上了一杯:“俺酒量不行,这杯一定陪您。”

“好。”狗烂儿知道自己的酒量,剩下的这半壶是醉不倒人的。他高举起杯,“桃妹子,你见半儿,我都干了。”

俩人一碰杯,狗烂儿又是一饮而尽,小桃把酒杯放在嘴边依旧没喝。

“欸,你怎么？”狗烂儿不悦,但还没等他多说,酒已经上头了,并且天旋地转起来,眼前的一切开始摇晃,小桃的瓜子脸也变成了南瓜脸,“妹子,这酒,劲真大。没给哥哥,下了什么,吧。”狗烂儿还想开句玩笑,但话没说完,他便一下由炕头栽到了地上……

狗烂儿清醒过来时,已是第二天的上午。他发现自己让人丢在开洼边上干枯的苇丛里,幸亏身上盖着那条满是补丁的被子,否则早就给冻僵了。等四肢都恢复了知觉,他爬起身找回那座小院。东屋锁着门,他一把将窗纸撕破了,看里面确实没人,便揪住胡同一个老太太。老太太说这房主人开春淹死了,老婆带着孩子回了乡下,房子空了半年多,头三五天才有人把它租下,可也没见怎么住,今儿一早,人又搬走了。狗烂儿哪肯甘心,又去找房东,仍没问出什么。

“妈的,闹了鬼了。”

狗烂儿摸摸身上那有数的几个钱,竟一子儿都不少。他想不通,为何要遭这番戏弄,莫非真是撞上《聊斋》里的狐狸精了?在芦庄子边上破口大骂了一阵,他多少出了点儿邪气,之后夹着那床破花被,骂骂咧咧地离开了。

3

狗烂儿哪里会知道,要了他的这条“小黄花”正是盛洪来的义妹林秋红。盛洪来也没料到五妹竟这么会“装蒜”,可惜狗烂儿肚子里的货太少。看来从这种小屁颠儿身上得不到有用的东西,但真想弄条“大鱼”也并非容易的事。

盛洪来将林秋红从狗烂儿那得到的信息告诉了梁老板。梁钟贤听了情况后紧皱双眉道:“嗯,这事确实不大对劲儿……”

这些日子,梁钟贤一直派人暗中打探曹世襄,得知眼下只有他和文家老大文骥还在大量收购盐票。梁钟贤清楚,文骥早就有独霸华北盐市的野心,文家有的是钱,即便现在买盐票瞪眼就赔本,他们也扛得起。曹世襄就不同了,论财力他与自己不相上下,可他手里的盐票已是自己的两倍,而其引岸里的官盐同样严重滞销,这样算来,曹世襄一年的收入还不到应缴盐课的三成,他又怎能承得住这种亏空呢?再有,就是他和金九之间说不清楚的关系……这里面肯定有鬼。但光凭自己的怀疑和推测根本奈何不了谁。梁钟贤对盛洪来说:“还得沉住气,我们要等待时机。”

可这一等便是小半年。半年来,天津中小盐商的生意已一天不如一天,大盐商们也纷纷叫苦。盐运使吴廉是痛心疾首坐立不安,当着众人连声感喟“私盐难治”,最后发誓:一年之内必要消除盐患,否则将引咎辞职。

对此盛洪来有些不解，问梁钟贤道："长芦盐市都乱成这个样子了，朝廷怎么还不下来人管管？"

梁钟贤道："大部分盐商还在按定额缴纳盐课，朝廷的税收没有明显缩减，他管你底下怎么乱呢。"

盛洪来发狠地说："咱们能不能联合盐商集体抗税，不清除私盐就不罢手？"

梁钟贤急忙示意他闭嘴："年轻人血气方刚，太好冲动。抗税？你不要命啦！谁敢挑这头，不管有理没理都得掉脑袋。"

盛洪来明白了，对待这等大事，靠小聪明、用小心机是行不通的。

眼看就要入伏了，梁府突然出了一桩奇事。管家程来富莫名其妙地失踪了，连着数日活不见人，死不见尸。程家人报了官，天津县令派出衙役四处搜查，直查到立了秋，也毫无结果。

梁钟贤猜测，此事怕又与曹世襄、金九有关。因为自那次在羊汤馆前窥见曹、金二府的管家后，程来富就特别留意了。这半年来，又断续发现夏矩和宫寄生几次到羊汤馆碰头。梁钟贤一估算，夏、宫二人基本是俩月左右密会一次。他叮嘱程来富要小心观察，切莫惊动对方。如今正好过了两个月，程来富便在回家的途中失踪了。梁钟贤是有家有业的大商人，且将近天命之年，不到山穷水尽的地步，他可不想跟曹世襄、金九孤注一掷地去硬拼。这回程管家出事，让他更加谨慎起来。

盛洪来曾听程管家无意中透露过夏、宫二人密会之事。程管家的失踪，他也认为是曹世襄和金九派人下的毒手。他将想法告诉给梁钟贤，后者却劝诫他没根据的事不可乱讲，更不要轻举妄动。盛洪来看出梁老板是有点儿胆怯了，他自己心里十分郁闷，但又不便与林秋红、张罗讲。而那二人眼看着报仇无望更是烦躁，特别是林秋红，因为怕碰见狗烂儿，平日都很少出门。

正是出伏后的秋老虎，白天热得像在火里烤，好容易熬到晚上，哥儿仨便到海河边上吹凉风。他们正边走边聊，张罗猛然停住脚步，用手向前一指。只见不远处的河岸边僵立着一个人，矮胖矮胖的活像根树墩子杵在那儿，仰脸朝着天，看样子再一闭眼就要跳下去。

三人疾步上前解劝，孰料那人哼哼一笑道："别以为我是要寻死，我这是来此夜观天象，巴望着上苍指条明路。"

哥儿仨一听这话都给气乐了。

"你个神叨玩意儿。"张罗揶揄道。

那人一惊："欸，我不认识你，你怎知我的外号？"

盛洪来抱拳道："敢问兄台，贵姓高名？"

那人还礼道："敝人姓范名裕，乃本地人士，家父范金宝。"

盛洪来又近前一步："尊祖父可是范佑成？"

"不错。你是何人？"范裕诧异道。

"范兄，在下盛洪来，我爷爷叫盛元复，咱两家可是世交啊。"

自范金宝那辈起，盛、范两家便基本断了来往，但范裕还是常听爷爷提及盛家的事，也知道两家旧日交情不浅，一听盛洪来是盛家后人，范裕立时来了精神："哎哟，兄弟，没想到咱哥儿俩在这儿见着面了。"他一把拉住盛洪来的手，亲热得不行，把秋红、张罗逗得捂着嘴乐个不停。

范裕是范金宝的次子，一向做事着三不着两，说起话来云山雾罩，天上一脚地下一脚的，"范神叨"的绰号就是这么得来的。范金宝也瞧不上这德性儿子，生意上的事从不让他参与。无所事事的范裕结交了不少狐朋狗友，整天四处闲逛，吃喝玩乐瞎惹惹。

半年前，范裕结识了曹世襄的小儿子曹易。俩人挺投脾气，因都好赌，所以常聚在北门边的古雅轩茶楼，不是推牌九就是玩骰子。近来曹易手气臭得要命，两个月里几乎没有胜绩，有一次还让范裕赢走上百两。

曹易吃不住劲儿了，没过几天便从外边搬来了援兵。据说这人姓平，满脸麻子，在西郊开酱菜园。范裕当然不认识此人，心想：老子赌运正旺，管你是麻子还是坑儿，通通来者不拒。这样，双方玩起了轮流坐庄的小牌九。

这牌九又叫骨牌，每副三十二张，呈长方体，多用兽骨、竹子或乌木制成，每张的正面以不同排列方式刻着由三到十二的点数。其中成双的牌有十一对，称为文牌，另有十张杂牌是没对的，称作武牌。玩牌时，先将所有牌面朝下，洗牌后两张一摞砌成两排，每排八摞。庄家掷出骰子，双方按点数抓起各自的两张或四张牌，以两张牌合成一组，一般成对的牌都比较大，如果不是对牌，就按两牌相加后的个位点数大小决定胜负。一次抓四张牌的，可将牌分为大小两组，只有两次全胜或全败对方才见输赢。一胜一败则为和局，此玩法为“大牌九”，多少有些技巧；但抓两张牌的“小牌九”就不同了，是干脆利索输赢即现。好赌又心急的主儿，多喜欢玩这种一翻一瞪眼的小牌九。

4

说来也怪，那次范裕的手气确实好得邪性，一会儿工夫就将平麻子带来的钱全赢到手。平麻子满脸紫红，他忽地站起盯住范裕低声说了句：“小子，有种的明天你再来。”

转天，范裕果然赴约。此番他的气势更盛，一上来接连抓了两把“至尊宝”，即“丁三”搭“二四”。这两张牌点数小又是杂牌，但依照牌九的规矩，却是最大一副对，玩牌九的有句俏皮话，“丁三遇二四——绝配”。如此玩了不到五轮，平麻子又输个精光。这下平麻子急了，回手从包袱里拿出个黑漆首饰盒，说是他老婆的嫁妆。范裕暗笑：一个臭腌咸菜的家里能有嘛值钱货？他随手掀开盒盖一瞥，浮头儿一层无外乎是些金钗、银镯且成色一般，估摸整盒的东西加起来，顶天了也就值二三百两。

“好，就再赌一把。二爷输了，连盒钱都算给你。”范裕爽快地道。

范裕一翻牌，竟是“长三”配“二板”，也就是六点加四点，刚好是牌点里最臭的“闭十”。再看平麻子是一对十二点的天牌。没辙，认赌服输呗。范裕懒得计算那些零碎首饰,准备直接丢给平麻子一张三百两的银票,然后再接着玩。

“慢着!”平麻子一手按住范裕的银票,一手撤开首饰盒的表层,下面的二三两层里装的竟是白玉、翡翠、猫眼之类名贵的宝石,更有三颗夜明珠和一块食指肚大小的祖母绿,“小子,你可给我瞧仔细喽。”

范裕顿时就傻了:这他娘的简直就是杜十娘的百宝箱啊,往少里讲也值两万两,自己哪赔得起呀。但当时周围观战的还有七八个人,赖是赖不掉的。范裕无奈,只得将身边所有现钱和银票都给了平麻子,还硬着头皮当众写下“范裕欠赌债两万二千两,以家产作抵,月内清还”的字据,并按了手印。

范裕将自己所有的存项和值钱的东西都翻出来,算了算还不到五百两,而朋友们闻知他沾上这路事,早就躲得没影了。范裕没法,只好实话实说,将事情告诉了父亲。范金宝因贩盐生意连年亏本,手头正缺钱呢,听完此事脑浆子差点儿没气崩了,将范裕一顿胖揍,赶出了家门。范裕只得到东门外娘舅家暂时安身。母亲佟氏、大哥范宽先后拿出自己的私房,偷偷交与范裕。尽管如此,也凑不到三千两。

范裕已经打听到了,那个平麻子根本就不姓平,更不开什么酱菜园,他原名叫花豹子,是南门外亨顺宝局看场的主管。范裕这才明白自己敢情是中了人家的圈套。

听完范裕的讲述,张罗道:“亨顺宝局的赌东是金九,花豹子就是他手下的四大金刚之一,人称‘千手将’。”

“又是金九那个老东西。”林秋红恨恨地道,“三哥,咱豁出去跟他斗一回吧,要不真憋屈死了。”

盛洪来闭目沉思,许久他才缓缓睁开眼,并对张罗道:“老六,你明天什么也别做,只记着跟我走一趟亨顺宝局。”

亨顺宝局是天津卫数得上的大赌场,楼上单间和两侧的小厅主要供人玩麻将、牌九、纸牌,而一楼正中的大厅则分为两局,左边摆红黑阵,右边是赌色子,每日在此押宝的赌客不下千人。

盛洪来曾听赛不知说过:设赌的为赚钱必然使诈,暗设机关诓骗赌客也是常事。唯有这押宝,几百双眼睛同时盯着,高明的赌主一般不冒作弊出千之险,更多的是跟赌客们斗心眼儿。此番去宝局,盛洪来就是想摸摸其中的门道,看有没有机会以智取胜。

连续跑了六七天,盛洪来心里略微有了底,他还探知花豹子这两天有事不在宝局,便立即将范裕找来。

距离还债的期限仅剩四天了,范裕还没凑够还债的钱。盛洪来问他有何打算?范裕说:“实在不行,我就撒丫子。我手上的三千两也不算少,到外乡买块地,盖几间房,二爷就当个田园隐士也。”

“此乃下下策。不到万不得已,不可如此。再说金九的人也不会轻易放过你。”

“那还能有什么办法?”范裕沮丧地道。

“兵法云:置之死地而后生。身处绝境,只有放手一搏,才能转败为胜。这时候,你就得豁出去。”

范裕兴奋起来:“好, 我这就把我爹藏在后院的宝贝都偷出来卖了。”

盛洪来嗤笑一声道:“败家的事可不能干。咱们要干,就干轰轰烈烈的事,就算一败涂地,也不失大丈夫风采。当然,还要看兄长敢不敢做了。”

范裕道:“我都被逼到这份儿上了,还有嘛不敢做的?兄弟,你就说吧。”

第二天一早,范裕由盛洪来陪着,怀揣五百两的银票下了亨顺宝局。带上这个数,是他俩商议好的,万一输光了,还能剩下两千多两作为范裕的“逃资”。

范裕换好了筹码,在侧厅门供赌客休息的靠背椅上一坐。赌场的童子端来茶水,范裕哪有心思喝茶,但还是照规矩赏了五枚铜钱,让童子把茶放在椅边的小圆桌上。打发走童子,范裕便直勾勾地往场子里望。一直望到两眼都不会转悠了,盛洪来这才疾步走过来。

范裕赶紧起身问道:“怎么样?”

盛洪来低声道:“快去!时机正好。”

“押大?押小?”范裕急急地问。

盛洪来竖了一下右手的大拇指。范裕见了,稳了稳心神,阔步便朝大厅右首走去,他要过去赌色子。

5

色子就是骰子。天津人习惯将骰子叫色子。骰子据说是曹操学问最大的儿子曹植发明的。那位才高八斗的曹子建鼓捣出这玩意儿原本是做占卜之用,万没料到它竟成为后世最为普及、最为常用的赌具。连当年的唐玄宗都在后宫掷骰赌钱。

一次玄宗皇上输惨了,他只有掷出“四点”,才能挽回败局。唐玄宗便对天祈祷,并让杨贵妃替他掷骰,骰子在桌上旋转数圈,最终果真是“四”朝上。唐玄宗龙颜大悦,让大宦官高力士传旨,诏告天下,骰上“四点”救驾有功,赏以描红。此后凡讲究的骰子,五面的点穴为白色,单“四点”那面的点穴是红的。

骰子作为赌具已历经千余年,玩法极为丰富,但用于上百人共同参赌的玩法自然越简单直接越好,所以宝局里多是“押大小”。一般用三枚骰子,看点数的总和,一至九点为小,九点以上为大。开赌前,先当众将三枚骰子用戥子一一称过,重量不能相差丝毫,然后把骰子放在骰盅里反复摇动,再置于赌桌中央。庄家待赌徒们下好注,一掀盅盖,唱出大小。这样大家都心明眼亮,赢者理直气壮,输者服服帖帖。

范裕来到赌桌时,庄家已连开了五把“大”。懂行的赌客知道,《易经》上讲“六”是拐点,到第六把应有变化,就是不太懂行的也觉着该改改风向了,所以众人十之七八都去押“小”。

范裕则照盛洪来的暗示,将所有的筹码全押在了“大”上。宝盖一掀,但听开宝的童子喊道:“俩三一五,十一点,押‘大’的赢啦。”

按规矩，赌骰子是押一得三，刨除宝局抽去的十分之一的赌头，再抹去零头，他押的这五百两，也能得一千三百两。范裕喜出望外，心想：我这兄弟算得还真准，下面我就更要依计行事了。

其实盛洪来哪会什么六爻神课，不过是糊弄范裕的，好给他壮胆。开宝前，他同样捏了一把汗。一看果然蒙对了，不觉长出了口气。而此刻庄家的骰子又摇好了。范裕等其他赌客押得差不多时，捧起刚赢的所有筹码又都押“大”。

“这哪是赌钱，简直是他妈玩命。”

“这爷们儿肯定疯了。”

但听开宝童子叫道：“四五六，十五点，押‘大’的赢啦。”

这下范裕的筹码增到了三千五百两。他将筹码死死抱在怀里，还是等下注快结束时，才把筹码全都堆到了赌桌右边的“大”字上。

庄家额上渗出了汗，以他多年练就的手法，摇什么点数完全在他控制之中。起初他没把范裕当回事，只以为是个二百五撞上了大运，可当对方赢得第二把时，他不免一惊，因为这家伙押的钱实在太多，但他坚信没谁敢在七轮“大点”后还会押“大”。所以他便接连又摇出了三轮“大点”。

这一回，庄家又失算了。盛洪来给范裕制定的方略是：只要盛洪来不发“摔杯”的信号，范裕就不管天塌地陷，拿着得到的全部筹码一路押“大”。

范裕也没料到，自己能连赢四把，美得他心都快从嗓子眼儿里跳出来了，激动之余竟没意识到已赢了两万五千两，大大超出了他所欠的债款。

庄家那边脸色骤变，两眼急得就要喷出火星来了，暗道：小王八蛋，你别想走，今儿个咱俩是有你没我，有本事你再押“大”。

这时整个宝局都躁动起来，楼上楼下各赌桌上的赌客都不赌钱了，全挤过来争睹这场罕见的大战。几百号人已把赌桌围得里三层外三层。

庄家又上下左右猛摇了二十多下，才让童子将骰盅放在赌桌上。范裕看没人陪自己下注了，也不再等待，径直把所有筹码都押在了“大”上。

一旁观战的赌客无不倒吸了一口凉气，暗骂：“这个大神叨，不死不算完。”

开宝的童子手在发颤，他好容易才把宝盖掀开。“俩六，一……”童子念不下去了。

场外所有观战的人一片怪叫，大伙儿都赛让热水浇了脑袋，这种六七万两银子的大输赢，在宝局里从没见过。

“他妈的，太过瘾啦！”

“这神叨玩意儿发大发啦！”

而此时的庄家满脸淌着凉汗，已软软地瘫在了座椅上。他后悔死了：跟他妈个不要命的疯子死磕嘛呀！这下好了，把半拉宝局都赔出去了，九爷非把我活劈了不可。

在这种情形下，无论是谁都该见好就收了，范裕也知道赢得有点儿邪乎，可没见盛洪来发信号，自己哪能停手呢。他拿眼挲摸了一圈，没见盛洪来的影，只得转向庄家道：“爷们儿别睡了，咱接着玩啊。”庄家闻听此言，不知哪儿来的斗志，噌地蹿身起来，摇起了骰盅。范裕没工夫理他，接茬儿回身找盛洪来。

但范裕不知，上一轮结束时，盛洪来就把小圆桌上的茶杯摔了，但场子里已是人声鼎沸，摔杯声被淹没其中。盛洪来那精瘦的身板又挤不进圈里，只得在外面等消息，得知范裕还要继续赌，暗自叫苦，只求那位大神叨别再押“大”，人家庄家无论如何都会改“小”了。

庄家这次是真要改“小”，已将“幺二三”的点数摇好，却见范裕东张西望，有些神不守舍，凭以往的经验，他猜到对手已经心虚了。庄家犹豫起来，终于在放骰盅的最后一刻，手腕微微一颤，把二点翻成了六点。

没有盛洪来的指示，范裕拢着六万七千的筹码，心里突突乱跳，临到庄家放骰盅时，他还在向圈外巴望。

“快快，该你下注啦。”一堆人在提醒范裕。

范裕没办法，只得磨回头接着往下赌。本来他也有心押“小”，但正当他将筹码推向“小”时，忽地神叨劲儿又上来了：“去他老妈祖奶奶的，二爷我还全押‘大’！”

这一回，庄家彻底瘫倒在座椅里，抬头纹也开了，眼白眼黑全凝着不会动了。童子见状也不敢开宝。宝局里的其他人怕沾上这祸水，没一个敢近前的。局面一时僵持住了。

“千手将”花豹子昨天刚纳了个从良的妓女做小妾，洞房花烛夜折腾了大半宿，日上三竿还赖在被窝里，是宝局报信的保镖前来砸门，才把他从床上叫起来。听说宝局出了大乱，花豹子怕落下失职之罪，丢下新娘子，撒腿赶奔南门外。

他从后门进了宝局，这边询问事情原委时，范裕那边已把六万七千的筹码押上了。花豹子见势不妙，用力分开人群挤到赌桌前，正赶上急不可耐的范裕自己上去掀宝盖，并大声吵嚷道：“看见了吧，十点，二爷我又赢啦……”

花豹子一见下赌注的竟是范神叨，气不打一处来，也未多想，飞身过去就给范裕一个嘴巴：“好小子，竟敢跑到这儿出老千。来人，给我绑了。”

一声令下，立时有几个打手冲上来，一顿拳打脚踢后又把范裕捆绑起来。

霎时间，整个亨顺宝局全都乱了营了。

第十一章

1

花豹子一时冲动绑了范裕,却犯下了宝局的大忌讳。开宝局的暗地里搞鬼,天底下谁人不知这种潜规则,但旁人就是管不着。可有一折,愿赌服输,明面上必须讲规矩、守信义。输钱赖账,还强绑赌客,如此恶名一旦传出,这样的宝局哪还有人敢进来。不到半日,亨顺宝局赖账绑人的消息就传遍了天津卫。

当天下午,范裕的大哥范宽带着仆从堵着宝局门口要人。围观者数以千计,有被金九欺负过的想借此出口怨气,还有一些是另儿家宝局派来故意添损捣乱的。花豹子知道闯了大祸,下令赶快紧闭大门,他则站在二楼窗口一个劲儿地向人们辩解。可这会儿,他的话谁还能信,反而惹得群情激愤,骂声不绝。要不是金九花钱请来县衙里的三班衙役和大批打手共同镇住了场面,好一好,亨顺宝局就得让大伙儿给砸了。

围观的人虽被驱散,但范家人还是不依不饶。花豹子要起了混混儿性,反咬一口说范裕私下作弊玩手彩。范宽向他要证据,他又拿不出。双方就这样对峙到大黑,直到金九的管家宫寄生赶过来,他对范家人讲,此次涉及的钱款数目过大,没调查清楚之前宝局肯定不会放人。但这段时间里绝对保证范裕平安无事,请范家人暂且回去。

范宽闻听此言大怒道:“你们又不是官府,有什么资格扣人?”

宫寄生眼一翻恶狠狠地道:“扣人？我还告诉你,如果令弟真在九爷的赌场使诈骗钱,那扣人还是最轻的！”

范宽明白,逼急了这些黑帮混混儿,他们可是什么事都做得出,为了弟弟的安全,也只能先退让一步了。于是他便高声冲着大门嚷道:“好,再给你们一天时间,到时候不放人,我就去府衙报官,彻底封了你们的宝局。”

范家人回府商量对策了,宫寄生则叫上花豹子跟他去见金九。

在黑道多年,金九以阴损毒辣骄横跋扈而称霸一方,天津地界被他算计欺负的不计其数,对他恨之入骨的更是大有人在。今天这些人都借着亨顺宝局扣人的事到处“煽风点火”,对此金九倒不在乎,他顾忌的还是黑白两道中的死对头,担心万一此事处置失当,那帮家伙不光幸灾乐祸,还会落井下石。

坐在小客厅的太师椅上,金九阴沉着脸半晌无语,脑子里还在琢磨着破解僵局的办法。四大金刚中的“金面虎”宗飞、“镇海蛟”鲁黑塔分坐左右,见老大神情凝重,都不敢轻易开口,生怕节骨眼儿上说错了话。这时手下护院进来通禀说,宫管家和花豹子到了。

“让他们进来。”金九命道。

那二人进得门来,一同抱拳参见九爷。宫寄生走到金九近前,将宝局的现况扼要做了描述。金九让宫寄生一旁落座,而后抬眼瞪着花豹子,一语不发。花豹子吓得汗出如浆,不等金九发话便扑通跪下,又是认罪又是掌嘴。直到花豹子嘴角淌出血来,金九才叫停,对花豹子一顿大骂,这时一旁的人才敢上来解劝。金九重重哼了一声,命花豹子起身坐到一边去。花豹子拜谢后,哪里敢坐,只在右首里直直地站着。

金九见四大金刚都聚齐了,便向他们问计。宗飞认为,开宝局讲的是个“信”字,赢得起也必须输得起,主张尽快放人给钱。

鲁黑塔恼道:“你啥时候变善人了？那可是十八万银子,你替九爷给？”

宗飞正言道:“在外面混就得讲江湖规矩。至于钱嘛,五万也是他七万也是他,就看九爷的心思了。最后一局是那小子自己开的宝盖,这也不合规矩,完全可以不算。”

宗飞的话却招了花豹子的不满:“说的什么话,你这不是让人家打九爷的脸吗?”花豹子心想:如果依宗飞的主意,或许能平息眼前的乱子,可自己今后在宝局就没法待了。

鲁黑塔附和着花豹子:“没错,这也显得咱太他妈的软蛋了!”

三人争执不休,金九厉声将他们喝住,转而去问宫寄生。

人称“铁算子”的宫管家此时摇着折扇,不紧不慢地对金九道:“某家以为,即便咱们服了软,那些别有用心的人依旧会揪住此事不放,不如干脆使招狠的,让他们知道知道九爷您的厉害。”

金九连连点头,让宫寄生继续讲下去。

宫寄生便将自己的谋划和盘托出,金九听完,双掌一击:“妙!”当即拍板命花豹子照计行事。

花豹子领命刚要走,又想起什么,近前对金九道:“九爷,我跟姓范的打过几次交道, 那缺心眼儿的神叨绝没那份心路, 敢连着六轮押‘大’?”

金九一瞪眼:“这么重要的事儿,怎么不早说?你赶紧回去好好给我审,看那小子背后到底是有什么人?”

花豹子回到宝局,对范裕实施连轴转,除了威吓,还不许吃不许喝不许睡。白白胖胖细皮嫩肉的范裕哪里经过这种折腾,天没亮,他就有嘛是嘛地全秃噜了。

花豹子连夜禀明金九,金九听罢却不相信:一个二十岁出头、靠卖麻袋过活的生瓜蛋子能有如此胆识?“这个盛洪来是谁的人?”

花豹子忙道:“九爷,我都问清楚了,他是盐商梁钟贤的手下。”

金九一捻颌下的山羊胡,转了转眼珠:“噢?原来是那个卖盐的大财神,这就别怪我不客气啦。”

第二天，范金宝和范宽爷儿俩又到宝局来要人。花豹子一改昨日的态度，眼露鄙视口气很硬地对他们说，范裕和坐庄的二人都已供认，范裕赌输钱后无力还债，便找到庄家，二人合谋诈骗，事成后赃款平分。花豹子还拿出范裕和那个庄家按过手印的口供摔在桌子上。范氏父子当时就愣了，猜到其中必定有鬼，但一时又不知如何应对。

范金宝大声嚷道："这口供是假的，一定是你们强逼我儿子写的。"

花豹子眼一立："宝局又不是衙门，我们不敢对贵公子用刑，全是他自己招的。"

范宽问："那我弟这会儿在哪儿？"

花豹子道："他就在我们手里。不过，金九爷打算这就送他到县衙，等进了大牢，二位探监时不就可以见到他啦。"

范金宝心乱如麻，爷儿俩一时没了主张，只好回府另想办法。

2

那天在亨顺宝局，见范裕被绑，赌场里乱作一团，盛洪来赶忙挤出人群，想要到范府去报信，刚出宝局大门，就被两个人抓着并拽到一个小胡同里。盛洪来惊魂甫定，这才瞧清楚，抓他的原来是张罗和女扮男装的林秋红。原来，二人始终放心不下，早早就跑到宝局前等候消息。

向他俩讲明事情经过，张罗、秋红都担心盛洪来去范府会遭责打，盛洪来也踌躇起来。哥儿仨犹疑不定，只得先在宝局外观望。他们见范宽等人来势汹汹，又有千余人声援，可折腾到天黑也没能将范裕要出来，方知金九确实不好对付。

三人回到作坊后，都是彻夜难眠。盛洪来思虑再三，觉得不应置身事外：主意是自己出的，无论如何也脱不了干系，与其被别人揭出来，不如主动承认。天一亮，他便起床准备去范府，张罗一再阻拦也无用。他大步出了屋门，见秋红站在院内，以为她也要劝阻自己，却听秋红道："三哥，大丈夫敢做敢当，你应该去。"

盛洪来一路询问找到范府，听门房讲，老爷和大少爷已带人去宝局了。候了许久,才见范氏父子急匆匆返回。

范金宝看盛洪来面善,待其一报名姓,记起来他正是当年贤来轩的那个小伙计,忙唤他一同进府。当着范家人的面,盛洪来将事情的原委一一讲清。范金宝又惊又恼,但转念一想:他本好心帮范裕,还是怪自己儿子不成器,而且事到如今再施惩罚也于事无补,于是只气哼哼地叹道:“年轻人真是不知深浅呀!”盛洪来连声认错,又问事情进展如何,范宽便将刚才在宝局的情形草草对他说了。

“这肯定是金九的诡计。那就让他告好了,到时我去堂上为范二哥作证。”

“你作证,谁会信哪?人家可是有白纸黑字红手印。再者,你以为金九真会去告官?他只想用那份伪供来要挟咱们,这简直就是绑票啊。”范金宝叹道。

范宽一旁道:“我曾想过报官, 可咱们除了有俩钱外并无势力,不像金九那样手眼通天的,打起官司来我们未必占便宜。”

盛洪来略略思忖后道:“金九毕竟理亏, 这里的是非曲直很好判断,他的诡计骗不过大伙儿的眼睛。他在天津卫的仇人又多,只要把声势搞大,他一定害怕。别的不说,亨顺宝局几天开不了张,他就得急喽。”

范金宝觉得盛洪来分析得在理,于是使出浑身解数,把能调动的社会关系全调动起来,迅速让此事越闹越大。很快,包括亨顺在内,金九所开的宝局,一连几天都比棺材铺还清静。与此同时,以能耐耿为首的商人纷纷出面居中调和,最后连津门青帮的祖师爷朱大拿也派人劝说金九,尽快妥善解决此事。

明知理亏,但金九从来就没向谁服过软。不到十岁,他就跟着父兄砸明火、绑肉票、贩私盐、挖坟掘墓,干下无数作奸犯科的事。后来家里人相继被正法,他一人独自闯天津,靠着敢切敢拉心毒手狠,赢得三河脚行总把头江青龙的信任,视金九为自己的膀臂。金九的翅膀逐渐硬了后，正赶上江青龙与人争地盘，金九借江青龙赴宴之际，在酒里下药毒死了江青龙，反诬那个对头，带手下强夺了人家的地盘。从此他摇身成为津门黑道的一方霸主，又经过二十多年的厮杀，金九业已成势，连朱大拿都可以不放在眼里。

当然，如今自己也是个有一号的人物了，金九不能一点儿都不顾及舆论。再者此事不了，他宝局的生意定会受到影响。于是他依照宫寄生的计策，向范家言明：此事起于范裕赌场使诈，必须以“赌”来解决。双方在中人的监督下一局定输赢。若范家赢，便可人财两得；若范家输，则须用钱赎人。至于赌资，金九出十八万两，范家只拿范裕赢走的六万七即可。这种了事的办法真是既蛮横又“讲理”，范家急于救人，只好勉强同意。

那么赌什么？当然是斗蛐蛐了。金九说，这是为保证此次赌局的公平合理。因为使用麻将、牌九、骰子等赌具都有作弊的可能，而斗蛐蛐则不同，输赢不取决于赌者的技巧花活，全凭蛐蛐的本领和临场表现。

时值白露之初，节气也合适，按内行人的话讲，“处暑捉虫白露斗”，就是说蛐蛐是入秋的草虫，每年处暑开始活跃，而自白露起，经秋分至寒露是斗蛐蛐的高潮期，北京人称为“勇战三秋”。这一时期蛐蛐鸣叫得也最欢实，似乎在催促妇女们赶快织布，以备冬衣，所以蛐蛐除了学名“蟋蟀”外，还有个雅称叫“促织”。斗蛐蛐在中国少说也有两千年的历史，上至王侯将相，下至贩夫走卒，都不乏痴迷者，南宋奸相贾似道、大明宣宗朱瞻基则堪称其中之佼佼者，被后人誉为“蟋蟀宰相”和“蟋蟀皇帝”。

大清自乾嘉以来，由于物资财富的不断聚集，一些不事生产的纨绔子弟日众，他们花天酒地之外，平日玩鸟，深秋斗蛐蛐，遂使斗蛐蛐之戏风靡全国，尤在京津与苏杭的官宦富商子弟中间最为盛行。富有之人养蛐蛐都是花钱买，一只“大红头”可要到几百两银子。长芦盐商子弟养蛐蛐最讲究，盆罐、工具、虫食都是要在“谱”的，而且要在行的饲养用人和懂蛐蛐谱的清客跟随左右，一个秋天，就要在蛐蛐身上花掉几百,甚至上千两银子。范金宝年轻时也没少斗过蛐蛐,略通其中门道,他觉着金九的提议也没嘛大不了的,便点头答应了。

但以范家目前生意的状况,六万七千两实在是个大数目,要么卖盐票,要么就得东挪西借。范金宝一心期盼弄只上品蛐蛐好赌赢了,可到哪儿去弄呢？天津郊外的蛐蛐不少,但品质较劣,平日捉来玩玩尚可,上不了大战阵。要说蛐蛐的最佳产地应在江浙,北方的好蛐蛐也都集中在山东,而双方约定的期限只有五天,打个来回是来不及了。正犯愁之际,盛洪来毛遂自荐上京城,范金宝自然高兴,交给他三百两银票。

换了身讲究的衣帽,雇了辆马车,盛洪来连夜赶往京里。他记得荣贝勒父子是正黄旗,所以从朝阳门进城后就绕到德胜门内大街,果然很容易就找到了贝勒府。他自称是端明贝子的故交,把门的护卫看他穿戴还算阔气,便到内里去禀报。正巧端明今天在家玩鸟,听到来人的名姓,思忆良久,忽地想起当初在天津戏园里的趣事,忙命人唤盛洪来进府。

二人多年没见,都已长成青年,但端明仍一下就认出了盛洪来,笑道:“盛来子,还真他妈是你,这些年眯哪儿去啦？”说着拉着盛洪来的手到二堂里落座。

俩人叙了一番旧,盛洪来不敢耽搁时间,直截了当将来意讲明。端明一听笑了:“京里也听说天津宝局那档子事了。我就说嘛,谁能折腾出这么大动静？连押六把‘大’,这路邪了门的主意也就你小子想得出。”

“爷就别损我啦。我给人家惹大祸啦,弄不好得出人命。您神通广大,能不能帮着弄只好蛐蛐？”

端明一拍大腿:“嗐,要是斗鸡就好了。户部侍郎那莫苏家的老四那友德跟我是发小,他手里有只金冠凤眼大元帅,一年来打遍京城没敌手。”

“贝子爷,我说的是蛐蛐。”盛洪来急道。

“欸,蛐蛐这玩意儿是百日虫,去年我手里倒有俩特棒的,可都蹬腿啦。今年嘛,京城最牛的便是端王府的紫金翅了,那是他家一包衣特意从余杭鼓捣来的,真叫万里挑一,和它交手的虫儿无不败北的。要不瞧瞧去?”

“全仰仗您了。”

3

经过端明联络,端王府开价一千五百两,而盛洪来身上仅有三百两,便找端明拆借了一千二百两。由此交易顺利达成。

盛洪来与端明一起回到天津,直奔范府。范金宝瞪圆了眼,要好好瞧瞧这一千五百两银子买的蛐蛐。盛洪来取出一只苏州袁氏堂的澄泥蟋蟀盆,轻轻揭开盖。范金宝一瞅,是大吃一惊,他有生以来还从没见过这么棒的蛐蛐。

这只紫金翅头项方正,脚腿粗长,身背宽大,牙如蜈蚣钳,且大小均匀,左翅压着右翅,行话叫“反搭翅”,看这体形绝对是蛐蛐中的上品。再看色泽,那是通体光亮,紫里透白。蛐蛐颜色有六种,按贾似道在《促织经》里的讲法是“白逊黑,黑逊赤,赤逊黄,黄逊青”,紫色为最佳,而白紫又是紫虫里的极品。更难得的是,蛐蛐额头上分明生着八条纵纹,唤作“八脑线”,有此标记便的确是百年罕见的异虫了。

听着蛐蛐那铜钟般圆润有力的鸣叫,范金宝喜不自胜,连连点头道:“嗯,值,真值。”

范金宝补齐了端明垫付的一千二百两,谢过贝子爷。而后开始对紫金翅进行精心保养。每天用萝卜熬的水给蛐蛐洗澡,喂的水是清澈新鲜的井水,水里还要泡上五加皮、首乌、茯苓、甘草、猴姜、牛膝、旱莲等多味药材,饭食则是煮得烂烂的小站稻米,并将虾肉、蟹黄、栗子、冬瓜仁磨碎,拌成糊状掺入其中。三天后,紫金翅神气活现地投入了“战斗”。

金、范两家斗蛐蛐的地点选在城东玉皇阁大街上的来福轩茶楼，茶楼主人是曾在县衙做过师爷的郜洳林。中人是大盐商谭启，也就是谭运山的长子。谭老爷子过世后，谭启就成了谭家的当家人，他清高耿介的性情颇似父亲谭运山，同样死瞧不上金九这帮土混混儿。谭启此次肯出头，颇有替津门盐商主持公道的意味。

斗蛐蛐的棚户内只能有三个人，一名裁判和两个蛐蛐的主人，行话就叫"三草二别头"。裁判由谭启的管家充任，监督着范宽和花豹子将各自的蛐蛐放在一张八仙桌正中的斗盆内。前来围观的人成千累万，凡是能望见那俩蛐蛐的人，都赞叹不已。金九的蛐蛐号为"星头蟹壳青"，是出类拔萃的虫中之杰，而范家从京城高价买回的紫金翅更是无上极品。上午巳时整，赌场一声开局，茶楼内外立马变得鸦雀无声。

谭启的管家让范宽、花豹子用探子（又名蛐蛐草）来撩拨虫须，以挑起蛐蛐斗性，等两虫放声鸣叫之后便起闸开斗。紫金翅与蟹壳青都是个中高手，一照面便各不相让，皆嘟嘟叫嚷着，向前一蹿，狠命咬斗起来。

这蛐蛐格斗与人比武一样，也有自身的功夫套路，根据对手的强弱虚实分别采用吹夹、荡夹、留夹、背夹、攒夹等招法，可进可退有攻有守，斗起来煞是好看。

紫金翅的体质与技能都明显胜出一筹，故而以攻为主，上来就用荡夹法，用牙将对方猛力钳住，然后左右甩头用力摇晃，欲使对手无法还击，丧失斗志。但蟹壳青也非等闲之辈，被悠了数下后，终于脱身出来，反向去咬紫金翅。而紫金翅见一击不中，忙使出吹夹法，从嘴里吹出一阵硬风，吹得蟹壳青难以近前。待对手精疲力竭，紫金翅又奋力扑了上去。

两雄交锋一时杀得难解难分。紫金翅虽占上风，但想彻底斗败蟹壳青也需费番气力。往返斗了数十回合，两边观战的都是大汗淋漓。两虫在一处纠缠许久，紫金翅猛一抖身形，险将蟹壳青甩出斗盆。紫金翅趾高气扬地昂头鸣叫,而蟹壳青垂头奄脑败相毕现。

照规矩,两虫分开,仅一方鸣叫,另一方便等于输掉半局。如此双方再战,即便打个平手,也算紫金翅获胜。范家这边的人都是欢欣鼓舞。

花豹子见势不妙,却并不慌乱。但见他伸手拔下三根头发,上去拴住了蟹壳青的脖子,将它凌空摔了几圈又放回斗盆。范宽见花豹子行为诡谲,但不明奥妙,只得又用探子拨了两下紫金翅的须子。

两虫重又角斗起来。可这回蟹壳青的勇武竟胜先前十倍,上来便以留夹战法,死死咬着紫金翅不放,一直往后拖。紫金翅或许有些轻敌,猝不及防便被对手咬住,无论如何挣扎也摆脱不掉,双方扭打盘旋了十数圈,只听咔嚓一声,紫金翅的一条大腿被扭断了。这下胜负已成定局。紫金翅又勉强招架了几个回合,终于支撑不住,瘸着腿逃至盆边,使尽最后的气力跳出了斗盆。

谭启的管家看呆了,半天没说话,花豹子在他肩上拍了一掌,他才清醒过来,慌忙当众宣布:"这场赌局,金九爷赢啦。"

茶楼内外霎时间一片喧嚣。观战的人们被这意外的结局震惊了,乱攘攘地争论金九这边是如何转败为胜的,那些为此事设赌下注的,更是有哭有乐。

金九作为胜利者满脸得意,他可以理直气壮地向范家要钱了。花豹子趁机抖出范裕输牌九时写的债据,对范金宝叫道:"姓范的,你儿子还欠我两万二呢,想着赶紧还了,这可是带五分利息的。"

范金宝根本听不清金九他们说些什么,只木讷地点着头,他当着中人谭启的面签字画押,答应明天先付三万两,月内再还清剩余欠款,金九也允诺明天钱交齐时便可将人领走。范金宝口打唉声,摆了摆手让儿子扶他上轿回家。

盛洪来泥塑般地僵坐在茶楼一角,他想不明白紫金翅为什么会失败。当金九一伙儿耀武扬威地要出茶楼时,他猛然起身道:"慢着!这事没完！”这一声断喝，让在场的所有人都愣住了，已走到门外的范氏父子也不禁转过身来。

花豹子怒道：“个小兔崽子，你想干嘛？”

盛洪来一抱拳：“金九爷，小可不才，敢问能否再赌一把？”

“他妈的，你——”花豹子等人正要发作，被金九用手止住。金九斜眼打量一下这个头不高又干又瘦的小伙子：“你是谁？叫什么名字？”

“我是范裕的朋友，名叫盛洪来。”盛洪来稳稳地回答道。

金九冷冷一笑：“你就是那个卖麻袋的，想替朋友拔创？”

“没错。”

“行啊，口气不小。可九爷我没工夫陪你玩。”金九不屑地道。

“怕是不敢吧，金九爷？”盛洪来故意用挑衅的口气道。

金九又是一阵冷笑：“个小毛孩子，九爷我怕过谁？说吧，你想比什么吧？”

“斗——鸡。”盛洪来拖着长腔，清晰的两个字让在场的人全听到了。

“好！不过要赌就得赌个大输赢。只要你能出二十万的赌本，九爷就跟你赌。”

“一言为定！”

4

端明看斗蛐蛐，看得心情沮丧，还出了一身臭汗，便叫盛洪来去浴池洗澡，之后再到聚庆成吃饭。盛洪来哪有那份闲心，可又不想得罪端明，只得勉强陪着。

端明边嚼着蟹黄鱼翅边对盛洪来竖起拇指：“行，哥们儿，是条好汉！可我劝你，便宜便宜嘴就算啦。你想，三年清知府，才十万雪花银。二十万两银子，搁着我一时都拿不出来。金九出这个数就是要难为你，你干脆知难而退得了。”端明这么说，其实是怕盛洪来找他借钱。倘若盛洪来先开了口，不借吧，显得不够义气，借吧，这钱基本上就算打水漂了，而且他也不想让盛洪来再冒险。

盛洪来也明白他的心思，便道："我知道您是一片好心，可我要是退了，实在咽不下这口气，也对不起范家。钱的事，爷不用操心，您就给我盯好了那友德的那只鸡就行。"

"没问题。不过，金九老小子可不是善茬儿。今儿的事你还看不出来吗？你可得多加小心。"

"谢贝子爷提醒。可您说他们刚才使的是什么招啊？"

"反正是邪活。宫内外的蛐蛐大战我看得多了，从没见过使这一招的。我看你要是没点儿绝的，还得栽给那帮人。"

送走了端明，盛洪来又到范府来请罪。范金宝倒挺通情达理，也未太责怪盛洪来，但他这次算是真正领教了金九的厉害，认头用钱来换儿子，他还劝盛洪来赶快回去，老老实实地卖自己的麻袋。

这边范金宝是不愿节外生枝了，但事情远没他想的那么简单。第二天，范宽带着三万两银票去宝局赎弟弟，花豹子又变卦了，说金九爷已查清楚，闹宝局的幕后元凶是那个盛洪来，想要范裕至少用盛洪来的一条胳膊来换。"九爷讲得明白，十日之内，你们送来姓盛的胳膊，我们立马放人，剩下的欠款还可减半。否则豁出去剩下的钱不要了，卸你弟弟一条胳膊。"

又是突如其来的变卦，这回轮到范宽不知所措了，他狼狈地回家报信。范金宝一筹莫展，徘徊良久才道："看来还得找梁钟贤哪。"

回到作坊，盛洪来便一直闷在屋里睡大觉。这一觉直睡到午时三刻，张罗咣咣地把他砸起来说梁老板到了，盛洪来慌忙整理衣帽跑了出来。

见到盛洪来，梁钟贤劈面便道："你个蔫土匪、贼大胆，这回祸闯大了。金九的管家宫寄生今儿个一早找上门来，挑明了要卸你一条胳膊，跟着范金宝也为这事找我，我看你这条胳膊是要保不住喽。小子，你毕竟涉世尚浅哪。”梁钟贤又语重心长地道，“你觉着范家斗输了，金九就占便宜了吗？这回可谓两败俱伤。金九宝局的生意一落千丈，没个一年半载缓不起来，这笔账他必定要算到你的头上。”

当下，对盛洪来来说要保住自己胳膊的唯一办法就是在斗鸡中战败金九。但这事的前提是有人提供他二十万两银子，而他认识的人里，能拿得起这笔巨款的只有梁钟贤了。

对此梁钟贤是犹豫不决，回到家中仍是愁肠百转，晚饭都吃不下。夫人蔡氏虽然贤惠，但读书不多，自觉见识有限，平日对生意的事就从不过问，面对这样复杂的事情，更不知该说些什么，只是劝丈夫不要太过焦虑，免得伤害了身子。

儿子梁怀瑞的态度则十分明确而坚决：“那小子自己找死，碍着咱们梁家什么了？犯不上为个小伙计得罪金九，更犯不着出那份冤枉钱。那可是二十万啊！”

女儿梁怀瑾的看法就不同了。别瞧她今年不到十八岁，但自幼跟着教书先生读过不少诗书，思虑问题很有些独到的见地。听父亲说明事情的始末后，思忖许久的她才说道：“爹，我觉得这事咱们得管。不说来子这些年给咱家出了多少力，单说这事，明摆是金九他们欺人太甚，来子犯了哪家王法就得砍去他条胳膊？还有，打狗也要看主人，金九暗里害来子也就罢了，偏要明着对您讲，这不就是跟您叫板吗？您要是默许了，今后天津卫的人都得说，您堂堂的大盐商怕了那帮臭混混儿，明哲保身，出卖自己的伙计。”

“好啦！”梁钟贤一摆手，“你们都退下去，容我再想想。”

梁钟贤独自坐在厅中，陷入了沉思。女儿的话深深触动了他。他何尝不知女儿讲的话有道理，但他确实有些害怕。他最在乎的还不是钱，眼下他手头是正紧，可就算赔个二三十万，自己也穷不到哪儿去；关键是日后会不会有料想不到的麻烦呢……他蓦然想起程管家，好端端的一个人，鞍前马后地跟随自家几十年，又忠实又厚道，不明不白地就没了，十有八九就是金九他们干的，现在那帮家伙又要害小来子……

想到这儿，梁钟贤愤然起身，心里默道：我梁某人也不是泥捏的，当年我贩私盐的时候，什么风浪不敢闯？怎么刚上了点儿年纪，就要让些泼皮混混儿随便欺负？还是闺女说的对，这事梁爷我一定要管。

第二天，梁钟贤唤来盛洪来问道："你能保证准赢吗？"

"端贝子说过，那只鸡天下无敌。"盛洪来肯定地回答。

梁钟贤起身道："好。你跟我一起见金九去。"

关于斗鸡赌输赢，梁钟贤提出的方案是：双方各出三十万两，无论谁胜谁负，亨顺宝局的事都从此一笔勾销不许再提。金九听出梁钟贤仗着自己有钱想以财压人，要是这么着，盛洪来的胳膊九爷我还要定了。他蔑视地对梁钟贤道："这样吧，我出四十万，你们还是三十万，可必须加上盛洪来的一条胳膊。"

梁钟贤反复力争，金九主意已定，绝不更改。盛洪来不想让梁老板再为难，一旁道："东家，我认了，不就一条胳膊吗？十万两，合算。当年朝廷悬赏长毛头子的脑袋也不过这个价。"

条件谈妥，马上变成白纸黑字，双方当事人签字画押。约好五天后，在南门外一决雌雄。回到梁府，盛洪来拿了两千两的银票，又雇车奔了北京。

5

贝勒府把门的一看，这位怎么又来了？告诉盛洪来，端明出去了，上哪儿不清楚。盛洪来急得火上房，可也只能干等着。从早上一直熬到天黑，端明才回府。

听了盛洪来的来意，端明一跺脚："嘿呦，哥们儿，你晚来一步，那鸡昨儿就让金九买走啦。"

盛洪来脑袋"嗡"了一声，也顾不得分寸礼数，质问道："不是让您盯着吗？"

端明却道："这儿我也没想到，也不知金九怎么走通了户部，直接找的那莫苏。我还告诉你,就这两天,除了宫里,北京城最好的十几只斗鸡,全让金九一锅端了。那王八蛋还真有钱,出手都是千八百两。那友德看到这情形也没少宰,一口就吃了他六千两。”

盛洪来道:“那管嘛用?我们打的可是四十万的赌啊!”

端明直眼了:“你疯了?四十万,皇上大婚也没花到这个数啊!”

盛洪来摇着头道:“唉,怪我,应该先把鸡拿到手。可金九他怎么会——”

端明道:“我跟你说过,金九不好斗。他在天津卫称霸三十年,强龙都不压这地头蛇。就那蛐蛐的事,我回来问了一溜儿高人,这才知那是江湖上轻易见不着的绝艺,叫‘还魂术’,这招一使,蛐蛐就玩老命了,谁也挡不住。可之后用不了半天,那蛐蛐就肯定得蹬腿。没有必胜的把握人家是不会跟你赌的。金九这种人心眼毒,手腕还高,我估摸斗蛐蛐的当天,他们就已经知道咱哥儿俩的关系,立马就派人到京里来活动。”

盛洪来悔道:“还是我太不沉稳,过早亮了自己的底。”

盛洪来冒着霏霏秋雨赶回天津。梁钟贤闻知斗鸡全被金九买走,一时也愕然无语,恨自己虑事不够缜密,才让对手抢了先。正当他低头叹息时,但听扑通一声,盛洪来一晃身栽倒在地。

本来就内心焦虑又连日奔波,不得吃不得歇还淋了雨,盛洪来终于支撑不住了,是又拉又吐还发起高烧。梁钟贤赶紧安排他到东跨院的厢房休息,请大夫给他把脉。

翌日,林秋红、张罗连同李寡妇一同到梁府看望盛洪来。李寡妇带了个治痢疾的偏方:将紫皮独头蒜用白炭烧熟后剁成碎末,就着醋服下。独头蒜辣性是普通白皮蒜的数倍,盛洪来捏着鼻子吃完后,腹内火焚一般,出了一身透汗,又泻了些黑黄的水,软软地倒在床上睡去。

李寡妇又不经意地对梁钟贤讲:自己手头倒有只黑毛菜鸡,鸽架一绝,见着生人能追出半里地去,“我把它当只看门的狗养着,不知能否派上用场？”

梁钟贤欣喜异常，忙让李寡妇快去抱。等一看到李寡妇抱来的鸡，大家全都泄气了。但见这只损鸡，冠子也折了，嗉子也耷拉了，圆屁股翻在外面，浑身上下没有几根毛，到处露着疙瘩皮，黑不溜秋的，要多难看有多难看。倒是梁钟贤新任的王管家略知斗鸡的门道，他以为这只鸡虽外观丑陋，但骨坚形壮，喙直而尖，眼小而锐，眼窝深陷，大腿弯，小腿细，爪子大而长，应是只上好的斗鸡。

于是梁钟贤先给了李寡妇十两银子，并许诺赌斗若胜，再付一百两。李寡妇将十两银子退给梁钟贤道：“俺可不是骗钱的人。这鸡要斗赢了，老爷您再给多少，俺都收着。”

还有两天就要开赌了，梁钟贤对这只损鸟鸡实在不放心，又让王管家到鸡市上去找。王管家费了九牛二虎之力，才寻来了两只还算像样儿的鸡，跟那只损鸟鸡一块儿放进西跨院临时搭起的鸡窝里。

又过了一晚，服了偏方的盛洪来身体大见好转，披上衣服，想去外边溜达一圈，刚出跨院门就听见二道院里一片叫闹声。他循声过去一看，是梁老板正在痛骂儿子。原来梁怀瑞感到此战必败，昨晚偷偷跑到金九爷那儿去求饶，并打算出卖盛洪来，结果被金九一顿奚落，轰出门去。

“真丢死人了。”梁怀瑾立在院门边，越看越气。她回过头，正见到盛洪来，便笑道：“来子，你好些了吧？告诉你件有意思的事。”

“大小姐，什么事啊？”盛洪来微微一躬道。

“李寡妇的鸡昨夜里把窝里另外两只鸡全给鹐死了。”

“真这么厉害？”盛洪来惊奇道。

“不信，你自己去看。”

盛洪来到了西跨院，果然看见地上还散落着一些尚未收拾净的鸡毛，那只烂菜鸡站在鸡窝边，气宇轩昂。

盛洪来油然生出一股兴奋之情：“你哪里是只烂菜鸡，简直就是‘菜霸王’呀！”但稍事平静后，他转念又一想：这只损鸡赢的不过是些二流斗鸡，能是那金冠凤眼大元帅的对手吗？

快到中午时，林秋红一个人来到梁府看望盛洪来。

“张罗呢？”盛洪来问。

“在家里抽风呢。”秋红说着忍不住乐了出来。

“怎么回事？”

秋红笑着道：“那小子也拉痢疾了，就也想使李婶的偏方。可你倒是烤一烤，再沾点儿醋啊。他充能耐梗，吭吭就生吃了两头，结果给小子辣的，身上有眼的地方都像在冒火，活猴一样满屋乱蹦，就差咬人嘞。”

“真的？——哈哈哈……”盛洪来略微愣了下神，突然大笑不止。

秋红被这笑声弄得直发瘆，以为盛洪来犯了魔怔，急叫道：“三哥！你这是怎么啦？”

盛洪来缓缓收住笑声，扬起头道：“真是天助我也。”

6

五天期限一到，梁钟贤与金九爷各带人马来至南门外的一片大空场，这里正是当年范佑成开粥厂的地方。两家斗鸡之事早就传到津门之外，不仅天津卫万人空巷，连直隶的其他府县，甚至山东、河南都有人赶过来。端贝子更是提前一日便到了。今儿天公也作美，秋高气爽，让大伙儿可以舒舒服服地观看这场热闹。

请来的中人除谭启外，又加了青帮祖师爷朱大拿的儿子朱胜。斗鸡的圈子围好了，仍由谭启的管家做裁判。他先让双方亮鸡。大伙一看，金九的金冠凤眼大元帅，真是魁伟健壮神气非凡，生得是脸小嘴利，胸宽臀肥，羽毛粗刚光洁，颜色乌黑泛红，一对十字大爬爪，最特别的是那对眼珠竟是纯白色的，行家一看便知这是西域著名的吐鲁番斗鸡。再看梁钟贤的那只鸡，刨去个子大些，没一分好品相。

“这还比嘛？什么‘菜霸王’，敢情就一破菜鸡。”不少人摇头咂嘴。

双方收了鸡，各自回临时搭建的凉棚里等待时辰。谭启的管家一手执铜铃,一手托着金壳的洋怀表。直到巳时四刻,他一摇铜铃,金九这边便将大元帅放了出来,而梁钟贤的鸡只听得见叫声,却不见鸡影。

"再不出战,就算你们弃权认输啦!"谭启的管家叫道。话音未落,那只疯了似的菜霸王竟扑啦啦飞出凉棚,把谭启的管家吓了一跳。

原来就在他摇铃前一分钟,林秋红抱住菜霸王,张罗掰开鸡喙,盛洪来把事先备下的两头紫皮独头蒜的汁,全挤进它的嘴里。菜霸王顿时被辣得嘴眼喷火,通红的屁股向外翻卷,所剩无几的毛根根直立,它挓挲翅膀,昂头转睛,猛鑿了几下爪子,便凶神般向对手扑去。

菜霸王发了狂的模样,别说谭启的管家吓一跳,连久经大敌的大元帅都吃了一惊,但它不愧是斗鸡场上的百战名将,只定了定神便拍打起翅膀,健步劲进迎击上去。

两只鸡上下翻飞,左突右冲,闪蹿转跳,咬踢抓蹬,厮杀成一团,搅起的黄土漫成尘雾,将它俩笼罩其中。上万围观者连连叫好,大呼过瘾。众人吵嚷间,两只鸡已斗了五十余合。

金九有些坐不住了,半躬起身子向场内巴望。他已提前多次验看过大元帅的实力,也打听到梁钟贤没买到什么出色的斗鸡,前晚梁钟贤的儿子梁怀瑞又来示弱讨饶,他便自以为稳操胜券。今早又按花豹子配的精饲料让大元帅饱餐战饭,觉得一旦开战,不消多时,即可大获全胜。孰料姓梁的派出只不要命的损鸟鸡,竟能和他重金购买的大元帅杀个势均力敌,看情形还胜负难料。

已经疯了的菜霸王真是不要命了,它的脖子和身上已被大元帅抓鸽得伤痕累累,但它天性好斗,加上独头蒜的强烈刺激,全然忘记了伤痛,只攻不守,勇往直前。大元帅也已拼尽全力,它还从未遇到过被自己打到如此惨状仍不肯落荒败走的对手。于是便使出了杀手锏"盖顶脚",只见它向上一纵四尺多高,一脚便踢在对方的头上。一般来讲,此招得手便是大功告成。菜霸王身子抖颤,趺趺撞撞地险些摔倒。金九这边的人见状是长舒了一口气。

大元帅双腿落地，正要乘胜追击。哪想到菜霸王又不顾死活地冲上来，而且也同样腾身飞起。大元帅无奈之下再次上跃，可惜这回它蹦得比对手矮了一个鸡身。菜霸王展开长大的爪子，一下抓在对手脸上。大元帅面痛难忍，还未稳住心神，菜霸王飞身对着它的脑袋又是一脚，踢得它眼冒金星蒙登转向。菜霸王趁机蹿上去又是一嘴，竟将对手的左眼生生鹐破。这下大元帅坚持不住了，它怪叫着撒腿就跑，菜霸王则穷追不舍。

大元帅慌不择路，穿过金九那边的凉棚，一头扎进外围观战的人群中，菜霸王紧跟其后。众人纷纷闪退，让出了一条胡同。那两只“疯鸡”一个没命地逃，一个没命地追，不多时就跑得没了踪影。

数以万计的围观者笑逐颜开，欢呼雀跃，如同山呼海啸一般。

金九一屁股坐在交椅上，干张嘴说不出话。而梁钟贤则失了平日的沉稳，手舞足蹈起来。张罗冲着对面的凉棚，跳着脚叫道：“金九，你这回傻了吧！”女扮男装的林秋红淌着眼泪，忘情地一把抱住了盛洪来，双唇颤抖地道：“三哥，你赢啦，你赢啦。”

盛洪来伫立良久，嘴角滑过一丝浅笑，低声自语道：“这才叫‘置之死地而后生’呢。”

金九从未栽过这么大的跟头，但在万众瞩目之下，特别是当着端贝子、谭启、朱胜等三十多位有头有脸的人物，他没法再耍赖，只得愿赌服输。

端明这回是找足了乐子，开心至极，老半天嘴巴都没合上。他向盛洪来道贺，夸赞盛洪来脑瓜子机灵，以奇谋取胜，并表现出对菜霸王的强烈兴趣。端明这么一说，盛洪来猛然想起，那只宝贝鸡不知跑哪儿去了。

等他们兴高采烈地凯旋时，一个更“神奇”的消息传来，菜霸王在蒜辣劲儿消退后，停止了对大元帅的追击，大摇大摆地回到了老主人李寡妇的家里，一展翅膀跃上鸡窝顶，昂头抻脖，扯开破锣嗓子长长地打鸣放歌。李寡妇赶紧又把它抱回了梁府。

出于感激,梁钟贤让账房开了二百两银子,交与李寡妇。

李寡妇推辞道:“这么多钱,俺可不敢要。”

“你这只鸡居功至伟,理当重赏。”梁钟贤道。

“上回老爷说好是一百的,就还按那个数给吧。”

梁钟贤觉得李寡妇厚道可靠,给了她一百两后,又留她做了用人,并嘱咐府里管事的,都不可亏待她。

端明见菜霸王归来,大为欢喜,当即要出一千两把鸡买走。

梁钟贤与盛洪来互使了个眼色,都会意地一笑:“哪能叫您花钱?贝子爷大驾光临,我们感谢还来不及呢,这鸡就送给您啦。”

“好,够意思!以后咱就是好哥们儿了。盛来子,有空儿到京里找我玩去。”

端明如获至宝,命手下特意打造了一个金丝鸡笼,装上菜霸王回京了。可菜霸王还有点儿故土难离,一路又叫又蹦,害得端明紧劲儿哄着:“宝贝别闹,跟着贝子爷我,保你吃香的、喝辣的。”

第十二章

1

一个毛头小伙儿能斗败树大根深的黑帮老大，盛洪来一下子风光起来，成了津门小有名气的人物。而此事受益最大的还是梁钟贤，不光赚了几十万银子，解了资金短缺的燃眉之急，更在天津商界，特别是盐商中赢得了盛誉，被大家尊为不畏强暴的“侠商”。

既为侠商，自然要有点儿侠气，于是他把金九交付的第一笔赌债——整整十万两银子全都给了盛洪来。因他只跟金九打了三十万的赌，另外有十万则是盛洪来用一条胳膊换来的。梁钟贤本以为小来子不会轻易接受，谁知盛洪来虽然嘴上谢着，手上却接了。这令梁钟贤不解，也多少对他有些失望，心道：你毕竟只是我的伙计，刚立了点儿功，就敢伸手拿这么多钱，难道又想自立门户不成？

但很快梁钟贤就得知，盛洪来揣着银票直接去了范府，用其中的九万两来弥补范家遭受的损失。刚刚接回儿子的范金宝，看着桌上的银票既惊异又激动，无论如何也不肯要。推让到最后，范金宝感慨万千地道：“好小子，有出息。胆略过人，大仁大义，将来必大有作为啊。这钱我收下了，以后有用得着范家的地方，你就言语一声。”

攀谈之中，范金宝越发觉着盛洪来后生可畏，便想跟他再拉近些关系，说起盛、范两家是多年世交，认为这种感情最好辈辈相传，他提出认盛洪来做义子。盛洪来本就是个孤儿，离开盛家后更没了依靠，既然范金宝有此意，他立即欣然同意，跟着便在范府正厅中，俯身给范金宝磕了头。

此事又被迅速传开，盛洪来的名气就更加响亮了。

灰头土脸的金九，丢人现眼外加赔钱，这回可吃大亏了。他的怒火无处发泄，撒出人马，悬赏五两银子，捉拿坏事的大元帅。当天傍晚，鲁黑塔的手下在南郊发现了那只已经神经错乱的瞎眼鸡，为防它乱鹐人，将其五花大绑，押解回金府。

金九爷一见大元帅，怒从心头起，气打胆边生，上去抓住鸡脖子，用力一拧，将鸡头揪了下来，结果溅了自己一身鸡血。金九爷更来火了，下令将大元帅碎尸万段，再放到锅里煮成烂泥。

处理完大元帅，金九又把手下的四大金刚臭骂一顿，随后将他们都轰了出去。他自己静下心来，反复思虑：宫寄生算计范家的谋划不可谓不周密，花豹子玩弄蛐蛐的手段也不可谓不高明，按理说此事本该没有疏漏，但为何一败涂地了呢……就因盛洪来跳出来要和自己斗鸡，才搅乱了全局，可那毕竟是个毛孩子，想来还是梁钟贤从中作祟，一切都该是他在背后指使的。好吧，姓梁的，九爷我跟你誓不两立！

但报复梁钟贤是后话，金九眼下先得想办法筹措银子。输了这四十万，金九倒不至于破产，他所有的产业算在一块儿少说有个二百来万，但梁钟贤绝不会接手他的宝局、妓院之类的生意，人家要的是银子。现钱拿出十万八万还行，四十万，哪儿弄去？金九没辙了，只好去找曹世襄。

金、曹二人来到曹府后花园的密室，不等金九把赌斗的经过说完，曹世襄便烦躁地一挥手："你的意思我明白。你们这些江湖之人太意气用事，我当初劝你别跟梁钟贤那家伙斗，你偏不听，结果赔了夫人又折兵。"

"我本来想狠狠治治他。你不也最恨那姓梁的吗？"

“你宰了他的管家还嫌不够吗？梁钟贤在盐商里是有影响的人物，把他逼急了，说不定会误大事的。”

金九眼一翻：“都到这份儿上了，嘛也甭提啦，你就先给我三十万银子吧。”

“三十万？”曹世襄一听就蹿起来，“你赌输了钱，凭什么都让我出？”

金九也急了，一拍桌子道：“妈的，这些年九爷为你挣下多少个三十万？远的不说，俩月前宫大个还交给你十万呢。”

曹世襄反问道：“你自己不也落了十万吗？我的钱也都有去处，不是买盐票就是缴盐课，光靠那十万还差得远哪。”

“那是你自己乐意。反正我这事儿你不能不管。”

“我怎么不管啦？”曹世襄又反诘道，“京城的斗鸡都是我帮你弄来的。”

金九气道：“倒霉就倒在那只损鸡身上了。我还以为它板赢呢。早知这结果就跟他们赌别的了，花豹子那儿有的是绝招。”

曹世襄也气了：“别再提你那个‘千手将’了，成事不足，败事有余。”

两人相互指责了半天，金九把话题又转回到钱上，将数目降到了二十五万两，曹世襄依旧坚决不给。恼怒的金九来了混混儿性，放出狠话道：“姓曹的，挤对急了你九爷，我就撂挑子。再不行，把咱们的事往外一捅，大伙儿一块完蛋。”

这下曹世襄害怕了，开始跟金九讨价还价，最终答应替对方偿还十万，再借对方十二万。

“二十二万”可不是个小数目，曹世襄手头能支配的现银也就二三万两。他琢磨来琢磨去，觉着必须得见文骥，便命家人备轿，赶奔北门外庆荣大街的文府。

文骥在三进院的小客厅见了曹世襄，上来第一句便道：“不是说好,轻易不见面的吗?”

曹世襄赶紧讲明来意。

文骥淡淡地道:“金九自己找病,跟我有嘛关系?”

曹世襄可怜巴巴地说:“可如果不给钱,他就撂挑子。那种东西犯起浑来,可嘛事都干得出。”

文骥依旧淡淡地说:“你们是好哥们儿,你愿意帮他,自个儿帮去。”

曹世襄面带苦涩地道:“文爷,您知道我已经没钱啦,就再借我二十万吧。”

文骥不客气地道:“我借你钱不是用来还赌债的。为金九,我一个子儿也不借。反正他也闹不到我这儿来。”

“那您总得给我想个办法啊。”曹世襄口气里已带了几分哀恳。

文骥斜睨着他,冷笑道:“你小子心太贪,吃那么多盐票干嘛?你有那么大胃口吗?还是吐出来点儿吧,省得撑死。我保证不压价。”

曹世襄心道:姓文的你够狠,到头来,我们还都得让你给算计了。但曹世襄清楚,以他如今的实力,还只能受文骥的摆布。回府后,经过细心盘算,他拿出近三个县的盐票,向文骥换回了二十万银子。

2

与金九一战,让梁钟贤信心倍增,重又燃起争做津门第一盐商的欲望。恰在此时,不少中小盐商都向他讨教如何解救当前盐市的办法,梁钟贤便向大家亮出自己酝酿多年的构想——创立盐商联盟。

当初,吉源票号的钱宝丰曾多次向他介绍过,他们山西人是如何将遍及全国的票号管理得井井有条的。从那时起,梁钟贤就对“股份制”与“经理制”产生了极大兴趣。他一直期望将此制度运用到盐业经营上,进而想到了创立盐商联盟。

具体形式是:让盐商们以盐票的形式入股联盟,入股的所有盐票由股东们选定的德才兼备的干练之人管理,此后入股盐商便不必再为食盐的运销操心，每年只等按股分红，而且是下设底线，上不封顶。由于盐市是统一经营，只要管理得法，便可保证盐路畅通、盐质优良、盐价稳定，并能加强对私盐的抵制。此外，人力、物力的集中将使经营成本大为降低，利润也会随之增长。

但此方案一经提出便在盐商中掀起轩然大波，实指望能赢得一片喝彩的梁钟贤不免感到失落。他也知道单凭个人之力无法办成如此大事，就去找谭启，希望这位津门的大盐商能带头支持自己。

谭启莞尔一笑道："梁爷，咱盐商其实就是替朝廷看摊的，别忘了自己的身份。瞎折腾什么呀，万一惹得朝廷不高兴，把盐政一变，咱儿孙的金饭碗又该丢啦。"

"看来此事非一日之功啊。"回到府中，梁钟贤自言自语着。

盛洪来一旁道："东家想的是长久之计，可大多数人都是'火燎眉毛，先顾眼前'。他们只想找个立竿见影的法子，赶紧让盐市恢复正常，好踏踏实实地过美日子。"

梁钟贤点点头道："说得不错。你小子鬼主意多，有什么好办法吗？"

盛洪来近前一步低声道："建立缉私队，咱们出钱雇人，配备上最好的洋家伙，协助官府打击私盐。"

梁钟贤欣然笑道："你可真有邪的。不过这得盐运衙门同意才行。"

第二天早上，梁钟贤就赶去见盐运使吴廉。

吴廉听完这个主意，连连摇头："梁老板确实是一片好意，可这等于组建盐商的私人武装，朝廷肯定不答应。"

梁钟贤道："我们是在官府监督之下，不会生乱子的。当初各地不都组建过民团吗？"

吴廉正色道："那是在战乱时期，如今太平盛世，你们为了保护自己的一点儿利益就招兵买马，其他商人若纷纷效尤，天下不就乱套了？"吴廉又言辞恳挚地说，"本官理解梁老板的心情，可如今私盐是到处泛滥，两淮闹得比咱们这边还要厉害，几乎难以控制。哪朝哪代都禁私盐、杀盐枭，可何时禁净杀绝过？当然，本官还是要竭力严查，至少要将此势头遏制住。这点请梁老板尽可放心。”

吴廉已今非昔比，应付起这帮盐商来是游刃有余，话听上去条条在理。梁钟贤无奈地离开了盐运衙门。

连着两番碰壁，梁钟贤倒不太在乎，但很快，一桩意想不到的大麻烦就摆到了他面前——他的大批食盐和大宗货物堆在码头许多日子了，却就是没一家脚行愿意为他搬运。梁钟贤让管家给脚行再涨运费，可无论涨多少，还是没有一个乐意接活儿的把头。

梁钟贤心想：这就奇了，天底下哪有给大钱都不干的脚行？细一打听，敢情又是金九捣的乱。原来金九暗中晓谕所有脚行的把头们，有谁敢给梁钟贤运货，就把谁给铲平了。

由于天津经济日益发达，水旱码头的脚行已有上百家，其中规模较大的八大脚行被金九占去一半。而且脚行搬货，有生货、熟货之分，按规矩是搬生货的不搬熟货，搬熟货的不搬生货，两者不能掺和，但金九行事霸道，生货熟货通吃。由于他势力浩大，其他把头也不敢挑刺，一旦惹怒了金九，脚行就难保了。此番金九一声号令，大家愿意不愿意的都得依从。如此一来，梁家的各种货物就都无法运输出去，这下可真难坏了梁钟贤。

盛洪来忽地想起自己的五伯盛承祖尚在漕运衙门里做官，不妨找他想想办法。梁钟贤一听，这还有点儿门，忙点头让盛洪来走一趟。

仍在做六品通判的盛承祖，早听说盛洪来帮着梁钟贤大败金九的事，感觉盛家也就这个被扫地出门的侄子还有点儿出息，所以见到盛洪来显得很亲热。一番叙旧后，盛洪来拜求五伯帮忙解决梁老板的运输问题。

盛承祖为难道：“这些年运河淤塞越发严重，朝廷基本依赖海运漕粮，我们这个衙门都快撤销了。再说这事不归我管哪，得找河道与府县的衙门——其实找也没用。各大脚行都让青皮混混儿们把持着，官家对那帮地头蛇也是哄，只要别惹事、别误事就行。”

盛洪来殷勤道：“您为官多年，关系广人头熟经验丰富，替我们出个主意也好啊。”

盛承祖挺吃捧，捋捋胡须道：“这样吧，白河脚行的大把头赵延庆跟我有些交情，他是个山东汉子，讲义气，有胆量，平日不太买金九的账，我去和他谈谈看。”

从赵延庆的本心来讲，不想得罪金九，但也不怕金九。看在漕运通判盛大人的面上，就帮梁钟贤一把，还能得到高出平日两成的报酬，于是他爽快地应下了。由此，梁钟贤的货物就都由白河脚行运输出津。

金九闻讯气冲顶梁，可他深知赵延庆与山东的青帮势力关系密切，对其多少有些忌惮，为此犹豫起来。

管家宫寄生忙献言道：“九爷绝不可放过姓赵的。您对各家把头已说明白不准替梁钟贤运货，现在赵延庆公开跳出来和咱作对，如若置之不理，必然有损您在道上的威严。何况论规模，天津卫的脚行除了咱的三河，就属姓赵的白河，每年他都要抢走咱不少生意，您不早就有心把他拿下吗？现在动手，正好出师有名。”

“可山东那边哪？”金九拿不定主意。

宫寄生摇摇头叹道：“九爷要是怕了，就算啦。”

金九一听这话，拍案而起：“他妈的，去告诉鲁黑塔给我召集人马！”

梁府的王管家押着入冬前的最后一批盐由塘沽盐场刚运到南运河边，却听白河脚行方向喊杀声震天动地，派人前去打探得知，金九手下好几百号人带着家伙与赵延庆的人正在火拼。王管家一听就蒙了，想不到金九真说到做到，而且出手还如此之快。等王管家赶到梁府报信时，赵延庆已经被彻底击垮了，小喽啰们一哄而散，他本人则由几个亲信保护着逃回家中。怕金九进一步加害，赵延庆匆忙收拾好金银细软，带上家人离开天津，奔往了山东德州府。

3

金九这一手实在霸道，也有违江湖规矩，道上的人没有不暗地咒骂他的，可都敢怒不敢言。官府对这类黑帮火拼一向懒得去管，反正死伤的都是一群臭杂霸地，只是象征性地派人对金九警告、罚金，借机揩了不少油水走，于是就算完事。郁闷多日的金九终于出了一口恶气，大排筵宴与弟兄们庆功。不可思议的是，朱大拿竟遣儿子朱胜前来道贺。金九一看，这是津门青帮祖师爷对自己行为的默认啊，由此更加骄横狂妄起来。

可金九这痛快的日子还没过上一个月，十几条大帆船从山东方向沿着行将封冻的运河驶进了三岔河口。大船抛锚靠岸，整船整船身着黑衣的山东大汉跃上码头，漫天乌云般向着金九的三河脚行压来。

为首的三个人，中间的是赵延庆；左首的是个身材瘦长的中年汉子，左眉骨上一道深深的刀疤，已看不出眉毛；右首的则是个二十出头的年轻小伙儿，体形魁梧，虎背蜂腰，双目如火，面喷杀气。

正巧鲁黑塔去了白河脚行，三河脚行仅剩下几个小把头。他们见势不妙，一方面纠集手下严阵以待，一方面差人分别去禀报金九和鲁黑塔。待鲁黑塔飞速赶来时，赵延庆已递过生死帖，带着大队人马不知去向。

赵延庆先将自己搬来的援兵安置在河北脚行几家山东人开的旅店里，又同那一条眉的中年汉子和年轻小伙儿一起去城东铁狮子胡同，拜会朱大拿。

这位津门帮会的祖师爷已是有名无实，被金九挤压得喘气都不舒服。因无力阻止白河脚行的火拼，威望又降了一大截。他表面上让儿子去金九那儿祝贺，却秘密派心腹赶往山东德州，与当地青帮的老爷子赵汉霆接洽，暗示山东的人马若来津找金九复仇，只要不大开杀戒，他愿予以协助。朱大拿看赵延庆他们果然杀了个回马枪，心中自然欢喜，但脸上十分严肃，端坐在太师椅上正告赵延庆：一切必须按规矩来办，万不能让事态发展到不可收拾的地步。

“谨遵祖师爷教诲。”赵延庆拱手道。

朱大拿点点头：“放心，老夫一定会主持公道。”

赵延庆三人别过朱大拿，又来拜会梁钟贤。梁钟贤如今与金九形同水火，因而对这些来和金九决斗的人当然迎请有加，他命下人排摆家宴盛情款待。经赵延庆引荐，梁钟贤得知一条眉的中年人名叫孙达，乃山东德州青帮的小老大，江湖号称“踏雪无痕独眉鹤”，年轻小伙儿是他的徒侄，名叫常敢子。

听到这个名字，梁钟贤颇觉耳熟，便问他认不认识盛洪来。常敢子难掩惊喜之情，急道：“那是俺结拜的三弟呀，他在哪儿？”

梁钟贤赶紧命家人将盛洪来唤来。阔别多年的兄弟没想到还能重逢，恍若梦中，自是悲喜交加。哥儿俩找到一僻静所在，互述离情。

常敢子告诉盛洪来：那天在南运河边与洪来分手后，他沿河一路讨饭到了德州境内，四处打听也探不着师傅的下落，只得先在码头扛包。后来赶上码头的两帮械斗，将自己卷入其中。因勇武过人引起了当地脚行把头孙达的注意。孙达问清他的来历，拊掌大笑，忙把他带回家中。在此他竟然见到了师傅孙瘸子。他这才知道，孙达正是孙瘸子的弟弟。

当初为躲避官府，孙达来到德州，迫于生计加入了青帮，凭借武艺高强、忠实干练，很快崭露头角，在帮中的地位不断提升，最终被老大赵汉霆收为关门弟子，做上了脚行把头。孙达曾几次写信邀兄长前来，但孙瘸子不愿加入帮会，一直都不肯。直到一年前老母病重，才被迫南下德州。母亲不久过世，孙瘸子就留下来教帮中弟子功夫。

常敢子向师傅说明自己的情况，从此跟随师傅、师叔习练武艺，并加入了青帮。这些年他武功精进，已成为帮中一员虎将。

半个多月前，赵汉霆的本家侄子赵延庆逃回山东，向伯父求援。赵汉霆是一代枭雄，叱咤鲁西四十年，听说有人砸了侄子的脚行，哪能咽下这口气，而且也觉得这是自家势力进军津门的大好机遇，马上调兵遣将。常敢子听说此事，认为报仇的时候到了，便主动请缨，随同师叔他们一道赴津找金九算账。

盛洪来也讲了自己这几年的经历。兄弟俩都是好生感慨。接着常敢子就问起妹妹小娟的情况，盛洪来不禁叹了口气。原来他将斗鸡赢得的十万两银子，给了范家九万，自己还剩一万，他想用这笔钱前去救小娟。

可到了醉春宵，一说要花钱赎人，护院首领宗飞对他笑道："你小子有俩钱了是吧？跑虎爷这儿来显摆。你是个聪明人，怎就琢磨不明白？这种事，换了谁都好说，唯独你没戏。现在九爷恨不得把你活吃了，你还想从他的地盘上赎出人去？还是赶快滚吧。要碰上九爷别的手下，能扒了你的皮。"

盛洪来觉得自己确实有些犯傻，幸亏宗飞这人还算讲道理，否则不是少条胳膊就是断条腿，肯定没法囫囵个儿地回来，于是无奈地离开了妓院。

"我听宗飞说话的意思，小娟应该还在醉春宵。二哥别急，咱先谋划谋划。"

常敢子怎能不急，此刻他的心中已如火燎油烹一般。但再急他这会儿也不能分身，因为一场与金九的大决斗即将开始。

4

山东帮大举入津，并在三河脚行前向金九下战书的事，很快就轰动了全城。人们兴奋地道：这回总算有人教训金九了。可也有不少人认为：金九兵多将广势大气壮，谁胜谁负难以预料。黑道中人更多持观望态度，内心期待双方杀得两败俱伤，以便自己从中获取渔人之利。

金九万没料到，山东方面的反应会如此迅速如此激烈，且一到天津他们便在大庭广众之下正式下帖挑战。依照江湖规矩，只要对方下帖，不管你有无取胜的把握都得应战，否则就是胆怯认栽，任你脸皮多厚以后也没脸在道上混下去。

金九在黑道中摸爬滚打了大半辈子，岂能不知这种规矩。但他并未张皇失措，因为山东帮虽来势汹汹，但论整体实力还是自己明显占优。别说搞这种一对一的文斗，就是上了全武行又能奈他何？当年他打天下的时候，就曾多次与人设擂决斗，那是屡获胜绩。如今津门黑帮的天下已牢牢在握，反倒怕了几个外乡人不成？宫寄生、鲁黑塔也一个劲儿地给金九鼓气。

正在这时，朱胜秘密来访，见到金九便道："九哥，那帮山东人已到我爹那儿拜过山门了。我爹当然不能帮着外人，但按规矩又不能不出面，就劝那帮人私了，可他们开口就是十万两。我爹压了半天价，最后他们定到六万，不能再降了。要不九哥就破费破费？咱来个大事化小，小事化无。"

金九现在有的是气，缺的是钱，朱胜的话更激起了他的怒火："化个屁！也不打听打听我金九是嘛人？到哪儿也不尿他赵延庆啊。去跟老爷子讲，该开香堂开香堂，那姓赵的想摆嘛道，我随他点。"

两天后正是个黄道吉日，城东关帝庙里，天津卫黑道头面人物云集于此，由祖师爷朱大拿亲自主持开香堂。正殿迎面塑着关老爷夜读《春秋》像，供奉台上依次供着青帮的前三祖"金幼孜、罗净清、陆道元"和后三祖"翁岩、钱坚、潘清"。两厢摆放五色十二道令字旗，台前一把虎皮金交椅，另有两溜楠木圈椅置于左右。

吉时已到，但听"咚咚咚"三棒鼓响，各堂各门的头领从正门入殿，分立在圈椅前。朱胜向众人一拱手，朗声叫道："恭请祖师爷！"朱大拿从后殿款步而出，殿中众人躬身参见。朱大拿在金交椅上正襟危坐，又请大家"得位"。人们都落座后，朱大拿当众讲明此次开香堂的用意，各堂门头领一致以为，既然已下过生死帖，金、赵两家的事就必须按规矩办。金九与赵延庆也都表示同意。

朱大拿对赵延庆道："是你方下的帖，想怎么个比法？"

赵延庆答:“我看咱就老三样吧。”赵延庆说的“老三样”是指油锅、钉板和铡刀。

金九并不含糊,他干脆地应道:“好,就这么地。”

接下来,双方谈妥了具体条件:如果金九获胜,赵延庆愿摆宴邀请道上朋友,当众向金九磕头赔罪,并将随船带来的一箱价值三万余两的金银珠宝输给金九,而后离开天津,永不再踏此地一步;如果赵延庆获胜,金九除照样摆宴赔罪外,还要让出抢去的白河脚行和原属于自己的三河脚行。双方约好三日后,在三河脚行前摆设擂台,当着津门所有道上的朋友,三阵决胜负。

这年是个暖冬,霜降节气过了多半,海河水尚无封冻的迹象,但岸边的树木已落尽了叶子,枯枝挓挲着光秃秃的臂膀,在阴冷的西风里瑟瑟发颤。空中明明只有几片稀薄的淡云,天壁却是青灰色的,惨淡的太阳将没有多少热力的光照在泛着白霜的地面,徒增了些许的凄凉和萧索。

早上一出屋门,盛洪来便隐约感到天地间蕴涵一团肃杀之气。他再次向林秋红强调,切切不要去三河脚行。

“那你俩为嘛要去?你们不放心二哥,难道俺就放心吗?”林秋红质问道。

盛洪来缄口不语,挥手让张罗去准备早点。林秋红犯了犟脾气,盛洪来和张罗都吃完了,她那份还是一口没动。

“好,我服了。快吃,吃完一起去。”盛洪来道,“瞧浆子都凉了,老六热热去。”

林秋红嚼了几口煎饼果子,又喝了多半碗张罗热好的豆浆,正要起身,却一下歪在了床头。

张罗道:“三哥,是不是有点儿过呀,至于用对付狗烂儿的招——下蒙汗药吗?”

“这不是斗鸡。血刺呼啦的,一个姑娘家最好别看。万一再打起来,太危险。”

盛洪来与张罗从东门外,沿着海河一溜儿小跑赶到了三岔河口。

这里已聚集了两三千人,基本都是黑道人物,夹杂着个别官面派来监视的便衣。因为再好热闹的老百姓也不敢往这场合里掺和。哥儿俩挤进人群,来到最前排山东帮的队伍中,见常敢子正脱下长大的外衣,并将右臂的袖子高高挽起。

“二哥,怎么提前开啦?”盛洪来问。

常敢子哼了一声:“金九那老东西等不及死了。”

盛洪来往两堆人马中间的空场上一看,两口大铁锅并排支好,锅下的干柴正蹿着血红的火焰,工夫不大锅里满登登的鱼油便滚滚沸腾起来。

“这就是‘海底捞月’?”盛洪来问。

常敢子点点头。盛洪来事先就听二哥讲了三阵的顺序和内容,也知道这第一阵就是二哥上。张罗在一旁两股战战,冷汗直流。常敢子拍了下六弟的肩头,就大踏步走到油锅前。

金九那边出头阵的是宗飞。常敢子一见是他,眼中顿时射出两道寒光,但碍于规矩,用力一抱拳什么话也没说。在炽热的油锅前,宗飞仍感到了对方身上那股森冷的杀气,定睛一看,认出了常敢子,微微一笑,也抱拳还礼。

此时,朱胜带着四名小混混儿走来。其中两个每人手托一个正宗保定府的铁球,另两个各捧一只大号海碗,碗口用锡纸封住,里面不知装着什么。

朱胜一摆手,拿铁球的俩混混儿将球分别溜入两口油锅内。

“二位,准备好了吗?”朱胜问。

常、宗二人同时称是。

“那请吧。”朱胜抽身退在一旁。

按规矩,挑战方为先。于是常敢子叫道:“拿神水来!”旁边的混混儿赶紧把海碗递给他。常敢子撕去锡纸，将海碗举过头顶道："天神护体！"说完，一翻腕，一种黑色的液体从海碗中被倾进油锅。常敢子又叫了声："开！""啪"的一声，将海碗摔得粉碎。与此同时，他的右臂已探入了滚烫的油锅之中，一下摸着锅底的铁球，飞速捞出油锅，随手丢在地上，跟着伸右臂向全场展示。众人一看竟无半点儿损伤，立时一片喝彩。

5

盛洪来、张罗悬着的心总算撂了下来。其实，常敢子早跟盛洪来说过这一阵的奥妙：所谓神水，就是一碗老醋。醋比油重，倒入油中肯定会下沉，人的手随着醋探入锅底去捞铁球，皮肤自然不易烫伤。尽管如此，也需要人有非凡的胆量和迅疾的身手，还要有硬气功的功底。否则稍一疏忽迟疑，手臂照样会被热油烫烂。

宗飞用和常敢子一样的技法，也将铁球捞出，只是并未喊叫。他把铁球丢在地上，冲常敢子一笑："行啊，爷们儿出息啦。"

常敢子又一抱拳："多谢夸奖，改日定登门拜望。"

宗飞回道："恭候。"

第一阵双方战平，一群混混儿上来将火浇灭，撤走油锅。

"第二阵，刀山信步。"朱胜叫道。

只见六个混混儿抬来一块特制的钉板。说是钉板，实际上面倒插的是两行锋利无比的尖刀，一行有十八把，刀尖上还涂了毒药。比斗者光脚踩上去，只要划破一点儿皮肉就有性命之忧，没有上乘的轻功绝无法通过。

赵延庆方面出阵的是孙达。他绰号"踏雪无痕独眉鹤"，轻功了得，脱下鞋袜后，展身形轻飘飘落在头排刀尖之上，迈开双腿，真如闲庭信步一般在钉板上打了个来回。观者又是喝彩声不绝。

轮到金九这边了，出阵的是"镇海蛟"鲁黑塔，此人武功也称得上出类拔萃，虽比孙达显得紧张一些，但也较顺利地走了一圈。

两阵平手，赵延庆焦急起来，感到金九手下确有本领超群之人，不出奇招势难取胜，忙唤过第三阵的卫连喜。

卫连喜是赵延庆的心腹干将，金九强夺白河脚行时，其弟卫连祥被打瞎了一只眼，弟媳为此受惊还流了产，此次他是拼命也要和金九死磕。赵延庆与他才说了几句，卫连喜就拍着胸脯表示：只要打败金九，俺死而无憾。

赵延庆道："好兄弟，你放心去，大哥会照顾你一辈子，你家里人也就是我家里人，他们今后全由我赵某人抚养。"

赵延庆这边正谋划时，空场中已摆上了两把雪亮的铡刀。

朱胜道："第三阵，壮士断臂。"

场内外的人都紧张起来，因为前两阵多少还是在比技艺，这阵可要动真格的。卫连喜由弟弟卫连祥陪着下了场。而对面出阵的是郑二疯、郑三货哥儿俩。因为天津的混混儿行里讲究自残，这种切胳膊砍腿的事，即便本人无法动手，也要由自己人来做。

盛洪来哥儿仨一见那两个姓郑的，恨得牙咬得咯咯直响。盛洪来心道：到处找不见你们，现在又来给金九卖命了，等回头定要和你们算账。

卫氏兄弟到了南侧的铡刀前，当众声明要连断双臂。这下全场一片哗然。历来这阵都是切一条胳膊，哪有两条全切的，这样人不就彻底废了吗？看来赵延庆这边确实是不要命啦。郑家哥儿俩更是一哆嗦，原本想豁出条胳膊，挣他一千两银子，后半辈子就不愁了，可谁想……他哥儿俩还在瞻前顾后地瞎想时，卫连喜已将双臂稳稳地放在了铡刀的底槽上。

"兄弟，给哥来个痛快的！"

卫连祥咬咬牙，大叫一声："哥，俺对不住了。"说着一闭眼，铡刀把往下一落，"咔嚓"一声，卫连喜两条粗壮的胳膊从肘上一寸处，齐刷刷地被切断了。众人不禁失声惊叫，连那些久在江湖的堂主、帮主们也都倒吸了一口凉气。

郑家哥儿俩吓得面如土色、嘴唇煞白,但他们在金九爷那儿已立下“军令状”,绝无退缩的可能,只得颤悠着双腿,勉强蹭到铡刀边。在背后连续不断的催促声中,郑二疯趴下身,双臂探到铡刀下,但瞪着明晃晃冷森森的刀刃,他的胳膊不停地抖动。

这两年靠给金九运货,郑二疯兜里有了些积蓄,加上年过三十,他竟也萌生了娶妻生子的念头。这次金九点他出阵,他原想拒绝的,可一来不敢,二来看到上千两的赏银,硬着头皮就来了。也许是日子越好胆子越小,从前天地不怕的他,事到临头竟畏惧了起来。而郑三货则是既不忍,更不敢下刀。

金九见那哥儿俩要打退堂鼓,岂能眼睁睁看着自己的两家脚行就这样输掉,急朝宫寄生一使眼色,后者心领神会,几个箭步过去,照郑二疯屁股就是一脚。郑二疯身子向前一趴,本已缩回一半的胳膊全都填到了铡刀下。宫寄生顺势一按郑三货握刀把的手,随着一声凄厉的惨叫,血沫飞溅,郑二疯的胳膊自腋下二寸全被切了下来,人当即就昏死过去,郑三货也吓堆了。

到此,全场无不愕然惊叹。宗飞站在队中不住摇头,联想起金九近来的种种行径,不禁暗自感伤:“妈的,虎爷怎么跟了这样的主子?”他不愿再看下去,转身离队,独自回了醉春宵。

不管怎么说,赵延庆出的招,金九这边全接了,双方只能算是平手。卫连喜和郑家哥儿俩都被人抬回,朱胜也去找他爹复命。

一直端坐在太师椅观阵的朱大拿对此结局颇感泄气，正要召唤赵、金二人询问双方下一步的打算，忽听赵延庆那边有人放声吼道:“金九,俺要跟你单挑!”话音未落,一个小伙儿大跨步来到场中。朱大拿揉揉昏花的老眼一看,正是刚才下油锅捞铁球的年轻人。

见三阵皆是平局,常敢子想:如果真让金九侥幸逃过此劫,不仅将陷己方于被动,而且个人的怨仇也就难报了。情急之下,对身边的盛洪来道:“老三,俺要是回不来,求你一定救出俺妹。”盛洪来一怔,还没及回应,常敢子已疾步走出。

立在铡刀前,常敢子手指金九道:“金九,今儿咱俩在这儿一块儿开铡,你敢不敢?有胆子,是爷们儿的,你下来!”说着,提起铡刀把,仰身躺在刀下,脖子枕着底槽。

此举实出乎所有人的预料。但按规矩,两下一旦战平,一方有权再次挑战,尤其像常敢子这种以命相搏的叫阵,点谁出战,对手不仅不能拒绝,而且不允许更换别人,否则视同认输。

金九没想到会有这种变局,他觉着对方再出什么怪招,也不可能危及自身的安全,因为以往还没见有人敢单挑对方老大的。可是也没谁规定,不可以单挑老大呀?他一下子僵住了,不知如何应对。

常敢子又叫道:“金九,小爷才二十出头,你大俺三旬还拐弯儿呢,俺都不怕死,你老东西怕个啥?快下来呀!”此声落地,场内外一片死寂,人们屏住呼吸,静等金九的反应。

时间一分一秒地过去了,常敢子仍脸带微笑地躺在铡刀下,而金九还是纹丝不动地坐在交椅上……不知是谁突地嚷了一嗓子:“金九尿啦,给他一大哄啊!”这下除了金九的阵营,其余近两千号人一块儿起哄、骂街、吹口哨,声震天宇。

金九连气带臊,脸都成了紫茄子。他不堪如此侮辱,起身奔到场内,也躺到了铡刀之下。常敢子见状,侧脸对孙达道:“师叔受累帮个忙。”孙达赞叹常敢子的勇毅,实不忍心自己动手,便遣部下唐大牛前去。

金九这边则唤过了管家宫寄生,朱胜也快步奔来做公证:“二位好汉,都想明白了,有要留下的话赶紧说。”

“老三,俺的话你记住了吗?”常敢子叫道。

盛洪来热泪盈眶地应道:“二哥,你就放心吧!”

“好兄弟,哥哥谢啦!”常敢子说完,朗声大笑。

金九则默不作声,心里翻江倒海一般:自己的岁数是比常敢子大得多,可自己有享用不尽的财富,那个穷小子有嘛？他死了,反倒省得吃苦受累了;自己死了,几十年的打拼就等于白忙活,万贯家产全得便宜给那几个争风吃醋的老婆和不肖子孙了……金九越想越冤,眼泪险些流出来。

这时朱胜心里可美坏了:“金九你王八蛋也有今天哪。”兴奋之下,竟想起了京戏里的包黑头,他挂着戏腔,脱口叫道:“开——铡！”

铡刀缓缓下落。金九不想再看那利刃的寒光,用力紧闭双眼。偏偏此刻,郑二疯断臂时留在刀身上的血滑落下来,正滴在金九的脖颈儿上,经寒风一吹,那又黏又凉的感觉让人毛骨悚然,他周身一激灵,下意识地把头从铡刀里往外缩。宫寄生也怕一旦九爷死了,自己这边就群龙无首了,故而下手极慢,见金九缩头,慌忙快抬手,金九的脑袋恰从刀下溜了出去。

“别！”盛洪来岔着音地急叫道,“别铡！”

唐大牛闻声立时将手停住,其时他的铡刀已在常敢子的脖子上割了一条血槽。而常敢子躺在那儿,仍面不更色。

“好样的！敢子。好样的！”孙达带头叫道。跟着全场欢声雷动。

常敢子站起身,连脖子上的血都没擦,迅速从唐大牛腰间抽出匕首。大家还以为他要杀金九,孰料他转身分开人群,却朝侯家后方向飞奔而去。

6

宗飞回到醉春宵,谁也不搭理,径直走入那间专供他休息的单间,这也是妓院里唯一没有浓重脂粉气味的房间。一个大茶壶进来给他沏上茶,他扬手示意那家伙出去,而后倒在躺椅上闭目沉思。他思虑了许久,正在迷迷糊糊似睡非睡时,门外却传来奔跑与尖叫的声音。

那个大茶壶张皇地闯进来道:“虎爷,有人闹事！”宗飞奇怪,老嫖客玩了一夜,此时都撤了,新嫖客还没到,所以妓院一般在上午是最安静的时候。他起身出门,扒拉开乱窜的妓女们,大步来到天井当院。

此时院门已被关上，醉春宵的老鸨、茶壶和窑伙们，正将一个年轻人围在院中。那人身材高壮，脖上带血，手里提着把雪亮的匕首，正是自己刚在三河脚行前会过的常敢子。

“敢情你小子。码头那边折腾得怎么样啦？”宗飞问。

“当然是俺们赢了。”常敢子一脸傲气，“现在该了咱们的事了，把我妹妹交出来。”

“你妹妹？是谁呀？”宗飞与常敢子见面就是打，还真不清楚他要救谁。

“黎小娟。”

宗飞立马想到院中那个出众的美人，笑道：“怪不得你这么玩命，她是你亲妹妹吗？”

“跟你没关系，赶紧交人！”

“没门！”不等宗飞说话，老鸨汪酸梅叫唤上了，她也认出了常敢子，拍着左腿道，“当初你捅了老娘一剪子，直到现在一阴天下雨我的腿还疼呢。这笔账该怎么算？”

常敢子淡淡一笑：“那俺还你一刀就是了。”说着便将匕首刺进了自己的左腿。

在外省能砍别人是英雄，而在天津卫敢伤自己才算好汉。这一下宗飞对常敢子更为钦佩了：“好小子，是咱爷们儿货。那就请到里边吧。”

“不行！”

宗飞心里有气，今儿怎么谁都敢跟自己找别扭。他侧脸一看，说话的竟是赵猛。对这家伙，宗飞从不待见，这些年没有任何提拔，只是赵猛那个给别人当老妈子的母亲患了重病一直卧床不起，需要人挣钱供养，宗飞才没将其赶出醉春宵。但这家伙老是惹宗飞腻歪，这回又出来碍眼。然而宗飞并未呵斥赵猛，乐得让常敢子教训他一顿。

赵猛觉得自己多年来不受重用，都是因为当初常敢子与盛洪来的事害的，对那二人耿耿于怀。那天盛洪来到醉春宵，他刚好不在，错过了一次报仇的机会。今日又遇上常敢子岂能放过，而且对方业已受伤，他以为有机可乘。

常敢子一见赵猛也是怒火中烧，劈面骂道："你个臭狗食，小爷本想回头再收拾你，既然你自个儿蹦出来，正好，放马过来吧。"

"好，你要能把赵猛撂躺下，赎人的事好商量。"宗飞一旁道。

一听宗飞这话，常敢子忙道："你可说话算数？"

"当然——"

宗飞话未说完，赵猛已经蹿上去对准常敢子受伤的左腿狠狠一脚。常敢子身形一圈，绕到旁边，扬手就给赵猛一记耳光，扇得他就地打转。赵猛捂着发烧的脸颊，羞恼交加，反身挥拳又向常敢子打来。常敢子的伤腿一瘸，身体歪斜到一边，正避开对手的拳头，顺势旋起右腿正扫在赵猛的小腹上。赵猛连退数步，险些坐倒，他努力站稳，再次冲过去。

当初赵猛就不是常敢子的对手，几年来又没人教他武功，如今还只是会使蛮力，与常敢子的本领已是天渊之别。尽管常敢子身上带伤，对付他仍如戏耍顽童般轻松。而且孙瘸子曾将自创的跛腿拳传授给常敢子，现在常敢子左腿有伤，恰好施展这套拳法。但见他上身摇摇晃晃，下身一瘸一拐，看似东倒西歪，实则进退有法，攻守自如，将赵猛玩弄得团团转。宗飞是行家里手，看出此拳妙处，暗自称奇。

但常敢子并不想与赵猛过多纠缠，瞧准对方一个破绽，抬起右掌重重击在其后背。那家伙跌出丈余，口中淌血。他仗着天生壮硕皮糙肉厚又奋力爬起，抱了窗台边的一个花盆朝常敢子砸去，见没砍中，他又去拿一只条凳。

宗飞气道："欸，打坏的东西可得由你赔啊。"

赵猛红了眼，不管不顾，照旧抄起条凳抡向常敢子。常敢子闪身一让，弹起右腿便将其手中的条凳踢飞。赵猛又从腰间拔出短刀直刺常敢子前胸。常敢子见对方要下死手，杀心顿起，身子向后一退，用右脚猛蹬背后的台阶借力跃起，伸手接住从天而降的条凳往下就砸，凳面正拍在赵猛右肩上,疼得他嗷嗷怪叫,撒手丢了刀。常敢子一个勾挂连环腿将他撂倒,上去用受伤的左腿死死踩住他的右脚腕,双手抓住他的左腿,一拧一撅,嘎巴一声便将那条腿掰折。常敢子仍将那腿向斜上方猛提,赵猛的裤裆全都撕裂了,眼看就要被劈为两半。

“住手!”宗飞喝道,“他家还有瘫在床上的老娘呢,留他条性命。”

这时常敢子也冷静下来,毕竟出了人命,自己便没法再救妹妹了。

宗飞先命人把半死不活的赵猛拖走,而后唤常敢子到自己屋中,吩咐大茶壶拿来金疮药,让常敢子包扎好伤口。

“看你这人还像个够义气的爷们儿,那你明明白白地说,怎么才能放了俺妹妹?”常敢子问。

宗飞笑道:“我就实话告诉你,你妹妹是这儿的清水货,我们在她身上可花了大本钱。”

常敢子虽在江湖混了几年,但从未嫖过妓,更不知什么叫清水货。宗飞便告诉他,所谓清水货,就是妓院对姿色一流、聪慧灵秀的处女,不让她接客,而对其进行歌舞琴棋、待人接物等方面的训练,待才艺养成年岁适当时,一次出手,卖个好价钱。常敢子得知妹妹仍是清白之身,不胜欣喜,但转而又担忧宗飞会漫天要价。

果然宗飞吊下脸道:“你要真想赎人,那就一口价,八千两。少一个子儿,休想把人带走。”他虽喜欢常敢子的人品,但二人毕竟分属对立的阵营。他这样狮子大张口,不光是要难为常敢子,更是为自己在九爷那里有个交代,省得落个胳膊肘往外拐的嫌疑。

宗飞以为对方听到“八千”这个数字,不拼命还价至少也得含糊一会儿。他可不晓得常敢子的心思,常敢子并不考虑从哪儿才能借到这笔巨款,哪怕卖胳膊卖腿也无所谓,只要能救出妹妹,别的回头再说,因而脱口便道:“好,有个价就行。你等着,这两天,我就拿钱赎人。”

“痛快!真是条汉子。”宗飞不由得赞道。

常敢子跟着又道:“把我妹妹伺候好了。我领人时,不许少半根汗毛。”

“没问题。”

常敢子瘸着腿刚出醉春宵,见张罗正神色焦虑地站在门外。

“你前脚一走,三哥就猜你一定来这儿,让我赶紧跟来。事儿咋样了?”

“他们要我出八千两赎人。”常敢子道。

“八千?土匪绑票也没这么黑的。去他妈鬼,惹急了就砸了他这窑子。”

二人正说着,盛洪来满头大汗地跑了来。问过常敢子妓院里的事,盛洪来一笑,从怀中掏出一叠银票,数出八千两来递与常敢子:“这是我那次斗鸡挣的,现在算是派上用场了。宗飞开的价真不算高,还给我剩了两千。”

常敢子瞪大眼睛,强止着泪水:“兄弟,你让哥哥说啥呢?从今往后,哥这条命就是你的。”

宗飞屁股还没坐热乎,那个大茶壶来报:常敢子又回来了。宗飞惊疑地赶到一楼的大堂中。常敢子一见他,甩手把银票丢在桌上。宗飞让手下点了点,果然八千两。

“怎么样,一个子儿不少吧?赶快把人交出来!”常敢子昂着头,高声道。

宗飞撇撇嘴,暗想:这年头,小毛孩儿们都成精了。他磨身冲老鸨一挥手,嘎嘣干脆地说:“放人!”

第十三章

1

赔银子、栽面子、输码头、丢地盘,这一连串的打击让已在天津卫豪横霸道惯了的金九难以承受,他一下子重病不起。待身体康复后,他变得深居简出,少与外界交往,全无了往日飞扬嚣张的气焰。

金九这边萎靡不振,梁钟贤那里则越发春风得意,脑袋也仿佛注入了潮水一般霎时涨得满满的。他开始大张旗鼓地着手筹备盐商联盟,甚至还发了毒誓:就算得不到其他大盐商的支持,自己也要干到底!

就在1892年那个最寒冷的冬季里,梁钟贤的大事业进展得如火如荼。梁钟贤还重金委托孙达回山东后,帮着继续暗查私盐泛滥的根源所在。

转眼便到了春节,梁府门庭若市,前来拜年的官商各界比往年多了不少,盐运使吴廉和津门首富文骥也出人意料地亲自登门贺春,梁钟贤一时风光无限。此间唯一令梁钟贤不快的是,肖驼子因再次贩私,头年腊月已被官府缉捕。肖驼子的儿子肖长贵从邢台偷偷跑回来,恳求梁钟贤设法搭救。

肖驼子年轻时曾和梁钟贤一起贩过私盐,仗着这层关系,他时不时总要骚扰梁钟贤。半年前,肖驼子又来天津,对梁钟贤说自己要重操旧业,梁钟贤极力对其劝阻。肖驼子却说:如今私盐遍地,官府熟视无睹,不趁机大捞一票着实可惜。那次他一去便未见再来,不想如今已锒铛入狱。对此梁钟贤不想管,也管不了。

眼见肖长贵跪地不起,梁钟贤只得拿给他一万两银票,让他回去打点,并对他说,如果打点不成,只能撇下要砍头的老爹,带上家眷远走高飞。

二月二龙抬头这天,由盛洪来做媒,常敢子与黎小娟大婚。

梁钟贤也高高兴兴地去喝喜酒。席间,赵延庆坐到他身边,悄悄对他道:山东那边贩私盐的事已经查出一些眉目,但这潭水太深,很难一杆探到底,孙达怕惹出大祸,已适时收手。看赵延庆说话时的紧张神情,梁钟贤感到了事态的严重。

可万万没想到的是,两天后,吴廉突然派人来请梁钟贤,让他过府议事。梁钟贤觉得不对劲,但哪敢不去,来不及换衣服便随差役来到盐运衙门。几个人刚走到头进院内,四名衙役从左右冲过来,不由分说上来便将梁钟贤摁倒在地,并绳捆索绑着押上了大堂。吴廉从屏风后绕出,正襟危坐,升堂问案。

梁钟贤大大不解,忙向上问道:"大人,因何要捆绑梁某?"

吴廉一拍惊堂木,怒喝道:"大胆梁钟贤,平日以为你乃一正人君子,不想竟暗地勾结盐枭,贩卖私盐,还四处招摇蛊惑,非法结盟,意欲独霸盐市。像你这等利欲熏心阴险狡猾之奸商,本官岂能容得?还不速速认罪,免得皮肉受苦!"

这一套罗列来的罪名,仿佛凭空倒扣的一盆污水,直浇得梁钟贤喘不过气来,便连声大喊冤枉。

"你还叫屈?"吴廉从公案上拿起一张写满了字的纸,交与身边衙役道,"给他看看,这上面写的什么。"

衙役将纸递到梁钟贤眼前。梁钟贤定睛观看,上边竟是肖驼子认罪的供词。里面指认梁钟贤为长芦一带私盐贩运的总后台,说他以组建盐商联盟为名,欲将中小盐商手中的盐票都通通据为己有,供词中还把当年他与肖驼子联手贩私的老账也全翻腾出来……

看到这些梁钟贤眼前一黑，他心想：坏了，要是认下这些罪状，自己就是再长出十个脑袋也不够砍的。梁钟贤多聪明的人，霎时他便意识到这份供词的背后必定有阴谋。因为纵使肖驼子为求活命疯狗乱咬，也不至于诬告自己为近一时期私盐泛滥的元凶祸首。可到底是谁要陷害自己，他已无暇细想，吴廉坐在上面正不住地逼问。为今之计，梁钟贤只有一口咬定，肖驼子是信口雌黄，诬告良善。

吴廉问："此人若与你毫无瓜葛，诬你什么，又告你何来？"

梁钟贤道："这个，草民实在不知，可否传他到堂上与我当面对质？"

吴廉道："此犯尚押邢台牢中，暂无此可能。"

梁钟贤又问："那可有其他人证、物证？"

吴廉便唤衙役拿来些梁、肖二人往来的书信。那显然是枪手模仿梁钟贤笔迹制造的伪证，梁钟贤一一予以否认。审了半天，没个结果。

吴廉冷冷一笑："好个牙尖嘴利的刁民。这样吧，堂外面的倒春寒冷得正紧，本官就请你在我这里烤烤火。来呀，好好伺候一下梁大老板。"

衙役们过来便将梁钟贤的外衣剥了去，将其手脚牢牢捆在一根长木棍上，用浸湿的绵纸一层层封住他的嘴巴，而后又合力将他横搭在一副野外烤羊用的木支架上，之后在下面点燃了一大堆黑木炭。梁钟贤起初还在挣扎，但嘴巴被封着透不进一丝气来，人很快便没了力量，只能任由熊熊炭火无情炙烤。不多时，支架上的梁钟贤就已经通身大汗淋漓了，又过了一阵，身上的汗水烘净了，而他体内被烤出的油脂也一点点渗了出来。真是酷刑。

这种名为"熬人灯"的刑法是当年武则天手下头号酷吏来俊臣发明的。因其不损皮肉，专害内脏，即便把人整死，也找不到丝毫外伤而令人发指。南宋时，与岳飞齐名的抗金大将曲端，正是被奸臣张浚用此刑活活折磨死的。

熟读史书的吴廉当然知道这种酷刑的厉害。一旦祭出这招，就算铮铮铁骨的硬汉也得乖乖认罪，何况一个养尊处优惯了的盐商呢？

梁钟贤本已做好了受刑的准备，不想吴廉会用如此阴毒的手段，实在是挺不住了，头向下一垂便昏死过去。吴廉命人撤去他嘴上的绵纸，用冷水将他激醒。

梁钟贤清醒后，直感胸腹之中犹如火焚一般干渴异常，乞求给口水喝。吴廉摆手让衙役拿来了一碗煤油。梁钟贤一闻到煤油那刺鼻气味，口里便漾出鲜血来，心知这碗煤油一下去，五脏六腑全会烂掉，看来吴廉是必要置自己于死地了。

此时，衙役手端油碗又逼他招供。梁钟贤一想，认罪至多是一刀之苦，也比这样死痛快些，再说认罪后，不会马上掉脑袋，还能给家人留出营救自己的时间。于是梁钟贤很快认下了那些所谓的罪行。

吴廉大喜，忙让他在供词上签字、按手印，然后将其打入死牢。

梁钟贤贩私的案卷当日就报到京里交刑部议处，而刑部那里也早就疏通好了，见口供和相关证物都有，不消两日便批复下来：梁钟贤秋后问斩，其财产一概查封，待清点核算后抄没充公。此案结得真叫快，还没等梁家人反应过来，刑部已经定案了，干净麻利，连个走动关系的机会都不留。

一开始，梁怀瑞还想着怎样去搭救父亲，但很快觉出大势不妙，忙回家划拉上所有值钱的东西，带着老婆和两岁的儿子，雇了辆马车趁夜色偷偷逃出天津，不知去向。第二天早上，蔡氏夫人才发现儿子一家跑了，她眼前一黑昏厥于地。女儿怀瑾流着泪，召唤仆人将母亲抬回屋中。刚把蔡氏救醒，官兵便来抄家了。

树倒猢狲散，梁钟贤入狱定了死罪，亲友们都唯恐避之不及，下属各店铺的掌柜、伙计们也是各谋生路。所有房产都被封了，梁家母女只得在西北角水沟胡同租了套小院暂时住下。

2

声名显赫的盐商梁钟贤顷刻间就被扳倒了。面对地覆天翻似的变故，盛洪来起初有些发蒙，但他静心猜想，以为这必是吴廉、金九等人合伙所为。

果然,就在梁钟贤定罪的转天,金九便下令花豹子带人到了东门外,把盛洪来的麻袋作坊砸了个稀烂,幸好盛洪来预感到危险,与林秋红、张罗三人提前躲进了白河脚行。常敢子闻讯摸出把短刀就要找金九玩命,黎小娟与大家拼命阻拦,这才把他劝住。赵延庆对小哥儿几个讲:“就在这儿住着,保你们没事。”

通过花钱收买盐运衙门的差役,大家得知,吴廉是如何对梁钟贤强行逼供的。由此看来,这是桩铁定的冤案了。盛洪来想:梁老板对自己恩重如山,而且他一旦被杀,自己更难有出头之日了,所以不惜一切代价也要救他出来。

盛洪来悄悄到范府去找义父。范金宝气恼地道:“五年没破的案子,五天就结案了。这不没眼珠的钟馗——瞎鬼嘛。再说这么大的贩私案,就梁老板跟一个盐枭干得了吗?吴廉这小子瞪眼骗人。”盛洪来觉得义父平时能说会道很有主意的样子,没想到,一旦真有事了,他只会发发牢骚打个哈哈,既无正文又无主张。

盛洪来只得又回白河脚行再跟赵延庆商议。赵延庆看他是真心诚意地想搭救梁钟贤,便对他讲了孙达从山东那边传来的消息。盛洪来听罢二话没说,叫上常敢子,哥儿俩就赶奔了德州。

帮赵延庆夺回脚行后,除常敢子、唐大牛等个别人留在天津外,孙达率大队人马又返回了德州。由于临行之时收了梁钟贤的五十两黄金,他便派出一干心腹密查私盐之事。

老话讲“青帮一条线”。青帮的前身就是跑运河的漕帮,而两淮、长芦的私盐贩运也主要通过漕船走运河,时人唤作“漕私”。有的青帮甚至就以贩私盐为基本营生,因此,青帮与盐枭的关系十分密切,梁钟贤想借助青帮之力来查私盐也是出于这个缘由。然而近几年直隶、河南境内的贩私却一直将青帮撇在一边,那帮盐枭是自成一个体系,走货的线路和方式即使帮中专事贩私的人也不得而知。

“俺山东海边也产盐，就鲁西边沿上有吃长芦盐的，那帮贩私盐的搅不着俺的生意又不招惹俺，要不是有梁老板的托付，俺也犯不着搭理他们。”孙达道，“可这一查，还真是吓人一跳。那帮人的来头实在太大了，不光与金九有关，更可能是官贩私盐，弄不好还是盐运衙门自己贩私。”

盛洪来对此并不特别吃惊，他早就对吴廉起疑了，便问道：“师叔，拿到证据了吗？”

孙达摇摇头：“也只是零零星星的。俺徒弟只听道上的朋友说，盐运衙门的缉私船可能夹带私盐。再往深里谁敢查呀？咱帮里人躲官府还躲不及呢，犯不上趟这道浑水。这种事，就得朝廷派大员来查才行。”

说到朝廷，盛洪来立马想到一个熟人。他拿了孙达提供的那些证据，上京去找端明。

一到贝勒府门口，等盛洪来通报完姓名，护卫们都兴奋地道：“敢情您就是菜霸王的原主子啊？”盛洪来苦笑着点点头。盛洪来与常敢子在护卫们的簇拥下进了府门，在二堂中，喝着碧螺春，吃着京城的各色茶点，等了快一个时辰，端明才带着菜霸王，神采飞扬地从外面回来。

端明听盛洪来到了，不及更衣，疾步来至二堂，见面就抱拳谢道：“盛来子，你那菜霸王忒牛啦，刚又连赢三场。有事就说，我保管给你办。”

盛洪来把来意讲了，又拿出那些证据。端明一听，脸马上灰了下来，泄气地坐在圈椅上：“唉，事情难办了。这刑部定完了的案轻易没法翻，你还要告盐运衙门，手里又没有像样儿的证据，实话说我们内务府还真忌讳掺和这类事。”

盛洪来深感失望，却没有责备之意，这下端明反觉得自己不够义气，思虑片刻道：“来子，你别急，这事县官不如现管，能不能在直隶总督府找个人替你说句话？”

这话倒点醒了盛洪来，他恍然惊道：“我怎么忘了，盛宣怀是我本家六伯啊。”

端明一拍大腿："是啊，我也糊涂了，你不姓盛吗？你要是盛宣怀那财神爷的侄儿，还有什么不好办的呀？"

盛洪来的声调又低了下来："我跟人家多年没来往，再说他也不在天津呀。"

端明来了精气神："多年没来往，那也是亲戚；不在天津，他也是李鸿章的左膀右臂。李鸿章在江南干的买卖都由他掌管着，在李鸿章面前那可是说一不二的人物。他现在见天都在上海，这主儿有的是钱，内务府每次去江南采买没短了跟他打交道，他也时不时地孝敬我们。"

盛洪来急道："那你给我个地址，我这就去上海。"

端明笑了："去上海？那你得哪辈子才能到？这年头有电报了，比那六百里加急还麻利呢。走，跟我去趟电报局。"

盛洪来算是认识到洋玩意儿的迅捷便利了，第二天，他就接到了盛宣怀从上海发回的电文，让他速返天津去找周子坤，末了还有四个字"阅后销毁"。

盛洪来烧了电报，马不停蹄地赶回天津。他让常敢子先回白河脚行，自己一人寻至东局子旁的德厚园。这里是周子坤的私人别墅，仿德式建筑，双层砖木结构，红瓦坡顶，白混水墙，双柱折角门廊，显得朝气明朗又不失庄重。盛洪来上下打量这座洋楼，想到梁钟贤家气派的四合院，相比起来后者未免有些老土。

因为盛宣怀电报里讲得很清楚，说他已和周子坤打过招呼，盛洪来以为到了周府，必会有人接待。谁想，周家的门房往楼里打电话询问后，放下电话便毫不客气地将他往外赶。盛洪来再三解释，门房竟放出一条看院的德国大狼狗。盛洪来无奈，撒腿就逃。

跑回白河脚行与兄弟们一讲，常敢子气得破口大骂，张罗则感慨官家人专爱戏耍老百姓，林秋红只是暗里着急，不知如何劝解。赵延庆毕竟多些阅历，闻听此事感觉有些蹊跷，劝大家不必忧虑，先等候两天，看有何动静再说。

果然转天午时,一个穿灰布长衫的中年人来到白河脚行,声称想和总把头谈生意。赵延庆见此人虽衣着平常但气度不凡,忙请到会客室内。

待宾主落座,手下端上茶点,那人示意赵延庆屏去左右,而后才掏出名片。赵延庆一看,来人竟是天津机械局的会办匡正邦。匡正邦道:周督办特意遣我来此,找盛洪来有要事相商。赵延庆不敢耽搁,亲自带他到脚行后身的小跨院。

得知此人是周子坤派来的,盛洪来甚为欣喜。匡正邦则审视盛洪来良久,不敢相信眼前这个清瘦的年轻人就是敢与金九几番赌斗的盛洪来。盛洪来谦恭地一笑,拱手施礼。

事情紧急,匡正邦单刀直入,简洁地叙述了来意。盛洪来这才知道,盛宣怀、周子坤他们事先已关注到长芦私盐泛滥之事,也怀疑此案可能是吴廉、曹世襄和金九联手所为。梁钟贤的入狱其中必有冤情,但吴廉等人动作过快,没给他们留下调查的时间,案子就判了。昨日周子坤接到盛宣怀的电报,本想约见盛洪来,又担心直接见面会引人注意,只得先将他赶走,而后再派匡正邦秘密到脚行。

“既然李中堂认为这是冤案,他又是吴廉的顶头上司,为啥不直接治那狗官的罪呢?”赵延庆问。

匡正邦道:“先不说真假,吴廉那儿至少人证、物证俱全,而我们只是怀疑,没有确凿证据又如何能治他的罪?你们手头可有证据吗?”

盛洪来将自己现有的证据全都告知了匡正邦。

“不行,道听途说,主观臆测,不足以服人。这等大案,不能光靠暗访,必须明查。”匡正邦道。

“那就请李中堂出面——”

盛洪来才说了一半,匡正邦摆手道:“我明白你的意思,但此法更不可取。吴廉的后台是内阁总理大臣兼户部尚书李鸿藻,他是中堂的老对头。你这里一查吴廉,他那边就会告你网罗罪名陷害朝臣排除异己。太后老佛爷是最恨搞党争的。倘若如此,不仅救不出梁老板,中堂那里还得受太后与皇上的斥责，甚至处罚。所以此案万不可由中堂出头。”

“这么说就没招啦？”赵延庆又问。

匡正邦道：“那倒不是。既然此案确为冤案，只要太后能准许调查，中堂就一定能把案子翻过来，现在关键是有人敢先去——”

“告御状。”盛洪来脱口道。

“小子，你真聪明。但这告御状可不是闹着玩的。刑部那边估计吴廉已经买通了，去也没用。闯皇宫、拦鸾驾，更没门，那样你还没见到太后的面，早被大内侍卫乱刀砍死啦。”

“那怎么办？”盛洪来、赵延庆同时焦急地问。

“必须赶机会，但你们也别太着急。”匡正邦神秘地道，“今天是三月初八，再过半个月，就有个绝顶的好机会。”

3

天后娘娘，南方人称为妈祖，是历代船工海员渔民和商旅共同信奉的海神，天津作为北方漕运、海运的枢纽，自然要祈求这位娘娘护佑行漕和航海安全。每年三月二十三是娘娘的寿诞之日，这期间阖城的善男信女都要为天后庆寿祈祷，筹备隆重庆典，举办盛大的皇会，也叫“娘娘会”。这其实就是一种民间社火。

类似活动全国沿海城镇几乎都有，但唯独天津的娘娘会叫做“皇会”。这是因为当年康熙帝南巡路过天津时，正赶上这里举办娘娘会，看到那繁华热闹的盛况，龙颜大悦，亲赐天后宫匾额，尊天后为“三津福主”，并赏给会首每人一件黄马褂，另口谕众人每年要坚持办会。此后娘娘会便改称为皇会。

后来乾隆帝下江南，特意在津观会，也认为此会颇能彰显大清国泰民安、歌舞升平的盛世气象，再次赏赐会首黄马褂。有两朝天子的赞赏，办会的士绅巨贾们热情高涨，大家互相攀比不惜血本，力求将皇会的仪仗、器物、服装、表演做到尽善尽美。由此皇会越办声势越大、影响越广。除天津本土，北至辽吉、西至山陕、南至两淮的百姓也都争相来津观看皇会。到同光年间，天津渐渐成为北方经济之中心，天津皇会的规模也随之达到了鼎盛。

慈禧太后酷爱看热闹，京津两地相距又不过二三百里，所以只要此时段里没什么要紧的军国大事，她都要驾临津门。另外，天津是京城门户、海防要地，慈禧也想做番视察。近五年来光绪皇上亲政，慈禧有了更多的闲暇，每年都到天后宫进香赏会，今年也不例外，匡正邦便指示盛洪来借此良机出首吴廉。

但匡正邦讲得明白：太后的行宫戒备森严无法靠近；而皇会的当天观者数以十万计，在此时贸然告状，很可能引发骚乱踩踏，如果导致无辜百姓死伤，后果不堪设想，“太后的行程中，你们只有一个空子可钻。”

盛洪来忙问：“在哪儿？”

“宫南大街的真素园，应该比较清静。”匡正邦用手朝南指了指。

真素园的素包子，是天津人最爱的吃食之一，该店主为防夏季雨水入店，在门口垒了一道高高的石头门坎，故老百姓习惯称其为“石头门坎素包”。其实，这小小的素包之所以能美名远扬，还多亏了慈禧老佛爷。

当年慈禧第一次到天津来，看完皇会本想去侯家后吃狗不理肉包，但刚刚上香请愿不宜动荤腥，便改道天后宫附近的真素园。吃过这家的素包后，慈禧是赞不绝口，直说“这味真比御膳房的大菜还顺口”。此后，慈禧时常差人来津买石头门坎素包，每次来津看罢皇会也必去真素园进膳。此事在天津卫是无人不知无人不晓。

“对，大人您真是高明。”盛洪来兴奋道，“我一定能想法混进去。”

匡正邦依旧神情严峻地道：“不过你要明白，这可是大大扫了太后的兴啊。即便你的冤字能喊出来，依太后的脾气，盛怒之下，她会不问缘由就先砍了你的头。”

盛洪来倒吸了口凉气，没敢再插话。

匡正邦接着道："在那种情形下，能稳住太后的唯李总管一人。"

盛洪来知道匡正邦说的是大太监李连英，不解地问："可我怎么搭得上那层关系呢？"

匡正邦眯眼笑道："内务府的端贝子不是你的朋友吗？"

"哎呀，是啊！我怎么把那位爷忘啦！"盛洪来一拍脑袋也笑了，由此暗赞这位匡会办确是个极富心计之人。盛洪来的眼光不差，多年以后，匡正邦真就成了天津官场上的一个厉害角色。

听说盛洪来要告御状，端明不胜欢喜："我说盛来子，可真是有你的。爷我长这么大，告御状这路事也只听过却没见过。这个忙，我肯定帮。就是这李总管胃口大了些，千八百的人家根本就不搭理，就是万八千的也未必瞧得上，何况办那么大的事。我琢磨着，怎么也得——"端明说着，伸开五个手指。

五万两银子，对于眼下的盛洪来就是个大数目。梁家全部的财产都被查封了，别人谁还能拿得起这笔巨款？连放印子钱的，这会儿都不敢对他放这个数。而像文家、谭家这样拿得起的主儿又未必肯借，且此件事还不宜太声张，以免引起吴廉他们的警觉。没法子，看来还得先找自己的干爹。

盛洪来急速返回天津，来见范金宝。这个干爹算是没白认，尽管如今他的日子更不好过了，还是咬牙跺脚地拿出了两万五千两。盛洪来又从赵延庆那儿借了一万，再悄悄找到梁钟贤的至友、吉源票号的钱宝丰。这山西老醯儿这回倒没太抠门，一下就拿了五千。再加上盛洪来自己的不到两千，可还是差了八千多两。

蔡氏和梁怀瑾母女得知后，将从家里捎出的一些值钱的东西，及身上佩戴的发钗、耳环、手镯之类的首饰，包括梁怀瑾自幼随身的、镶嵌着块祖母绿的金项圈，全都交给了盛洪来。盛洪来委托钱宝丰，拿到当铺当了九千三百两。

钱终于凑够数了，盛洪来又赶忙给端贝子送去。等他再回到天津，已经是三月十九了,皇会的序幕早已拉开。

自乾隆以迄清末,是天津历史上极为辉煌的时代。由于市面风光,地方安宁,人民富庶闲暇,所以那时候的皇会也竭尽奢华之能事,场面恢弘壮阔,形式千头万绪。一般是四次出会,三月十六送驾,三月十八接驾,三月二十、二十二出巡散福,到二十三再回宫庆寿。

从三月十六起,天津卫就已经像过大年般热闹上了。出会要绕城而行,会道之上,门幡、太狮、宝鼎、日罩、灯亭、华辇等各种仪仗气势浩荡色彩华丽,让人眼界大开,而诸多民间花会则各显身手尽展绝活。一时间,津门的男女老幼倾巢而出,沿街观会喝彩,外地游客、信徒、商旅也不远千里纷纷拥来,或为进香还愿,或为大饱眼福。

二十一日晚三更,常敢子身穿黑色夜行衣,怀揣利刃,蹿房越脊,来到真素园的后院,从天窗跳进店主华掌柜的屋中,雪亮的匕首抵在华掌柜胸前。华掌柜的老婆一见,都没叫出声来就吓昏了过去,华掌柜则是连声讨饶。

常敢子也不隐瞒,横着刀道:“俺就是夺白河脚行、大闹侯家后的常敢子,今儿有事来麻烦你。这忙你要是帮,必当重谢;要不帮,会怎么样,你琢磨琢磨。”

华掌柜哪敢说个不字,赶紧道:“我帮,一定帮!您让我杀人,我都干。”

常敢子冷冷一笑:“用不着杀人,只要按我的吩咐做就行了。”

4

三月二十三,庆寿的正日子终于到了。凌晨时分,扫殿会、净街会、请驾会等负责服务的会档率先来到天后宫,殿前殿后一通收拾。天刚麻麻亮,前来进香的人便络绎不绝,宫内外很快就摩肩接踵、拥挤不堪。但所有人都不得进大殿,须等太后进过香后,百姓方可入内。

慈禧头天一早,就乘辇离开了颐和园抵达通州,由此上船顺运河直下天津卫。沿途有缤纷的花草与艳丽的彩带装点两岸,绵延百里不绝。行至三岔河口，见凡可停泊舟船的地方，桅如林，帆如云，成百上千的船杆皆高扬着“天后进香”四个大字的三角旗，在暮春的阳光中黄旗白帆分外爽眼。码头上则是万头攒动，喧哗嬉闹、吆喝叫卖连同敲鼓奏乐之声响彻天地。

“真乃一派盛世景象啊。”慈禧看得是笑逐颜开。在河口东北边的临时行宫中休憩了一晚，转天卯时三刻起驾，在津城文武官员陪同下，慈禧辰时初刻来至天后宫。进香祈福完毕，又转到殿外搭建的高台之上观会。各路仪仗在太后面前一一展现后，殿前的各类庆寿花会表演便开始了。

由于有太后观会，表演者都卖足了气力，什么法鼓、舞龙、舞狮、舞幡、秧歌、旱船、高跷、跑驴、提炉灯、猴爬竿……多达四五十种节目，那真是精彩纷呈高潮不断。慈禧心情愉悦兴致勃勃，不断命手下人看赏。而此时天津的特色小吃也接连敬献上来，有耳朵眼的炸糕、祥德斋的八件、万全堂的糕干、果仁张的果仁、上岗子面茶，等等。慈禧胃口大开，不顾李连英劝阻，连吃带喝，不多时就胃满肚胀了。

足足兴奋了一上午，慈禧有些困乏，本该去真素园休憩进膳，可刚才吃得太饱，老佛爷已没了食欲，就打算直接回行在。

李连英笑道：“老佛爷您坐了大半天啦，要不咱像在园子里那样儿，先溜达会儿，看看街景，消化消化食儿？”

“好啊。”慈禧欣然道。

他们沿宫北大街向东走，边散步边聊天，说完花会表演，又谈起各色小吃。

李连英道：“那些东西好是好，可毕竟是点心，不搪时候。奴才还是觉得素包子是又实在又好吃，那馅是绿豆芽、黄花菜、白香干、黑木耳、红粉皮，五色俱全，再用小磨香油、酱豆腐、芝麻酱这么一拌，又滑又腻，就别提多香啦。”

慈禧转悠了一会儿，真又有点儿饿了，听李连英这么一讲，食欲再次被勾起来：“你小子是不是馋啦？”

“不瞒老佛爷,奴才确实想吃这口了。”李连英笑盈盈地躬身道。

“嗯,我也有日子没吃着那个味啦。那就摆驾真素园吧。”

不管慈禧来不来,真素园这天都不准接待其他食客。临近中午时分华掌柜就开始发面和馅恭候太后。慈禧一旦决定驾临真素园,便有御前侍卫前来通告,华掌柜火速动手包起来。由于石头门坎的素包个大馅多,通常慈禧吃上二三个也就饱了。

华掌柜便专门备下一个精致的小笼屉,一次只蒸四个,至多蒸两屉。工作强度不大,但质量必须严格保证,因此所有流程他一概不用伙计而“事必躬亲”。此外为讨太后欢心,还要在素包表面用赤曲分别写上“福、禄、寿、吉”四个字。一般都说“福、禄、寿、喜”,而这里是为避慈禧的讳,才将“喜”字改为“吉”字。

李连英扶着慈禧跨过那道石头门坎时,素包正好揭锅出屉。慈禧在店正中的椅子上坐稳,一碟热腾腾的包子跟着就端至面前。四个素包雪白的皮上“福、禄、寿、吉”四个朱红大字甚为醒目。

慈禧高兴,一指“禄字包”,对尝膳官道:“这个赏你啦。”大清建国之初,帝后们为防备有人下毒,其饮食都要让尝膳官先试吃两口,看确实无碍,自己再吃。如今不过是走个形式。“太后赐禄喽!”跟班太监叫道。尝膳官忙叩头谢恩,而后将“禄字包”吃了,当然什么事都没有。

慈禧又一指“福字包”,对李连英道:“小李子,你不是馋了吗?这个赏你啦。”

跟班太监叫道:“太后赐福喽!”李连英千恩万谢后,吃了“福字包”。

慈禧这才用银箸夹起她每次必吃的“寿字包”,放到近前的玉碟里,笑道:“我贵为太后,什么福啊、禄啊,全都不缺,求的就是这个‘寿’字。”身边太监及随行官员们赶忙齐声贺道:“祝老佛爷万寿无疆!”

慈禧兴冲冲地将素包从中间掰开,却见里面除了固有的十余种副料外,又多了个纸团。她先是一愣,以为是店主暗藏的什么吉祥话。等捏出纸团,展开一看,上面赫然一个大大的“冤”字。

慈禧哪会料到此间竟有这等胆大妄为之事,满心欢喜顿时化为一腔怒火,好似烧红的木炭猛被浇了杯凉酒,烟火星子顿时喷冒出来。她“啪”地一拍桌案,吼道:“反啦! 来人,把店主拿下!”

大内侍卫个个如狼似虎,过去将华掌柜按住押至太后跟前。慈禧用抖抖的二指点着华掌柜道:“说,谁指使你干的?”

华掌柜本有心理准备,可事到临头还是被吓晕了,干张嘴说不出话。慈禧怒不可遏,没工夫等他缓过来再解释,一挥手:“拉出去砍了!”华掌柜当即就尿了裤子,连“饶命”二字都不会喊了。

扮成伙计的盛洪来一直捎在墙边,见前期进展皆在自己谋划之中,正暗暗得意。不想华掌柜吓掉了魂,没说一句就被侍卫们死狗似的拖往店外。

盛洪来见状忙高声喊道:“太后,不关店主的事,全是草民所为!”说罢,掏出状纸,举过头顶,口喊“冤枉”,直奔慈禧桌前。

才走了两步,一名侍卫上来劈手夺了状纸,丢在墙角,另一个侍卫抬脚将盛洪来踢翻。盛洪来仍是连声喊冤,以为慈禧肯定会召他近前问话。可暴跳如雷的慈禧根本不理,任凭他拼命喊冤,只又一挥手,侍卫们拽着盛洪来也朝店外走。

这会儿,店中所有人再没一个敢喘大气的,单听李连英道:“老佛爷息怒!奴才以为,这小子必有天大的冤情,否则怎敢采用如此非常手段?还是先问他一问,如果确为无理取闹再千刀万剐也不迟。”

慈禧重重地哼了一声:“这些刁民,真是无法无天。纵有冤情,可以去找当地官府嘛。动不动就要告御状,此风万不可长。”

李连英顺声附和道:“老佛爷圣明,可您老人家想一想,他要是能在地方告下来,何苦来冒这份风险呢?奴才倒觉得,这事正好能在百姓中又一次彰显您的英明仁德呀!”

“此话怎么说?”慈禧问。

李连英回道:“奴才刚进宫时,曾听些老公公们讲,当年圣祖爷(指康熙)和高宗爷(指乾隆)经常微服私访,体察民情,洗雪冤案,那是万民拥戴。如今老佛爷奉皇天之命,承先祖之德,来解黎民之苦,百姓遇到万难申诉的冤枉,自然要求助于您。想当初,杨乃武与小白菜一案,不也是告御状吗?那桩冤案昭雪后,普天之下有口皆碑,百姓对老佛爷是无比的赞颂景仰啊。”

慈禧长舒口气:“嗯,说得不错。”此时她的火气已有所削减,也想问个缘由。

已被拖到店门的盛洪来心中暗想:那五万两银子是真没白花。

慈禧招手命侍卫将盛、华二人带回。她见盛洪来是个瘦瘦的毛头小伙儿,但一双雪亮的眼珠透着精干,便问其名姓。

盛洪来赶紧跪地参拜,而后道:“草民盛洪来。久闻老佛爷乃菩萨转世,爱民如子,才敢冒死前来告状。”

“你有何冤情,如实讲来。”

“冤情似海呀,老佛爷!长芦盐运使吴廉勾结黑帮头目金九、奸商曹世襄,贩卖私盐,扰乱盐市,牟取暴利。为掩盖罪行,便陷害良善,将我的东家梁钟贤诬为盐枭,并以令人发指之酷刑,强逼我东家认罪。如今我东家已被判死刑,秋后便要问斩,求老佛爷发天恩为民做主呀!”说罢盛洪来是连连叩头。

慈禧闻听脸色再次阴沉下来,心知事关重大,素包吃不下去了,随后的小米粥也不喝了,命侍卫收起丢在地上的状纸,押着盛洪来起驾回宫。

5

自从盛宣怀败走江南,李鸿章便深藏报复之心,只等待时机到来。

吴廉一到任,他便派人秘密监视,因而早就察觉到吴廉等人的阴谋。他却佯装不知,单等那帮家伙犯下弥天大罪的一天,再一举重创李鸿藻的党羽。

梁钟贤的事件,其实时机已近成熟,但李鸿章深知太后厌恶党同伐异之徒,不可主动出击,于是继续静观事态变化。不多日,盛宣怀从上海来电,告知盛洪来打算为主人申冤的事。李鸿章马上意识到,这个盛洪来正是替自己打杀对手的最佳人选,立即命周子坤做好相关安排,而他则赶往威海,视察北洋水师去了。

随后的事态发展全在李鸿章的预料之中。很快,待慈禧召他进京,将整个案子交他全权负责时,李鸿章却一力推诿,不肯接手。

慈禧厉声道:“长芦盐运本就在你的治下,你已有失察之过。彻查此案,你责无旁贷。”李鸿章这才勉强领旨。

听说盛洪来在真素园告御状,金九后悔不迭。之前宫寄生、花豹子都曾提醒他要留意此人,但他总觉得梁钟贤这个老帅都被拿下了,那么个小卒子能掀多大风浪。如今小卒子过了河成为他的致命大患,可再想清除为时已晚,因为盛洪来已被带到京城,由刑部派专人看守。

与此同时,吴廉已被监管起来,自己和曹世襄的行动也受到了官府的限制。金九一面叮嘱宫寄生等人严守秘密并尽快销毁所有罪证,一面暗中做好出逃的准备。不久,曹世襄又遣人向他密报,说李鸿章就要奉懿旨回津查案了。金九急忙传唤宫寄生商议,手下却回禀道:宫管家昨晚失踪了。金九暗骂:这个狼心狗肺的东西,大难还没临头呢,自己就先开溜了。

宫寄生的确想提前逃跑,故先将家人悄悄迁到西沽暂住。安置停当后,他连夜赶往城里,路上被四名暗探擒住,径直押往了总督衙门。他估计官府尚未掌握足以治他罪的证据,便咬定牙关死活也不招供。

周子坤知道吴廉和他的后台定会调动一切关系来阻挠办案,金九、曹世襄等人也都成了惊弓之鸟,随时可能潜逃,查案必须速战速决。如今急需掌握的就是能真正置对手于死地的铁证。

盛洪来在告御状之前,曾交给匡正邦一个纸条,上面提示了追查罪证的思路,但周子坤对这种“锦囊妙计”不以为然。他将目标锁定在替曹、金二人管理账目的两个管家身上。夏矩一直缩在曹府里不露头,于是就秘密捉拿了宫寄生。不想那家伙是个老江湖,铁嘴钢牙软硬不吃。

周子坤焦虑万分,担心夜长梦多横生变故,这才想起盛洪来给他的那张纸条。打开纸条,见上面只有六个字:“带敢子,找宗飞”。

北门里羊肉胡同的得意居,名字挺唬人,不过是个一明两暗的小酒馆。宗飞最爱吃这儿的“羊耳三绝”和“素烧四宝”,也喜欢这儿的清静。平日没事,从侯家后溜达进老城,向左一拐就到了。掌柜的一见,便请他到里间的小屋,温一壶高粱酒,摆四个压桌碟,再端上自家那两道招牌菜。宗飞一人在此连吃带喝,好不自在。近些日子他来得意居越发频繁,酒也由一壶变成了三壶。

在金九的四大金刚中,那三个都有家小,唯有宗飞尚光棍一人。他是河南安阳人,自幼父母双亡,生长在庙里,由于庙宇毁于兵火,只得还俗,到处流浪,以打把式卖艺为生,最后才飘荡到天津卫。在南门外撂地时,宗飞与混混儿们发生争斗,被金九发现。金九欣赏他那身好武艺,将他收在身边以为心腹。由此宗飞对金九感恩戴德,决心一报。金九见他练的是童子功,不近女色,便把他安排在醉春宵。

宗飞本不喜欢泡在脂粉堆里,但为了九爷就硬着头皮干了下去。后来宗飞发现在妓院做事也有好处,就是较少沾惹黑道上的是非。金九贩卖私盐的营生,他是既不过问也不参与。在外闯荡多年,宗飞很讲江湖道义,对金九及手下的劣迹多有不满,特别是近一年几乎到了不可忍受的地步。尽管如此,他还是不想背弃九爷,更不知离开后会再流落到何方。心想,也只好这么稀里糊涂地混吧,混一时说一时。盛洪来告御状后,宗飞更感到金九的大势将尽,心情灰暗,每日里是以酒浇愁。

这天中午,宗飞正在自斟自饮,酒馆掌柜带进来两个人。走在前面的是一年轻人,后面是个气度不凡的中年男子。宗飞一眼认出那小伙儿正是常敢子,心中便大致猜出了对方的来意。

常敢子冲宗飞抱拳施礼，第一次恭敬地称他声“虎爷”，又向宗飞引荐自己身后的匡正邦。

宗飞起身还礼后，冷冷地道：“二位不是来抓我的吧？”

匡正邦道：“虎爷多虑了，匡某久闻大名，想跟你交个朋友。”

宗飞一笑：“哈，您可真会开玩笑。堂堂会办大人能和我一个看妓院的混混儿交朋友？您要是来当说客，劝我反叛九爷，那就免谈。恕在下有事，先告辞了。”

常敢子抢步拦住宗飞：“虎爷慢走。匡大人做什么俺不管，俺此来就想借这个机会，敬虎爷您三杯酒。”

宗飞冷冷地道：“敬酒？无缘无故的酒，我宗某人可不喝。”

“我这三杯酒可都有说道。”常敢子按照盛洪来教他的话，尽量有条有理地讲，“这第一杯酒，谢虎爷当年在贤来轩放俺一条生路。那天俺就躲在后院的房顶上，是虎爷不想把事做绝，没搜房顶，俺才逃过一劫。从那儿起，俺就佩服您是讲道义的江湖好汉。”

宗飞觉得这常敢子确是有心之人，便点点头：“照这么说，这杯酒我可以喝。”

掌柜的赶紧添上一酒杯，把两只杯子全都满上。宗、常二人举杯，一饮而尽。

常敢子再道：“这第二杯酒，谢虎爷一诺千金，放了俺妹妹。”

宗飞犹豫了一下，“嗯，这杯也可以喝。”

二人又对饮一杯。

常敢子接着道：“这第三杯酒，我替三弟洪来敬您。他那天唐突地去赎小娟，如果不是虎爷仁义，他肯定出不了醉春宵的门。为此他不止一次讲，虎爷虽在金九身边，却绝不是欺压良善为非作歹之人，他可惜您是明——”常敢子憋了半天也想不起那个词。

匡正邦一旁忙道：“是啊，匡某也实在为虎爷惋惜，像你这样本领出众又大仁大义的好汉，怎么就明珠暗投了呢？”

“对，就这词。”常敢子叫道。

宗飞忍不住笑了:"感激二位对我的夸赞，可你们就是说出花儿来,我也不会背叛九爷。九爷对我有知遇之恩,做人不能没良心,不能不讲情义。"

匡正邦闻罢,语调郑重地对宗飞道:"虎爷此言差矣。那金九当初是给你一个饭碗,但他将你这须眉豪杰丢在青楼妓院,难道也算知遇之恩?而且你这些年对他忠心耿耿,为他出生入死,也还了他那份人情了。再者,如今你离开他,表面上是有违兄弟义气,但却维护了王法,也维护了江湖大义。大义可以灭亲,何况是金九这种不仁不义的卑劣之徒。黑白曲直,我想虎爷你这么一个明白之人,不会想不通吧?"

宗飞沉吟良久,猛地端起酒杯道:"他娘的,这第三杯酒,我也喝了。"

常敢子忙举起了酒杯,对宗飞大声道:"虎爷,好样的。干了!"

第十四章

1

总督衙门的大堂上，宗飞直接面对宫寄生。

宫寄生见宗飞已反正，立时傻了多半，但仍死不认罪。

宗飞笑道："别装好汉了，我知道你怕死。你以为死不认罪就能抵过去？我可有你杀人的证据。"

宫寄生急道："你胡说！"

宗飞道："远的不提，去年你杀梁钟贤管家程来富的事，我可全记着呢。那次可是你亲口当着大伙儿吹的，怎么绑的人、杀的人、碎的尸，怎么用麻袋把碎尸运出城，埋在哪儿，谁是帮凶。要不，我再找仨证人来？"

宫寄生听罢是顿足捶胸。

宗飞继续道："你要不供出九爷，光你自己那几档子事，就够砍你脑袋的了。"

宫寄生彻底崩溃了，为求活命，一泻千里地把所有罪行全都交代了，还说出了那套贩私账本的藏匿地点。

周子坤、匡正邦以及总督衙门刑科书吏一听，全惊得目瞪口呆。原先他们掌握的案情竟连点儿皮毛都算不上。此桩私盐案，涉案人犯之众，涉案赃银之巨，都是他们闻所未闻的。

周子坤连忙电告尚在北京的李鸿章。李鸿章迅疾回电，让周子坤不必等候刑部批文,先以总督署的名义指挥天津府县各衙门的全部捕役、快手立即捉拿人犯,并通知天津总兵调动绿营兵马协助。

于是,天津卫开始满城抓人,大小关卡也都戒了严,第一天被捕的就有百余号人。但像金九等几名要犯却漏了网。而曹世襄在逃亡中,实在走投无路,最终服毒自杀。

要犯之中唯一没跑的是吴廉,一来他被监控得最严,无法动身,二来他也不想这样狼狈地逃走。他静静地坐在自家后堂迎面的官帽椅上,身边的八仙桌上摆着一叠宣纸、一支烛台和一个酒杯,堂中还高悬着那幅八大山人的《幽溪泛舟图》。

因吴廉是首犯,周子坤恐有闪失,亲自带人缉捕。当他率领众官兵、捕快拥入吴府时,吴廉这才立身端起桌上那杯酒,勒令众人不得靠近,否则立即饮毒酒自尽。之后,吴廉单唤周子坤过来见他。

周子坤近前后,吴廉微微一欠身,用左手一指案上的宣纸道:“周大人,吴某自知死罪难逃,已将全部罪状写好,请转交与李中堂。”

周子坤道:“好说。”

吴廉又道:“吴某也知您是中堂的心腹,故烦劳足下向中堂求情,放过我一家老小。”

周子坤点点头:“周某会尽力的。”

“感激不尽。”吴廉不由面淌热泪,长叹一声道,“想我吴廉吴孝清,官宦世家,书香门第,自幼苦读圣贤之书,十八岁中举,二十四岁进士及第,从一个八品县丞做起,一直做到三品的提督学政。二十余年来兢兢业业、宵衣旰食、克勤克俭、两袖清风,故而当年左中堂才称在下为‘陕甘第一清官’哪。谁想来津一做盐运使,竟成了现在这副模样。真没想到,这里的盐是这等咸、这等苦啊。”

吴廉抬手指着《幽溪泛舟图》道:“曹世襄送我这幅画时,我只看作世交情分,没想到会暗藏陷阱。金九助我清除盐枭,我更觉得是以黑治黑,没想到是替他们贩私扫平道路。后来我明白了,但一切也都晚了,我现已成了私盐贩子的帮凶。我想过退出,可把柄落在人家手里,没有退路可言。周大人,你知道一个清官为了维护他的清誉能做什么吗?”吴廉顿了一下,提高了声音,“他能杀人放火。”

周子坤冷笑道:“别把自己说得那么委屈。我看吴大人不仅仅是为了维护清誉吧?以前你坐的都是清水衙门,没钱可捞,自从得了盐运使这个肥缺,那黑眼珠盯的全是白银子,岂有不动心的?据周某所知,你这几年少说也贪了五六十万吧?”

吴廉接道:“何止,快一百万啦。我的俸禄加上养廉银,一年还不到四千哪。一百万,我干二百年也挣不到这个数啊。可我要这么多银子有什么用?我是天下闻名的清官哪,我还得装着清心寡欲,还得吃着粗茶淡饭,那些银票、现银就那么摞着,我动都没敢动。留给妻儿?连累他们跟我一起掉脑袋?你说我这是为什么?我到底图的是什么呀?”

吴廉端着酒杯苦笑道:“看起来,这银子就是世上最猛的剧毒啊。”说罢将杯中毒酒一饮而尽,然后举起烛台,抬眼望着《幽溪泛舟图》,“我半生的清誉全让你给毁了,现在你就跟我一起去吧。”他边说边用蜡烛将画点着,那画事先已用白酒浸过了,一沾火便“腾”地燃了起来,很快就化作一堆纸灰。

吴廉口吐黑血,身子摇晃,本想坐回官帽椅,却脚下一滑跌在了椅旁。他用尽最后一丝力气道:“周大人,别忘了恳求中堂放过——”

周子坤近前对他道:“放心吧。”

吴廉用力挤出两个字“多——谢!”然后双腿一蹬,便呜呼哀哉了。

拿到吴廉的供状,周子坤再次电告北京。李鸿章据此草拟了一份奏折,赶往颐和园觐见慈禧。慈禧看完奏折也是震惊恼怒不已,当即命李鸿章率都察院、大理寺及刑部官员会审此案。又经过一个半月的深入调查审问,这桩大清建国以来空前的私盐巨案,终于尘埃落定。

最终查实,私盐贩卖地区遍布直隶、河南两省及山东西部九十二县,涉案赃银达一千四百三十余万两,将近大清全年财政收入的一半。

长芦盐运衙门从九品以上官吏十之七八都受到牵连，相关的州、道、府、县各级衙门，以及户部、刑部犯案受贿的官员也数以百计。津门盐商中除曹世襄已死外，另有五名运商、八名场商获罪入狱，至于他们麾下喽啰被缉捕归案的则难以统计。

盛洪来从刑部回到天津，得知曹世襄畏罪自尽，其尸首在南郊蛮子营的荒地中被人发现。而金九竟被郑三货出卖正遭官兵围捕，最终在手下的拼死保护下侥幸逃进法租界，但丢弃了全部家小和大宗财产。四大金刚中的鲁黑塔也让官兵乱枪击毙了。

官府捕快无权进入租界抓人，总督衙门赶紧派官员到紫竹林跟洋人协商，请租界巡捕房协助清廷捉拿要犯。津门盐商没有不对金九切齿愤恨的，合力出资五万两悬赏金九。洋人看到有利可图，自然就卖力在租界里搜捕。金九自知在租界无法藏身，便不惜重金买通了一个懂中文的洋巡捕，帮他高价弄到了赴法的船票。可那家伙想两头吃好处，转而又将金九的行踪告知了总督衙门。

金九毕竟老奸巨猾。他不会完全轻信洋人的，并且他也不真想去法国，便提早来到紫竹林码头，换乘了开往上海的船票。周子坤同法国巡捕们赶至码头时，在此负责监视的暗探因冒险阻拦金九，被其手下打伤，而金九乘坐去往上海的法国客轮业已起锚了。

2

金九在离岸的客轮上偷窥着码头上成队的巡捕，心里正暗自庆幸。哪知客轮距入海口还有不到十里路程时，数艘木帆船堵住了河道。

船上百余名黑衣人手持土枪和长刀，大声命令客轮停下。法国船长吓得面如土色，以为是海盗开进河道来打劫，客轮上的那点儿防卫力量哪能抵挡，他忙让手下中文熟练的二副到船头去交涉。二副一问才知，面前船上的都是些黑帮，只为捉拿藏匿于客轮中的仇家金九。

原来周子坤见轮船离港，忙奔到调度室给机械局那边打了个电话。匡正邦立即派人飞马通报等候在河道上的盛洪来与常敢子。像拦洋人客轮的这种事，朝廷自然是不能干的，只能借助黑道帮忙。法国船长也知道天津黑白两道都在疯狂寻找金九的事，却不想那个瘟神竟在自己船上。

经过协商，船长只允许盛洪来、常敢子带四人上船，在保证不惊扰旅客的前提下搜出金九后迅速离开。盛洪来还许诺，事成后给船长及所有船员五千块墨西哥鹰洋。船长一听高兴了，忙请盛洪来等人登船。

船上的旅客哪能不受惊扰，尤其那些欧洲贵妇们是吱哇乱叫。一个满身洋装的中国姑娘此时冲出舱来，先是用一番法语严厉指责船长和二副失职，后又用中国话狠狠地训斥盛洪来、常敢子等人。

可谁知被骂作强盗、流氓的盛洪来非但不气恼，竟一反常态地有点儿见呆。他似乎被面前这个貌美非凡又气质独特的姑娘给迷晕了。盛洪来从未想象过世上竟会有这样可爱的女子，往日的那股机灵劲儿也不知跑到哪儿去了，他双眼直勾勾地看着对方，只是不住地点头傻笑。

金九深知洋人在大清享有特权，以为上了洋客轮便可保一时安全，哪知偏有不信邪的敢拦这种船，而且船长还真就允许他们登船。当常敢子、盛洪来顺舷梯上到前甲板时，魂飞魄散的金九夹着最后一箱珠宝，与仅剩的两名手下退缩至船尾，趁着那个洋人打扮的姑娘与常敢子等人争执时，他们纵身跳入海河，直朝岸边游去。

三人好容易爬上岸，调头一看，常敢子等人正泅水追来，而不远处已靠岸的木帆船上，十五六个壮小伙儿跃身下来，提着家伙奔向这边。金九忙打开箱子，取出两锭黄金塞给两个手下，让他俩先抵抗一阵，而后自己撒腿就逃。那俩手下掏出暗藏的匕首，不顾一切地向常敢子他们扑去，但没多会儿就先后报销了。

金九管不了那许多，头也不回拼命往前飞跑。他虽然武功底子不错，身体也还硬朗，但毕竟已经五十挂零又提着只死沉的箱子，跑出个三四里地后就再也迈不动腿了。听背后的脚步声越来越近，他奋力钻进前面一片芦苇环绕的水塘,先把箱子丢入塘内,自己则捡了根长苇秆,一端衔在嘴中,身子潜进水里,苇秆的另一端露出水面来换气。十几岁时,他就用此方法逃过了官兵的追捕,如今年过半百又被迫使出了这招。

为活命,金九以最大的耐力,在水塘里足足憋了半个时辰,估计追赶的人业已走远,他实在忍受不住,便从水中探出头来。谁承想,常敢子等人正盘腿坐在池塘边候着他呢。

"九爷,这还没下雨,您老怎么就探头啦?"常敢子一句话,引得周围人齐声大笑。

到了此时,金九再无任何话讲,他深知自己的大限到了。

常敢子擒住金九,交送直隶总督衙门。金九的罪行重大,被打入木笼囚车,押往北京由三法司会审。出津城的沿途,无数老百姓用臭鸡蛋、烂菜帮"欢送"。解差们闻着金九爷身上的味,简直都要吐了,到晚上,一人浇了他一盆洗脚水。

案情已明,三法司也无须多审,便以贩私、杀人、行贿等多项罪名,判处金九斩立决,没等到秋后,就与其余六名重案犯一齐拉到菜市口砍了脑袋。其他人犯也都各有处置。唯一遗憾的是,金九手下四大金刚之一的"千手将"花豹子给逃脱了。

因功免罪的宗飞自感在津无处安身,打算去异地另谋生计。盛洪来和常敢子等人强力挽留,令他深为感动,最终被赵延庆请到三河脚行做了二把头。

这场震惊全国的私盐案看似已经尘埃落定,谁会料到它却横生枝节。与本案八竿子打不着的高恒昌在此时突然跳了出来,他到处吹风,话里话外地暗示文骥这几年间曾多次资助过曹世襄。

会说的不如会听的,业内人士各自都揣着小九九,只是心照不宣罢了。谁不明白,这弦外之音绝非空穴来风,文、曹两家的过密关系是人人皆知的,曹世襄向文家借钱的具体细节,管家夏矩认罪时也有所交代。对此文骥的解释是，世友开口借钱，不好不借，实不知其有何用途。但这种辩白很难服众，加之盐商们对文家鲸吞大量盐票的做法早就非议颇多，经高恒昌这么一煽风点火，社会舆论一齐轰压文家，有人甚至开始质疑曹世襄的死因，猜测极可能是文家杀人灭口。

流言也很快传到了官府里，是否要对文家着手调查，周子坤几人都举棋不定，又不便直接询问李鸿章，就打电报请上海的盛宣怀定夺。盛宣怀很快回了电，但电文只八个字："难得贵人，点到为止"。盛宣怀暗含的意思是：文家财雄势大，其三公子文彦召又是驻英大使，他家与官方多有瓜葛，想扳倒文家绝非易事，也对天津官员没什么好处，不如借机敲一下他的竹杠，只要不做得太过即可。

周子坤心领神会。过两天，身为天津兵备道台的他，以倭寇近来觊觎我沿海，天津急需重修炮台、加强军备为由宴请文骥，目的就是想狠狠地放一放他的血。

饭桌上，周子坤随口提到近来津城内关于文家参与贩私的传闻，文骥慌忙解释道："这都是市井小人的无稽之谈，我文家一向树大招风，常无故被妄加攻讦，大人对此不可轻信。"

周子坤叹道："本官岂能不知？可如今为这私盐案，二三品的朝廷重臣丢顶子掉脑袋的都不在少数，且太后震怒，下令即便王公显贵，只要风传与此案有染者，也必须严查。李中堂是奉懿旨办案，不敢有违上命啊。"

文骥道："那就有劳周大人，在中堂面前为草民多多辩解。至于加强津门防务，护卫桑梓，草民责无旁贷。大人需要多少，只管对草民言讲。"

周子坤心想，有这句话就行，那我可得好好揉搓揉搓你了，于是开口便道："怎么也得五十万吧？"

文骥闻听暗捯了口气，但他没敢打奔儿，马上应道："好，我这就去筹措。"

3

文骥答应得如此干脆，确因做贼心虚。

当初正是他与曹世襄暗中谋划，借吴廉出任盐运使之机，先令其打击各地的盐枭，然后自己再大量贩卖私盐。但文骥在意的并不是贩私得来的那点儿小利，他真正的野心，是以此挤垮盐商中那些占很大比例的中小盐商，最终用低价收走他们手中的盐票，再制造一假象，让吴廉侦破所谓的“私盐案”，自己出面救市，恢复盐市的稳定。如此一来，私盐可得遏制，盐票重又身价万金，吴廉也能全身而退，而长芦盐业则被以文家为首的少数盐商一手垄断。到那时，他们文家不光是天津首富，一跃成为华北乃至大清国首富也未尝不可。

由于有吴廉的积极配合，这个可谓一石三鸟的设计进行得比想象的还顺利。但就在大事即将告成之际却连生意外，以致和盘计划功亏一篑。文骥在无比懊丧的同时，每日也是提心吊胆坐卧不宁。此次他不惜斥巨款，正是想求得官府别再深究，单凭高恒昌几个没凭没据的瞎胡唚，对文家根本构不成多大威胁。那么，他周子坤既然敢在这时“黑”自己，也就意味着有人可以将内里的事含糊着压下去。

高恒昌原本就是要讹文家一头，得知文骥在官府花了重金，明白再折腾下去也没多大意思，便主动找文骥摊牌，要求文家割出洋行方面的一些生意，并“请”二爷文骏让出工部局华董的位子。文骥为保平安，只想赶快堵住高恒昌那张臭嘴，也尽可能地满足对方的要求。此后多年，文骥总是夹着尾巴低调做人。

风烛残年的高明举，听说儿子终于降服了文家这个老对头，高兴得差点儿断了气，抖搂着身子道：“儿子，干得好啊！我就是死，也能含笑九泉啦。”

“私盐”一案，于天津地方上总算暂时消停了，可朝廷里的较量还在继续。都察院的御史言官们这回算是有事干了，弹劾李鸿藻一党的奏折雪片似的落到光绪帝的龙书案上,连那莫苏卖斗鸡给金九的事也被翻了出来。

眼见手下的亲信尤其是户部的官员们纷纷落马,李鸿藻实在吃不住了,他主动找李鸿章秘密和谈。李鸿章没费吹灰之力,便夺回了长芦盐运使并交由周子坤担任,而李鸿藻本人也为此引咎辞去了户部尚书之职。

李鸿章深谙官场之道,明白仅以此案的打压还不足以置对手于死地,既然这样,自己不如就卖个人情,还能讨太后欢心。于是向慈禧提议,让李鸿藻任礼部尚书。作为交换条件,盛宣怀任天津兵备道台兼直隶海关监督,重返天津。

梁钟贤被无罪释放,所有财产全部退还。但遭此重创,梁老板已心力交瘁,特别是吴廉的酷刑令其内脏严重受伤,身体极度虚弱。回家后,听说儿子怀瑞撇下母亲妹妹卷包出逃,气得大口吐血。此后便常常呕血,虽经名医精心调治仍难以恢复,他明白自己已是来日无多了。

梁钟贤是独子,父辈在津的亲戚也寥寥无几,如今唯一的儿子又下落不明,万一自己撒手而去,剩下孤零的妻女和偌大家业,又将交付何人呢?和蔡氏一商量,夫妻俩一致看好盛洪来,想招其入赘。老两口又去问女儿。

经历此番磨难,女儿怀瑾已对盛洪来心生爱慕。听完父母的话,本是百般乐意,可仍羞赧地道:“这终身大事,自然是由您二老做主了。”

能当梁家的上门女婿,就像被从天而降的肉馅饼砸了脑袋,搁谁谁不得乐疯了,可盛洪来却婉言拒绝了。他向大家解释道:如果答应了,旁人肯定说我是乘人之危的小人,认为冒险告御状也是别有所图。大家听罢,口头上都说盛洪来“太多虑”,但心中无不赞许他的忠厚仁义和深明事理。

其实盛洪来这样选择,更有一层不能言说的顾虑,就是那个梁怀瑞。尽管梁钟贤声称今后不再认那个混账儿子了,可他毕竟是梁老板的亲生子,名正言顺的财产继承人,有朝一日人家重新回来,自己的位置无疑将非常尴尬。再有,如今的盛洪来一心只想创事业,对女孩还都不大在意,唯一让他动心的,只有追捕金九时在客轮上偶遇的那个姑娘。

但洪来总要给梁老板个交代才是,一番思虑后,他向东家表示:生意的事,我可以暂时帮您打理;夫人和小姐,我也会时常关照。

梁钟贤见他态度坚决,也不好勉强。林秋红则暗自欣喜,她与盛洪来同岁,已经是个不折不扣的"老"姑娘了,却绝口不提婚嫁之事,姑娘对盛洪来的感情,自己不好说出口,但秋红想不通的是那么聪明的三哥,怎么就猜不到她的心思呢?

没几天,盛宣怀抵达天津。盛洪来忙前去拜见。这与他给盛宣怀背诵"三百千"之时,中间已经相隔了十七年。周子坤、匡正邦二人一旁大加夸赞盛洪来,盛宣怀对他又深了一层认识,为津门盛家能有这样的后生深感欣慰。盛宣怀高兴地道:"洪来,今后生意上有需要六叔帮忙的,你尽管讲。"

自那次会面以后, 天津商界的许多人对盛洪来刮目相看起来,尽力给他以关照。盛洪来心想:大树底下好乘凉,这大概也叫"狐假虎威"吧?

"盐商"盛洪来生意做得刚有些上道,令他担忧的事情果然就发生了,梁怀瑞带着老婆孩子不知从哪儿蹿回了天津。他本来早就听说老爹的冤案昭雪了,但害怕受到重重的责罚,一直没敢进家门。他老婆贺氏天天除了骂还是骂,梁怀瑞被她闹得没辙了,这才下定决心,即使被爹打断了腿,也不能放弃这万贯家财。

一见这个倒霉儿子,梁钟贤又气得吐了一口血,被抬回床上已人事不省。梁怀瑞看到老爹这副样子,反倒放下心来,知道老爹已经没力气再教训自己,而梁家的产业很快就要由自己说了算了。当他得知盛洪来正打理着自家的生意时,不觉怒火满腔,把盛洪来找来狠狠斥骂一顿,并让他及早做好滚蛋的准备。

这事又传到梁钟贤耳朵里,刚缓起点儿精神的他立即翻身下床要去痛揍儿子,结果一头栽倒呕血不止。蔡氏哭得死去活来,梁怀瑾也是泪如雨下。只有梁怀瑞无动于衷,他想得明白,反正自己与老爹已经彻底掰了,不孝子孙的恶名也落下了,不如干脆让老爹死得快些,大家也都省心。

梁钟贤被再次抢救过来后,命王管家将儿子赶出家门,梁怀瑞满不在乎地扬长而去。望着儿子的背影,梁钟贤意识到梁家将来必要败在这个逆子手中,自己是眼不见心不烦了,妻子女儿可怎么办呢?他又想到了盛洪来,派家人快去召唤。

盛洪来一口气奔至梁府, 待见到横卧床头气息奄奄的梁钟贤,忍不住两行热泪涌出眼眶。梁钟贤忙让蔡氏取来刚刚备好的一个樟木匣子,里面放着十万两银票和一叠盐票。梁钟贤恳求盛洪来无论如何要将木匣收下,盛洪来坚辞不受。

梁钟贤急得险又昏厥过去, 蔡氏在一旁苦劝盛洪来道:“来子,你对我梁家有再造之恩,这些钱物本就是你应得的,你要是不收下,我家老爷死都不能瞑目啊。”

“是啊,来子。”梁钟贤激动地道,“你也看得出,我家那个畜生是指望不上了,今后我的夫人和女儿就全托付给你了。你万万不要再推辞啦,难道还让梁某跪下来求你吗?”

盛洪来赶忙双膝跪地:“东家可别!洪来答应就是了。您对我天高地厚之恩,洪来结草衔环难报万一。您放心,夫人和小姐,我会当成自己亲娘、亲妹妹一样照看。有我盛洪来在,绝不让她们受半点儿委屈。”

“好,我放心。”梁钟贤抖颤地捧着木匣递与盛洪来。盛洪来仍跪在地上,双手举过头顶将木匣接了过来。

梁钟贤又吩咐人拿来笔墨纸砚,自己口述,由王管家执笔,写下自愿将部分财产赠与盛洪来的文书字据, 以防儿子事后去纠缠盛洪来。文书写好后,梁钟贤签上名字,按上手印,算是了却了心中最大的牵挂。

梁怀瑞在外面闲逛了一圈,下完馆子,洗完澡,定更天才回到家中。老婆贺氏赶紧把盛洪来接受梁家财产的事告诉给他。转天一早,梁怀瑞就到东门外盛洪来重新建起的麻袋作坊来索要木匣。正赶上常敢子在此。没待盛洪来说什么,常敢子上去就把梁怀瑞一通暴揍。要不是盛洪来、林秋红等人及时劝阻,梁怀瑞的小命都难保全。那家伙爷爷祖宗地叫着,狗似的爬出作坊,再不敢找盛洪来捣乱了。

4

就这样摇身变成了名副其实的盐商,盛洪来还真有些惴惴不安,他那些兄弟们除了为他高兴,谁也说不出个门道。盛洪来还是决定去请教六叔。

盛宣怀闻听此事,欣然笑道:"洪来,不必紧张,更不必担心外人有何风言风语。你这叫'受之无愧,当仁不让'。今后只要诚心敬待梁家母女就是了。至于做盐商吗,人、财、物,六叔都可以帮你。梁老板给你的可是徐水、正定两个大县的盐祟,那十万两的本钱说少不少,说多也不多。这样吧,我再给你十万,算作入股。你买卖里有我的股份,看谁敢讲闲话。每年随便分我些红利就是了。"

盛洪来感激涕零,他想,梁老板的结局之所以如此凄惨,就是因为身后没有势力,如今有了六叔这个大后台,在商界中无论如何施展,自己都会底气十足的。

盛宣怀又道:"你小子真好运。私盐大案刚破,贩私势头已遭遏制,官盐销路趋好,现在进入盐市正是时候。盐运使周子坤又是你表姑夫,遇到什么难处找他便是。再有,你已是大盐商了,不能再住麻袋作坊喽,回头我让他们帮你安排套像样儿的宅子。"

在盛宣怀的授意下,周子坤为盛洪来这个表侄在东门里牌坊胡同找了一套宽敞气派的四合院,虎座门楼,高台阶,内有正房五间,南倒座五间,东西厢房各三间,再经一番修饰,便显得富丽堂皇。

一到这个院门前,盛洪来就觉得有些眼熟,仔细一想,记起这里应是三姑奶奶盛元英婆家的宅院。他向周子坤询问原主人是谁。周子坤告诉他:是个姓蔺的茶商,曾在鼓楼东开过兴泉茶庄,他家的女主人正是你的三姑奶奶。

“他们人呢?”盛洪来急问。

“搬走啦。走了三年多了。”

周子坤把事情的经过简单对盛洪来讲了:原来津门粮商中的豪富穆家,在米店之外,又不断拓展生意,钱庄、染坊、洋货铺什么买卖都做,最出名的便是正兴德茶庄。五年前,茶商间爆发了“拼价”大战,各家纷纷降价与对手竞争。穆家依仗财力雄厚,又是从产地直接进货,以低于市价四成的超低价格坚持了整整一年,自家赔了近十万,但把周围的大小茶商全拖垮了,兴泉茶庄也在这场商战中销声匿迹。关张后,蔺家觉得难以在津立足,便迁往了原籍独流镇。

此事盛洪来原也知道,但当时世面上传的都是哪家大茶庄倒闭,提不到这中等规模的兴泉茶庄,正在梁家做小伙计的盛洪来也就没太在意。

“商海里大鱼吃小鱼,小鱼吃虾米,不是儿戏啊。”周子坤意味深长地对他说。

盛洪来点点头,理解了六叔他们为自己选这套宅子的良苦用心。同时,他也想起了铃铛阁的盛家,尽管心中仍存怨愤,毕竟自己童年、少年的全部记忆都在那里,离开快十年了,自己也该回去看看了。

当然,盛洪来先要安排好自己的贩盐生意,好在跟随梁钟贤多年,对盐业的制、运、销各环节都十分清楚,干起来轻车熟路。他前后花了两个多月的时间,缴纳了盐课,与盐场的场商搭好了关系,选定了店铺货栈,查勘了运盐通道,又到徐水、正定二县,以新东家的身份和当地商铺的老板伙计们照过面。看一切就绪了,正打算去盛府时,梁钟贤却病故了。

梁怀瑞这回做得真像个孝子,天天哭得泪人一般,还跑前跑后,殷勤地照应各路的吊唁者。盛洪来则没日没夜地跟着梁家人一起忙碌，直到七七四十九天的大殡结束，梁老板入土为安，又安慰了一阵蔡氏母女，他才带着张罗离开梁家，回到自己的宅邸。

林秋红与仆人一道，提前将所有房间都打扫干净，她还亲自下厨，做了十几道菜，恭候盛洪来回府。饭桌上，盛洪来依旧为梁钟贤感到惋惜，不断叹道："才刚五十岁的人哪……我那表姑夫说得对，商海，残酷啊。"

梁钟贤的过世更增添了盛洪来对故人的怀念之情，只在家中休息了一晚，转天便与张罗买了一些瓜果、糕点，雇了两辆街面上新兴的人力车，前往铃铛阁。

这人力车是同治末年由日本传入的，也称为"东洋车"，北京人简称"洋车"。上海的车夫极具商业意识，为引人注目以便招徕生意，将车身涂上黄漆，所以在那里叫"黄包车"。天津人最有趣，单注意到了它是胶皮车轮，故命名为"胶皮"。

能坐得起胶皮，无疑是一种财富与身份的象征，因而盛洪来来到盛府门前时，立时引起了周围邻居的关注，人们许久不见盛家有贵客登门了。

盛府原本三套连通的四合院已经出租了两套，剩下这一套也许久没有修整油刷，正门的黑漆已开始脱落，屋脊墙头都生出了蒿草，院里的鱼缸鸟笼这类养活物的家什全不见了踪影，换成了些破盆烂罐。

年届五旬的冯爱珍倒未见如何苍老，可精神已明显不及当初，仔细打量了一会儿，才认定眼前这个年轻人就是自己的养子盛洪来。

她近来时常听家里家外人说道起盛洪来做的那些轰动津门的大事，也从五弟承祖那里得知，盛洪来已经做上了盐商。现在又见他穿着绸缎的长袍马褂，身后还跟有拎着大包小兜的伙计，心里说不清是羞愧还是酸楚，总之是五味杂陈、感慨万千，一时不知讲些什么。盛洪来上前恭敬地行礼，依然称冯爱珍作娘，并说旧日的恩怨都不要再提了，她激动得终于落下泪来。盛洪来搀冯爱珍进到上房,这时家里的其他人闻讯也纷纷聚来。

盛洪来一眼看见了小妈翠莲。翠莲虽比冯爱珍小着六七岁,但却显老得多,头发已经花白,额上颊上都现出皱纹。盛洪来抢步过去叩拜小妈,眼中噙满泪水,翠莲更是掩面抽泣,惹得屋中人都唏嘘不已。盛洪来忙问小弟洪业在哪儿,翠莲告诉他:洪业已在老伯的引荐下,到北京去学德文了,要等明年才能毕业。关于老伯的情况,盛洪来去漕运衙门找五伯承祖时已打听过,盛继祖现正在北洋水师担任帮带。

问候完小妈,盛洪来又拜见了几位伯伯。冯爱珍又引盛洪来见过他的兄嫂和侄子侄女们,那几个曾欺负过盛洪来的堂兄都嬉皮笑脸地跟他套近乎。

一一相见后,冯爱珍及叔伯辈的与盛洪来落了座。盛洪来看府里人口大为减少,尤其不见二伯念祖一家,便向养母详细地询问近年来的境况。

据冯爱珍讲:自四爷盛元礼过世后,老五承祖一家便迁到老城里的漕运衙门附近——这事盛洪来已听五伯说过。至于老二念祖,先是到处票戏,后来跟一些戏子学会了抽大烟,烟瘾越来越大,不仅抽光了自己的积蓄,还不断向冯爱珍借钱,那势头似乎不把盛家的家底掏空誓不罢休。冯爱珍忍无可忍提出分家,最终盛念祖带着家人搬到河北小树林单过了。

"你看家里这份破败,多一半是叫你二伯抽的,要不是我下狠心把他们赶走,盛家就都毁他手里啦。如今布铺、杂铺的生意也都不景气,家里又总是鸡飞狗跳的,里里外外都指着我一人,哪支应得过来呀?"冯爱珍满腹怨气地道。

盛洪来知道冯爱珍话里难免有不实之词,但他也不愿看到盛府就如此败落下去,从怀中取出一千两银票递与爱珍,烦劳她照管好家人。冯爱珍连声感谢,又问盛洪来对家里有何要求。盛洪来只想将爷爷的玉砂瓶要去。冯爱珍惶恐起来,不知那只旧玻璃瓶是否还在,忙让仆人到后院南侧把角的黑屋里去搜寻。幸好那东西还完好无损地歪在一个破柜边上，只是瓶身上落满了污垢。冯爱珍又叫仆人细细刷洗干净，她亲手捧着交给了盛洪来。

盛洪来将玉砂瓶带回宅中，放到自己卧室的小书柜上，精心保管起来。第二天他又赶到河北小树林一带，找到了盛念祖的家。二伯一家租的是个破杂院里的两间南房。当年最爱欺负自己的堂哥洪祥，因受不得穷不知跑到哪儿去了，老两口跟剩下的儿子、儿媳、孙子、孙女，一共八口人只能靠搭上下铺勉强睡下。

二伯本人已经瘦得皮包骨，连说话的力气都快没有了，买不起烟土，就弄些罂粟壳来泡水喝。盛洪来想起自己曾在二伯饮场的茶水中放盐，搅了他一生唱得最得意的一出戏，心中顿生愧疚，便撂下二百两银票，并叮嘱张罗隔三差五要派人来关照二伯一家。

5

眨眼间就到了腊月。在不到半年的时间里，盛洪来的盐斤生意已初有斩获，剔除一半给盛宣怀做红利，自己还独得了一万八千多两。这做盐商实在是太美了，几乎不用动太多脑筋，成堆的银子就往里流。盛洪来明白，能干得这样顺风顺水，盛宣怀的支持至关重要。为答谢六叔，他想提早备好拜年的礼物，最好选些有价值的古董送过去。

要想买到上档次的古玩字画，自然得去名满津城的博古斋。盛洪来到了北门外大街，见左首是间八扇对开的敞亮店面，门窗皆有镂花雕刻，刷着古铜色的大漆，框上悬着块楠木匾额，黑地子上三个斗大的汉隶金字“博古斋”，便抬腿走进去。

到古董店来的多是有身份地位的人，不仅穿着体面，举止也文明，极少大喧大嚷的，所以这里环境颇为清幽。一名打扮整洁的店伙计见盛洪来进门，忙殷勤地上前招待，请他先在墙角的红木椅上休息，又敬上香茶，双方正要搭讪买卖，却听店铺深处传来“呜里哇啦”的洋文，跟着从紫檀屏风后转出一男一女。

男的是个棕发蓝眼高鼻子的洋人，也说不清多大年纪。盛洪来看着眼熟，记得在周子坤的德厚园里碰见过一回，应该是怡和洋行的总裁泰勒。

听周子坤讲，泰勒曾经算计过六叔，这两年周子坤便留心收集了不少他在经济与生活方面的劣迹，六叔返津后，周子坤就提议以此将他搞臭，把这洋毛子驱回英国去。但六叔以为，能治一服，不治一死，赶走泰勒，新换的家伙还未必有泰勒好摆弄，不如暗里敲打敲打他，让他晓得厉害后乖乖地听咱们摆布。周子坤连声称妙照计而行。那泰勒也是精明人，得到周子坤的暗示后，立即主动向六叔示好，处处表现得服服帖帖。这到了年底，说不好也是来给六叔选礼物的。

帮泰勒选古董的是个中国姑娘，却穿着洋式的绿丝绒长裙，衬得身材窈窕婀娜，戴一顶圆顶窄檐还绑着丝带的古怪帽子，端庄中不失俏皮可爱——天爷！这不正是那个在洋客轮上一见倾心的女孩吗？

几个月来盛洪来一直奔波忙碌、无暇寻觅，不想却在此地邂逅。他顿时乱了方寸，挥手先让伙计退到一边，自己又不敢贸然过去打招呼，只在角落里痴痴地望着。

那姑娘用洋文跟泰勒对答如流。最终泰勒买了一对乾隆年的粉彩瓷瓶，不住用中文向姑娘道谢，而后叫过停在拐角处的马车，命仆人抱着瓶子，满面春风地上车走了。那姑娘则转身奔了后院。

傻看了半天的盛洪来，直到姑娘的背影从自己的视野中消失了，还在直直地向里面巴望。伙计笑着过来问："先生，您看好了吗？"

"太好了。她是谁呀？"

"您是问我家三小姐吧？"

"哦，她是你们潘老板的——"盛洪来以前也听说过，潘显达家有三位绝色的千金，今日一见果然名不虚传。"这事还得找干爹去商量。"想到这儿，他抬腿就朝店外走。伙计赶忙召唤他，盛洪来才想起还没给六叔买礼物呢。

范金宝本来最爱张罗这类事了，但得知盛洪来看上的是潘玉芸，一个劲儿地撇嘴："宝贝，你这眼光还真是不同凡人。"

"您这是损我吧？"

"反正我听说这潘三的名声可不大好。"

"是不是有人嫌她太洋气了？我喜欢还就是她这点。"

范金宝摇摇头："唉，你们俩都属那各色的，也许还真是天生的一对。"

一句话把盛洪来气乐了："干爹，我招您啦？"

"潘三的事，我也是道听途说，这么着，明儿一早我领你见个人，他跟潘显达碰面的机会可比我多，这事你干脆问他。"

"谁呀？"

"你的老熟人黄掌柜。"

自那次逃离贤来轩，盛洪来就一直没再回来过，此番故地重游，倒不免生出几多感慨。茶楼的装潢没太大变化，只是贴了更多写着"莫谈国事"的纸条。

黄掌柜已过不惑，但精神不减当年，看见范金宝身后的盛洪来，疾步上前，口里叫着"盛老板"，躬身请安。

盛洪来笑道："掌柜的，您还是叫我小来子吧。"

"小人那不敢哪。您现在是天津卫赫赫有名的人物，能光顾小店，小人这儿是蓬荜生辉啊。现在我满耳朵听的都是您那些惊天动地的壮举，那可叫——"

盛洪来还真受不了这种肉麻的恭维，忙求黄掌柜打住。

黄掌柜又带盛洪来、范金宝来到后院，看了盛洪来做伙计时住过的小屋，告诉盛洪来这里如今住着两个伙计，都和他当年一般大小，只是远不及他机灵能干。

而后三人一起到了黄掌柜的房内，伙计沏上茶，范金宝便将此来的主要目的讲了出来。

"就那潘三妖精？"黄掌柜起初失口道，很快转换了调子，"当然啊，盛老板的眼力不会差，据说那姑娘长得没挑了，是沉鱼落雁、闭月羞花。”

“我图的不光是长相，她的风度气质、见识才干，我想在咱天津卫那绝对是独一无二的。”

“没错，没错。”黄掌柜点头道，“不过这闺女恐怕比您还大一岁，可着天津卫都没处找这么大的老姑娘啦。您看？”

“没关系，我才不在乎岁数呢。”盛洪来道。

“看来您是真喜欢她？”

“不瞒掌柜的，我长这么大，除了她，还真没一个能让我动心的。”

“这就叫缘分。大一岁也好。女大一，抱金鸡嘛。”范金宝见盛洪来如此坚决，索性顺着他道，“黄掌柜，你要是能帮帮忙，我干儿将来绝对感恩图报。”

“那是，那是。黄某当然愿意成人之美。这事也巧了，头个月潘老板还跟我念叨他三闺女的婚事呢，说我认识的人多，托我帮着踅摸个合适的。”

“这不正好吗？”范金宝喜道。

“可咱天津卫有讲究，这‘腊月不定亲，正月不提媒’。盛老板别急，一过二月二，我准保和潘老板说这事。”

盛洪来还真急了：“等明年，那么好的姑娘，万一让别人捷足先登了，怎么办？”

“您把心搁肚子里，跑不了。就那姑奶奶，别人躲她还怕来不及呢。”黄掌柜又说漏嘴了，但盛洪来并没有介意。

在之后的一个多月里，盛洪来一边应酬着年前年后的迎来送往，一边期盼着二月份尽早到来。

潘显达这些年的生意越做越顺，基本不用怎么操心，他省出的精力都用在仨闺女的婚事上。大闺女玉惠、二闺女玉倩都是快二十才成的亲，还都不十分称意。老大跟了个有钱有势的外交官，经年累月地在国外,别说见面,连封信轻易都收不到;老二跟了个领兵的,姑爷人品不错,又常年驻津,但潘老板还是老提了着心,生怕哪天打起仗来,姑爷就得去冲锋陷阵。近来风传日本人不断挑衅,两国战事一触即发,这更让潘老板神魂不定了。

最令潘显达着急的还是三闺女玉芸,这孩子自小就野性难驯,十三岁时竟偷偷跟大姐上了外国。十年工夫,彻底变成了洋妖精,还认了个洋领事做干爹。现在总算回国了,但不是跑上海就是去租界,二十四五的人了还没找着婆家。也有人到家提亲,可就她那满身洋怪物式的打扮把保媒拉纤的全都吓跑了,没一个敢为她说合的。再加上这岁数,谁还愿意要啊。真可惜了闺女天仙似的模样。

又是一年的仲春时节,潘显达想起潘玉芸的婚事,头发都要愁白了。跑到贤来轩喝茶解闷时,听黄掌柜要为闺女提门亲,他是欣喜若狂,急忙问:“那小伙子是谁呀?”

“这人在天津卫可是大名鼎鼎,一提你保准知道,就是那位年少有为的大盐商盛洪来。”黄掌柜明显有些言过其实,可说媒的有几个不虚夸的。

“是吗?这小伙子可厉害呀,当年开过粥厂、卖过麻袋,跟金九斗完蛐蛐又斗鸡,还在石头门坎冒死告御状,扳倒了盐运使吴廉……”刚从东北倒腾皮货回来的能耐耿,没得听范金宝说起盛洪来求婚的事,但他对盛洪来却不陌生,自然要显示一下自己的无所不知,“欸,黄掌柜,他当初不就是你这儿的伙计小来子吗?”

黄掌柜勉强地笑了笑。

能耐耿说的情况,潘显达也大都了解,这反让他犹豫起来,心想:我这闺女就够我操心的了,再找这么个贼大胆、惹祸头当姑爷,我们潘家可是甭想有安生日子过喽。他沉吟片刻,才道:“不怕大伙儿笑话,我那闺女洋墨水喝多了,她的婚事,我自己可做不了主,得和她本人商量商量。黄掌柜,我这儿先谢谢啦,你就等我回话吧。”

黄掌柜平日就靠与人打交道过日子,他一听那语音,就估摸对方很可能不乐意。果然，等了一旬也没见潘显达的这个回话。盛洪来忍耐不住了，他觉着是不是黄掌柜的面子有点儿小，便求干爹亲自出马。

范金宝信守当初的承诺，为盛洪来的事真是在所不辞。他跑完博古斋又奔潘府，前后三趟，反复地讲道理摆利弊，总算把潘显达夫妇俩都说得动了心，郑重其事地去找闺女谈。可到了潘玉芸那儿，没说两句就给崩回来了。

范金宝再来时，潘氏夫妇是连连摇头："这个活冤家，我们俩是管不了她啦。一提婚事，就跟我们急赤白脸的。这不，一生气，又跑上海去了。"

6

潘玉芸到上海是找当初在北京认下的义父、现任法国驻上海领事的皮埃尔·布里叶，以便在十里洋场中消遣几天，解解内心的烦闷。她不是什么独身主义者，只是觉得跟盛洪来这种毫无感情基础的人结合，是件很荒唐的事。其实姑娘已有意中人，是她在伦敦结识很久的高牧远。

回忆起与高牧远的相识，潘玉芸就总沉浸在浪漫的邂逅之中……

那次潘玉芸正在唐人街一家餐馆吃饭。一个十多岁的小伙计失手打碎了托盘中的碗碟，老板一怒之下，不仅打了那孩子，还要把他赶走。没等潘玉芸出手相援，一个高大英俊的中国青年过去递给掌柜的两英镑，算替孩子赔偿店里损失，并请求老板不要将孩子辞掉。这一英镑若折成大清货币就接近十两银子，两英镑能买多少碗碟。老板见那年轻客人出手如此阔绰，必不是一般人物，连连鞠躬表示一定从命。

年轻人的义举让潘玉芸印象颇深，主动上前与之搭讪。不想那人竟与自己是同乡，名叫高牧远，其父在天津怡和洋行做买办，家里花钱让他到英国来，在伦敦大学商学院学习经济。俩人越聊越投缘，此后成了朋友，又慢慢发展为恋人。

大姐潘玉惠和姐夫文彦召得知这事，出于对高家的厌恶，坚决反对。为此潘玉芸与他俩吵翻了。高牧远也把自己恋爱的情况电告了父亲。高恒昌和文家一直在明争暗斗，闻听儿子要和文彦召做担挑儿，想不透是福是祸，干脆来了个不置可否。

潘玉芸找高牧远，要同他私奔。高牧远因怕得不到家里的支持，一时犹豫起来。这让潘玉芸颇为失望，也不愿再回大使馆居住，且随着年龄的增长和社会交往的增多，潘玉芸越发不能忍受洋人对华人从骨子里透出的歧视，于是便打点行装回国了。

过了一年，高牧远也学成归来。两人在紫竹林再次相遇，旧情复燃，重又向双方父母提出成婚的请求。

潘显达早从大闺女的电报中了解过此事。他不听潘玉芸的解释，满口拒绝。高牧远是谁？大损鸟高明举的孙子，损鸟蛋高恒昌的儿子。天津卫但凡正经一点儿的商人有不膈应高家的吗？跟他们攀亲，不赌等着挨骂吗？自己闺女一辈子不嫁，也不进那狗屎人家。这点儿志气，他潘显达还是有的。

潘玉芸找不到一个同盟军，跟父亲干了不知多少仗，二姐玉倩也站到了自己的对立面，连一向顺从自己的母亲态度都比较强硬。孤立无援的情况下，潘玉芸便决心跟家人打一场持久战。

高牧远那边更不顺利。洋买办出身的父亲高恒昌，总觉得靠倒腾古董发家的潘显达，身上永远有股子散不尽的古墓干尸味。他打算让儿子跟泰勒的小女儿凯蒂结婚，以巩固高家与洋人间的关系。

高牧远可不乐意娶个西洋媳妇，又怕跟父亲闹崩，就找各种借口搪塞拖延。他暗地里与潘玉芸约定，等他从家中弄到足够的钱，俩人就一起远走高飞。潘玉芸有些无奈，只得抱着一个等待的希望。有了这份心思，她怎么可能考虑其他人呢？

近来盛宣怀跟着李鸿章忙得不可开交，既要为慈禧六十寿诞筹措大笔的银子，他自己还得准备好一份丰厚的寿礼，此外日本人步步进逼，表面上得跟他们努力讲和，暗里还不得不硬着头皮备战。

盛洪来看到六叔公务繁忙，不好以自己的婚事去麻烦他，便跟周子坤去请教。周子坤也不太懂这里的门道，只是在租界听洋人说，欧美的男子向女士求爱都要主动上门送玫瑰花，送得越多，表明爱得越深。

这事好办呀，眼见就到初夏，据说潘小姐再过十几天就要从上海回来了，正好赶上玫瑰盛开。盛洪来叮嘱张罗，到时候把天津卫城里城外能买着的玫瑰都弄来，以充分显示一下自己爱的诚意。

俩礼拜后的一个晚上，盛洪来派出的“细作”伙计前来禀报，潘三小姐今天下午刚刚回府。盛洪来忙召唤张罗，明日一早照计行事。

潘府坐落在北门外针市街后身的槐树胡同，由两套连通的四合院构成，建筑样式极具天津地方特色。

天津卫是九河下梢的水陆码头，夏日常要防备洪涝，所以有的人家就筑起高高的石头门坎，有的则在房上修阁楼，有的甚至直接把房子盖成两层楼房，这样除了能避洪水，还能扩大居住和储物的空间。潘府便是这样，正房与厢房全建的是双层小楼。

潘显达的客厅里除了墙上的瑞士挂钟，陈设都是古色古香的，飘着儒士的雅味。他对盛洪来的造访态度较为淡漠，只想礼节性地招待一下，就将盛洪来打发走。但闲聊了几句，发现盛洪来谦恭有礼，谈吐不凡，绝非想象中的市井暴发户。待说到婚事时，盛洪来表现得一片赤诚，潘显达脸上则颇有难色。

恰在此刻，被盛洪来收买的潘府门房将院门打开。

但见张罗倒背着手撇着大嘴岔子，大摇大摆地走了进来，身后竟跟进来一挂骡车，车上十几只柳条大筐中满满当当地装着盛开的玫瑰花。再瞧那头拉车的大青骡子比张罗还不客气，进到院中它“鞥啊——鞥啊”叫了两声，然后一撅屁股，便咣咣咣在青石板地上连续抛下一串儿黄不溜秋的屎粪蛋，恶心得潘显达直翻胃，急皱眉用眼紧瞪着盛洪来，不知他演的这是哪一出。盛洪来一时尴尬得满脸通红。

院中这一幕，被楼上的潘玉芸隔着玻璃窗看了个满眼。她不知道盛洪来会来求婚,所以被堵在了家里。没料到,对方竟小丑似的出这等洋相,心里暗骂:“这个土包子!真是穷人乍富癞狗长毛。”她实在是看不下去了,终于忍无可忍地奔下楼来。

盛洪来听到楼梯处急促的脚步声,回身一看,下来的正是自己梦寐以求的姑娘,立马笑得阳光灿烂,就要上前打招呼。潘玉芸已认出眼前这人,竟是那次拦截法国客轮的流氓小头目。

“原来你就是盛洪来!”潘玉芸柳眉倒竖,恨恨地道,“你这个狗强盗、臭混混儿,以为自己是谁,想来讨本姑娘的便宜,马上给我滚出去!”

盛洪来让潘玉芸给骂傻了,等对方又说了两遍“快滚”时,他才急着道:“潘小姐,你误会了,听我——”

“我什么也不听!”潘玉芸说着从手杖里抽出一把银光闪闪的西洋佩剑,“再不滚,我先捅了你那头死骡子!”

“你还不快走!”潘显达也上来向外轰盛洪来,同时一边拦住女儿,一边大声吩咐仆人,“来呀,把盛老板拉来的那几筐破玩意儿,通通给我搁后院的咸菜缸里腌起来。”

从未受过如此羞辱,盛洪来灰着脸拽上张罗,丢盔落甲地离了潘府。

出门后,他无处撒气,又不好指责张罗,朝着那头骡子的屁股狠狠就是一脚,踢得那畜生一个劲儿地鞥鞥怪叫。

盛洪来恼羞成怒,心道:“想我盛洪来连御状都告得下来,怎么就得不到自己喜欢的姑娘?不行,这潘玉芸我得娶,这口气我也得出。”当天下午,他就奔京城去找端明。

一见盛洪来,端明好不欢喜,拉着他的手道:“盛来子,我正想你呢。这两天可把我给烦坏了。”

“怎么,菜霸王斗输啦?”

“没有,那家伙老当益壮。可我现在整天忙活太后的寿诞了。国库里都快空了，还得玩命折腾，花钱像淌水一样。把我们内务府的人都累得要死，真他妈没劲。”

“你们不正好借机搂银子了吗？”

“不搂白不搂，可那也没劲。还不错，你来了，我想准有好玩的事。”

“还好玩的事呢，我这回栽大发了。您可得帮我出出这口恶气！”盛洪来一摆手，把到潘家求亲失败的经过委婉地告诉了端明。

端明一听，乐了：“你说的就是文彦召的小姨子吧？嘿哟我说，天底下什么样儿的美女没有，你偏喜欢那妖精？”

盛洪来诧异道：“怎么，您也认识她？”

“岂止认识。”端明从椅子上蹿起来道，“你说她骂你，她还打过我呢。”跟着端明就把当年在戏园里，潘玉芸揍自己一手杖的事讲给盛洪来。“咱哥儿俩这叫同仇敌忾啊。”端明接着道，“不治治这小尖果，她就不知道马王爷也有三只眼。你来得早不如来得巧，眼下正有一个机会。前些日子洛阳汉明帝的陵被人给盗了。咱们就借这回事，给她家做个套。”

东汉明帝刘庄的显节陵不是第一次被盗了，但这次盗得最惨，整个墓室都让贼给挖开了，流失的文物难以统计。干古董行的人对这类信息都极为敏感。潘显达正要派人去洛阳一带淘换宝贝。恰巧就在贤来轩结识了一位河南老客，那人听说潘显达是开古董店的，暗示自己手头有好货色。

潘显达悄悄将他带回博古斋，那人从箱子底层翻出一只驮经玉马。潘显达细心端详良久，以多年的经验，他认定这便是汉明帝的那匹玉马。

传说当年，汉明帝梦见一身高六丈、金光闪闪之人，头顶笼罩着日月光环。解梦者称其为西方之佛。于是明帝派人前往西域寻访，从印度取回了佛经佛像，并在洛阳建起了中国第一座佛寺，因经文是由白马驮回，故该寺得名“白马寺”。

为纪念此事，明帝特命宫中玉匠精选上等的和田羊脂玉，雕刻了一匹驮经玉马。明帝驾崩，玉马随之陪葬。后世虽多有仿制，但材质、工艺皆不可同日而语。

潘显达心中有底，故意诈对方，那河南老客只得承认自己是从盗墓贼手中购得的，在京城不敢出手，想在天津卖个好价钱。潘显达借势压价，结果只花了四千两银子就拿到了这件稀世珍宝，准备避过眼下风声后，或高价出手，或作镇店之宝。

可还没得意几天，端明就带着内务府的差役会同天津府的捕快，闯进了博古斋，声称：洛阳知府破获了明帝陵被盗案，将缴获的珍宝作为给老佛爷的寿礼，送到京城内务府。谁知宝物中最珍贵的驮经玉马在进京前一日再次失窃，据查贼人逃到了天津。老佛爷闻讯震怒，遣内务府端贝子来津查案，已去过两家古董店了，均未发现赃物，现到博古斋来搜查。

差人们没费多大工夫，便将潘显达藏匿的玉马搜出。端明勃然大怒，下令把瘫软在地的潘显达用镣铐锁了，直接押入天津府衙的大牢之中。

第十五章

1

潘显达涉嫌盗窃老佛爷的寿礼，被抓了起来。一旦罪名成立，就得跟金九一样拉到菜市口给咔嚓喽。

这突然降临的塌天大祸可把潘府上下急坏了，夫人韩大脚赶紧找人帮忙疏通打点，但大女婿远在英国鞭长莫及；二女婿刚刚率部赶赴朝鲜同小日本开战，还是坐着火车走的，追都没法追；唯一能指得上的只有三女玉芸了。

潘玉芸怎不知事情紧急，她马上给上海的义父拍了份电报，但布里叶回的电文言辞颇为含糊，绕了八道弯表达出的意思无非是“深表同情，爱莫能助”。潘玉芸起初怨恨那个洋老头的见死不救，但往深里一考虑，也能体会布里叶的苦衷，不是不想帮忙，但身为外交官的他，实在不便介入涉及皇家的案件之中。

潘玉芸只得去找高牧远商量。高牧远听了原委，热血贲张地痛斥大清国皇权专制下的黑暗与腐败，而后也只得对潘玉芸表示：这样的事情，一他不知该怎么办；二即使知道了他也无可奈何。话等于没说，潘玉芸气得无语。

高牧远上前扶住她的肩头道：“玉芸，咱们还是出国吧，待在这块腐朽的土地上是不会有前途和希望的。”

“行啦。”潘玉芸抖肩甩开了他的手，“正因为在国外活得没尊严，我才回来的。我受不了洋人鄙夷的眼神，看咱们就像看劣等动物。”

“要不咱们去日本，那里发展之快，全世界有目共睹，我们带着钱到那儿投资办厂，一定大有可为。”

“去日本？”潘玉芸生气了，“眼下日本就要跟我们打仗了，现在的中国人到了那里，还会有什么好？”

“打仗也是和朝廷打，跟咱没关系。就大清现在这副德性，打也打不赢，咱们还是躲远点儿吧。”

高牧远是在洋人办的教会学校读书长大的，西方教育对大清国无处不在的轻蔑和诋毁已从根本上影响了他，对于自己的国家，高牧远可以说是没什么感情可言的。高牧远的话语不失真诚，但潘玉芸听罢却很是震惊，她突然觉得有些看不懂站在自己面前的这个人了。

许久，潘玉芸冲高牧远惨然一笑，冷冷地道：“世界这么大，脚又长在你身上，愿意走，你走。高牧远，这么对你说吧，就是不赶着救我爹，我也不会跟你走的。”

悻悻而归的潘玉芸刚进堂屋，见母亲和二姐玉倩正坐在一起长吁短叹。

“家里都这样儿了，你还到处乱跑。”二姐埋怨着。

潘玉芸也没好气：“我不也是到处在想办法吗？”

“你那些洋朋友，一个干人事的都没有。”二姐从来对洋人就没好感，对三妹平常的穿着、言行更是看不惯。

潘玉芸一听更恼了：“行啦，你们不也没有主意吗？我想好了，再不然，我就去北京告御状。”

韩大脚慌忙道：“小姑奶奶呀，你怎么净出幺蛾子？那御状也是告着玩的？”

潘玉芸气道：“连那个盛洪来都能告得，凭什么我就告不得？”

韩大脚也急了：“人家那是向太后告赃官，可你爹这回得罪的正是太后，你找谁告去？现在得想着怎么压事，不是去惹事，你听明白了吗？”

潘玉倩明白三妹多半是在赌气，但这下倒也给她提了醒。据说那个盛洪来和来津办案的端贝子交情颇深，果真这样的话，能否请他帮帮忙呢？想到此，她便将这想法悄悄对母亲说了。

韩大脚一听，当即把头摇得像个拨浪鼓似的：“不行不行，上次咱把人家得罪苦了，现在怎好开这个口？”

潘玉倩却劝道：“病急乱投医，厚着脸皮也得试试，不然，我们还有何办法？”

韩大脚依了二闺女的主意，转天携带厚礼到了范府，恳请范金宝出面找盛洪来。范金宝见韩夫人亲自登门，咧着嘴巴笑了。他拍着胸脯大包大揽道：“弟妹你放心，我是他干爹，驳谁他也不敢驳我。而且我那干儿最仗义不过，向来古道热肠，这种性命攸关的事，他定会不计前嫌全力以赴的。”

事态拓展得如此顺利，连盛洪来都始料未及。这不，还没等他走下一步棋，韩大脚就主动找上门了。送走义父范金宝后，他立刻赶往天津府衙，跟端明打过招呼，便到西院的牢房见潘显达。

今儿是潘老板第四天的囚徒生活，他被关在一间逼仄的单人牢房里。其间仅过了一次堂，也没给他上刑。窝头就咸菜，一日三餐管饱不管好。就是整天的心惊肉跳，令潘显达寝食难安。盛洪来看望他时，人都瘦了一大圈。

盛洪来讲明自己是受韩夫人之托，前来帮他摆脱困境的。潘显达听罢千恩万谢，同时感动得热泪盈眶。盛洪来见时机成熟，便对他说：“我虽与端贝子交厚，但也越不过王法，赃物是从您店里搜出的，此事您就脱不了干系。”

潘显达明白盛洪来说得句句在理，自己明知那玉马来路不正还要据为己有，至少是替盗贼销赃。仅此一条便可获罪。

“我会尽全力帮您大事化小，但有个条件，如事办妥，您可否将玉芸姑娘许配与我？”

“浑蛋，乘人之危！”这是潘显达的第一个反应。但思忖良久，他又觉得即使盛洪来真想借此使手段胁迫自己，左不过欲娶玉芸为妻。照理说，这本应是件好事，那个顽劣之女本来也不好找婆家，何况如今的盛洪来既有势力又有才干，把女儿嫁给他没什么不好。这么一想，潘显达的心情好多了，他痛快地点头答应了。

盛洪来还不算完，写好一份字据，让潘显达签字并按了手印。当晚，潘显达就换了间宽绰整洁的牢房，晚餐也有酒有肉了。

三天后，潘家人得到通知，允许探监了，但一次只能去一人。韩大脚雇了辆车就赶到牢里。吃住条件都很优越的潘显达重又红光满面了。韩大脚从丈夫口中得知，能有这种上等待遇，全仗盛洪来的奔波。韩大脚心中感谢，但听了盛洪来的附属条件，不觉眉头紧锁：“这事，我得回去跟闺女商量商量。”潘显达气了，“还商量嘛，盛洪来哪点不好？就咱家那个半飙子，能嫁这样的人就是她的福分。”

尽管丈夫这样讲，韩大脚回家后还是把事情跟女儿说了。潘玉芸恨得银牙紧咬，但为救父，她没法拒绝盛洪来的无礼要求，心想：结婚可以，转天姑奶奶就跟你办离婚。

端明忙于太后的寿诞，急着回北京。潘显达的官司为此又拖了半个月，潘家人如坐针毡，又托范金宝去求盛洪来。盛洪来放下手头的一切，直驱京城。数日后，端明再次被盛洪来请回来，并择日安排他在范府与韩大脚见了面。

端明心中早就算计好了，这回非得死刮潘家一鼻子不可。他端着架子，开口声称：盗贼尚未捕获，无法结案。韩大脚听从范金宝的指点，几次三番重金相赠，最终按兵不动的端明才放出了活话。

两日后，天津府宣判：潘显达因一时不慎误收赃物，鉴于平日乃奉公守法之商人，罚银三千，取保释放。潘显达自觉捡了条命，又重重酬谢了端贝子。端明出了多年前的恶气，怀揣银票凯旋京城。

送走了端贝子,潘家人又将范金宝爷儿俩请入府中,设宴款待。家里的亲朋好友也都请到了,只有潘玉芸满腔气愤,称病不肯下楼。

酒席间,潘显达提起婚约之事,盛洪来二话没说,从怀中掏出那张字据,当众撕成碎片,在场之人无不震惊。盛洪来冲潘显达夫妻莞尔一笑:“咱们两家本是故交,解救潘伯伯,小侄义不容辞。洪来绝非卑劣小人,怎会乘人之危?婚姻本需两厢情愿,三小姐不乐意,岂可强求?至于逼婚之事,不过只当一个玩笑,全为伯伯于狱中安心安神。”

在场的人无不为盛洪来的义举所折服,潘氏夫妻更是感动得无以言表。宴后,老两口将盛洪来的话转告给女儿,潘玉芸闻听也惊愕不已……

2

与端明联手戏耍了潘家,盛洪来又以欲擒故纵之法赚取了潘玉芸的好感。事后,潘玉芸还托父亲借范金宝之口,婉转地向他表达了谢意。盛洪来心里得意至极,同时他更感到要想彻底赢得这位美人的芳心,切不可操之过急。

高牧远却因此事起了嫉恨,他埋怨潘玉芸不该草率地答应那所谓的婚约。潘玉芸不屑道:“你要是为这事吃醋,就更没点男人味了。有本事,也把我爹救出来呀!”挨了奚落,高牧远只得暗气暗憋。

提起上次欲往日本的事,潘玉芸再次斥责他目光短浅,全没中国人的气节。高牧远觉得很冤屈,他不认为自己有何失当之处,更无法理解一身洋装的潘玉芸怎就对倒霉的大清如此留恋?便努力辩解,潘玉芸听了更加反感。话不投机,最终两人不欢而散。

潘玉芸本想去上海散散心,但此时日本舰队已封锁了渤海湾,并同北洋水师发生了激战,所有南下的客轮都被迫停运了。

接下来的几个月里,战争的阴云笼罩着每一个人的心。

盛洪来从盛宣怀及周子坤处不断获知中国军队前方战败的消息,日本陆军从朝鲜跨过了鸭绿江,他们的海军已把北洋水师围困于威海卫。凭直觉,盛洪来似乎感到在这场中日之间的空前大战中,我方败局已定。心情沉重的他常想起在北洋水师做帮带的老伯盛继祖,很为他的安危担忧。

这天,周子坤让盛洪来过来一下,电话里的语气非常严肃。盛洪来疑惑是老伯出了事,心急火燎地赶到德厚园。周子坤正在一楼大厅中会客,客人头上蓝宝石顶戴,身穿绣着豹补的九蟒五爪袍,是位三十多岁的年轻武官。周子坤向盛洪来介绍道:“这位乃当年家父手下津门五虎少将之一,现任盛字军三品参将的彭万亭彭将军。”

盛洪来早就听说周子坤的父亲、淮军名将周盛传,曾在津南新城附近的小站练兵,收纳了不少天津子弟入伍,其中便有潘玉芸的二姐夫彭万亭。据闻彭万亭文武全才,在盛字军中颇受器重,不想今日竟在这里邂逅。

“哪儿还有什么盛字军?在安东全让小日本给打没了,我现在就是个光杆将军。”彭万亭懊丧地道,既而他问盛洪来,“你认识一个叫唐黑子的人吗?”

盛洪来心下一惊,忙道:“那是我结义的大哥!怎么,您知道他的下落?”

“他在奉天左宝贵左总兵的麾下做营官,因为自己起了个大号唐青锋,他那个营就叫‘锋字营’。在朝鲜我俩曾一起出生入死,唐黑子真是个爷们儿,每战都身先士卒。可我们那个叶统帅却是武大郎卖豆腐——人𡳞货软,见着小日本就拉稀。在平壤他没跟大伙儿商量就树起白旗带头逃跑。结果左总兵是孤军奋战,中弹殉国。我和手底下三个营的弟兄也没来得及撤退,叫小日本给围上了。要不是唐黑子带锋字营舍命相救,那一仗我就得见阎王爷——”

“我大哥现在怎么样了?”盛洪来不等彭万亭把话讲完就急问道。

彭万亭长叹一声道:“小日本打到鸭绿江边的时候,唐黑子奉命死守,一个营拼得不到二十人,他身中四枪,让一个军校背回来时人已经不行了。在朝鲜时他就老提起你们哥儿几个,尤其总念叨你。我告诉他，你在天津卫已经是个人物了。他特别高兴，想着打完这一仗，无论如何也要回来看看，可现在回不成啦。临终前他托付我，定要替他问候一下父母，看望结盟的兄弟们，还叫我把左总兵赏他的一个扳指送你作纪念。”

彭万亭止住了话语，他看到盛洪来坐在对面的椅子上，一手捂着脸，身体不住地抽搐起来，虽未哭出声音，但眼泪已从指缝间汩汩淌了出来。

自打与日本人开了战，几个月来潘显达夫妇日夜忧心忡忡，生怕二闺女成了寡妇，如今见姑爷囫囵个儿地回来了，自是欢喜万分。彭万亭向家人讲述了战事的惨烈与兵败的原因，潘家老两口和玉倩、玉芸听了不住地发着叹息和愤慨。

“我也带了十几年的兵，这一仗下来全赔进去啦，我们连个还手的机会都没有。”彭万亭对这种窝窝囊囊的失败依旧耿耿于怀。

潘显达相劝道：“行啦，二姑爷，你能保住性命，就是不幸中的万幸。”

彭万亭接着讲述了战场上的一些情形，当说到唐黑子的死时，自然提到昨天与盛洪来的会面，他感叹道：“男儿有泪不轻弹啊。那可是个重情重义的小伙子，听到结义大哥战死疆场，伤心得一塌糊涂，那样子装是装不出来的。唐黑子在朝鲜时不止一次地向我夸赞他这位三弟，智慧聪明吃苦能干，又够朋友讲义气。”彭万亭顺便将唐黑子讲过的盛洪来的身世，细细说给大家听。

彭万亭今天大谈特谈盛洪来，主要是因为昨晚妻子的授意。自那次父亲被营救出来后，潘玉倩就十分看好盛洪来，觉得三妹应该嫁给这种敢做敢为的男人。前一段光为丈夫揪心了，难以顾及妹妹的婚姻，如今丈夫平安返回，恰巧昨天刚见过盛洪来，对其印象颇佳，潘玉倩便鼓动丈夫在娘家人面前多说盛洪来的好话。这办法果然奏效，潘玉芸听了二姐夫的叙述又一次受到触动，内心之中对盛洪来的感觉产生了微妙的变化。

此后潘玉芸与高牧远在一起时,经常提到盛洪来,不但对他赞许有加,还不时拿他与高牧远对比。高牧远暴怒了,大声道:“你喜欢他,找他去好啦!干嘛还老缠着我?”高牧远的话太不理智,潘玉芸哪受过这个,眼泪立时涌到眶外,昔日的爱恋全化为怨恨,她同样大声对高牧远吼道:“三姑奶奶没那么贱!我这就走,永远不想再见你!”

对于与潘玉芸的分手,高牧远倒也不太后悔,因为此前在父亲的安排下,他已见过泰勒的女儿凯蒂了,高牧远不免有所动心。那是个天生丽质的混血儿,由泰勒和他的中国情妇所生,自幼受过良好的教育,中英文都很流利,且举止大方善解人意。仅此一点就与脾气火暴、蛮横骄纵的潘玉芸有着天壤之别。

高恒昌见儿子回心转意自然欢喜,频繁与泰勒接洽,极力欲促成这桩跨国婚姻。泰勒也早有此愿,他知道以凯蒂的出身不容易找到正宗的英国绅士,如能与大买办高恒昌留洋归来的儿子结合,不失为最理想的选择。两下一拍即合。

正当渤海湾战火纷飞硝烟迷漫的时候,天津卫的高府门前却张灯结彩,鞭炮震天。高恒昌、高牧远父子俩从里到外更换一新,神采奕奕地登上四轮马车,众多亲友或乘轿或坐洋车,一道赶往英租界海河大道上的合众会堂,在这座专门为来津外侨服务的基督教堂内,与泰勒家结为秦晋之好。

3

婚礼正在进行之中。泰勒牵着凯蒂的手来到圣坛前,主礼牧师用英文庄重地致辞后,教堂唱诗班咏唱了祝福歌。

“我以上帝的名义要求在座的各位, 如果有谁认为这对新人之间尚存障碍而不能联姻,那就请讲吧,否则,我将宣布他们的婚姻是合法的。”这是惯例也是一种形式,牧师很快转过身问高牧远,“高牧远先生,你愿意娶凯蒂小姐为妻吗?”

教堂里一片寂静,人们都等待着高牧远幸福的朗声回答。

忽然,背后猛传来一声清亮的大喊:“慢着,牧师先生,我认为这场婚礼存有障碍,不能继续下去。”

教堂内顿时骚动起来,人们不约而同地转头,惊愕诧异地朝后望去。见大门处站着一位身材修长的年轻人,头戴圆礼帽,身穿黑色燕尾服,手拎一支绅士手杖。但当此人疾步走上前时,大家都已看出,来者分明是个窈窕姣美的女子。

高牧远也辨认出了男装的潘玉芸,他面色阴冷起来,扭身对牧师道:“继续婚礼。”

“抱歉,我不能欺骗上帝。”牧师无奈地耸耸肩膀双手一摊,抬头问潘玉芸,“请您说明一下,是什么样儿的障碍?”

“太不像话了!”高恒昌愤然起身嚷道,“牧师先生,我——”

“高先生,这里是教堂,请保持冷静。”牧师截语道,“这位小姐,你说吧。”

怄气归怄气,潘玉芸可没想就此了断那长达五载的恋情,得知高牧远这么快就要成婚了,她是又委屈又愤恨。父母、二姐的苦苦规劝也难压下她心中的怒火。就在高牧远婚礼的当天,她换上男装,雇了一辆马车赶到教堂。

简洁地叙述了与高牧远恋爱五年的经过后,潘玉芸对凯蒂道:“凯蒂小姐,这种没有真情的男人,你还愿意嫁给他吗?”

“住嘴!”高恒昌忍无可忍了,“潘小姐管得也太宽了吧?有道是‘宁拆十座庙,不破一桩婚’,你一个姑娘家怎么也干这种缺德事?”

潘玉芸尽量保持住自己的冷静:“高伯伯,亏您在洋行做了多年的买办,也说这么不着边际的话。别忘了,泰勒一家可是英国人,人家讲的是西方文明。”

潘玉芸竟敢跑来搅闹婚礼,这是高牧远万万没有料到的。他起初有些发蒙，既而便羞恼成怒，原本残留在他内心的那一点儿愧歉之意，刹那间荡然无存。他恨恨地咬着牙，上前一步道："西方文明又如何，就算是基督教徒，还可以离婚再婚呢，你我之间既没有正式的婚约，也没有出格的行为，你别想威胁我。"

"威胁？"潘玉芸杏眼圆睁，"高牧远，这种话你也讲得出口？"

高牧远稳稳心神，对泰勒道："关于这个女人，我以前也对您说起过，今天我就把此事说个清楚。"他擦擦额角的冷汗道，"不错，当初我是被她迷惑过，也的确为她的美貌所倾倒。但后来，我渐渐发现她是个骄纵蛮横、不可理喻的人，因此在伦敦时就毅然和她断绝了关系。谁知回国以后，她又像毒蛇一样死缠着我不放。幸好她很快移情别恋，喜欢上别人，我才结束了这场噩梦。岳父大人，请您放心，有过这种不幸的经历，我更会倍加珍惜凯蒂，我向上帝发誓，一定让您的女儿永远幸福。"

"说谎。"潘玉芸冷笑着道，"高牧远，原来你还是个很会表演的伪君子！"

高牧远铁青着脸道："我是伪君子？几个月前是谁亲口讲的'永远不想再见你'？言犹在耳，你凭什么又来胡搅？潘玉芸，以前我只以为你刁蛮霸道，想不到你还这么阴险恶毒，这么没有廉耻！"

这翻脸无情的辱骂，热油般浇到潘玉芸心中那团熊熊烈火之上，她面无血色，不再说话，刷地从手杖中抽出一柄雪亮的佩剑，直指高牧远前胸。

几秒钟的死寂之后，教堂里发出一片惊骇之声，女人们恐怖地尖叫着，而所有的男人则不约而同地倒吸了口凉气。大厅两侧，高、泰两家的保镖，也要扑上前来。

牧师见状惶急地嚷道："不，都不要胡来，这里是上——上帝——"

"别怕，牧师先生，我不会在这儿动武的。"潘玉芸高声道，"高牧远，是男人，咱俩出去，姑奶奶要跟你决斗！"

“决斗？”高牧远不屑地一笑，“你以为这里是十八世纪的欧洲吗？我干嘛要跟你这个疯子决斗？”

“量你也没这个胆。好好看看这是什么。”潘玉芸说着，伸手从怀里掏出一叠扎捆好的信纸，重重地摔到高牧远脚下。

“这，这——”高牧远看着自己曾写给潘玉芸的封封情书，面如土灰，额角的冷汗再次渗出，如果不是当着大庭广众，他真恨不得上去把潘玉芸活活掐死，“你！你怎么敢——”

“对一个疯女人来说，没什么敢不敢的。我只问你，敢跟我决斗吗？”

这下，高牧远、高恒昌等人全愣住了。教堂内又是一片死寂。

老谋深算的泰勒一直在旁冷眼观战。说实话，这桩亲事不过是他与高家进行的一次交易，至于高牧远自身的品行如何，他根本不想考虑。他之所以没有过早出面干涉，是因为在博古斋见过这位潘三小姐，清楚这个狂妄女孩的背景。但眼下事态已发展得难以收拾，他这才起身对潘玉芸道：“潘小姐，看在你义父和姐夫的面子上，我不跟你计较。可你未免太过分了，如果再这样无理取闹，我可要叫巡捕啦。”

“无理取闹？”潘玉芸正色道，“泰勒先生，我这样做也是为您女儿的将来着想。”

“潘小姐，能听我说一句吗？”一个轻柔的女声传来，潘玉芸侧过脸，说话的却是新娘凯蒂，“我丈夫以前可能做过对不起您的事，如果那是实情，我在此真心地请您原谅。至于今后他爱不爱我，那是我们夫妻的事，您就不必操心了。您也是个有教养的人，应该明白再闹下去，大家的体面都没了。”凯蒂俯身拾起那叠信纸，款步走到圣坛边的烛台前，用烛火将其点燃。

高牧远感动极了，他快步跟过去抖着嘴唇道：“亲爱的凯蒂，你真是太好了。”

凯蒂没有回应，转身对牧师道：“请您继续婚礼吧。”

凯蒂的言行无疑是致命的，对于这种反击，潘玉芸是没有任何方法抵挡的。她不得不承认自己失败了。她收起佩剑,满脸苦涩地对凯蒂道:“我为刚才的无礼向你道歉。”然后面对高牧远,“姓高的,恭喜你了。”说罢,磨头快步走出教堂。

潘玉芸没有乘坐来时雇的那辆马车,她一路狂奔回家中,冲进自己的卧房,便一头栽在床上。潘玉芸大病了一场,直到来年的开春才慢慢痊愈。

是时, 天津的报业已日渐兴旺,“潘三小姐大闹教堂搅闹洋婚礼”的消息,一下子成了大小报纸争相刊载的新闻。盛洪来手捧一份刚买的《津沽早报》,一看头条他就乐翻了,惊奇之余不禁拍案道:“这丫头真够邪性的,我盛洪来娶的就是这种女人。”

4

近来的盛洪来可谓难得一笑。那次从周子坤的德厚园回来后,他对大家讲述了大哥唐黑子阵亡的经过, 几个结义兄弟无不潸然泪下。常敢子立时便要从军,去跟小日本拼命。经大家好一阵解劝,他才安静下来。

安抚住了二哥,盛洪来又去找四弟。他已经多次请叶满缸和大伙儿生活在一起,但都被叶满缸以种种理由搪塞了。大哥的死更坚定了盛洪来的决心,一定要说服四弟重新回到他这里。

叶满缸也为大哥的阵亡悲痛不已,但他再次断然回绝了三哥的请求。他对盛洪来说:“当初你危难之时,我没有出过力,现在我也不愿意享那份福,实实在在地做个小木匠,也挺好。”盛洪来最终也没能劝动四弟。

出门后,张罗忍不住对盛洪来道:“你知道四哥为嘛死活都不肯过来吗?”

盛洪来听出这话的背后似有隐情,便急问:“怎么回事?”

“他不想见我五姐呗。他对五姐那点儿意思,你还看不出来?我们卖麻袋之前,他两次托人向五姐求婚,五姐却瞧不上他。作坊烧了以后，他还来过好几次，都是偷着找五姐的。"说到这儿张罗嗫嚅了片刻，然后一甩头道，"索性就挑明了吧。五姐今年二十四五啦，还不谈婚论嫁，她等谁？还不是在等你。她连'非你不嫁'的绝话都对四哥讲了。你想四哥还能和你一块干吗？"

盛洪来听得心乱如麻，一时间不知如何是好。二人回去的路上，东北风吹得正紧，天空中不觉飞飞扬扬地飘起了棉团似的雪花。

下下停停，飞雪几乎伴随了整个腊月。天津城就在这漫天大雪中，度过了甲午年最后一个日子。

正月初四早上，门房进来对盛洪来说，有个老头子倒在门外的雪地里，已经咽气了。盛洪来随大家出去一看，马上认出来了，那个已被冻得梆硬的尸体竟是自己的二伯盛念祖。见二伯穿戴尚整齐，袖筒里却揣着一把紫砂壶。

盛洪来记得此乃康熙年间紫砂名家陈鸣远亲制的南瓜壶，正是当年他指使端明往里面放盐的那一把。据二婶讲，二伯抽大烟抽得变卖全部家产时，身边仅留了两样东西，一是他爱了一辈子的二胡，再就是这把跟他上过无数次戏台的紫砂壶。

这一年多里，由于有盛洪来的不断接济，盛念祖一家的生活略有起色，但盛念祖的烟瘾却难以戒掉，实在没钱时，他就喝罂粟壳熬过的水，身体已深度中毒。料到命不长久，盛二爷只有一念，他要在临死前亲自到盛洪来府上去答谢一下这个侄子。

元旦那天去二伯家探望时，盛念祖又提起此事。盛洪来反复对他讲：咱们是一家人，您老又是长辈，不必如此客套。孰料今日二伯竟倒在自家门前。看着二伯携带的那把紫砂壶，盛洪来明白二伯的用意，不由得连声悲叹。

乙未年的正月，从南海之滨到鸭绿江畔，干戈扰攘警信频传。对于盛洪来来说，这个寒冷的正月无疑是灰色调的。月初时二伯去世；到了月末,盛宣怀又从京城带来了北洋水师全军覆没的坏消息。

“完啦,李中堂十几年的心血全都付诸流水啦。我们搞洋务为的就是富国强兵,不受外夷欺侮,可现在……”盛宣怀从未如此感伤过。

“咱的水师不是在世界上名列前茅吗?怎就打不过小日本?”盛洪来问。

盛宣怀摇了摇头道:“那都是老皇历啦,如今我们舰船的航速、吨位、火炮射速和威力,样样都比小日本落后。”

“样样落后?为什么?”盛洪来又问。

“朝廷不给钱哪。整整四年,水师没购置一艘新舰,没更换一门火炮,连炮弹都没再多买一发。比起天天备战的日本人,这个仗可怎么打呀?所以中堂才想方设法避开战事。可日本人逼人太甚,还卑劣无耻至极,他们的舰队能挂着美国海军军旗来偷袭你。中堂后悔啊。保本,保本,总想着保本,最后反倒把老本赔光了。早知如此,真不如放手一搏,和小日本来个你死我活,倒也落个痛快。太窝囊啦,奇耻大辱啊!”

盛洪来猛然想起什么来,忙问盛宣怀道:“那我老伯怎么样啦?”

“他还活着,就是右臂被炸断了。当时他昏迷不醒,让亲兵给救了,算是捡了条命,否则不是战死,也得像丁汝昌那样自尽。他们那艘镇远号,三百二十名官兵,算上他只活了十七个。十七个呀,这场战争没法再打下去了,该结束了,快结束吧。”

半个月后,盛洪来见到了将自己从洪水里抱到盛家的老伯,只是盛继祖当年抱过自己的那条胳膊已经变为一只空余的袖管。叔侄二人分别了十四个年头,谁想却是在这样凄怆的情境下重逢,不由得都泪湿衣衫。

盛继祖满腔悲愤地道:“在黄海大东沟的那一仗,我们的确吃了亏,日本人的损失同样也不小。可李中堂胆小如鼠畏敌如虎,强令水师二十多艘舰船全部龟缩于军港,消极避战。他想以此来保存实力,结果人家的舰队只在港外封锁,派陆军攻占了两翼的炮台,用咱们的火炮打咱自己的军舰,那叫一个惨。我二十二岁就投身水师,这几十年等于是白活。当初咱们没有坚船利炮，让西洋鬼子随便欺负；如今咱们有了坚船利炮，还是让东洋小鬼子欺负。大清国到底怎么啦？”

说到激动处，盛继祖少年时落下的毛病又发作了，只见他圆圆地瞪大二目，咬牙切齿直望前方，好像就要和谁去拼命，剩下的那只左手紧紧攥着拳头。

盛洪来看着老伯的样子，心里如针刺刀剜一般疼痛。

过年时，潘玉惠发来电报，对三妹玉芸的婚事表现出极大的关心。潘显达感觉奇怪，怎么连远在英国的大闺女也看好这个盛洪来呢？其实，这主要还是文彦召的意思。文彦召看中的是盛洪来身后的势力，假如真与盛洪来成了一担挑儿，自己今后就能和盛宣怀直接搭上关系，这对文家的发展无疑是最大的利好。

潘显达想不到这一层，他所担心的是，女儿这关还过不去。

“她肯定同意，我可以打包票。”二闺女玉倩对父亲道，“您没看出来，我三妹现在提起盛洪来，那语气全都变了。”

“上回她把人家骂个狗血喷头，盛洪来还能同意吗？”

“他迷玉芸又不是一天两天了，咱们这回主动去求亲，还不把他美死？”

潘显达以为二闺女所言不差，但他还是先上楼去征询三闺女的意见。大病初愈的潘玉芸疲软地倚在沙发上，无力地叹道：“这怕不行吧。好马不吃回头草，人家不会再要我了。一切都是我自己惹下的。我想好了，这辈子就这样吧。”

“糊涂啊，傻闺女。咱死马还得当活马医呢。何况你这模样、这才学，哪点儿配不上他。爹给你去试着问问，他要是还乐意，不正说明他是真心喜欢你吗？”潘显达又找补了一句，“咱可得说好了，事成之后，你不许反悔。”

“唉，那您就看着办吧。”潘玉芸点了点头。

这次，潘显达主动找到范府，替三闺女提亲。范金宝听清对方的来意，暗道：这才叫牵着不走，打着倒退呢。他满面带笑地道："好啊，这事就交我啦。——欸，我们不嫌你们出尔反尔，你们可不兴再来回拉抽屉了。"

潘显达赶快回道："放心吧，不能够。"

盛洪来对潘玉芸仍旧一往情深，但如今的他也不能再无视林秋红的感情了。盛洪来便把自身的烦恼讲与义父。

范金宝笑道："这好办哪。你娶秋红那丫头做小不就完了。"

"这行吗？会不会委屈了秋红？"盛洪来为难道。

"有嘛不行的，大户人家三妻四妾是常事。秋红那身份，能给个大盐商当小，不造化吗？你这就叫够仗义了，还怕对不住她？这事你要不好说，干爹去劝劝她。"

盛洪来一寻思，这也是个解决的办法，就把事情都拜托给义父了。办这路事，范金宝是乐此不疲。他一面跟潘家把婚事定下来，一面以长辈的身份去找林秋红，后者勉强地笑笑，点头答应了。

5

十九世纪末的中国，到处充满了大清帝国斜阳的忧伤。在过去的二百多年里，尽管它也时常被战争、饥荒、瘟疫和暴政所困扰，不过却始终有着一份与生俱来的从容与自信。富饶辽阔的疆域，强大深邃的文化凝聚力，让它具备了一种独特的自我愈合能力。但公元 1895 年的 4 月 17 日，空前无比的剧痛创伤炮烙了整个华夏大地，让这个一向自大的帝国突然变得无比的虚弱、孤立和惊惶。

就在盛洪来和潘玉芸二人订婚的半月之后，从日本传来一个让国人无不痛心疾首的消息：李鸿章又不得不在清廷的命令下，与日本首相伊藤博文签订了《马关条约》。这是大清入关以来签署的最最丧权辱国的外交条约，仅赔款就高达两万万两白银，还要将台湾、澎湖列岛和辽东半岛全部割让给日本。和谈时因为据理力争，在大清帝国声望最高、权势最熏、圣眷正隆的李鸿章，竟被日本浪人一枪打在了脸上，差点儿丢了性命。

作为末世中兴之臣，李鸿章焦劳擘画于危机四伏的甲午战争之前，忍辱负重于谤议丛集的甲午战争之后。战前，李鸿章并非主战派，他是希望能获得更长一点儿的和平时间，来发展壮大大清的国力。但建军的是他，打仗的是他，战败谈判的还是他。《马关条约》的签订，让他身后留下了一世骂名。这不能不说是他个人的悲剧，也是历史的一个大悲剧。因为随着该条约的签订，中日两国的国运也迅速拉开了距离，一方面日本利用清朝这笔巨大的赔款，不但完成了军事现代化，还完成了从银本位到金本位的币制改革，使其得以搭上现代资本主义列强的末班车；另一方面中国的经济全面陷于崩溃，大清王朝在国际上的地位由此一落千丈。

回国后，李鸿章一度神色凄然，困坐愁城："吾日夜望死，忧见宗之陨。"国家的颓败远远超过他原来的预料：根烂叶败，国政荒废，朝野中更无力挽狂澜之人。他无奈又悲愤地对心腹属下盛宣怀道："老夫这一生，赶上了许多事，作为一个臣子，有些事我又不能不做。到马关谈合约之时，真感觉咱大清是一点儿本钱都没有了。可恨日本，一个蕞尔小国，却怀狼子野心。欧美列强欺我，不过为索取利益。唯这倭寇真是要亡我大清啊。他们攻陷旅顺后大肆屠城，几万百姓只活了三十六个，还是为掩埋尸首才留下来的，这群没人性的畜生！此次谈判，倭国又这等的贪婪无度，看来此患不除，中华永无宁日。不过，恨与骂都没有用，今后我们要多筹商情，多筹国计，只有多干些实事，否则大清不可复振。"

说到实事，盛洪来眼下急着要办的就是游说天津盐商创建联盟。而由于和潘玉芸的新关系，他一下子成了文家拐弯抹角的亲戚。文骥的长子文彦辉主动跟他攀亲，并代表文家首次对此事表示赞同："兄弟说得不错，为避免吴、曹联手贩私之事重演，确该有个组织对盐商进行保护和规范，这样也便于协调盐运衙门与盐商的关系。不过这个组织，也不必弄成梁老板当初设想的样子。别有过多束缚，如此大家都容易接受。”

有了文家的明确支持,其他大盐商也纷纷转变了态度。联盟的组建工作迅速地开展起来。盛洪来更加忙碌了,他一面为联盟进行规划筹措,一面还得抓紧操持自己的婚事。

预备结婚期间,盛洪来算是领教了潘玉芸这位“洋小姐”的个性。她提出的条件着实够刁蛮苛刻的。首先,潘玉芸要住在租界的洋楼里。盛洪来只得去麻烦盛宣怀和周子坤,但还是没在法租界里找到合适的房子,盛宣怀便将自己在英租界伯斯道上新购的一套哥特风格的三层小楼转让出来。潘玉芸却不太满意,她不喜欢那种教堂似的尖顶房子,钟爱的是追求自由奔放格调的巴洛克式建筑,但最终还是“将就”了。

其次,潘玉芸要在教堂里举办婚礼,而且要穿白色婚纱。盛洪来心中明白,她这是要与高牧远比,调侃潘玉芸道:“到时不会也蹦出个搅局的吧?”潘显达坚决反对女儿全天都穿着白袍子:“在教堂里可以按外国规矩办,出门后一切还得照天津卫的老例儿办。”潘玉芸并没有抵触,她觉得坐花轿、拜天地也挺有趣的。于是便设计了个中西合璧的新式婚礼。婚礼地点选在圣路易路上的紫竹林教堂。

再有,潘玉芸要将洋楼前的花圃扩大,左侧修个小型网球场,右侧建个马厩,后身挖个游泳池。对此,盛洪来也都一一满足她了。至于什么买沙发、买钢琴、买留声机之类的洋玩意儿,那就更不算个事了。

问题出在卧室里。盛洪来受义父蛊惑,迷上了中国人独创的一种木床——围廊式雕花拔步床。据范金宝讲,此床多为楠木或红木打造,上有棚顶,下有踏步,前有廊庑。廊庑由柱架、挂落、倚檐花罩组成,雕着凤凰、麒麟、牡丹、兰花之类的精美图案。廊庑左侧有一个双斗双开门的橱柜,可搁镜箱、茶具、灯台、座钟等物;右侧是安放马桶的地方。而内里又有雕花门罩、垂带、遮枕和三面围的卧床及彩绘屏风。做工讲究,功能众多,且冬暖夏凉。

盛洪来对这种豪门大户才使用得起的拔步床情有独钟,而潘玉芸却觉得它太土气,她想要张法国宫廷风格的幔帐床。双方为此争执不休。

当潘玉芸得知盛洪来已花钱托人到宁波去购床了，只得做出让步，但要求床垫必须铺席梦思。这种床垫是美国家具商扎尔蒙·席梦思在1876年首创的一种弹簧床垫，五年前便在上海租界里销售了。盛洪来不懂那是什么玩意儿，便请盛宣怀电告上海，在运拔步床的同时，再捎个席梦思来。

范裕范神叨从一开始就看不惯潘玉芸的所作所为，他偷偷对盛洪来说："我这弟妹可是天下头号大褶咧①，以后的日子够你小子受的。"

盛洪来并不介意那些小烦恼，这算什么。他与潘玉芸在一起自有不少乐趣，尤其是从她那里听到、学到了很多以前闻所未闻的事情和知识，觉得心胸视野宽广了不少，慢慢地，他已对潘玉芸产生了一种崇拜之情。

距举行婚礼不到十天的日子，拔步床和席梦思终于运到了。张罗到码头接货，他带着一帮子人，好容易才将那两件笨重家具弄进盛洪来的小洋楼。安床时，他发现那个软乎乎的垫子太大，根本就放不进拔步床里。

张罗犯了会儿愁，突然灵机一动，心想：如果按拔步床里那三围卧床的尺寸，将席梦思的长、宽都锯下一截去，再用床罩一盖，保管谁都看不出来。主意拿定，张罗就命手下去叫一个木匠来。来的这位木匠师傅也是个二百五，根本不管这洋床垫的内在结构，量完尺寸就开锯。没锯两下，席梦思里面的钢丝弹簧就飞出来好几个，整张床垫也眼见得就要散塌。情急之下，张罗慌忙让人弄来一堆烂麻刀碎麻片塞了进去，总算把垫子撑住了。

张罗又想，反正垫子也是坏了，干脆一不做二不休，让木匠把原本要锯的地方全锯了下来，用破麻袋把床垫内里填实。又找了个裁缝，拿

① 褶咧：做事极爱挑刺，非常不好应付。

颜色花纹相近的布料,把锯出的缺口缝补好。

张罗自以为做得天衣无缝,谁料转天潘玉芸验收时,一眼就看出席梦思面积缩小了,再往上一坐,更觉着不对劲儿,起身就要撩床罩。张罗吓得腿都软了,差点儿坐在地上,一口一声“三嫂”地求玉芸原谅。潘玉芸知道了细情,心疼得不得了,又不好当面训斥张罗,只好去向盛洪来抱怨。

“你那老兄弟什么都不懂,大前天差点儿把留声机鼓捣坏了,昨儿个又把席梦思给毁得不成样子。像这种人以后怎么做咱们的管家?”

“我不知道的也不少,不懂可以学嘛。”盛洪来劝道,“那什么席梦思,咱再买一个不就得了。”

“哪来得及呀,即便买来也放不进您那宝贝床里。就这么凑合吧,谁让我愿意嫁你这么个土包子呢。”

“放心,我要努力变成一个羊(洋)肉包子。”盛洪来激情四射。

“就会贫嘴。”潘玉芸嫣然一笑,眼波带露,爱意无限。

6

六月二十六,盛洪来的婚礼如期举行,参加盛、潘二人婚礼的有不少贵客,除盛宣怀、周子坤、匡正邦等在津官员外,还有文骥、谭启等津门的大盐商,连端明和布里叶也分别从北京、上海特意赶了过来。唯有文彦召夫妇身在英国,无法出席,只好打来电报,表示热烈祝贺。

端明最为春风得意了,因操办慈禧六十寿诞时颇为卖力,受到了老佛爷的嘉奖,爵位晋升至多罗贝勒。这位端贝勒提前两天就到了天津,一见潘玉芸便摇着大肉脑袋哈哈笑道:“弟妹,咱们这叫不打不相识啊。”

潘玉芸淡淡一笑:“是啊,我得罪过您,那次您还对我爹照顾得如此周到,不愧是大人大量。”

端明不由得满面通红:“过去的事都甭提了。今后有空,一定到大哥的府上玩玩。”

当晚院中高搭喜棚，大排喜宴。众人吃吃喝喝，说说笑笑，皆是喜气洋洋。而盛宣怀等贵客被特别安排在一楼东侧的小客厅里，由潘玉芸的二姐夫彭万亭负责照应。待盛洪来敬过酒，又吃喝闲侃了一阵，话题逐渐郑重起来。端明可懒得谈论什么国家大事，他叫上彭万亭几个到外面寻乐子，厅中仅剩了盛宣怀、布里叶、周子坤和匡正邦。

"听说盛大人近期要回上海，我非常高兴，这下又能和您一起共事了。"布里叶用流利的中文道。

盛宣怀莞尔一笑："你们法国人的消息真灵通，盛某可是前天才接到的圣旨啊。"

布里叶笑道："中国有句老话叫，没有不透风的墙。"

四人全都大笑起来。

周子坤道："表哥，我还以为你要归隐林泉呢。"

"盛先生，这是为什么？"布里叶问。

"李中堂都成平头百姓了，我这个老幕僚，干着还有什么意思？"盛宣怀道。原来，李鸿章因为签订了《马关条约》，受到举国上下一致声讨，回国后便被朝廷解除了一切官职，投置闲散，暂回安徽合肥的老家。

"我跟李中堂有过几次接触，很佩服他的才能，在我们欧洲政界，他的口碑也很好。我以为凭他个人的智慧，这场战争不该输得如此之惨。"布里叶道。

盛宣怀轻叹一声："怎么说哪，中日之战无疑是中堂一生中的败笔。尤其在具体指挥上确实过于畏缩。大概人老了，都难免保守。"

"还有，李中堂一直不听家父的建议，过分倚重海军而轻视陆军，以致海陆不能协同作战，这也是甲午兵败的一大原因啊。"周子坤接话道。

盛宣怀点点头："说得不错。但仅仅因此把战败的责任都归咎于中堂一人，也未免多有冤枉。国运交错，恩怨如麻，许多事情很难一时说得清——他毕竟不是决策者呀。”

“那您是说李中堂是代人受过，当了那个——替罪羊。”布里叶道。

盛宣怀忙摆摆手道：“也不能这么讲，算啦，这事说多了也就没意思了。”

周子坤道：“大清的事就是这么难说啊。所以我才搞不懂，你干嘛还要去上海，当那个什么督办？”

当初盛宣怀是明确对周子坤说过，自己要辞官归隐。他将辞呈递上去后，却迟迟没有回音。前天光绪皇帝颁旨，调他去上海任督办铁路大臣，创立中国铁路总公司。盛宣怀接过圣旨，叩头谢恩，立即开始打点行装准备起程赴任。这令周子坤大为不解。

盛宣怀微微一笑，对大家解释道：“甲午之败确实让我一时心灰意冷。但如今想来，也不能就这么一味消沉。我们吃了炮弹的苦头，因此也就对炮弹发生了兴趣，我们从研究炮弹而研究到机械发明，一步步的似乎我们离炮弹越来越远了，但若从另一个角度看，也可以说我们离炮弹越来越近了。”

说到这里，盛宣怀不禁站起来，“虽然我们战败了，但办洋务的革新之路还必须走下去。这些年如不搞洋务，中国哪儿来这么多的工厂、矿山和铁路。有了这些实业就能支撑住实政，我们也就有东山再起的那一天。尤其是这铁路，代替了千年的驿人介马，规模再大的人员、物资调运都会方便快捷，实乃国之动脉，必将成为大清未来的经济支柱。因而我才会欣然受命啊。”

布里叶、匡正邦在一旁听着，频频点头。

“照这么一说，我这个盐运使以后就不值钱喽。”周子坤打趣道。

“那倒不是。盐永远是大清的根本，但只靠一种产业来维系国家生计的时代已经过去了。”盛宣怀说着不禁怅然喟叹道，“又要离开天津啦，不知什么时候才能再来。”

洞房花烛夜，盛洪来难以入眠，一方面因为喜悦和兴奋，另一方面是他睡不惯席梦思床垫,总觉得身子飘忽忽地不踏实。潘玉芸对这改造后的席梦思也不太适应,躺了一小会儿就翻身起来,正看见床侧斗橱顶上系着红绸的玉砂瓶,便叫起盛洪来道:"前两天就想问你,这玻璃瓶是干嘛的? 为什么放卧室里?"

"提起这瓶子大有来历。" 于是盛洪来便说起关于玉砂瓶的 "典故"。

夫妻俩就势坐在床头,又聊了大半宿。

天光大亮时,盛洪来才冲了个盹,正仰在床上似醒非醒,却听张罗在敲门:"三哥,快起! 五姐出事了。"

盛洪来噌地蹿起来,顿时一身冷汗。他随手披上一件衬衫,开门后一把薅住张罗的衣襟:"告诉我,秋红出什么事啦?"

张罗有气无力地道:"五姐走啦,昨儿夜里走的,谁也不知道她去哪儿了,只留下这个。"说着,他把一个纸条举到盛洪来的眼前。

盛洪来夺过纸条,见上面不甚工整地写着:"洪来,我走了,勿念。"落款是"妹林秋红"。他知道林秋红本不识字的,这两年来才努力学会了百十几个。不想第一次派上用场,便是给自己写诀别信。而且林秋红以往从不叫自己名字的,这回在信中直呼"洪来",自是真情驱使,唯恐日后再无此机会了。

手中捧着林秋红留下的纸条,盛洪来默然呆立……

盛洪来与潘玉芸一起回门,拜见岳父岳母。也就在当天,他又迎来了一桩喜事——天津盐商联盟组建成功,地点就设在老城里的鼓楼东大街,斜对着长芦盐运衙门。盐联虽没像梁钟贤设想的那样搞什么股份制、经理制,其宗旨主要是协调好盐运使署或盐务稽核所、商贩、灶户等之间的关系,可它毕竟是津门盐商业内的第一个正式组织,这令盛洪来甚为欣慰。

由于入盟成员运营的都是长芦盐, 大清国运销食盐的引盐制,官名叫纲法,盐商的官称叫纲商,因此该联盟便定名为"芦纲公所",即长芦盐区引岸专商集体组织的办事机构，类似于一般工商业的同业公会。公所的最高负责人为“纲总”，由盐商们共同推选，任期三年，下设总账及办事员若干名，负责日常事务，公所的经费来源主要是从引岸专商运销引盐时随之征收。

首届纲总，多数人都以为非文骥莫属，孰料文骥一再声明断不任此职，并以创建公所出力最多为由，大力举荐盛洪来。盛洪来自知年纪太轻无法服众，坚决不受。最终这纲总就落到了谭启的头上。

芦纲公所正式成立那天，津门的大小盐商齐聚一堂，旧城中心前来看热闹的百姓是人山人海。为示祝贺，鼓楼上那口古老的黑铁大钟再次被“咣咣咣”地敲响了。

由谭启主持大会，文骥、盛洪来、范金宝等人都在前排就座，盛宣怀、周子坤及天津府、县诸多官员纷纷前来道贺，就连新上任的直隶总督荣禄也从保定发来了贺电。

芦纲公所成立的第二天，盛宣怀便准备离开天津。临行前，他将自己在津的生意都托付给了周子坤和盛洪来。

周、盛二人匆忙赶到天津海关。当他们走进海关监督办公室时，办事员们正在忙着收拾东西，盛宣怀则独自临窗眺望着静静流淌的海河水。

“六叔，怎么走得这么急？”盛洪来问。

“皇命在身，不敢多耽搁呀。”

“表哥，你和李中堂都走了，天津的地位和实业会不会动摇？”周子坤问。

盛宣怀摇头微笑道：“在天津创下的这些实业，只是我们这个密闭帝国中偶尔渗漏的涓涓溪流。经历这些年西方的冲击，利益的引诱，救亡的急迫和求知的冲动，这些溪流终将汇集成汹涌的江河。搞洋务不仅只是国人救生的工具、应变的手段，它已然成为我们融入世界的一种方式。而且中堂早就说过，‘天子以天津边海重地，番舶往来，华洋杂处,为畿辅守御之要害'。它的地位岂能因一两个人的去留而改变?"

盛宣怀又踱到窗前,望着流向远方的海河水:"天津当年若不失守,英法联军就不会打到京城,中国人也就不会有火烧圆明园这样的大耻与大痛。中堂创建北洋水师,并把基地建在威海和旅顺,也是想扼住渤海口,如此天津便可无忧。天津无忧,北京方可平安。现在,那两颗虎牙全让日本人掰断了,洋人的兵舰又能直戳咱大清的嗓子眼儿了。"

"是啊,北洋水师没了,洋人再打过来,天津如何御敌呀?"周子坤又问。

"'海有铁舰,陆有铁路'是我们过去求富求强的主要途径。眼下再想拥有那样的海军已不可能喽,所以要尽快创建强大的陆军。过不了多久,朝廷就要在当初盛字军驻扎的小站,编练第一支真正的新军。"

"又要选小站练兵?不会是看上那儿产的稻米了吧?"盛洪来插话道。

"哈哈。这也算条理由吧。但主要是小站近临大沽口,此地练兵便于战时抵御外侮,拱卫京师。再有,还可以利用天津发达的铁路,随时驰援沿海各地。

"那谁能担负起如此重任?"周子坤忙问。

"你们很快就会见到他的。此人姓袁,名世凯,字慰廷。虽然只有三十几岁,但才干卓绝,且城府极深,是李中堂非常看好的后起之秀,其前途将不可限量。袁世凯到天津后,你俩要设法与他搞好关系。"

"袁——世凯。"周、盛二人不约而同地点了点头,"噢,我们记住了。"